함단이

별자리: 물고기자리
혈액형: O형

은지호
별자리: 염소자리
혈액형: AB형

인소의 법칙

인소의 법칙 1

1판 1쇄 발행 2015년 2월 13일
1판 15쇄 발행 2023년 2월 24일

지은이 ㅣ 유한려
발행인 ㅣ 신현호
편집장 ㅣ 예숙영
편집 ㅣ 최은지
편집디자인 ㅣ 한방울
영업 ㅣ 김민원
물류 ㅣ 이순우 박찬수

펴낸곳 ㈜디앤씨미디어
출판등록 2002년 5월 1일 제117-90-51792호
주소 서울시 구로구 디지털로 26길 111 JnK디지털타워 503호
대표전화 (02)333-2513 팩스 (02)333-2514
전자우편 dncbooks@dncmedia.co.kr
디앤씨북스 블로그 http://blog.naver.com/dncbooks

ISBN 978-89-267-1820-9 04810
ISBN 978-89-267-1819-3 (SET)

인소의 법칙

유한려 지음 녹시 그림

iB BOOK

prologue

조금 진부하겠지만 일단 자기소개로 시작해 보고자 한다. 내 이름은 함단이, 나이는 열일곱 살이고 이제 고등학교 입학을 불과 열흘 앞두고 있다.

평범한 가정에서 태어나 평범한 얼굴에 평범한 성격을 가진, 이만큼 평범한 인생이 또 있을까 싶을 정도의 평범한 여자아이다.

적어도 열네 살까지의 인생을 놓고 보자면, 그렇다.

열네 살 이후에 내 인생에 어떤 일이 일어났느냐고?

정말로 그건 끔찍한, 끔찍한, 아, 한 문장으로는 도저히 설명할 수 없는…….

그 일에 대해서 설명하자면 먼저 이것에 대해 짚고 넘어가야 할 것 같다. 혹시, 인터넷 소설에 대해 들어 본 적이 있는가? 인터넷에서 한때 인기리에 연재되던, 재벌 집 후계자인데 맨날 수업 빼먹고 싸우고 다니면서도 전교 1등을 놓치지 않는 연예인급 얼굴의 남자 주인공과 평범하다 못해 가난한 여자 주인공이 나오는 그런 소설들 말이다.

갑자기 이런 이야기를 꺼내서 좀 당황스럽겠지만, 내 인생을 설명하려면 그것에 대해 이야기하지 않으면 안 된다. 이건 정말이다.

제1조. 여주인공요? 걔는 옆집에 사는데요

여주인공요? 걔는 옆집에 사는데요

2007년 3월 2일은 내 중학교 입학식이 있던 날이었다. 전날까지만 해도 불안 반 설렘 반으로 잠을 이루지 못하고, 내내 침대 위를 구르다가 결국에는 잠이 안 와서 책 한 권을 꺼내어 읽었다. 잠이 쏟아져서 책이 보이지 않을 지경이 되어서야 책을 내려놓고, 다시 눈을 뜨니 어느덧 날이 밝아 있었다. 나는 부스스한 머리로 침대에서 일어났다. 머리맡에는 어제 읽다 만 책 한 권이 나뒹굴고 있었다.

거실로 나가서 엄마가 차려 주신 밥을 먹고, 세수와 양치질을 하고, 머리를 감을 때까지만 해도 평범한 아침이었다. 그렇게 평온한 마음으로 옷장 앞에 선 나는, 옷장 문에 걸린 머리부터 발 끝까지 새하얀 교복을 마주하고는 할 말을 잃었다.

응? 눈썹을 잔뜩 찡그린 채 그 모양을 보고 있다가, 다시 눈을 한 번 비볐다가, 그래도 달라지는 것이 없어서 이번에는 아예 벽에다가 머리를 박았다. 그러고 다시 옷장을 돌아보아도 달라지는 건 없었다.

뭐지? 나는 교복을 붙든 채로 생각했다. 빤히 내려다보면 볼수록 더욱 정신병원 환자복처럼 보이는 교복이었다. 말 그대로 순백의 새하얀 재킷, 새하얀 치마, 조끼는 옅은 베이지색을 하고 있었으나 별 위안이 되지는 않았다. 이것을 입고 재킷 단추까지 잠근다면 그야말로 온몸이 새하얗게 보일 것이 틀림없었다.

하나 다행인 것은, 이건 우리 학교 교복이 아니라는 것이었다. 원래 우리 학교 교복은 그냥 평범한 감색이었다.

한참을 멍하니 있다가 나는 엄마를 향해 물었다.

"엄마, 내 교복은?"

"어?"

부엌에서 막 설거지를 마친 듯한 엄마가 문가에 나타났다. 나는 흰색 교복을 한 번 흔들고는 물었다.

"엄마, 이거 우리 학교 교복 아니잖아! 내 교복은 어디 있어?"

"무슨 소리야? 일주일 전에 맞춰 놓고는. 그거 너네 교복 맞아!"

"응?"

"응?"

한동안 당혹스러운 침묵이 흘렀다. 그러다가 엄마는 내가 장난이라도 친다고 생각했는지 내 등을 한 번 때리더니 방을 나가 버렸다. 평소라면 아프다고 소리를 질렀을 텐데, 나는 그럴 생각조차 하지 못하고 덩그러니 교복을 내려다보았다.

아니, 잠깐, 나는 생각했다. 교복은 햇빛을 받아 흡사 발광체라도 되는 듯 그렇게 빛을 뿜어내고 있었다.

지금 이 교복이 우리 학교 교복이라고? 이 교복을 이제부터 내가 입어야 한단 말이야? 이 정신 나간 것 같은, 웬만한 애는 소화하지도 못할 교복을?

왠지 입학 첫날부터 뭔가 글러 먹었다는 생각이 들었다. 나는 교복을 걸치는 내내 인상을 구기고 있었다. 그러나 내 불운은 이것으로 끝이 아니었다. 이것은 그야말로, 앞으로 이어질 내 3년 동안의 불행을 암시하는 전 단계에 지나지 않았다.

나는 아파트 현관 문밖으로 한 발자국을 내딛자마자 이것을 실감했다.

나가자마자 웬 처음 보는 여자아이가 문 앞에 바싹 붙어 있는 바람에 나는 화들짝 놀랐다. 내가 조금만 더 문을 세게 열었더라면 여자아이가 문에 들이받혔을 정도의 거리였다. 아니, 왜 이렇게 가까이 서 있냐고. 나는 콩닥콩닥 뛰는 심장을 부여잡고 그 애를 돌아보았다. 그러고는 입을 헤 벌렸다.

예쁜 여자아이였다. 정말 예쁜 여자아이였다. 그렇게 예쁜 여자아이를 옆에서면 코 닿을 거리에서 보는 것은 머리털 나고 처음이었다.

뽀얀 피부는 핏줄이 다 비쳐 보일 정도로 하얗고, 새카만 머리카락은 자에 대고 내리그은 듯 허리 아래로 곧게 떨어졌다. 햇빛이 그 애 머리 위로 가늘게 스며들자, 새카만 머리카락 위로 자주색 윤기가 쏜살같이 흐르고 지나갔다. 빛줄기가 새어 든 그 애의 눈동자도 투명하게 빛나는 보라색을 띠었다. 빛을 받지 않은 부분은 흡사 동공처럼 새카맸다.

적당히 도톰한 입술에는 보기 좋게 윤기가 돌았고, 코는 작고 오뚝했다. 그 애를 바라보고 있으려니 정말 온 얼굴에서 빛이 나는 것 같았다.

나는 학교에 가야 한다는 것도 잊고 그 애를 보고 있다가, 그 애가 말없이 나를 빤히 보고 있음을 알고는 퍼뜩 정신을 차렸다. 아, 초면인데 내가 너무 빤히 봤구나!

처음 보는 얼굴인데, 이사 왔나? 나는 생각했다. 어쨌거나 이렇게 예쁜 여자아이가 옆집에 살고 있었다니. 나이도 나랑 비슷해 보이고, 친하게 지냈으면 좋겠는데 벌써 밉보이는 것은 싫었다.

다행히도 기분 나빠 하는 얼굴은 아니었다. 그냥, 그 애는 맑은 눈으로 내 얼굴을 빤히 보고 있었다. 인사라도 할까? 내가 머쓱하게 손을 내밀려는 그때였다.

그 애가 환하게 웃었다. 그러고는 손을 내밀어 내 손을 덥석 잡았다. 너무, 너무 적극적인데? 내가 생각하던 그때였다.

"단아, 이러다 늦겠다. 얼른 가자."

"……?"

그 애는 목소리도 예뻤다…… 아니, 이게 아니라!

뭐라고? 나는 너무 놀라서 내 손을 쥔 그 애의 손을 빤히 보았다. 그 와중에도 그 애는 거침없는 걸음으로 나를 엘리베이터 쪽으로 이끌고 있었다. 잠깐, 뭐야! 내가 그 애의 손을 놓자 그 애가 나를 돌아보았다. 여전히 심장이 철렁할 정도로 맑은 눈이었다. 내가 물었다.

"아니, 지금 뭐 해?"

처음 보는 사이에 내 이름을 부르지를 않나, 얼른 가자고 하지를 않나, 지금 뭐 하자는 거야? 그러나 그 애는 오히려 나보다 놀라는 시늉을 했다. 그 애가 물었다.

"뭘 하냐니? 학교 가야지!"

"학교야 당연히 가는 거고! 그런데 왜 너랑 내가 같이 가느냐고."

"응?"

여자애는 그렇게 묻고는, 갑자기 불편한 기색으로 입을

다물었다. 고운 아미는 살짝 찡그린 채였다.

한동안 먹먹한 침묵이 우리 주위에 흘렀다. 나는 문득 그 애의 교복이 나와 같은 것임을 알아차렸다. 빛이 잘 들지 않아 어두운 복도에 서 있는데도 눈이 아플 만큼 환한 빛을 뿜어내는 흰색 교복이었다. 가슴께에는 명찰도 달려 있었다. 반여령. 나는 그 애의 이름을 입속으로 읽어 보았다. 처음 보는 이름이었다.

반여령은 나를 슬픈 듯한 눈으로 보다가 다시 손을 내밀어 나를 잡았다. 그리고 말했다.

"알았어, 네가 무슨 말을 하고 싶은지는 알겠는데, 일단 학교는 가자."

뭘 알겠느냐고, 나는 지금 이 상황에 대해 전혀 아는 바가 없다고 대답하고 싶었는데, 그렇게 말하는 그 애의 눈이 너무 진지해서 나는 아무 말도 하지 못했다. 그 애의 눈을 보고 있자니 내가 기억을 잃었거나, 내가 그 애를 가지고 못된 장난이라도 치고 있는 듯한 느낌이 들었다.

내가 아무 말도 하지 않자 반여령은 내게서 거리를 조금 두고 나란히 걷기 시작했다. 엘리베이터에서 내려도 우리는 내내 말없이 걸었다. 아파트를 벗어나 거리로 나온 나는 조금 새삼스러운 기분이 되어 주변을 살폈다.

이상한 일이었다. 이렇게 요란하게 생긴 흰 교복은 지금까지 13년을 이 동네에 살면서 한 번도 본 적이 없었다. 그런데 오늘은 약속이라도 한 것처럼 등교하는 학생 대다수가 흰색 교복을 입고 있었다. 이게 말이나 돼?

나는 당황해서 눈알을 굴렸다. 남학생들은 대수롭잖은 얼굴로 사방을 살피다가, 내 옆에서 차분하게 걷고 있는 반여령을 보고는 그대로 굳어 버렸다.

이른 봄이라 아직은 싸늘한 햇살이 반여령의 하얀 이마를 비추고 떨어졌다. 동그란 코끝, 내리깐 속눈썹 끝에 환한 빛이 매달려 있었다.

몇 번을 봐도 경탄할 정도로 예쁜 반여령은, 나 때문인지 우울한 얼굴이었다. 그런데 그 모습이 또 감탄이 나올 정도로 예뻤다. 주변 사람들이 걷는 내내 홀린 듯 이 애만 바라보고 있는 게 이해가 되었다.

내가 반여령을 빤히 보는데, 반여령은 문득 눈을 들어 나를 보았다. 그러고는 사방을 한 번 돌아보더니 어쩐지 조금 위축된 듯한 모습으로 제 팔을 감쌌다. 그러더니 나를 불렀다.

"단아."

"응?"

"팔짱 끼고 가면 안 돼?"

그 애는 말하는 내내 불안한 듯한 눈으로 자신을 감싼 사람들을 보고 있었다. 시선이 불편한 모양이었다. 하기는, 길 가는 사람들이 전부 다 자기만 쳐다보는걸.

나는 망설이다가 그 애 팔 위에 내 팔을 살짝 겹쳐 놓았다. 반여령은 그러자 미미하게 웃고는, 내 팔을 붙들고 걸음을 옮겼다. 어쩐지 내가 그 애 보호자라도 된 것 같아서 그 기분이 싫지 않았다.

　학교가 점차 가까워지고 있었다. 반 배치고사 때 가 본 적이 있어서 대략적인 건물의 모습은 내 머릿속에 남아 있었다. 여느 공립 중학교답게 적당히 낡아 있고, 하지만 몹시 나쁘지는 않고, 그냥 수업을 듣고 밥을 먹는 장소 정도로는 적당한 느낌의 그런 회색 건물이었다.

　그렇게 생각하며 고개를 든 순간이었다. 멀리, 파란 하늘 아래 학교 담 너머로 우뚝 솟은 위풍당당한 건물이 보였다. 응? 나는 눈썹을 찡그렸다. 이 동네에서 나고 자란 지가 13년째였지만 그런 학교는 처음 보았다. 어림잡아 5층은 되어 보이는 높이에, 본관이 있고 별관이 따로 있는 것 같았는데 별관은 아예 온 벽이 유리로 되어 있었다. 백화점이나 저런 식으로 짓지, 저게 설마 학교 건물이라고? 그러나 점차 가까워질수록 학교의 형태는 더욱 명확히 보였다. 학교를 둘러싼 담은 정갈한 갈색 벽돌로 되어 있었고, 그리고 그 앞에 학교 이름이 새겨진 명패가 보였다.

　지존 중학교

어? 그 순간 나는 우뚝 멈춰 섰다. 반여령이 나를 보고 물었다.

"왜 그래?"

그러거나 말거나, 나는 새로운 충격을 얻은 깨달음으로 그 자리에 멍하니 서 있었다. 뒤통수를 망치로 한 대 얻어맞은 듯 머리가 찡 울리고 있었다.

곧 내 얼굴이 느리게 환해졌다. 그래, 그런 거였어! 주먹을 꾹 움켜쥔 나는 반여령을 돌아보며 외쳤다.

"야, 왜 날 헷갈리게 하고 그래!"

"어?"

당황한 듯 반여령의 입가가 딱딱하게 굳었다. 나는 다시 학교를 가리키고는 밝게 외쳤다.

"아, 어쩐지 교복이 아예 다르더니! 이 학교 내가 다닐 중학교가 아니네!"

"뭐, 뭐라고?"

"내가 다닐 학교 이름은 대담 중학교였거든! 지존 중학교라니, 난생처음 들어 보는 이름이다, 야. 아, 건물도 아예 다르네! 내 학교 여기 아니네!"

"뭐?"

반여령은 여전히 상황 파악이 안 된 모양으로 나를 보고 물었다. 나는 개운한 얼굴을 한 채 지존 중학교 교문으로 걸어 들어가는, 새하얀 교복을 입은 개미 떼들을 보고는 다시 한 번 웃었다.

그래, 내 중학교는 여기가 아니었어! 교복이 다른 게 당연하지, 내 중학교가 아닌데!

아무래도 엄마가 학교를 헷갈려서 교복도 다르게 받아오고 학교도 다르게 보낸 모양이었다. 그리고 내 눈앞의 이 반여령이라는 여자애는 내가 자신과 교복이 같으니 이곳으로 알고 나를 데려온 것이 틀림없었다. 나는 반여령을 보고는 외쳤다.

"야, 잘 있어! 난 내 학교로 가 볼게! 옆집이니까 인사하고 지내자!"

"어, 다, 단아! 어디 가!?"

반여령이 화들짝 놀라 내 팔을 붙잡았다. 어디로 가느냐니, 대답해 주는 게 인지상정! 나는 산뜻한 얼굴을 하고는 대답해 주었다.

"내 중학교로 가야지! 난 대담 중학교라고. 여기랑 다른 곳으로 가거든!"

"뭐? 무슨 소리야, 너 나랑 같이 여기에서 반 배치고사 본 게 한 달 전인데!"

그 말에 나는 잠시 굳었다. 뭐라고? 그러나 다시 웃으며 말했다.

"아니야, 너 나랑 다른 누구랑 헷갈린 것 같다. 내가 시험 본 중학교 이름은 대담 중학교인데?"

"뭐? 그런 중학교는 여기 근처에 없어!"

"아냐, 있어. 네가 모르는 걸 거야."

반여령, 네가 모른다고 해서 세상에 존재하지 않는 것은 아니란다.

그렇게 생각하며 단호하게 대답한 나는 반여령의 어깨를 툭툭 두드렸다. 나는 지금 세상에서 가장 너그러운 사람이 된 것 같았다. 3년 동안 이 정신 나간 것 같은 순백의 교복을 입고 다닐 필요가 없다는 것을 깨닫고부터 내 마음은 이미 행복으로 가득했다.

그렇게 산뜻하게 반여령의 어깨를 두 번 두드린 나는 웃으며 돌아섰다.

"안녕! 나는 내 중학교로 가 볼게!"

"단아, 잠시만!"

등 뒤로부터 날아오는 반여령의 목소리가 점차 절박해지거나 말거나, 나는 거의 날아갈 듯한 걸음으로 사뿐사뿐 학교로부터 돌아섰다. 반여령의 외침이 퍽 절박해서인지, 내 쪽을 보는 시선이 제법 따가워진 것 같았지만 상관없었다. 왜냐, 나랑은 다른 학교 애들이니까! 그렇게 생각하며 내가 걸음을 옮기는 그 순간이었다.

퍽, 내 머리가 무언가에 세게 부딪혔다. 나는 휘청하다가 두어 걸음 뒤로 물러났다.

내가 고개를 숙이고 있어서 제일 먼저 눈에 들어온 것은 신발이었다. 중학생이라면 운동화를 신는 게 당연한데도, 어쩐지 운동화보다는 학생 단화 같은 느낌의 신발이었다. 발이 큰 것을 보니 남자애인 모양이었다.

새하얀 여학생 교복과는 달리 머리부터 발끝까지 새카만 남학생 교복을 지나, 느리게 올라간 시선이 마침내 그 애의 얼굴에 닿은 순간, 맙소사, 나는 그대로 입을 헤벌렸다.

사실 나는 사람 얼굴에 그렇게 주목하는 편이 아니다. 아무리 연예인이 잘생겼다고 해도 보다가 말을 잃거나 한 적은 없었다. 그런 내가 그렇게 사람 얼굴 때문에 말을 잃어 보기는 반여령을 보았을 때를 제외하고는 처음이었다.

잠시 후 정신을 차린 나는 황급히 뒤로 물러섰다.

왜, 왜 아침부터 이런 사람들만 눈에 띄는 거야? 태어나서 처음 진기한 미모를 본 것이 오늘로만 두 번째였다.

반여령만큼이나 새카만 머리카락, 그 끝은 햇빛을 받아 푸른색을 띠었다. 한국인은 빛을 받으면 갈색이 되는 것이 보통인데, 반여령은 자주색에 이쪽은 푸른색이라, 둘 다 흔치 않은 색임은 틀림없었다. 검푸른 색 머리카락은 잘 어울리기가 쉽지 않은데, 남자애의 피부는 얼음으로 빚은 듯 투명했다. 이쪽은 약간 창백한 색이 짙었다.

선명한 눈매 아래 이쪽을 응시하는 눈동자는…… 거기까지 보았을 때 나는 숨을 들이쉬었다.

푸른색이었다. 검푸른 색도 아니고, 정말로 바다나 보석에서나 볼 법한 짙고 선명한 푸른색이었다. 콧대는 유난히 높아서, 손을 대면 베일 듯한 콧날이라는 것이 어떤지를 처음으로 실감했다.

전체적으로는 단정하고 정갈한 느낌이 드는 소년이었다. 유화 물감으로 그린 정물화, 혹은 먹으로 그린 수묵화, 그런 것을 떠올리고 있는데 그 애가 느리게 눈썹을 찡그렸다. 나는 화들짝 놀라 말했다.

"아, 미안, 아니, 죄송합니다."

"아니."

깔끔한 대답이 돌아왔다. 생김새만큼이나 냉랭한 목소리, 하지만 기분이 상한 것 같지는 않았다.

원래 말이 없는 성격인 듯, 나를 한 번 돌아본 그 애는 그대로 몸을 돌려 내 시야에서 사라졌다.

돌아서기 전 검은 재킷에 박혀 있던 명찰이 빛을 받아 선명하게 보였다. 유천영. 약간 중성적인 이름이기는 했지만 어울린다는 생각이 들었다.

그나저나, 나는 당황해서 볼을 문질렀다. 진짜 잘생겼네. 반여령은 차라리 여자애이기라도 했지, 방금 그 유천영이라는 애는 남자애인 데다가 키도 컸다. 중학생인데 벌써 175를 조금 웃도는 것이, 부딪혔을 때부터 눈높이가 확연히 달랐다.

저렇게 잘생긴 남자애는 처음 봤어. 심장이 빠르게 뛰는 듯했다. 그렇게 조금 설레는 감상을 품고, 그 애의 뒷모습을 흘긋 쳐다보는데 그 순간 쏟아지는 소리가 있었다.

"야, 방금 봤어? 저 여자애 부딪힌 거!"

"헐, 대박. 일부러 부딪힌 거 아니야!?"

"야, 너 이리 와 봐!"

뭐, 뭐라고? 나는 앞을 보았다. 그렇게 말하고 있는 것은 나와 같은 교복의 여학생들이었는데, 얼굴을 보아하니 2, 3학년도 꽤 있는 것 같았다. 아니, 나는 황당해서 입을 벌렸다. 이게 무슨 소설이야, 같은 학생이랑 어깨 좀 부딪혔다고 눈을 부라리게? 더욱 믿을 수 없는 것은, 그렇게 말하는 여학생이 두세 명도 아니고, 한 스무 명은 넘는 것 같았다.

내가 가방끈을 꾹 움켜쥐는 사이 술렁거림은 급속도로 퍼지고 있었다. 눈매가 날카로운 여학생이 다가오며 말했다.

"야, 걔를 넘보면 어떻게 되는지 깨닫게 해 줘?"

누구랑 어깨 한 번 부딪힌다고 인생을 말아먹을 수 있다고는 생각해 보지 않았건만, 어쩌면 가능할지도 모르겠는데……?

그러고 보니 문득 떠오르는 장면이 있었다. 원래 인터넷 소설에서 보면, 자주 그러던데, 왜, 첫 등굣날 잘생긴 남자애와 부딪히는 여주인공. 알고 보니 그 남자애는 학교 제일의 유명인이었고, 그때부터 시작되는 여주인공의 수난!

거기까지 생각하고 나는 그만 소리 내어 웃을 뻔했다. 정말로 절묘하게 이 상황이 그 상황과 맞아떨어져서였다. 하지만 이건 소설도 아니고, 나는 여자 주인공도 아니고, 무엇보다도 여자 주인공과는 달리 나에게는 상식이 있었다.

나는 가방끈을 움켜쥔 채 전속력으로 버스 정류장을 향해 튀었다. 여자 주인공과는 달리 나는 상식도 있고, 몸 사릴 줄도 알고! 일단 대담 중학교로 간 다음 뭘 하든 말든 하자! 멀어지는 비명과 아우성들을 뒤로한 채 나는 혼신의 힘을 다해 줄행랑을 쳤다.

* * *

산소가 부족할 정도로 뛰고 나니 아침에 마주쳤던 예쁘장한 여자애, 반여령의 일은 이미 머릿속에서 사라지고 없었다. 학교에서 나오는 길에 부딪혔던 유천영인가 했던 그 숨 멎을 정도로 잘생긴 남자애에 대한 생각도 어느 정도 흩어지는 듯했다.

좋아! 나는 숨을 깊게 들이쉬고는 버스 정류장 앞에 섰다. 너무 급하게 뛰어서인가 머리가 지끈거렸다. 한 손으로 이마를 붙든 채 나는 눈을 찡그리며 버스 노선을 보았다.

근처 웬만한 중학교는 거의 버스 정류장에 이름이 나와 있기 마련이었고, 현재 정류장 이름도 '지존 중학교'라고 되어 있었다. 이상하다. 태어나서 14년 동안 이 동네 살면서 내가 이런 이름의 정류장을 한 번도 본 적이 없는데. 잠깐 그런 생각이 들었지만 이미 존재하는 것을 뭐 어쩌겠는가, 나 다닐 학교나 찾기로 했다. 음, 나는 정류장을 찾다 말고 잠시 지존 중학교 학생들에 대해 생각했다.

  걔네들 나중에 어떡하지. 예를 들면 뭐, 고등학교에 갔는데 선생님이 이렇게 물어보면?

  "너 어디 중학교 나왔니?"
  "지, 지존 중학교 나왔습니다."
  '푸, 푸핫! 지, 지, 지…… 존!! 지존 중학교래!!'

  학교 이름만 말해도 수치사(死) 할 것 같은데, 나중에는 아예 인생에서 그 이름을 지워 버리고 싶을지도 몰라.
  나는 생각하다 말고 고개를 내저었다. 내 알 바는 아니지, 나는 거기 안 다닐 거니까!
  그렇게 생각하고는 버스 노선도를 훑어보는데, 대담 중학교라는 이름이 어디에도 없었다. 이상한데, 나는 눈썹을 찡그리고는 노선도에서 한 걸음 물러나 주변을 훑어보았다.
  사방은 이상하리만치 고요했다. 길에 나란히 늘어선 가로수는 초록색으로 그늘을 드리우고 있었다. 나는 주머니에서 핸드폰을 꺼내어 시간을 확인했다.
  아홉 시, 확실히 평범한 학생들이라면 이미 등교하고도

남았을 시간이다. 학생도, 직장인도 없어 거리는 한산했다. 이렇게 조용한 거리를 본 것이 얼마 만인가, 이상한 감상에 휩싸여 거리를 보고 있다가 나는 힘없이 돌아섰다.

사람이 많은 길목으로 가서, 대담 중학교는 어디에 있느냐고 물어봐야겠다. 그렇게 생각하며 나는 가방을 고쳐 멨다. 문득 반여령의 절박한 외침이 귓가를 스치고 지나갔다.

"그런 중학교는 여기 근처에 없어!"

없을 리가 없잖아! 한 달 전까지만 해도 분명히 있었고, 내가 반 배치고사까지 봤는데. 저런 요란한 건물이 아니라 평범한 건물이었고. 아무리 그래도 그렇지, 내가 중학교 이름까지 헷갈렸을 리는 없었다.

하나 마음에 걸리는 부분이 있다면, 내 기억상 정확히 '대담 중학교'가 위치해야 할 장소를 웬 '지존 중학교'라는, 듣도 보도 못한 학교가 차지하고 있다는 점이었다.

에이, 나는 뒤통수를 긁적였다. 조금 불안하지만 설마, 진짜 설마.

그렇게 생각하며 지존 중학교 쪽으로 다시 터덜터덜 걸어가는데, 모퉁이를 돌 무렵일까, 정적 속에서 차 한 대가 인도 옆에 미끄러지듯 멈추었다. 상당히 한산한 길가였는데, 정말로 엔진 소리 하나 없이 조용한 움직임이었다. 무심코 고개를 돌린 나는 그 차가 태어나서 몇 번 보지도 못한 새카만 리무진임을 확인하고는 충격을 받았다.

안에 누가 탔는지도 모를 만큼 새카맣게 선팅된 창이 스르르 내려가는가 싶더니, 그 사이로 선글라스를 낀 남자가 불쑥 모습을 드러냈다.

그는 뜻밖에도 나를 불렀다. 정중하고 부드러운, 서비스직에 종사하는 사람 특유의 말투였다.

"학생, 혹시 지존 중학교 학생인가요?"

"네, 네?"

당황해서 되묻고는, 곧바로 아니라고 대답하려고 했는데 남자는 이미 내 교복으로 답을 내린 것 같았다. 그는 나를 보고는 말했다.

"아, 그럼 안내를 좀 부탁해도 될까요? 우리 도련님이 혼자 등교하는 게 처음이라서."

"누가 처음이에요. 게다가 주인이도 있어."

뒷좌석에서 날아온 단호한 목소리가 남자의 말을 잘랐다. 작은 목소리였지만 내 귀에는 똑똑히 들렸다. 내 귀가 좋아서가 아니라, 그 정도로 그 애의 목소리는 인상적이었다.

등교하는 게 처음이라고 하는 것을 보니까 나랑 동갑, 중학교 1학년일 텐데도 그 목소리는 낮고 차게 얼어붙어 있었다. 말투만 들으면 어른이라고 해도 좋았다.

그 옆에서 장난스러운 웃음소리가 들렸다. 이어 쾌활한

목소리로 대답이 돌아왔다.

"그래요, 아저씨. 저도 있으니까 걱정 마세요. 제가 지호 챙기죠, 뭐."

"안 챙겨도 돼."

다시 한 번 냉랭한 목소리가 그렇게 말했다. 그러고는 마음의 준비를 할 새도 없이 덜컥 문이 열리고, 교복 바지에 감싸인 긴 다리가 불쑥 나왔다. 그다음으로 드디어 냉랭한 목소리의 주인이 그 모습을 드러냈다. 햇빛이 쏟아져 그 애의 머리카락 위를 비추었는데, 그 모습을 마주한 나는 그대로 할 말을 잃고 말았다.

무엇보다도 나를 놀라게 했던 것은, 북극 여우의 털을 연상시키는 새하얀 머리카락이었다. 사람이, 한국 사람이 은색 머리카락을 하고 있어. 그것만으로도 나는 기절할 것 같았다.

처음엔 염색인가 싶었는데, 그 애의 이마 아래로 너울거리는 긴 속눈썹 역시 은색이기는 마찬가지였다. 속눈썹이나 눈썹까지 염색할 수는 없을 테니, 그 머리색은 천연이 분명했다.

볼에서 귀로 이어져 턱으로 떨어지는 선은 어딘가 기품 있었고, 피부색은 창백하여 그 애의 머리색과 잘 어울렸다.

더욱 말이 안 되는 것은 그 애의 얼굴이었다. 오똑한 콧날, 굳게 다물린 입술, 잘생기기는 아침에 보았던 유천영

만큼이나, 아니, 그 이상으로 잘생긴 것 같았다.

어느 곳에나 있을 법한 평범한 서울의 길목인데, 그 애가 차에서 내리는 순간 주변은 그 자체로 잡지에나 나오는 외국의 거리가 되었다.

내가 넋을 잃고 그 모습을 바라보는데, 그의 뒤로 누군가 홀쩍 뛰어내렸다.

앞의 남자애가 상당히 차분한 데 반해 뒤따라 내린 남자애는 그 자체로 쾌활한 느낌이었다. 머리카락은 캐러멜 색에 가까운 황갈색이었고, 빛을 받은 눈에도 금빛이 돌았다. 얼굴이 정말 작아서 여권이나 카메라로 얼굴이 다 가려질 것 같았다.

쌍꺼풀이 없는 눈은 크고, 눈동자가 큰 편이라 강아지를 연상시켰다. 천성적으로 밝은 성격인 듯 곱게 휘어진 눈매, 입술 역시 호선을 그리고 있었다.

둘이 그러고 서 있으려니 천사와 요정 같았다. 아무래도 둘 다 비현실적인 생김새였다.

은색 머리카락의 남자애는 나를 마주한 채로 아무 말이 없이, 마음에 안 든다는 듯 은색 눈썹을 찡그리고 있을 뿐이었다. 그 아래로 나를 응시하는 눈동자는 빛 한 점 없이 새카만 색이었다. 난데없는 대치 상황에 내가 할 말을 잃은 사이, 황갈색 머리카락의 남자애는 뒤를 돌아보더니 말했다.

"그럼 안녕히 가세요! 있다가 봬요."

"네, 잘 다녀오십시오!"

대답이 돌아오는가 싶더니 열려 있던 리무진 창문이 도로 스르르 올라갔다. 그리고 리무진은 멈추었던 때와 마찬가지로 조용하게 미끄러져 도로로 들어섰다. 그렇게 사라지는 리무진의 모습을 보고 있자니, 어쩐지 내가 보고 있는 것이 다 거짓말처럼 느껴졌다.

나는 조용히 손 그늘을 만들어 눈썹에 댄 채 생각했다. 이거 지금 몰래카메라인가? 교복이 바뀌어 있고, 난생처음 보는 중학교가 집 근처에 떡하니 들어선 데다가, 어째서인지 아침부터 마주치는 인물들은 태어나서 처음 보는 미모를 뽐내고 있었다. 이거 몰래카메라 맞지? 등장인물들은 죄다 연예인이고.

그렇게 생각하는 사이 황갈색 머리카락의 남자애가 내쪽을 돌아보았다. 얼굴은 여전히 웃는 채였다. 웃는 거 진짜 예쁘다, 그렇게 생각하는 것도 잠시, 남자애가 다가와 손을 내밀어 나는 흠칫 놀랐다.

내가 손을 내밀자 남자애는 내 손을 잡고는 세게 붕붕 흔들었다. 어어, 이게 뭐야, 정신없어, 당황하는 내게 그가 말했다.

"안녕! 난 우주인이야. 너도 이 학교 다니는 거 맞지?"

"으, 응."

"와, 반갑다! 그런데 왜 학교 안 가고 아직도 여기서 이러고 있어? 길 잃어버렸어?"

"아, 아니……."

"그래? 그럼 같이 가면 되겠다."

그렇게 말하며 우주인은 싱긋 웃고는 내 손을 놓았다. 어쩐지 붙잡혀 있던 내 손이 화끈거리는 듯도 했고, 얼얼한 듯도 했다. 저 애가 세게 잡은 것은 아닌 것 같은데 말이다.

나는 놀라서 손을 문지르며 그 애의 웃는 얼굴을 보았다. 초등학교를 막 졸업한 티가 나는 앳된 얼굴.

그 반면에…….

나는 흘긋 눈을 들어 은색 머리카락의 남자애를 쳐다보았다. 그 애는 이미 내게서 흥미를 잃은 듯 차게 식은 얼굴로 우주인을 보고 있었다. 우주인은 빙긋 웃더니 그 애를 툭 쳤다.

"얘는 은지호야. 아, 넌 이름이…… 함단이?"

"어, 응."

떨떠름하게 대답하면서 나는 그 애의 이름을 속으로 되뇌었다. 은지호, 생각보다 평범한 이름이라서 조금 실망함과 동시에 마음이 놓였다. 왠지 이름이 은비월, 뭐 이럴 것 같았는데 말이다. 만약 그랬으면 왠지 내가 부끄러웠을 것 같다. 그렇게 생각하며 은지호를 다시 보는 순간이었다. 또 새카만 눈이 나를 보았다.

무슨 말을 할 법도 한데, 은지호는 내게 말을 거는 대신 우주인을 툭 쳤다. 그리고 말했다.

"가자. 우리 벌써 지각인데."

"아, 진짜네. 너도 가자, 단아."

그러더니 우주인은 빙글빙글 웃으며 내 쪽으로 손짓을 해 보였다. 은지호는 이미 제멋대로 성큼성큼 앞서 걷고 있었다. 홀린 듯 그들을 따라 걸음을 옮기려다 말고, 나는 문득 중요한 사실을 깨달았다.

아니, 나는 대담 중학교를 찾아야 하는데! 나는 당황해서 입을 열었다. 긴장해서인가, 말이 조금 떨려 나왔다.

"아니, 사실, 나 있잖아. 나 여기 학생 아니야."

"어?"

우주인이 놀란 듯 눈을 크게 떴다. 앞서 걷던 은지호도 우뚝 멈춰서는 내 쪽을 돌아보았다. 짧은 침묵이 흘렀다. 주인이가 내 쪽을 가리키며 물었다.

"그거, 교복……."

"엄마가 교복을 헷갈렸나 봐. 잘못 산 것 같아."

"어디 학교인데?"

그렇게 물은 것은 은지호였다. 무언가 세상 다 산 듯 무심한 얼굴을 하고 있어서, 내게 전혀 말을 걸지 않으려니 했는데 그것이 아니었다. 나는 흠칫 놀랐다가 곧 대답했다.

"대담 중학교라고, 너네 혹시 알아? 이 근처였는데, 오늘 찾아보니까 안 보이네."

"대담 중학교?"

되묻는 투가 전혀 처음 들어 본다는 듯했다.

은지호는 우주인을 향해 고개를 돌렸다. 우주인은 어깨를 으쓱하고는 말했다.

"처음 들어 봤어. 내가 이 동네 사람이 아니긴 한데……."

"네 기억에 없으면 아예 서울에 없는 거 아니냐?"

"음, 글쎄……."

아예 서울에 없다고? 극단적인 말이었다. 내가 눈썹을 찡그리는데, 은지호가 다시 우주인을 한 번 툭 치더니 내쪽을 보고 말해 왔다.

"얘가 한 번도 못 들어 봤으면 서울에 없는 게 거의 확실할 건데. 그 이름 확실해?"

"응, 대담 중학교 맞는데……."

나는 눈살을 찌푸리며 대답했다. 은지호와 우주인은 난감한 기색이었다. 은지호는 답답한 듯한 얼굴로 머리카락을 쓸어 넘겼다. 나는 물끄러미 그를 보며 생각했다. 첫인상만 봐서는 아예 관심도 안 줄 것 같았는데, 생각보다는 친절했다. 그렇게 생각하는데 그가 불쑥 움직여 주머니에서 핸드폰을 꺼냈다. 처음 보는 기종이었는데, 더럽게 비싸 보이고 좋아 보인다는 것 정도만 알 수 있었다.

그는 곧 어디론가 전화를 걸었다.

"아, 아저씨. 대담 중학교라고, 혹시 들어 본 적 있어요?"

내가 말없이 그 모습을 지켜보는 사이, 그는 멋대로 통화를 진행해 나갔다.

"아, 없다고…… 네, 주인이도 처음 들어 본대. 네, 끊을게요."

그리고 핸드폰을 탁 소리 나게 닫은 그는 나를 보고 물었다.

"그런 학교 서울에 없다는데."

"어어?"

"아, 엄마가 교복을 잘못 가져오신 게 아니라 맞게 가져오셨을 수도 있잖아? 학교 가서 입학자 명단에 있는지 없는지 확인해 보자. 이 앞이잖아. 대담 중학교가 어디 있는지 찾는 건 그다음에 하면 되지 않아?"

그렇게 말한 것은 우주인이었다. 어, 어어, 어어어……
그건 그래. 그의 상황 정리가 너무 깔끔해서 나는 할 말을 잃었다.

결국, 나는 난생처음 보는 잘생긴 남자애들과 나란히, 난생처음 본 학교에 난생처음 본 교복을 입고 등교하게 되었다.

* * *

밖에서부터 짐작은 했지만, 아닌 게 아니라 지…… 존……

지존 중학교는 모르긴 몰라도 건물 하나는 진짜 끝내줬다. 이름이 이 학교의 유일한 오점인 것 같았다.

여느 학교와 같이 담벼락에 낙서 하나라도 있을 법한데 그런 것도 없고, 땅값이 비싼 서울인데도 운동장은 오 분을 걸어도 끝이 안 보일 정도로 넓었다.

열심히 걸은 끝에 도달하게 된 건물은 순백의 외관에 어제 지은 듯 깨끗하고 세련된 모양의 현대식 건물이었다.

햇살에 하얗게 씻긴 현관을 지나 복도, 계단을 지나자 마침내 2층이나 되었을까, '1-1'이라고 적힌 명패가 모습을 드러내었다. 우주인이 이쪽을 보고 말했다.

"우리는 1학년 4반인데, 너는 몇 반인지 알아?"

"아니."

"그럼 교무실로 가는 게 낫겠다."

그렇게 말하고 우주인은 씩씩하게 교무실 쪽으로 걸음을 옮겼다. 은지호는 귀찮은 내색 하나 없이, 주머니를 양손에 찔러 넣은 채 걸음을 옮겼다.

나는 속으로만 감사를 표했다. 나 혼자라면 교무실에 가서 입학생 명단을 확인하지도 못하고 다시 나왔을 것 같았다.

아닌 게 아니라 학교 분위기가 굉장히 정갈했다. 교무실이 복도 한가운데에 있어서, 교실 앞 복도를 지나는데 새 학기라면 으레 있어야 할 법한 소란 하나 없었다. 교복이나 좋은 시설을 보아, 상당한 명문 중학교임이 틀림없었다.

나는 문득 생각나서 물었다.

"이 중학교, 혹시 사립이야?"

"몰랐어?"

오히려 우주인이 놀란 듯 되물었다. 아, 그렇구나, 역시. 나는 도로 입을 다물었다.

교무실 문을 두드리고, 문을 스르륵 밀자 곧바로 교무실 정경이 눈에 들어왔다. 노란 햇빛에 잠긴 교무실은 역시나 시설이 좋았다. 모니터나 컴퓨터도 모두 최신형이었다.

선생님으로 보이는 사람이 이쪽을 보고 물었다.

"무슨 일이니?"

"아, 얘가 반을 몰라서요. 명단 좀 보여 주실 수 있으세요?"

그렇게 말하며 우주인이 나를 가리켰다. 똑 부러지고 싹싹한 목소리, 선생님은 곧바로 명단을 가져다주었다. 우리는 자리에 서서 명단을 차례로 넘겨 보았다. 1반, 아니고, 2반, 없고. 그러다 우주인이 말했다.

"아, 있네. 1학년 4반."

"뭐?"

"여기."

그렇게 말하며 우주인이 내 쪽으로 명단을 내밀었다. 정말이었다. 1학년 4반에 내 이름이 있잖아! 내 이름이 'ㅎ'으로 시작해서 맨 끝에 있었다. 나는 천천히 위를 훑어보았다.

제일 처음 눈에 들어온 것은 '반여령' 세 글자였다. 반여령, 이 반이었어? 나는 입을 헤벌렸다. 은지호와 우주인은 앞서 말했던 것과 같이 마찬가지로 1학년 4반이었다. 그러다 내 시선이 '유천영' 세 글자에서 멎었다.

유천영이라면 아침에 부딪혔던 남자애의 이름이었다. 그렇게 흔한 이름은 아닌데, 나는 눈썹을 찡그리고는 명단을 도로 반납했다.

뭔가 이상한데. 그런 생각이 들었다. 아니, 물론 한 반에 누가 있느냐 없느냐 따위가 이상한 일이 되지는 않겠지만, 그래도…….

나는 내 옆에 선 은지호와 우주인을 흘긋 돌아보았다. 은지호의 은발 아래로 새카만 눈동자는 진지한 빛을 띠고 명단을 훑고 있었다. 우주인의 옅은 머리색도 은지호만큼은 아니지만 눈에 잘 띄었다.

어쩐지, 내가 지금까지 이 학교에서 마주쳤던 모든 눈에 띄는 애들이 1학년 4반에 모여 있는 것 같은데. 꼭 누가 작정이라도 한 것처럼. 왜, 드라마에서나 소설에서 보면 꼭 잘생긴 주연들은 한 반에 모여 있기 마련이었다.

하지만 나는 애써 그 생각을 부정했다.

그냥 내가 너무 잘생긴 애들을 많이 봐서 현실 감각이 이상해진 거야. 그리고 고개를 드는데 선생님이 말했다.

"아, 너네 다 4반이니? 그럼 지금 반장이 있는데, 은형아, 같이 가라."

"네?"

그러자 한쪽에 뒤돌아 서 있던 남자애가 이쪽을 돌아보았다.

환하게 부서지는 햇살 아래 붉은 머리카락이 선명하게 박혀 들었다. 레드 와인 계열의 고급스러운 빛깔이었는데, 어쨌거나 눈에 띄는 것은 마찬가지였다. 설상가상으로, 은지호는 눈이 새카맣기라도 하지, 남자애의 눈은 녹색 빛이 도는 회색이었다. 반듯한 콧날, 선한 눈매, 입술에는 부드러운 미소가 걸려 있었다.

잘생기기는 했지만, 저게 지금 한국인이야 뭐야. 그렇게 생각하는 내게 그 애는 말했다.

"아, 너희도 1학년 4반이야?"

그 애의 가슴께에 달린 명찰이 빛을 받아 번쩍했다. 그 애의 이름은 권은형이었다. 그 애를 만난 순간 내 머릿속에서 철컥 하는, 자물쇠 맞물리는 듯한 소리가 났다.

지금 와서 그 느낌을 설명하기는 힘든데, 모든 퍼즐 조각이 다 모인 것 같은 느낌. 권은형 쪽으로 걸어가는 우주인과 은지호를 본 순간 그 느낌은 더욱 강해졌다.

지금 와서 생각하건대 나는 아마 그 순간 직감했던 것 같다.

반여령, 유천영, 그리고 은지호와 우주인, 마지막으로 권은형. 이 다섯과 내가 어떤 운명의 장난 같은 것으로 단단히 묶일 것임을, 나는 그 순간 이미 예감하고 있던 것 같다.

과연 그랬다. 내 예감은 빗나가지 않았다.

* * *

간신히 1학년 4반 교실로 들어오기는 했지만, 내내 정신이 없었다. 나는 앉은 채로 다리만 달달 떨며 칠판을 바라보았다.

1학년 4반의 담임 선생님은 상당히 젊으신 분이었는데, 칠판에 분필로 글자를 써 가며 뭐라 뭐라 말하고 계셨지만 솔직히 우리 반의 누구도 관심이 없었다. 선생님 본인도 그 사실을 알고 계시는지 침통한 표정이었다. 나는 고개를 돌렸다.

아까부터 볼이 따끔거린다고 생각은 했는데, 과연, 나로부터 대각선 뒷자리에 앉은 반여령이 나를 뚫어져라 보고 있었다. 그 검은 눈동자에 물기가 돌 정도로 열렬한 시선이었다.

그런 식으로 쳐다보지 마, 난 널 오늘 처음 봤단 말이야. 나는 머쓱해져서 고개를 돌렸다.

사실 내가 고개를 돌리자마자 반여령을 발견한 것은, 반여령이 나를 쳐다보고 있는 유일한 사람이기 때문이었다.

무슨 말이냐 하면, 이 교실의 남자들은 죄다 반여령을 쳐다보고 있었고, 이 반의 여자들은 죄다…… 나는 생각하다 말고 고개를 돌렸다.

전의 좁은 초등학교와는 비교도 안 되게 넓은 유리창으로 햇살이 번쩍이며 쏟아지고 있었다. 쏟아지는 햇빛 한가운데서 긴 다리를 의자에 걸치고 느른한 듯 앉아 있는 남자아이들은, 솔직히 이렇게 말하면 웃기겠지만 한 폭의 화보 같았다.

사람이 고작 앉아 있는 것만으로 무슨 화보 같겠냐는 말을 하고 싶을 거다. 더군다나 내가 말하는 아이들은 고작 중학교 1학년이 아닌가! 그럼에도 불구하고 그들은 정말로 근사했다. 꼭 그들만 특별한 물질로 만들어지기라도 한 것처럼.

나는 턱을 괸 채 생각했다. 신은 공평하다더니, 개소리.

넷은 시선을 받는 데 익숙한 듯, 불편한 기색이라고는 조금도 없었다. 아침에 부딪혔던 소년, 유천영은 턱을 당겨 앉은 채 푸른 눈으로 칠판을 지그시 응시하고 있었고, 붉은 머리카락의 권은형은 그의 옆에서 시종일관 부드럽게 웃고 있을 뿐이었다. 가끔 둘이 무슨 얘기를 했는데, 분위기가 상당히 편안한 것으로 봐서는 오랫동안 알고 지낸 사이임이 분명했다.

그것은 은지호와 우주인도 마찬가지였다. 우주인은 은지호와 말하다 말고 선한 빛이 도는 갈색 눈동자로 주변을 훑더니, 눈이 마주친 이들에게 환하게 웃어 보였다. 그것만으로도 사방에서 비명이 터졌다. 아니, 비명이 터지는 정도가 아니라…….

"내 심장……."

"와, 녹는다……."

반경 5미터 안 여자아이들은 심장을 부여잡고 책상 위로 쓰러지는 지경이었다. 솔직히 말하자면 나도 그랬을 것이었다, 아침의 이상한 일들만 아니었다면.

난데없이 생전 처음 보는 예쁜 여자아이가 날더러 친구라고 하지를 않나, 뜬금없이 교복이 바뀌어 있고, 그것으로도 모자라 원래 가려던 중학교는 세상에서 사라지고 처음 보는 학교가 떡하니 자리 잡고 있다. 13년 동안이나 살아온 이 동네에!

이런 일들이 일어나지만 않았다면야, 나도 저들을 보면서 같은 반이 된 것을 대단한 행운으로 여기며 '눈 호강 감사!' 하고 넘겼겠지만 지금 이건 조금 이상하다.

그래, 저들은 이상하다. 물론 앞서 말했듯이 눈동자 색이며 머리 색, 외모도 신이 유독 공들여 빚은 것처럼 완벽했지만, 그것보다도 특별한 무언가가 있는 것 같았다. 그들 주변의 공기만 무지개 색으로 물들어 빛나는 듯했다.

만약 이것이 드라마나 소설이었다면 이 세상의 주인공은 저들일 것이다. 세상 모든 것이 그들을 위해 태어난 듯한 느낌, 그런 것.

누군가를 중심으로 돌아가는 세상이라니, 말도 안 되는 소리처럼 들리겠지만 저 넷을 보면 누구도 내 말을 부정하지는 못할 것이다. 아니, 넷이 아니다. 나는 다시 고개를 돌려 내 대각선 자리를 보았다. 반여령은 그때까지도 새치름한 눈으로 나를 뚫어져라 보고 있었다.

이 세상에 주인공이라는 것이 존재한다면, 그것은 저 넷에 반여령까지 더하여 다섯일 것이다.

반 모두의 호흡이 그 다섯을 향해 빨려 들어가는 것 같았다.

이런 공기가 어쩐지 비정상적으로 느껴져서 나는 머리가 아팠다. 손을 들어 이마를 감싸는데, 갑자기 핸드폰 진동이 울렸다. 나는 주머니를 열어 핸드폰을 꺼내었다. 문자가 와 있었다.

핸드폰 액정에 새겨진 '반여령'이라는 세 글자를 보자 누군가 가슴 한구석을 움켜쥔 듯 섬뜩했다. 나도 모르는 사이 반여령의 번호가 내 핸드폰에 저장되어 있었다. 오늘 아침 누군가 모르는 손이 내 교복을 다른 것으로 바꾸어 놓았듯이.

가만히 있다가 나는 핸드폰 폴더를 열었다.

보낸 사람 : 반여령
어디 아파? 너 아침부터 이상해

나는 답장하지 않고는 핸드폰을 도로 닫았다. 그것에 마음이 상한 모양인지, 고개를 돌려 바라본 반여령은 더는 내 쪽을 보고 있지 않았다.

선생님이 나가자, 종례 시간까지는 불과 두 시간 정도가 남았다. 학기 초의 교실이라면 다들 들떠서는 제 옆자리의 친구와 이것저것 얘기를 나누어야 옳은데도, 한동안 아무도 말이 없었다.

나는 흘긋 옆을 보았다.

아닌 게 아니라 내 옆자리에 앉은 이름 모를 남자애도 홀린 듯 반여령만 바라보고 있었다. 이 분위기라면 아무도 친해지지 못할 것이었다. 다음 순간, 남자애가 내 쪽으로 고개를 돌리더니 그제야 머쓱한 듯 웃었다. 그 애가 처음으로 꺼낸 말은 이랬다.

"쟤 반여령인가? 진짜 예쁘다. 사람 아닌 줄 알았어."

"어, 그러게."

나는 간신히 그렇게 대답하고는 어깨를 으쓱했다. 말이 통하는 것이 기뻤는지 남자애는 이것저것 얘기를 늘어놓기 시작했다. 그러다가 곧 앞자리의 남학생이 대화에 끼어들기 시작했다.

"야, 그치? 쟤 진짜 예뻐."

"연예인보다 예쁘지 않냐?"

곧 뒷자리에서도 누군가 끼어들면서, 대화는 완전히 반

여령을 찬양하는 분위기로 흘러갔다. 이게 뭐야, 나는 생각했다. 적어도 서로 통성명이나 하고 시작하지, 반여령 얘기만 하고 있을 때인가?

그런데 애들뿐만 아니라, 주변의 대화가 모두 그런 식이었다. 고개를 돌려 바라본 또 다른 자리에서는 여자아이들이 한데 모여 앉아 있었다.

"나 유천영, 쟤 알아! 쟤네 삼촌이 유명한 사진가이셔서, 쟤 가끔 잡지에 나왔어."

"진짜 잘생겼다. 그런데 좀 무뚝뚝해 보여. 성격은 어때?"

"말이 별로 없어! 특히 여자애들하고는 한마디도 안 해."

"헐, 아깝다. 그럼 저기 저, 은색 머리카락인 애는?"

그렇게 말하면서 다른 여자아이가 가리킨 것은 다름 아닌 은지호였다. 내가 턱을 괴고 그들을 바라보는데, 눈이 마주친 한 여자아이가 나를 향해 손을 흔들었다. 어? 내가 턱을 괴고 있던 손을 내리고는 우물쭈물하자, 그중 한 명이 나를 불렀다.

"아, 너 아까 저 세 명이랑 같이 교실에 들어왔지?"

"응, 응, 그랬어."

"너 저 세 명이랑 얘기해 봤어?"

그렇게 말하면서 한 여자아이가 자리를 비켜 주었다. 나는 얼떨결에 그쪽에 합류해서 앉게 되었다. 흘긋 내가 앉아 있던 자리 쪽을 바라보니, 이미 그쪽은 남학생들끼리

모여서 반여령에 대해 얘기하느라 정신이 없었다. 나는 한 번 웃고는 입을 열었다.

"아, 그냥 내가 지각해서 같이 온 거야. 아는 사이는 아니고."

"아, 그래? 아깝다."

"내가 알아, 저 은색 머리카락 남자애. 쟤 은지호라고, 나랑 같은 학교 나왔어."

다행히도 다른 여자아이가 말을 받아서, 곧 그쪽으로 시선이 돌아갔다. 누군가 급하게 물었다.

"아, 진짜? 쟤 성격은 어때?"

"쟤 만날 리무진으로 등교하고, 장난 아니야. 듣기로는 어디 되게 큰 그룹 외동아들이래. 그래서 엄청 귀하게 키운다고. 소문이긴 한데, 어디 은색 머리카락이 흔하니?"

"헐, 진짜 대박이다. 잘생겼는데 집에 돈도 많아."

"그뿐인가, 쟤 전교 1등 도맡아서 했어."

"와, 진짜? 대박, 진짜 대박."

나도 팔짱을 끼고 앉아 조용히 고개만 끄덕끄덕했다. 와, 생긴 건 드라마 주인공 같다 생각했는데 나머지 것들도 그럴 줄이야. 저 정도로 잘생긴 데다가 돈도 많고, 공부도 잘하면 진짜 어디 드라마 남자 주인공 같지 않은가.

여자아이는 신 난 모양새로 말을 이었다.

"옆에 귀엽게 생긴 애는 우주인이라고, 아마 어렸을 때

부터 둘이 친구였을걸? 주인이는 친해지기 쉬워, 성격 진
짜 좋고 귀여워."

"헐, 진짜 좋아."

옆에서 여자아이 둘이 벌써 손을 맞잡고는 즐거워했다.
하기는, 나는 고개를 끄덕였다.

아닌 게 아니라 우주인은 확실히 성격이 좋아 보였다. 첫
만남부터 손을 맞잡는 것 하며, 외국에서 살다 왔나 싶을
정도로 스킨십에 스스럼이 없었다.

누군가 물었다.

"은형이도 진짜 성격 좋은 것 같던데. 아까도 봐, 같은
데 나온 애들이 한꺼번에 투표해서 반장 뽑힌 거잖아."

은형이라면, 나는 교무실에서 마주쳤던 그의 첫 모습을
떠올렸다. 하얗게 부서지는 햇살 아래 선명하게 와서 박히
는 붉은 머리카락, 확실히 인상적인 색이었다. 눈동자는
어떤가, 녹색 빛이 감도는 회색.

머리색만 생각하면 별로 성격 좋을 것 같은 이미지는 아
닌데 웃는 얼굴이나 말씨는 굉장히 바르고 착했었지. 과
연, 대답하는 소리가 들렸다.

"응, 쟤 진짜 모범생이야. 선생님들한테 예쁨 받고 그러
면서도 반 애들한테도 인기도 좋고, 그런 애 있잖아. 은형
이는 진짜 못하는 게 없어. 성격도 좋고."

"와, 진짜 멋있다……."

"사귀고 싶어."

애들 몇몇이 눈이 풀려서는 그쪽을 보았다. 권은형은 고개를 뒤로 해서 바로 뒷자리에 앉은 우주인, 은지호와 뭐라 뭐라 말하고 있었다. 신기하게도 벌써 대화가 어느 정도 통하는 모양이었다. 같은 완벽한 인생들이라서 성격이 잘 맞는 건가, 나는 무심코 그런 생각을 했다.

그리고 다음 순간 누구의 것인지 내 귓가에 섬전처럼 내리꽂히는 목소리가 있었다.

"쟤들 말이야, 사대천왕이라고 불러도 되지 않을까?"

풉! 나는 나도 모르게 화들짝 고개를 숙이며 토할 듯이 기침을 했다. 나는 내가 무언가를 먹지 않고 있었던 것이 다행이라고 생각했다. 만약 내가 콜라라도 마시고 있었으면 나는 그것을 다 뱉어 버리고 말았을 테니까! 나는 기침을 하다 말고 놀란 눈을 들어 앞을 보았다.

'사대천왕' 발언을 한 여자아이는 되레 이상한 것을 보았다는 듯 동그랗게 눈을 뜬 채 나를 보고 있었다. 아니, 나는 입가를 훔치며 생각했다.

사대천왕? 장난해? 사대천왕이라니, 어제 읽은 인터넷 소설에서나 나오던 단어가 아닌가! 만약 저들을 정말로 그렇게 부르면 우리의 일상적인 대화는 이런 식이 되고 만다.

"저기 좀 봐, 사대천왕 중 유천영 님이 등교하고 계셔!"

"어머, 멋지다! 아니, 저길 봐, 사대천왕 중의 은지호 님도 계시잖아!"

"사대천왕 중 두 분이나 함께 계시다니!"

이딴 대화를 매일같이 듣고 살다가는 내 손발이 무사하지 못할 거라고!

나는 지금 진심으로 하는 말이냐고 물으려고 했다. 대답하는 누군가의 목소리만 아니었어도.

"야, 좋은 생각이다! 사대천왕, 어감도 좋아!"

"……?"

이상한 나라의 앨리스가 된 기분이었다. 나는 눈을 동그랗게 뜬 채로 고개를 돌려 옆을 보았다.

제정신이야? 진짜로 저게 어감이 좋아? 설상가상으로 누군가는 손을 맞잡고 외쳤다. 정말 좋다!

그러더니 정말로 순식간에 '사대천왕'이라는 말은 일파만파 사방으로 퍼져 나가기 시작했다.

불과 몇 분도 안 되어 반의 여자아이 모두가 네 남학생들을 바라보면서 '사대천왕'이라고 중얼거리고 있었다. 맙소사, 나는 창백한 얼굴로 두 주먹을 꾹 쥐었다.

이건, 이건 아니야. 당장 이 교실에서 나가야겠어. 나는 생각했다. 아무래도 모두가 제정신이 아닌 것 같았다. 나 빼고.

그런데 더욱 놀라운 일이 일어난 것은 그다음이었다. 내내 약간은 불량한 듯한 자세로 시큰둥하게 앉아 있던 은지호가 갑자기 이쪽을 돌아보았다. 그러더니 자리에서 일어나 교실 한가운데로 성큼성큼 걸어왔다.

그쪽에 앉아 있던 여자아이들은 은지호가 걸음을 옮길 때마다 금방이라도 심장을 입으로 뱉을 것 같은 표정을 했다. 그것은 남학생들도 마찬가지였다.

그렇게나 화려하게 생긴 남자애가, 그렇게나 당당한 걸음으로 교실 한가운데를 가로질러 걸어오니 시선이 쏠리지 않을 수가 없었다.

모두가 은지호를 지켜보는 가운데 그가 내뱉은 말은 이러했다.

"반여령이 누구지?"

아침에도 들었듯, 중학교 1학년이라고는 도저히 믿을 수 없을 만큼 낮고 차분한 목소리였다. 그는 그렇게 묻고는 얼어붙을 듯 새카만 눈으로 싸늘해진 교실을 한 번 둘러보았다.

반여령이라면…… 나는 생각했다. 내 옆집에 사는, 예쁘기는 꼭 어디의 소설 주인공같이 예뻐서는 이름까지 소설 주인공 같은 걔요?

내가 그렇게 생각하기가 무섭게 그녀가 손을 들고 나섰다.

"난데."

"네가 수석 입학자야?"

"응, 그런데?"

그렇게 말하며 반여령은 싸늘한 눈으로 앞을 보았다. 아침까지만 해도 나한테 하도 순하게 굴어서, 반여령에게서는 도저히 나오지 않으리라 생각했던 그런 눈빛이었다.

멀거니 보다가, 고개를 돌리니 손톱을 깨물며 반여령을 노려보는 여자아이들이 보였다. 잘 들리지는 않았지만 뭐라 말하는 것도 같았다.

나는 그쪽으로 귀를 기울였다.

"건방진 계집애. 감히 사대천왕의 은지호 님께……!"

"……."

듣지 않는 것이 더 나았을 것 같다. 내가 다시 고개를 바로 하자, 여전히 팽팽히 대치 중인 반여령과 은지호가 눈에 들어왔다.

둘은 전류라도 튀지 않을까 걱정이 될 정도로 서로의 눈을 뚫어지게 쳐다보고 있었다. 너무 뚫어지게 쳐다보는 나머지, 지켜보는 입장에서는 쟤네 서로 반한 거 아니야, 하는 생각이 들 정도였다.

고집스러울 정도로 한동안 아무도 입을 열지 않았다. 그러다가 먼저 침묵을 깬 것은 은지호였다. 그가 피식, 정말로 '피식' 웃더니 말했다.

"재미있군. 기대해, 다음 시험에서는 양보하지 않을 테니까."

"글쎄, 정말 양보했던 거야?"

"두고 보면 알겠지."

그렇게 말하더니 은지호는 손을 흔들며 폼 나게 돌아섰다. 그 모습을 보면서 나는 생각했다.

아, 아침에 머리 색과는 달리 제법 멀쩡한 애라고 생각했던 것 취소. 진짜 취소.

멀어져 가는 은색 머리카락을 바라보는데, 반여령의 옆에서 갈색 머리카락 하나가 폴짝 뛰어들어 반여령의 손을 잡았다. 반여령이 놀라서 돌아보자 소년이 화사하게 웃었다.

나는 그를 알고 있었다. 우주인. 붙임성 좋고 귀엽게 생긴, 은지호와 친한 사이로 추정되는 바로 그였다.

우주인은 싱긋 웃더니 반여령에게 말했다.

"지호한테 그런 식으로 말한 여자애는 네가 처음이야."

"지호?"

반여령은 전혀 모르겠다는 듯한 얼굴로 되물었다. 반 여학생 모두가 내내 사대천왕 얘기만 하고 있었음에도, 반여령은 '은지호'라는 이름에 대해서는 한 번도 들어 보지 못한 눈치였다. 그러나 우주인은 전혀 이상하다는 내색 없이 웃으며 고개를 끄덕였다. 그리고 그의 친절한 설명이 이어졌다.

"응, 지호! 아까 그 애 이름이 은지호야. 난 우주인, 지호랑은 어렸을 때부터 친구야."

그러고는 친해진 듯 금세 이것저것 얘기를 나누는 둘을 바라보다가 고개를 돌리자, 여자아이들이 반여령을 불타는 눈으로 바라보고 있는 것이 보였다.

무어라 얘기를 나누다가 다시 한 번 활짝 웃은 우주인은 이렇게 말하며 대화를 끝맺었다.

"지호를 이긴 건 네가 처음이야!"

그에 다시 한 번 뭔가 잘못되어도 단단히 잘못되었다는 생각이 들었다.

뭐야, 저 드라마에서나 나올 법한 대사는. 이거 진짜 드라마야? 몰래카메라 찍어, 지금?

문득 고개를 돌린 나는, 사대천왕 중 나머지 둘인 유천영과 권은형이 흥미진진한 눈으로 이쪽을 보고 있음을 깨달았다.

유천영은 여전히 얼음으로 빚은 듯 냉랭한 얼굴을 하고 있었지만, 반여령을 보는 푸른 눈에는 조금 다른 류의 흥미가 깃들어 있는 것도 같았다. 그리고 권은형은 그저 웃는 얼굴로 반여령을 보고 있을 뿐이었다.

내가 그들을 바라보고 있음에도, 아니, 반여령을 제외한 여학생 대부분이 그들을 보고 있음에도 그들은 그저 반여령만을 바라보고 있었다. 그것이 참 뭐라고 해야 하나, 잘 조작된 연극이라도 보는 듯한 기분이었다.

마침내 종례 시간이 다가와서, 담임 선생님에게 인사를

하자마자 가방을 멘 아이들 몇몇이 교실 밖으로 뛰쳐나갔다. 은지호와 우주인을 비롯한 사대천왕은 느긋하게 짐을 챙기고 있었다. 내리깐 유천영의 검푸른 속눈썹을 보다가 나는 문득 인기척이 난다 싶어 뒤를 돌아보았다.

그곳에 반여령이 있었다. 기울어진 오후의 햇빛을 받으며, 두 손은 간절하게 가슴께에 모아 올린 채 나를 바라보고 있었다.

"왜, 왜?"

너무 당황해서 순간 말이 헛 나왔다. 반 아이들 몇몇은 흥미진진한 눈으로 이쪽을 쳐다보고 있었다. 왜냐하면, 반여령과 나는 오늘 단 한순간도 이야기를 나눈 적도, 가까이 앉아 있던 적도 없었으니까.

짧게 한숨을 내쉰 반여령은 다음 순간 자연스럽게 내 손을 잡으며 말했다.

"단아, 집에 가자."

"어……."

뭐라 말할 새도 없이 그녀가 내 손을 이끌었다. 단호한 손길, 그녀에게 놓으라고 말하려다가 문득 바라본 그녀의 얼굴이 울 듯이 일그러져 있음을 보았다. 입술을 새하얗게 질릴 정도로 꾹 깨물고 있는 것도, 보았다.

나는 무심코 생각했다. 그녀가 아침에 던졌던 말.

"알았어, 네가 무슨 말을 하고 싶은지는 알겠는데…… 일단 학교는 가자."

"……."

잘은 모르겠지만, 이전에 반여령과 나 사이에 어떠한 관계가 있었다면 반여령과 나는 현재 싸운 상태일 것이라는 생각이 들었다. 반여령이 나에게 얼마나 감정적으로 의지하고 있는가는, 맞잡은 손에서 느껴지는 떨림으로 알 수 있었다.

반여령과 손을 잡고 묵묵히 복도로 걸음을 옮기려니 문득 느껴지는 시선이 있어, 고개를 돌리자 사대천왕이 색색의 눈동자로 이쪽을 보고 있었다.

운동장을 가로질러 걷는 내내 반여령은 아무 말도 하지 않았다. 집으로 들어갈 때 즈음, 그녀가 내 손을 놓더니 말했다.

"단아, 내일 봐."

그렇게 말하는 그녀의 눈이 정말로 간절하게 나를 보고 있었다. 아, 진짜. 왜 이런 상황에 놓여 있는지 알 수도 없는데, 그런데 반여령이 그런 식으로 나를 바라보니 대답하지 않을 수가 없었다. 저 애는 자기 미모의 힘을 알고 있는 건가? 오죽하면 그런 생각마저 들었다.

나는 결국 머리카락을 헝클어트리고는 대답했다.

"그…… 래, 그러자."

그러자 반여령은 환하게 웃었다. 그녀는 옆집의 도어록을 꾹꾹 누르고 집에 들어가는 그 순간까지도 싱글벙글했다. 그녀의 모습을 바라보다가 나도 집으로 들어갔다.

집은 내가 아침에 보았던 그 모습 그대로 정적에 둘러싸여 있었다. 고개를 들어 확인한 시각은 12시, 확실히 어머니와 아버지 둘 다 퇴근하기에는 이른 시간이었다.

방으로 들어가서 가방을 내려놓은 나는 한숨을 푹 내쉬며 교복 차림 그대로 침대에 누웠다. 거울은 보고 싶지도 않았다. 재킷은 물론이고 치마까지 하얀 교복을 입은 내 모습이라니, 광대 같을 거야. 틀림없어.

한동안 그러고 있다가, 문득 어젯밤에 침대 밑에 던져 놓은 소설에 생각이 미쳤다.

나는 누운 채로 부스스 팔을 들어 머리맡으로 뻗었다. 되는 대로 휘저었더니 마침내 손끝에 걸리는 것이 있었다. 나는 그것을 가져와 졸린 눈으로 들춰 보았다.

어제 잠이 안 와서 되는 대로 주워 읽은 것은 다름 아닌 인터넷 소설이었다. 나는 졸린 눈으로 책의 뒤표지에 새겨진 광고 문구를 읽었다.

학교에서 넘어졌는데 모르는 남자애랑 키스했다! 헉! 그런데 내 첫 키스를 가져간 그 애가 우리 학교 사대천왕이라고?

"……."

솔직히, 나이가 들고 나서는 손대고 싶지 않을 그런 책이
었다. 책의 내용은 책의 광고 문구에서도 알 수 있듯이 뻔
했다.

예쁘고 공부 잘하고 성격 좋고, 그러나 본인은 평범하다
고 믿는 여주인공과 재벌 집 외동아들에 잘생겼고 만날 수
업을 빼먹고 싸우러 다니는데도 공부는 잘하는 남주인공의
불꽃 튀는 로맨스!

어디에서나 볼 법한 여주인공과 남주인공에, 어디에서나
볼 법한 내용이었다. 물론 이것을 현실에 적용하고자 하면
제법 큰일이 난다.

남자 주인공은 순혈 한국인인데 은색 머리카락을 가지고
있고, 면허증도 없이 오토바이를 잘도 몰고 다닌다. 여자
아이는 어떤가. 순혈 한국인인데도 머리카락이 붉은색이라
고 한다. 더욱더 가관인 것은 이 소설의 사대천왕인데, 사
대천왕은 머리 색이 각각 은색, 블루블랙, 갈색, 레드와인
이다! 너네 다 토종 한국인이라며? 나는 생각하다 말고 웃
겨서 누운 채로 헛기침을 했다.

누운 채로 한참을 웃으려니 배가 아팠다. 그렇게 침대에
누워서 천장을 보고 웃기를 몇 분, 나는 문득 새로운 사실
을 떠올리고는 더없이 울적해졌다. 천장을 빤히 보는 채로
생각했다.

그런데 그 말도 안 되는 것들이 현실로 나타났다. 같은 반에는 색색의 머리카락을 한 남자애들이 있고, 더군다나 눈이 파란 남자애도 있었다. 은색 머리카락의 남자애도, 믿기지 않게도 있었다. 그리고 반 여자아이들은 그들을 가리켜 '사대천왕'이라고 불렀다…….

아무도 그들의 머리 색이나 눈동자 색에 대해서, 그리고 '사대천왕'이라는 호칭에 대해서도 의구심을 갖지 않는 눈치였다. 이게 가능이나 한 일인가?

한참을 그러고 있다가 나는 몸을 벌떡 일으켜 컴퓨터 앞에 앉았다. 컴퓨터 전원을 켜고, 화면이 뜨자 나는 곧바로 인터넷을 클릭했다.

검색, 대담 중학교.

검색 결과가 없다는 화면이 뜨고, 그 아래로 '대담하다', '대담한'과 같은 문구가 들어간 게시 글만 수십 개가 이어졌다. 모니터를 피곤한 눈으로 쳐다보다가, 지끈거리는 이마를 감싼 채로 다음 단어를 쳤다. 인터넷 소설. 그리고 다음 순간, 나는 내 눈을 의심했다.

인터넷 소설이라고 하면 인터넷에 뜨는 것만 수십 개였다. 그런데 그것이 전부 사라지고 없었다. 왜, 왜? 어떻게 소설들이 하루아침에 사라질 수가 있단 말인가? 모골이 송연했다.

믿을 수가 없어서 흰 화면을 멀거니 바라보는데, 문득 이런 생각이 들었다. 중학교 하나도 통째로 사라지고, 없던 사람 하나도 홀연히 나타난 판국에 소설이 사라진 것이 무엇이 대수냐는 생각. 가만히 이마를 감싸 쥐고 있던 나는 다시 키보드를 두드렸다.

사대천왕.

이번에는 검색 결과가 있었다. 그러나 소설에 대한 것이 아니었다.

–대박;; 저번 송덕 중학교 사대천왕 이번에 우리 반 됨.

–대왕 중학교 사대천왕 사진!

"이게, 지금……."

너무 황당해서 아무런 말도 나오지 않았다. 거기까지 말하고, 소리 없이 입술만 달싹이다가 나는 결국 컴퓨터 전원을 꺼 버렸다. 괜히 죄 없는 책을 노려보다가, 머리가 복잡해서 결국 침대에 풀썩 누워 버렸다.

좋아, 어떻게 된 일인지는 몰라도 한숨 자고 일어나면 모든 것이 멀쩡하게 돌아가 있으리라. 저기 저, 말도 안 되게 번쩍이는 흰색 교복은 다시 평범하게 돌아가 있을 것이고, 지존 중학교라는 웃기지도 않는 이름의 중학교는 세상에서 사라져 있을 것이고, 사대천왕이니 뭐니 하는 것도 더 이상 내 귀에 들려오지 않을 거야.

그렇게 나는 잠을 잤다. 죽음처럼 깊은 잠이었다.

몇 시간이 지났을까. 다시 깨어나자 창틈에는 어둠이 찾아와 있었다. 부엌 쪽에서 환한 빛이 새어 나오기에 문을 열고 갔더니 요리를 하고 계신 엄마의 뒷모습이 보였다.

노란 전구 빛을 받아 둥그렇게 빛나는 어머니의 등을 바라보고 있자니 지금까지 겪은 모든 일들이 말도 안 되는 꿈처럼 느껴졌다.

그렇지, 그건 다 꿈이었어. 그렇게 생각하면서 나는 엄마의 뒤로 쫄래쫄래 다가갔다.

내가 말없이 엄마의 등을 끌어안자, 엄마가 나를 보며 물었다.

"왜, 오늘 학교에서 무슨 일 있었어?"

"응, 좀……."

"왜, 뭔데?"

아무 생각 없이 물었던 것인지, 내가 정말로 있다고 하니 엄마는 놀라는 눈치였다. 이걸 어떻게 대답해야 하나, 나는 생각했다. 오늘 내가 겪은 '무슨 일'이 너무나 많아서 어떻게 설명해야 할지 알 수가 없었다.

나는 결국 제일 궁금하던 바를 물었다.

"엄마."

"응?"

"옆집에 처음 보는 엄청 예쁜 애가 나더러 우리는 원래 친했대. 이게 지금 뭐라고 생각해?"

"옆집?"

엄마는 잠시 생각하는 눈치이더니, 곧바로 대답했다.

"옆집이라면, 여령이 말하는 거 아니니?"

"엄마도 걔를 알아?"

"당연하지! 너 태어날 때부터 옆집에 살았잖아! 여령이
랑 너랑 계속 친구였고. 얘가 왜 이래? 너 여령이랑 싸웠
어? 그래서 모른 척하는 거야, 지금?"

"아, 아니……."

나는 그렇게 말하고는, 한동안 아무 말도 하지 못한 채
엄마의 옷자락만 꽉 쥐었다. 단단한 것으로 뒤통수를 한
대 얻어맞은 기분이었다. 태어날 때부터 옆집? 나랑 계속
친구였다고? 내 기억에는 전혀 없는데?

내가 창백한 얼굴로 내내 서 있자, 엄마는 내가 아프다고
생각했는지 이마를 짚으며 무어라 말했다. 그것조차 잘 들
리지 않았다.

아, 그러다가 나는 간신히 식탁 의자에 앉았다. 멀쩡하
게 밥을 먹고는, 엄마가 내게 병원에 가 보겠냐고 물었지
만 조용히 고개를 내저었다.

나는 제법 멀쩡하게 말하고 행동했다. 그러다가 방에 들
어가서 문을 잠그는 순간 침대 위로 무너지듯 누웠다.

"말도 안 돼."

그 말밖에는 나오는 것이 없었다. 나는 누운 그대로 머리를 일으켜 이마를 짚었다. 심장이 빠르게 뛰고 있었다.

반여령과 내가 어려서부터 친구였다는 것. 그게 오늘 내가 처음부터 끝까지 느꼈던 모든 일에 대한 위화감의 정점을 찍었다. 자고 일어나도 달라지는 것은 없었다.

지금까지 바뀌었던 모든 세상이 가리키고 있던 단 하나의 사실, 결국 내내 부정하고 있었던 그것을 나는 인정하기로 했다.

자고 일어나니 이 세계는 갑자기 인터넷 소설처럼 바뀌어 있었다. 그리고 내 눈앞에 등장한 색색의 머리카락을 한 잘생긴 남자애들, 사대천왕. 그리고 예쁘고 공부도 잘하는 여자아이.

은색 머리카락에 재벌 그룹 외동아들, 잘생긴 데다가 공부도 잘해, 그 모든 것이 말하는 바는 명백했다. 은지호는 이 소설의 남자 주인공이었다.

그리고 그 애 운명의 짝, 그러니까 여자 주인공은 다름 아닌 반여령이다. 지금까지 보았던 것으로 따지자면 그것은 명백한 사실이었다.

그리고 이 소설에서 내 역할은 바로 반여령의 옆집에 사는 여자아이인 것 같다. 왜, 인터넷 소설에서 보면 여주인공의 친구로 고정적으로 등장하는 여자아이가 한 명쯤 있지 않은가. 그 한 명이 나였다. 나에 대해 더 특별한 것은 없었다. 그냥 그게 다였다.

내 중학교가 바뀐 이유도, 나와 같은 반에 사대천왕 모두가 있는 이유도, 단지 나는 반여령과 같은 반이어야 하고 반여령은 사대천왕과 같은 반이어야 하기 때문이었다. 단지 그 때문이었다.

아, 젠장! 나는 생각하다 말고 머리를 감싸 쥐었다.

무슨 이유에서인지는 모르겠지만, 여주인공의 단짝으로 선택되었다는 그 사실 하나 때문에 그 애들을 3년 동안이나 옆에서 지켜보며 살아야 한단 말이야? 지존 중학교, 사대천왕 어쩌고 하는 것을 내가 옆에서 지켜보고 살아야 한다고? 내가 무슨 죄로!

한참을 끙끙 앓는 소리만 내다가 나는 결국 비척비척 일어나 책상으로 다가갔다. 이로 매직 뚜껑을 뽑아낸 나는 달력에 대고 꾹꾹 새겨 적었다.

2007년 3월 2일. 인소가 시작된 날.

달력에 그렇게 적고는 한 걸음 뒤로 물러서서 달력을 비장하게 바라보던 나는 고개를 끄덕였다. 그러고는 머리를 마구 쥐어뜯으며 소리를 지르기 시작했다.

"아, 미친! 말도 안 돼! 이게 무슨 일이야! 으아악!"

"단아! 왜 그래, 학교에서 정말 무슨 일 있었어!?"

"으아아아악!"

나는 자리에서 방방 뛰면서 한참이나 소리를 질렀다. 나중에 엄마가 옆집에 사는 반여령에게 학교에서 무슨 일이 있었는지 물어보겠답시고 뛰쳐나갈 채비를 할 즈음에야 발광하는 것을 멈추었다.

나는 그날 한 가지 결심을 했다. 반여령과 내가 얽혀서 좋은 것이 뭐가 있겠는가! 공부도 잘하고, 얼굴도 예쁜 데다가 남자애한테 인기도 많은데 자기가 예쁜 줄은 모르는 여자애라니, 친구로 둬 봐야 암밖에 더 걸리겠는가? 게다가 더욱 심각한 것은 반여령 옆을 맴돌고 있는 남자들이었다.

대기업 후계자 은지호에 잠정적으로나마 반여령에게 관심이 있는 것 같은 우주인, 그리고 앞서 교실에서 보았던 그 푸른 눈의 남자애랑 붉은 머리카락의 남자애! 그리고 그들이 겪을 온갖 사랑과 질투와 납치극의 서스펜스 대서사시!

나는 그 폭풍 같은 운명에 결코 휘말리고 싶지 않았다.

벗어나자! 나는 결심했다.

반여령에게서 벗어나자!

그리고 그로부터 3년이 지난 지금.

나는 짐 더미 속에서 문득 마주친 2007년 3월 2일 달력을 물끄러미 내려다보고 있었다.

이게 아직도 이곳에 있는 줄은 몰랐다. 벌써 3년 전 달력인데, 내가 아직 버리지 않고 상자 안에 넣어 둔 채 어디 책꽂이 구석에 보관해 둔 모양이었다.

먼지가 두텁게 내려앉은, 매직으로 꾹꾹 새겨 놓은 그 글자를 바라보다가 나는 픽 웃었다. 그리고 웃는 그대로 깊은 한숨을 흘렸다.

"후……."

그랬지, 그땐 그랬다. 그때는 순진하게도 반여령에게서, 그리고 사대천왕에게서 멀어지는 것이, 소설 같지 않은 인생을 영위하는 것이 가능하리라고 믿고 있었다.

그로부터 3년이 지난 지금, 달라진 것은 없다. 눈부시게 빛나는 여주인공 반여령은 여전히 내 옆집에 거주하고 계시며 나와 같은 고등학교에 갈 예정이다.

물론 바늘 가는 데 실 간다고, 반여령뿐이겠는가, 사대천왕도 함께 간다. 그게 당연하지.

"……."

3년 전 달력에 내가 공들여 새겨 놓은 '인소가 시작된 날'이라는 글자를 매만지다가 나는 두 손으로 벽을 짚었다. 그리고 고개를 떨어트리며 다시 한 번 한숨을 푹 내쉬었다.

그렇다, 나는 인터넷 소설로부터 멀어지는 데 실패했다. 여전히 소설의 모든 요소를 집약해 놓은 듯한 그 남정네들과 반여령은 내 곁을 맴돌고 있으며, 내 모든 일상을 비일상으로 만들어 놓고 있다. 어쩌겠는가, 이것이 내가 지금 처한 현실이다.

결국 이상한 심상, 후회와 연민이 뒤섞인 복잡한 기분이 내 속을 긁는 탓에 2007년 달력은 버리지 못했다. 먼지투성이인 그것을 상자에 그대로 담아 구석에 밀어 넣고는 다시 한 번 한숨을 푹 내쉬는데, 주머니에서 핸드폰이 울렸다.

핸드폰을 꺼내자 액정 위로 '은지호', 세 글자가 번쩍였다. 나는 폴더를 열었다.

보낸 사람 : 은지호
내일 늦지 마라

나는 아무 말 없이 그것을 빤히 바라보았다.

이 소설의 남자 주인공 은지호는, 예상은 했지만 정말로 소설의 남자 주인공다운 성격으로서 반여령을 제외한 여자에게는 얼음같이 차가웠다.

"……."

뻥이고, 친해지고 보니 그냥 병신인 것 같았다.

나는 손가락을 꾹꾹 움직여 문자를 보냈다.

받는 사람 : 은지호
너나 ㅗㅗ

문자를 보낸 나는 찌뿌듯한 몸을 일으켜서 기지개를 쭉 켰다.

그렇다. 어쨌거나 3년이라는 시간이 흘렀고, 절대로 달라지지 않으리라 생각한 것, 예를 들면 이들과 나 사이의 관계도 생각보다는 많이 달라졌다. 이것은 어쨌거나 반여령의 이야기가 아닌 나의 이야기이다.

이것은 중학교 3년 동안을 여주인공 단짝으로 지낸, 그리고 고등학교 때도 그렇게 지낼 것이 분명한 나의 이야기이다.

제2조. 학교에는 사대천왕이 있더라고요

학교에는 사대천왕이 있더라고요

　인터넷 소설의 법칙에서 제일 중요한 것은 물론 남자 주인공과 여자 주인공의 외모 묘사다. 남자의 경우 손대면 베여 버릴 듯한 콧날, 보기 좋은 모양의 입술, 어쩌고……여자의 경우 조막만 한 얼굴, 앵두처럼 붉은 입술.

　그러나 그런 것은 모두 앞에서 묘사했고, 어쨌거나 반여령과 은지호는 이 조건을 모두 충족시킨다는 것을 확인했으니까 넘어가자.

　그래서 그다음으로 중요한 것이 무엇이냐. 자, 남자 주인공의 친구들이다.

　흔히 인터넷 소설에서 남자 주인공의 친구는 기본적으로 두 명에서 세 명이다. 그들의 성격은 간단하게 다음과 같이 표현할 수 있다.

ㅡ ㅡ : 얼음 왕자라고 불리는 싸늘한 미남 타입

^-^ : 마냥 미소를 날리는 친절한 훈남 타입

〉_〈 : 애교가 철철 흘러넘치는 귀여운 타입

　예상하고는 있었지만 이 남자 주인공의 친구 3인방은 나와 반여령이 들어갔던 그 중학교 1학년 4반에서 모두 찾을 수 있었다. 그 이유는 어렵지 않게 추측할 수 있다. 여주인공은 사대천왕이랑 친해져야 하거든!

　검푸른 머리카락에 푸른 눈을 하고 있던 그 싸늘한 얼굴의 미소년, 유천영은 예상했지만 정말로 차가운 성격이었다. 그는 특히 여자아이들과는 말도 잘 섞지 않았다. 대화를 해도 단답으로 일관했다. 과연 'ㅡ ㅡ' 역할에 책봉될 만했다.

　"^-^" 역할을 맡은, 붉은색 머리카락에 검녹색 눈을 가진 권은형은 정말로 건실한 남자애였다. 얼마나 건실하냐면 한 번도 지각을 한 적도, 복장 불량으로 걸려 본 적도 없는데다가 반장 투표 당시 모든 사람의 표를 받아 반장으로 선출되었을 정도였다. 나중에 알고 보니 권은형은 초등학교 때부터 6년 내내 반장을 도맡아서 했다고 한다.

　마지막으로 '〉_〈' 역할. 갈색 머리카락을 지닌, 은지호의 친구 우주인은 본 대로 발랄했다. 그 애는 친화력이 특히 끝내줘서, 학기 시작한 지 채 한 달도 되지 않아 우리 반에서 만인의 남동생 같은 위치로 등극했다.

당시 1학년 4반 모두가, 은지호를 포함해서 저 4명이 우리 반인 것은 굉장한 축복이라고 말했지만 내 생각은 좀 달랐다.

그들이 그렇게 생김으로 인해서 나는 시력 장애를 겪고 있었다. 간단히 말해서 웬만한 사람은 오징어로 보이는 그런 장애였다. 반여령을 포함해서 은지호와 유천영, 우주인, 권은형, 그 5명은 주변 사람들을 오징어 이하로 전락시키는 민폐의 핵이었다!

나는 틈만 나면 그 4명을 몰래몰래 노려보았다. 절대로 눈 호강하려고 본 게 아니다. 아니, 눈 호강하려고 본 것도 맞는 것 같지만……

그런데 내가 노려보거나 말거나 그들은 별 관심이 없는 것 같았다. 아니, 어쩌면 내 시선을 눈치채지 못했을 수도 있다. 왜냐하면 당시 우리 반 여자아이들의 대부분은 그애들을 보고 있었기 때문이다.

권은형은 반장이라서 그나마 몇 번 말을 섞을 기회가 있었지만 그뿐이었다.

은지호는 아침 등굣길에 마주쳤던 그날 이후로는 나에게 말도 잘 걸지 않았고, 우주인은 애들에게, 특히 여자애들에게 인기가 많아서 도저히 개인적으로 얘기할 시간이 나지 않았다.

유천영이야 여자애들이 말이라도 걸라 치면 그 짙은 푸른 눈으로 서늘한 눈빛을 내쏘는데 도저히 겁이 나서 말을 걸 수가 없었다. 그것은 다른 여자애들도 마찬가지라서, 학기가 거의 끝날 때까지 유천영과 말을 한마디 이상 해본 여자아이는 없었다. 반여령을 제외하고.

반여령은 그 가공할 친화력으로, 불과 며칠도 안 되어 우주인과는 절친이 되고, 은지호와는 툭탁거리는 사이가 되었으며, 권은형, 유천영과는 데면데면한 친구 사이가 되었다.

역시 소설 여주인공, 나는 그저 감탄했다. 다른 여자애들은 그 4명을 보면서도 손가락만 빨고 있는데, 진짜 대단했다.

그런데 한 가지 문제가 있었다. 반여령은 나에게서 떨어지려고 하지를 않았다. 원래 대부분의 소설에서 그렇듯이, 얘는 여학생 중에서는 친구가 나밖에 없는 모양이었다. 그리고 이곳에서는 그 한 명이 다름 아닌 나였다.

물론 나는 반여령에게서 떨어지려고 최선을 다했지! 반여령과 얽히면 얼마나 귀찮은 일이 줄줄이 일어날지 불 보듯 뻔했으니까. 소설 한 권만 읽어도 납치에, 악녀 등장에, 만날 오토바이 얻어 타고 다니고, 불량배 등장하고, 뺨 맞고 난리인데…….

나와 자신이 태어나서부터 친구였으며 앞으로도 그럴 것이라고 철석같이 믿고 있었던 반여령에게는 미안했지만,

나는 나의 평온한 삶을 위하여 반여령에게서 슬금슬금 멀어지려 노력했다.

그리고 그로부터 3년이 지난 오늘, 나는 이들과 사이좋게 졸업 여행을 갈 예정이다. 오늘은 그 전날 밤이었다.

"……."

어쩌다 이렇게 된 거지? 너무 중간 생략이 심한데? 나는 옷가지를 가방 안으로 던져 넣다 말고 문득 인상을 찡그렸다. 아니, 진짜 어쩌다가 이렇게 된 거지? 나는 신음을 흘리며 미간을 꾹꾹 눌렀다. 글쎄, 결정적인 계기가 있었다고 하기에는 짚이는 것이 너무나 많았다.

3년 동안 시간은 낙숫물처럼 쌓여, 나를 그리고 반여령을 둘러싼 관계를 한 바퀴 빙 돌려놓았다. 3년이라는 시간은 생각보다도 길다. 나는 무심코 벽에 걸린 시계를 올려다보았다.

헉, 벌써 12시였다. 망했다, 내일 새벽 5시 40분 첫차 타고 출발해야 하는데.

기겁해서 가방을 도로 집어 드는데 현관에서 도어벨 소리가 났다. 거실에 부모님이 계시니 알아서 문을 여시겠지, 생각하기가 무섭게 부르는 소리가 났다.

"단아!"

"네?"

"문 열어!"

"엄마 지금 거실이잖아요!"

내가 그렇게 외치고 조금 있어서 돌아오는 대답에 나는 조용히 얼굴을 찡그렸다.

"지금 드라마에서, 아, 정은지가 울고 있어! 엄마 못 가!"

그놈의 드라마, 진짜. 나는 눈을 찡그리고는 몸을 일으켰다. 대체 몇 시간 동안 앉아 있었던 거야. 후들거리는 다리를 진정시키며 나는 신발장으로 성큼 내려가 문고리를 돌렸다.

이 시간에 우리 집 문을 두드릴 사람이라면 반여령뿐이지, 그렇게 생각하면서 문을 열어젖히던 나는 전혀 예상하지 못한 얼굴을 보고 숨을 들이켰다.

열린 문틈으로 드러난 새카만 머리카락, 그 위로 거실 불빛이 새어 들자 머리카락 위로 자줏빛이 어른거렸다. 그 아래로 드러난 얼굴은 새하얗고 희었다. 새카맣고 진한 눈썹, 그 아래로 나를 응시하는 새카만 눈은 반여령의 것과는 달리 빛 한 점 돌지 않았다.

반여령의 오빠, 반여단의 등장이었다. 왜 이 시간에, 반여령도 아니고 여단 오빠가 우리 집 문을 두드린단 말인가!

내가 망연히 까치집이 되었을 내 머리 하며, 오랫동안 세수를 하지 않아 개기름이 흐를 얼굴 따위를 생각하는데, 여단 오빠는 내 엉망인 몰골을 보고도 전혀 감흥 있는 얼굴이 아니었다. 아 참, 잠시 후 나는 잊고 있던 사실을 깨닫고는 조용히 절망했다. 맞다, 그랬지.

군이 분류를 하자면 인터넷 소설에서 나오는 주인공의 오빠 타입에는 크게 두 가지가 있다. '푼수 오빠'와 '여동생에게만 자상한 냉미남 오빠'. 반여단은 표정 없는 석고상 같은 얼굴이나 냉기가 풀풀 날리는 말투에서 알 수 있듯이 후자에 속했다.

그리고 냉미남 오빠들은 대개 자기 여동생을 제외한 여자에게는 아무런 관심이 없지!

사실 그를 처음 마주쳤을 때, 나는 그에게 한눈에 반하는 것이 내 역할일지도 모른다고 생각했다. 그 정도로 그는 너무, 너무 근사했다. 학교에 있는 은지호, 권은형…… 소위 사대천왕이야 반여령의 남자가 맞다 쳐도, 설마하니 반여단은 피를 나눈 남매인데 반여령을 좋아할 리는 없지 않을까? 적어도 반여령과 이복 남매 사이가 아닌 이상은 나를 한 번쯤 봐주지 않을까?

그러나 반여단이 반여령을 이성적으로 좋아하지 않는다고 해도, 그가 좋아할 다른 여자가 나는 아닌 것 같았다. 그래서 나도 포기했다. 포기한 지 3년쯤 지난 것 같다.

그래도 그는 여전히 너무나 멋있어서 내가 그의 얼굴을 빤히 보고 있는데, 그가 나에게 무언가를 불쑥 내밀었다. 내가 물었다.

"수박?"

"엄마가 갖다 주라고. 아주머니 지금 드라마 때문에 안 주무실 거라고 그러시던데."

"아, 오빠네 아주머니도 보고 계시겠네."

"응."

그는 고개를 끄덕이고는 거실 쪽을 한번 내다보더니 어이가 없다는 듯 옅은 웃음소리를 흘렸다. 그의 웃음소리는, 꼭 드라마에서 남자 주인공이 웃는 것처럼 비현실적으로 들리기는 했지만 그래도 멋있었다.

내가 그를 잠시 멍하니 올려다보는데, 그가 손을 들어 내 머리를 툭툭 쳤다. 이것은 그의 언어로는 '내가 말하는데 넋 놓지 마'라는 의미였다. 나는 그와 대화할 때는 정신을 자주 놓곤 해서, 그는 나를 상당히 얼빠진 녀석으로 보고 있는 것 같았다.

그러나 내가 정신을 자주 놓는 것은 오직 반여단 때문이었다. 다시 말하는 거지만 그는 너무, 너무…… 멋있었다.

나는 퍼뜩 정신을 차리고 그를 올려다보았다. 그가 물었다.

"넌 안 자고 뭐 해."

그 특유의 어조 없는 물음이었다. 그가 나에게 뭔가를 묻는다는 것은 상당히 오랜만의 일이라서, 나는 기분이 좋아졌다. 나는 배시시 웃으며 대답했다.

"아, 짐 싸고 있었어."

"아아, 바다 여행?"

"응."

"남자애들이랑 같이 간다고?"

그가 약간 불편한 기색으로 물었을 때, 나는 그럼 그렇지 하는 생각을 했다. 결국은 나에게 여행에 관한 것을 묻고 싶었을 뿐이었다.

내가 웃으며 어깨를 으쓱하자, 반여단은 그린 듯 새카만 눈썹을 조금 찡그렸다. 그가 말했다.

"조심해."

"당일치기인데, 뭐. 그리고 걔들은 남자도 아냐."

"그래."

그리고 천천히 돌아선 그가 바로 옆집의 문을 열고 들어갈 때까지, 나는 현관에 서서 그를 황홀한 눈으로 바라보았다.

솔직히, 내 바로 옆집에 웬만한 연예인 뺨을 올려붙일 만한 미남이 사는데, 내가 어떻게 설레지 않을 수 있겠는가? 그 남자가 여동생을 제외하고는 절대로 마음을 열지 않는 철벽남이라고 해도 말이다.

그가 아까 툭 쳤던 이마를 문지르다가, 나는 한 번 웃고는 거실에 수박을 놓았다. 드라마에서는 한창 악녀가 남자에게 대고 펑펑 눈물을 쏟고 있었다. 화면 속의 그녀는 울면서 발악했다.

"대체 걔는, 걔는 무슨 재주로 그런대!? 어떻게 만나는 남자마다 그렇게 간단하게 홀릴 수가 있어!?"

　엄마는 숨도 쉬지 않고 텔레비전을 보는 것이, 곧 빨려 들어갈 것 같기도 했다.

　나는 악녀를 힐끔 보고는, 고개를 끄덕이고 다시 돌아섰다. 사대천왕과 그녀의 오빠를 보자면, 반여령이 어떻게 그게 가능한지는 정말 의문이었다.

* 　 * 　 *

　겨울이라서, 새벽 5시라고 해도 창밖은 새카만 어둠에 잠겨 있을 터였다. 그런데 잠에서 벗어나자마자 감은 눈꺼풀 뒤로 새어 나오는 흰빛에 나는 눈을 찡그렸다.

　이불을 더욱 세게 쥐고는 그것을 머리 위로 끌어 올리는데, 누군가가 그런 내 손 위로 손을 겹쳐 올렸다.

　방금까지 밖에 있던 듯, 그 손은 얼음장처럼 찼다. 그러면서도 믿을 수 없이 부드러웠다. 그리고 머리맡에서 나직이 울리는 목소리가 있었다.

　"일어나."

　만약 그 목소리의 주인이 엄마였다면 나는 당장 이불을 머리끝까지 끌어 올렸을 것이었다. 그런데 그게 아니었다. 내가 들은 것은 흠잡을 데 없이 매끄러운, 남자와 소년의 경계에 선 묘한 매력의 목소리였다.

아, 라디오 디제이 해도 되겠다. 무심코 생각하다가, 내가 아는 중에 저런 목소리를 지닌 사람은 단 한 명이라는 것을 깨닫고 눈을 퍼뜩 떴다.

은지호! 이 새끼가 왜 여기에 있는 거야!

눈을 뜨자마자 시야로 들어온 것은 새하얀 빛 속에서 선명한 은빛을 뿌리고 있는 머리카락이었다.

은지호였다, 진짜 은지호였다.

내가 튕기듯이 몸을 벌떡 일으키자, 그는 잠시 놀란 듯이 나를 보다가 내 손을 쥐고 있던 자신의 손을 놓았다. 그는 전혀 당황하지 않은 듯한 눈치였다. 내가 그를 노려보자, 그가 천연덕스럽게 물었다.

"왜?"

"네, 네가…… 내가 왜 네 방, 아니, 네가 왜 내 방에…….."

너무 당황해서 말이 헛 나올 지경이었다. 은지호는 그 새카만 눈을 한 번 깜빡이더니 상쾌하게 웃으며 대답했다.

"반여령이 너 깨우라던데. 아주머니가 문 열어 주셨어. 아주머니는 지금 부엌에서 도시락 싸고 계시고."

"엄마!"

쟤를 내 방에 들여놓으면 어떡해! 내가 집이 떠나가라 소리 지르자 곧 부엌에서 대답이 돌아왔다.

"엄마 바빠!"

물론 엄마가 내 도시락을 싸 주고 있는 것은 매우 감사한 일이었으나, 반여령도 아니고 은지호를 내 방에 들여놓으면 어떡한단 말인가. 은지호는 대수롭잖다는 듯 물었다.

"내가 여기 한두 번 와 봐? 새삼스럽게 왜 그래?"

"내, 내가, 깨어 있을 때랑 자고 있을 때랑……."

"똑같이 못생겼더라."

"……."

나는 은지호를 노려보다 말고 히죽 웃었다. 은지호는 내 미소에 흠칫하며 몸을 뒤로 뺐다.

어차피 은지호는 반여령에게도 매일 못생겼다는 말을 입에 달고 사니—인소의 법칙 제3조, 여주는 여신임에도 불구하고 남주에게 못생겼다는 말을 듣고 산다. 예 : 못난이—, 그의 말은 오히려 내가 반여령이랑 비슷하게 생겼다는 뜻이 아닌가? 나는 웃으며 물었다.

"야, 너 맨날 반여령한테도 못생겼다고 했잖아. 그럼 반여령이랑 나랑…… 좀…… 비슷하나? <u>으흐흐</u>."

내가 뺨을 붉히며 묻자, 은지호는 그제야 내 웃음의 의미를 이해한 모양이었다. 그는 바로 평소와 같은 시큰둥한 표정으로 돌아와 대꾸했다.

"굳이 듣고 싶냐?"

"……."

나는 말없이 턱짓으로 문을 가리켰다. 내 부스스한 트레이닝복 차림을 그에게 보여 주고 싶지 않았다. 물론 그는 반여령과 함께 내 집에 무단 침입한 것이 한두 번이 아니므로 새삼 예의 차릴 필요는 없었지만, 나도 일주일 뒤면 고등학생이 될 것이었다. 이제라도 그에게 새로운 이미지를 쌓고 싶었다.

그가 방문을 닫고 나간 뒤, 나는 빨간 후드 티에 대충 머리를 쑤셔 넣고는 회색 기모 치마 레깅스를 입었다. 그리고 마지막으로 책상 앞에 앉아서 자그마한 거울을 보며 작은 빗으로 머리를 미친 듯이 빗었다.

그러고 보니, 내 손은 왜 잡았던 거지? 그냥 차가운 손을 들이댐으로써 내 잠을 깨우고 싶었던 건가? 나는 손을 한 번 쥐었다 폈다. 그러고 방에서 나가자, 아직도 새카만 베란다를 등지고 은지호가 거실에 앉아 있었다.

거실 불을 켜지 않아서 그의 얼굴은 부엌으로부터 흘러나온 옅은 주황빛에 잠겨 있었다.

내게 그의 머리카락은 3년 내내 보아 왔는데도 아직 현실감이 없었다. 만약 내가 이 세상에서 다시 빠져나왔음을 깨닫는다면, 그때는 은지호의 은색 머리카락이 더 이상 내 눈앞에 존재하지 않을 때가 될 것이다.

나는 새삼 추억에 잠겨 그를 바라보고 있었다. 지난 3년간 내가 얼마나 허튼 생각에 시달렸는가? 이 세상이 전부 기짓이라는 느낌, 어느 날 눈을 뜨면 다시 모든 것이 달라져 있을 거라는 느낌, 그것은 나를 항상…… 항상, 현실에

안주하지 못하도록 했다.

　내게 있어 현실은 믿고 기댈 수 있는 곳이 아니었다. 언제든지 하루아침에 달라져 버릴 수 있는 곳. 나는 이미 한 번 그것을 경험하지 않았는가?

　은지호는 긴 다리의 발끝을 탁자에 걸치고는, 그대로 소파에 몸을 묻고 미동도 없었다. 문가에 서서 그를 멍하니 바라보고 서 있는데, 그가 나를 불렀다.

　"왜 그러고 있어?"

　"……."

　"멋있냐?"

　그리고 그가 나를 돌아보고 개구지게 웃었을 때, 나는 웃을 수밖에 없었다. 이 세상이 하루아침에 뒤바뀔 수 있든 그렇지 않든, 한 가지 변하지 않는 사실은 이 세상은 하루하루 달라진다는 것이다. 은지호와 나의 관계 변화 역시 그런 자연스러운 것이었다.

　나는 현실을 거부했으나, 그럼에도 불구하고 나와 이 세상의 관계는 조금씩 변해 갔다. 내가 지낸 3년의 세월이, 그동안 겪은 모든 변화의 결과가 지금 눈앞에 있었다. 은지호의 친근감 어린 미소로, 내 앞에 있었다.

　나는 웃으며 그에게 다가갔다.

　"너 다리 진짜 길다."

　"어, 좀."

"근데 누가 남의 집 거실 탁자에 발 올리래? 나 여기서 밥 먹거든?"

"……."

그는 슬그머니 발을 치웠다. 그 모습을 보고 나는 웃음을 터트렸다. 하루아침에 옆집 여자아이가 인터넷 소설 주인 공이 되어 있는 것은, 물론 굉장히 황당한 일이었다. 그러 나 결과적으로는 그렇게까지 나쁘지만은 않다는 생각이 들 었다.

일단 나에게도 이 멋지고 유쾌한 이들을 두 눈으로 볼 기 회가 허락되지 않았는가? 못 먹는 감이라는 것이 문제이기 는 하지만.

＊　＊　＊

날씨가 맑기는 했으나 아직도 별이 보일 만큼 어두운 새 벽이었다. 하늘의 끝자락은 투명한 색을 띠고 있었으나, 나는 지금이 한밤중이 아닌가 하는 생각을 했다. 은지호와 함께 기다리고 있자니 목도리에 귀마개로 단단히 중무장한 반여령이 활짝 웃는 얼굴로 아파트 입구에서 걸어 나왔다.

내가 3년 동안 반여령이 어떻게 변했는지에 대해 말했는 가? 여자의 미모가 만개하는 시기가 열여덟 살 부근이라고 하지 않는가? 그리고 지금 반여령은 열일곱이었다.

그녀의 미모는, 그냥…… 아, 그녀의 흑단 같은 머리카락이나 새카만 눈동자에 대해서는 말하지 않겠다. 다만 한 가지 얘기하자면, 지금 우리 위로 무수한 별을 드리우고 있는 밤하늘보다도 반여령의 눈동자는 아름다웠다.

그녀의 기다란 머리카락은 등 뒤로 출렁이고 있었고, 베이지 색 더플코트 아래로 쭉 뻗은 검은 레깅스를 신은 다리는 뇌쇄적이었다. 내가 동년배의 소녀에게 뇌쇄적이라는 표현을 써서야 되겠느냐마는 정말로 그것 외에는 표현할 말이 없었다.

반여령은 눈가에 주름이 잡히도록 고운 웃음을 짓더니, 내 팔을 잡아채고는 외쳤다.

"가자!"

은지호는 나와 반여령을 물끄러미 바라보다가 터덜터덜 걸음을 옮기기 시작했다. 세상에는 봄이 찾아왔건만, 아직도 날이 풀리지 않아 소복이 쌓인 눈 위로 우리들의 발자국이 점점이 찍혔다.

새벽이라서 그렇겠지만, 지하철에는 사람이 별로 없었다. 대학교 축제 기간이 아님에야, 첫차를 타고 갈 사람들이 그렇게 많지는 않을 것이다.

역에는 지하철이 문이 열린 채로 멈춰 서 있었다. 그 사이로 서로 어깨를 맞대고 꾸벅꾸벅 조는 남녀를 바라보다가, 나는 화장실에 다녀오겠다고 했다. 반여령이 뒤에서 투덜거리는 게 들렸다.

"어휴, 유천영, 진짜 약속 안 지키는 건 알아줘야 돼."

그녀의 말에는 동감이었다. 물론 유천영뿐만 아니라 권은형이나 우주인도 아직 오지 않은 것은 마찬가지였으나, 유천영은 유독 약속을 지키는 일이 없었다.

겉으로 보면 매사에 철저하여 약속은 반드시 지킬 것같이 보이는 그였다. 그러나 그는 항상 약속에 적어도 5분은 늦곤 했다.

그 이유는 첫 번째, 모델인 그의 불규칙한 스케줄 때문이었고 두 번째, 잠이 많아서였다.

잠이 지독하게 많아서, 지금까지 유천영이 던져 버린 자명종만 해도 다 쌓아 놓으면 코끼리만 할 거라고 은형이가 농담처럼 말한 적이 있다. 나는 그때 그의 말을 믿지 않았다.

나중에 유천영이 우리 집 소파에 구겨져서 자는 모습을 보았을 때, 그가 자기를 깨우던 우주인의 얼굴에 주먹을 날리던 모습을 봤을 때 비로소 그게 농담이 아니라는 것을 알았다. 세상에, 우리 학교에서 그를 두고 '얼음 왕자'니 뭐니 하던 아이들이 그 모습을 봤으면 대체 뭐라고 생각했을까.

화장실에서 손을 씻고 나오는데 바로 옆문에서 나오던 남자와 하마터면 세게 부딪힐 뻔했다. 다행히도 나는 가까스로 멈춰 서는 데 성공했다. 나는 고개를 들었다.

키가 나보다 20센티미터는 큼직한, 유난히 다리가 긴 몸매의 남자였다. 검은 모자를 푹 눌러쓴 데다가 얼굴에도 이빨 무늬가 그려진 새카만 마스크를 쓰고 있어 얼굴을 볼 수 없었다. 새카만 마스크와 붉은 목도리 사이로 드러난 목이 유독 창백했다.

남자는 어지간하게 잠에 취한 모양인지, 내게 미안하단 한마디 말도 없이 까딱 고개를 숙이고는 발걸음을 재촉했다.

그의 멀어지는 등을 보다가, 나는 문득 모자 아래로 삐죽삐죽하게 튀어나온 머리카락이 검푸른 색임을 보았다. 나는 그의 등에 대고 외쳤다.

"야, 유천영!"

나로서는 드물게 확신이 담긴 목소리였다. 아직도 잠에 취했는지 그는 한참이나 인적이 없는 복도를 가로질러 가다가, 갑자기 그 자리에 우뚝 멈춰 섰다. 그는 나를 돌아보았다.

잠시 후, 그는 머뭇거리다가 마스크를 턱 아래로 끌어내렸다. 과연, 그 아래로 드러난 반듯한 콧날과 금방이라도 얼어붙을 듯한 입매를 보고 나는 입꼬리를 말아 올렸다.

그가 담담한 어조로 물었다.

"어떻게 알았어?"

"머리 색이랑, 그리고……."

나는 잠시 말꼬리를 흐렸다. 내가 그를 자세히 살피게

된 결정적인 이유는, 어깨가 닿을 듯이 부딪혔을 때 내 코 끝을 스치던 쿨워터 향이었다. 농담이 아니라 진짜 쿨워터 향이었다.

말하다 말고, 나는 눈썹을 슬쩍 찡그리고는 물었다.

"너…… 향수 뿌렸어?"

"아니."

그의 대답은 짧았다. 은지호라면 거기에서 '장난하냐, 내가 왜' 하는 등의 말을 덧붙였겠지만, 그는 그렇게 말하고는 나를 기다리는 듯 묵묵히 서 있었다. 나는 허둥지둥 그를 따라 걸으면서 생각했다.

그럼 향수를 뿌리지 않아도 알아서 쿨워터 향이 난다는 말인데. 와, 역시 소설의 주축 중 하나인 얼음 왕자답다, 다워. 다른 향도 아니고 하필이면 쿨워터 향이냐.

그는 아직도 잠에 취했는지 고개를 푹 숙이고 있었다. 나는 그를 보다가 그의 옷자락을 슬쩍 움켜쥐었다. 쿨워터 향이 얼마나 진하게 나는지 한번 맡아 보겠다는 생각에서였다. 그런데 그가 순간 흠칫하더니, 내 손을 세게 쳐 냈다.

그는 그제야 반쯤 감고 있던 눈을 뜨더니, 모자 아래로 나를 향해 시선을 보내었다. 그러고는 그 푸른 눈에 서서히 당황이 번지기 시작했다.

나는 망설이다가, 웃으면서 손을 내저었다.

"아, 미안. 너…… 잘 때 건드리면 안 되는 거 깜빡했다."

"미안."

"아니."

그리고 나는 패딩 주머니에 두 손을 찔러 넣었다. 유천영
도 한동안 말이 없었다. 누군가 이런 우리를 본다면, 너희
가 이러고도 어떻게 3년 친구라고 말할 수 있느냐고 물어볼
지도 모른다. 우리 사이의 분위기는 그 정도로 어색했다.

우리가 이렇게 조심스럽게 행동하는 이유, 그것은 우리
가 심하게 싸운 지 불과 한 달도 되지 않았기 때문이다. 그
날 나는 두 눈이 퉁퉁 붓도록 울었고, 평소에 표정이라고
는 전혀 없는 유천영은 눈시울을 조금 붉히기까지 했다.

우리 둘은 한동안 고개를 숙인 채로 묵묵히 걸었다.

말없이 걷는데, 멀리서 색색의 알록달록한 머리통이 보
인다 싶었다. 나는 눈을 가늘게 뜨고 그들을 바라보았다.
안 그래도 지하철의 모두가 그들을 향해 시선을 주고 있는
듯싶었다. 그럴 만도 했다, 모델같이 서서 은색, 검은색,
갈색, 레드와인 색 머리카락을 화려하게 뽐내고 있는 그들
에게 어느 누가 시선을 주지 않을 수 있겠는가?

유천영처럼 모자라도 쓰지. 나는 혀를 차고는 그들에게
한달음에 달려갔다.

한국인치고는 믿을 수 없을 만큼 옅은, 차라리 캐러멜 색
에 가까운 갈색 머리카락의 우주인이 우리를 보고 웃었다.
그는 여느 때와 같이 쾌활한 어조로 말했다.

"와, 둘이 같이 왔어? 너 무슨 첩보원 같다."

"고마워."

유천영은 다시 마스크를 끌어 올리며 나직이 대꾸했다. 농담을 잘 모르는 그였으니 아마 진담으로 받아들이는 것 같았다.

내가 그들을 보며 킥킥 웃는데, 금세 활짝 웃은 우주인이 나한테 안겨 들었다. 그는 내게 말했다.

"엄마! 보고 싶었어."

"우쭈쭈, 우리 주인이."

나는 그의 턱을 간질이며 말하다가, 그가 다시 세게 끌어 안는 바람에 킥킥거렸다. 놓으라고 그의 팔을 몇 대 때리고 나서야 그는 힘을 풀었다. 나는 그의 갈색 머리카락을 문지르며 웃었다.

이러니저러니 해도, 내가 이 중에 제일 예뻐하는 사람을 말하라면 우주인이다. 우주인은 귀엽다. 조금, 가끔 보면 너무 머리가 핑핑 돌아서 그가 하는 말을 이해할 수 없을 때가 있지만 그래도 귀엽다. 게다가 그는 나를 엄마라고 부르며 유독 따랐다.

그의 머리를 문지르다가, 나는 은형이가 부르는 소리를 듣고 고개를 들었다. 그는 부드러운 녹회색 눈동자를 옅게 휘며 말했다.

"지하철 곧 출발하겠다. 가자."

"응."

나는 코를 문지르고는 우주인을 놓았다. 우리는 한 덩어리가 되어 지하철에 우르르 탑승했다.

반여령은 죽어도 내 손을 놓지 않아서, 내 오른쪽은 반여령이 차지했다. 그리고 내 옆에는 우주인이 헤헤거리며 앉았고, 그 옆으로 은지호와 유천영이 무슨 게임에 대한 이야기를 늘어놓으며 앉았다.

권은형이 그들에게 이마를 슬쩍 찡그리고는 말했다.

"너희, 컴퓨터 맨날 하면 어떻게 되는 줄 알아?"

"어떻게 되는데?"

은지호가 묻자, 은형이는 그에게 손을 까딱이더니 그의 뒤에 대고 뭐라고 속삭였다. 잠시 후, 나는 은지호는 물론이고 유천영의 얼굴색마저 푸르죽죽해지는 것을 보았다.

뭐지? 미심쩍어서 눈썹을 찡그리자, 때마침 웃고 있던 은형이가 나와 눈이 마주치고는 물었다.

"왜?"

"아니."

나는 배시시 웃어 주고는 고개를 바로 했다. 우주인이 옆에서 왜 놀아 주지 않느냐고 심통을 부려서였다. 은형이는, 내가 성을 떼고 부르는 유일한 남자아이다. 우주인도 주인이라고 부르기는 하지만 그는 남자로 느껴지지가 않으니 그냥 넘어가도록 하겠다.

은형이는 상냥하고, 또 공정한 판단이라는 것이 무엇인지 안다는 느낌이 든다. 그가 3년 내내 반장을 연임한 것은 그래서이리라.

그는 사람들에게 인기가 많았다. 그러나 가끔 보면, 나는 은형이가 진정한 흑막이라는 생각을 지울 수가 없었다. 모르겠다, 왜 그런 느낌이 드는 건지. 아, 소설 속에 들어와서 매일같이 수필을 쓰다 보니 내 상상력도 점점 발전해 가나 봐. 나는 팔을 득득 긁었다.

위에 달린 지하철 모니터에 불이 들어온다 싶더니, 마침내 열차가 출발했다. 창문 너머로 비죽비죽 솟은 빌딩과 전신주, 그 사이로 산 그림자가 보였다.

공기는 어느덧 새벽빛에 물들어 투명해져 있었다. 나는 그 풍경들을 아득한 눈으로 보았다. 새벽에 떠나는 여행길이라는 것은, 어쨌든 사람을 조금 감상적으로 만드는 법이다.

하나 그 감상은 불과 몇 분도 되지 않아 깨졌다. 흔히들 친구와 함께하는 여행길에는 카드 게임, 맥반석 계란을 포함한 각종 도시락, 치킨, 정신없이 오가는 대화 같은 것이 있어야 하거늘 우리에게는 그딴 거 없었다.

일단 대중교통인 지하철에 일렬로 나란히 앉아, 졸고 있는 사람들 사이에 있는 우리에게 카드게임이고 자시고가 허락이 되겠는가?

제일 먼저 잠이 든 것은 유천영이었다. 유천영이 은지호의 어깨를 베고 자는 바람에 은지호는 내내 짜증을 부렸다. 그러다가, 헤드셋을 끼고 음악을 듣다 말고 스르르 유천영의 어깨 위로 기울어졌다.

둘이서 어깨를 맞대고 자는데 아주 보기가 좋았다. 나는 그쪽을 비웃음 섞인 눈으로 보다가, 은형이마저도 옆의 쇠기둥에 머리를 기대고 잠들어 있는 것을 보고는 흠칫 놀랐다. 그러다가 나도 서서히 졸음이 쏟아지기 시작했다. 어, 안 되는데. 이러면 안 되는데.

내 어깨에 뭔가가 툭 떨어진다 싶더니, 고개를 돌리자 내 턱 바로 아래 놓인 반여령의 새카만 정수리가 보였다. 우주인은 내 손을 붙든 채로 꾸벅꾸벅 졸고 있었다.

하, 나는 허무한 눈길로 그 둘을 돌아보다가 가만히 눈을 감았다. 여행의 로망 따위는 진짜 개뿔이었다.

* * *

겨울 바다와 여름 바다는 특히 그 느낌이 다르다고 누군가 말한 적이 있던 것 같다. 그런 책을 읽은 것은 같았는데, 잘 기억이 나지는 않았다. 나는 머리를 긁적이고는 난간에 기대어 시원하게 뚫린 하늘을 바라보았다.

새벽 무렵부터 공기가 맑다고는 생각했지만 환하게 밝은 하늘은 눈부시도록 새하얗다. 그 아래로 점점이 찍힌 새카만 육지의 그림자, 그리고 그 아래로 펼쳐진 바다는 바람이 잔잔한 탓에 얇게 주름이 잡혀 있었다.

나는 새카만 바닷물을 내려다보면서, 문득 저 아래에서 괴물이 튀어나온다고 해도 놀라지 않겠다는 생각을 했다.

내가 말없이 난간 아래를 내려다보고 있는데, 누군가 내 어깨를 쳤다. 나는 흠칫 놀라 고개를 돌렸다. 반여령이 웃고 있었다. 그녀는 내가 생각보다 놀라지 않자 머쓱한 듯한 눈치였다.

곧 그녀는 새카만 눈을 휘며 웃더니, 내 옆으로 다가와 난간에 몸을 기대었다. 그리고 그녀도 아까 내가 했듯이 발밑에서 소용돌이치는 바닷물을 바라보았다.

솔직히 별로 보기 좋은 풍경은 아니었다. 회색 시멘트벽에 하얀 파도로 부서지는 바닷물 위로는 페트병이며 캔, 망가진 튜브 따위가 둥둥 떠 있었다. 그런데도 반여령은 그런 것을 보고 좋다며 웃었다.

그녀는 이 여행 자체보다도, 우리가 함께 멀리 놀러 왔음에 더 의의를 두는 것 같았다. 과연, 바다에서 시선을 거둔 그녀가 나를 보고 말했다.

"너무 좋아."

그렇게 말하는 그녀의 새카만 머리카락이 한차례 불어 든 바람에 반짝이며 흩날렸다. 코끝이 벌게져서는 바보같이 웃고 있는 반여령을 보다가 나도 곧 웃었다. 그런 바보 같은 웃음은 아무에게나 보여 주지 않음을 알고 있기 때문이었다.

여자 주인공이라는 것을 넘어서서, 내가 반여령을 인간 대 인간으로서 마주 보게 된 것은 불과 1년도 채 안 됐다. 우리가 이렇게 마주 보고 서기까지 얼마나 많은 일이 있었는지, 어쩐지 가슴 한구석이 먹먹했다. 나는 새삼 감상을 담아 그녀의 아름다운 새카만 눈을 응시했다.

바람에 휘날린 머리카락을 귀 뒤로 넘기는 손은 악기처럼 섬세하고 고왔다. 그러다가, 그녀가 나를 돌아보았다. 웃었다.

"왜?"

잠시 넋을 놓고 있다가 나는 가만히 고개를 내저었다. 그러고는 문득 그녀가 입술을 앙다무는 것을 보고 물었다.

"추워?"

"응, 좀."

그렇게 말하며 그녀는 배시시 웃었다. 나는 잠시 눈을 내리깔고는 생각하다가, 조용히 내 목을 돌돌 말고 있던 목도리를 풀었다. 그러고는 웃는 낯으로 다가가서 반여령의 코 아래까지 그것을 감아 버렸다.

모든 작업을 끝내고 한 걸음 물러난 내가 씩 웃자 반여령은 당황한 듯했다. 순식간에 입은 물론이고 코까지 목도리로 감싸였으니 당황할 만도 했다. 그런데 다음 순간, 오히려 내 쪽에서 전혀 예상하지 못한 일이 일어났다. 갑자기 달려온 그녀가 나를 꼭 끌어안은 것이다.

나는 당황해서 눈을 크게 뜨고 있다가, 곧 웃었다. 그러고는 그녀의 등을 천천히 토닥였다.

그녀가 몇 년간 마음고생 했던 것을 생각하면, 그녀는 나에게 이렇게 행동할 이유가 충분히 있었다. 눈물이 그렁그렁한 그녀의 눈을 보다가 나는 문득 물었다.

"야, 근데 사대천왕은?"

"어?"

목도리에 묻힌 입술에서 웅얼거리는 듯한 소리가 흘러나왔다. 그래도 알아듣기는 어렵지 않았다. 나는 설명을 하려다 말고 인상을 찡그렸다.

나는, 사대천왕이면 당연히 은지호, 유천영, 권은형, 우주인 그 네 자식을 가리키는 말이라고 대번에 알아들을 줄 알았다. 왜냐, 우리 중학교 녀석들은 실제로 그렇게 말하면 못 알아듣는 녀석이 없으니까.

설마, 나는 생각했다. 반여령은 그냥 내 말을 못 들은 것뿐일 거야. 얘가 귀가 뚫려 있는데 그걸 모르겠어? 얘가 사람들이랑 이야기를 안 하는 것도 아닌데?

마음을 다잡은 나는 그녀에게 다시 또박또박 말해 주었다.

"사, 대, 천, 왕, 어디 있어?"

"……그게…… 뭐야?"

말을 하면서도, 반여령도 뭔가 본능적으로 이상함을 느낀 모양인지 어색하게 웃었다. 나는 그녀의 미소를 보며 가만히 침묵했다. 진짜로? 몰라? 하?

아…… 나는 가만히 이마를 짚었다. 그래, 내가 3년의 세월 동안 이들을 현실로, 친구로 받아들이기로 했다고는 하지만 이것이 인터넷 소설이라는 사실은 변하지 않았다.

그녀는 전교생이 다 알고 있음에도 불구하고 사대천왕에 대해 한 끗도 몰랐다. 심지어는 그 사대천왕이 그녀와 항상 같이 밥 먹고, 숨 쉬고, 노래방도 가고 그랬음에도 불구하고 말이다.

나는 이마를 짚은 채로 눈을 꾹 감았다.

아직도 멀리에서는 새카만 바다가 소용돌이치고 있었다. 환하게 밝은 하늘 위로 새 몇 마리가 검게 날고 있었다. 고기잡이배 하나가 물살을 가르고 모터 소리를 내며 요란하게 날아가자, 새들은 수면 위로 낮게 날다 말고 푸드덕 날아올랐다. 나는 가만히 생각을 정리했다.

자, 보통 여기에서 주인공 친구의 역할은 무엇이던가? 간단하다.

'어머, 너 사대천왕님들을 모른단 말이야? 어떻게 그럴 수가 있어? 사대천왕이란 우리 학교의 은지호, 유천영, 권은형, 우주인, 이 네 사람을 말하는데, 너무 멋지고…… 꺄아! 공부도 잘하고…… 완벽하고…… 그런데 여자한테 관심이 없고…… 팬클럽도 있고…… 하단 말야! 아, 은지호 님은 내 거야.' 하면서 방정맞게 정보를 제공해 주면 그만이다.

나는 잠시 그 대사들을 머릿속으로 훑으며 반여령의 천진한 얼굴을 바라보았다. 가끔, 가끔이지만 반여령의 얼굴이 '청순가련'이 아니라 '청순가증'으로 보일 때가 있다.

잠시 후, 생각을 완전히 정리한 나는 웃으며 말했다.

"그 네 놈들."

사대천왕을 단숨에 '네 놈들'로 격하시켜 버린 나는 반여령의 대답을 기다렸다. 반여령에게는 눈높이 교육이 필요하다. 왜냐하면 반여령에게 그 네 놈들은 결코 '사대천왕'이라는 거창한 타이틀이 달릴 녀석들이 아니기 때문이다.

과연 잠시 후, 반여령은 금세 시원하게 웃으며 대답했다.

"아, 걔들! 걔들 컵라면 사러 갔잖아."

"뭐? 여기 놀러 와서 무슨 컵라면?"

"주인이가 바닷바람 맞으면서 컵라면 한번 먹어 보고 싶다던데? 그, 에베레스트에서 중간 기지에서 오들오들 떨면서 먹는 그런 거 있잖아, 그거."

나는 말을 잃었다. 하기는, 컵라면이라는 게 원래 추위 속에서 오들오들 떨면서 입김 호호 불어 가며 먹을 때가 제일 맛있기는 했다. 그래도 그렇지, 나머지 인간들이 말리지도 않았단 말이야?

아니, 대체 언제 사라졌대? 어이없는 눈으로 그들이 사라졌을 것이 분명한, 도로 저 끝의 조그마한 편의점을 바라보다가 나는 한 가지 사실을 깨달았다.

그럼 지금, 이곳에는 반여령이랑 나랑 단둘이란 말인가?

아이 씨. 나는 눈을 질끈 감고 숫자를 세었다. 오, 사, 삼…….

"어이, 아가씨. 아가씨 예쁜데?"

나타났다. 나타날 줄 알았다, 내가.

나는 절망적인 눈으로 그를 바라보았다.

키가 크고 유난히 어깨가 벌어진 남자였다. 이마를 드러낸 머리스타일을 보아하니 왁스를 잔뜩 칠해 넘겼음이 분명했고, 그 아래로 드러난 이마나 코는 모두 훤칠하니 미남 축에 속했다.

그래, 이 소설에서는 엑스트라도 결코 '흔남'급으로 등장시키는 법이 없었다. 나는 한숨을 내쉬고는 내 옆에 멍하니 서 있는 반여령을 조용히 잡아끌었다. 반여령은 그들이 부른 아가씨가 자신이라는 사실도 모르고 있는 것 같았다 —인소의 법칙 제4조, 여주인공은 자기가 예쁜 줄 모른다—.

나는 못 들은 척하며 슬슬 반여령의 손을 잡아끌었다. 그러면서 '바다를 벌써 2시간이나 보아 대자연의 섭리에 심취하였으니 슬슬 돌아갈까 하오만은' 하는 듯한 해탈한 표정을 지었다.

반여령과 같이 다니기 위해서는 연기력이 필수였다. 화장실이 급한 연기, 금방이라도 숨넘어갈 것 같은 환자 연기, 나에게는 아주 잘난 오빠가 있어서 나를 건드리면 그 오빠가 가만두지 않을 거라는 연기. 불량배들은 반여령에게 끊임없이 치근덕거렸고, 나는 그럴 때마다 이 같은 연기력을 가감 없이 발휘하여 그들을 내쫓았다.

평소에는 그들이 시비를 걸기 몇 초 전부터 이런 것을 준비하고는 했다. 그러나 이번에는 그들이 시비를 걸고 나서야 알아서인지, 너무 늦었다.

불량배는 내 지루하다는 표정에도 아랑곳하지 않고 우리를 불러 세웠다.

"야, 너 안 서? 거기 딱 서라."

"……."

"단이야, 아는 분이야?"

반여령이 내 옆에서 소곤거리며 물어 왔다. 나는 눈을 질끈 감으며 속으로 중얼거렸다. 그럴 리가 있냐! 여기는 우리 집에서 고속버스로도 2시간이나 떨어진 바닷가인데!

그러나 이대로 내가 아무 말도 하지 않으면 결국 반여령은 이들과 용감하게 맞서려 할 것인데, 그렇게 두면 위험하다는 것은 내가 잘 안다.

반여령은 여느 인소 여주처럼 좀, 뒷생각 안 하고 할 말 다 하고 사고 다 치는 경향이 있었다.

나는 결국 항복의 뜻으로 두 손을 들며 느릿느릿 돌아섰다. 그러고는 말했다.

"아, 저기……."

"너한테는 관심 없어!"

"저희 일행 있는데요."

나는 담담하게 말했다. 내 앞에는 큰 체구의 남자 말고도, 다 어디서 한가락 했음이 분명한 교복을 입은 남자들이 무리 지어 서 있었다.

수는 여섯 명쯤. 하나같이 머리 색을 갈색이나 금색으로 물들인 것이 눈에 띄기는 했으나 내게는 가소로워 보였다. 사대천왕에 비하면 확실히 가소로웠다. 특히 은지호를 생각하면 그랬다. 걔는 무려 은발인걸.

내가 의외로 별 반응이 없자 남자는 조금 당황한 모양이었다. 그러나 그는 곧 웃음을 짓고는 손가락을 내밀어 정확히 내 옆을 가리켰다. 나는 돌아보지 않고도 알 수 있었다. 반여령이 서 있는 자리다.

그가 말했다.

"넌 필요 없고, 일행이라는 건 원래 본인 의사로 바꿀 수 있는 거 아니겠어? 저기, 저 아가씨한테만 물어보고 싶은데 말이야. 아가씨, 우리랑 같이 갈래?"

"……."

반여령은 또 입술을 앙다물고 있을 것이었다. 그녀의 기다란 속눈썹이 새카만 눈 위로 드리워져 깊은 음영을 만들었다. 그녀가 한 가지 모르는 사실이 있는데, 그녀는 입을 다물면 진짜 예뻐 보인다.

잠시 후, 그녀는 나를 돌아보며 말했다.

"단이야, 가자."

반여령의 대답에 남자의 얼굴이 금세 벌게졌다. 화난 것은 아닌 것 같았고, 아마 난생처음 들어 보는 고운 미성에 정신을 놓은 것 같았다.

나는 황급히 그 손을 맞잡았다. 그러고는 돌아서려는데, 다시 목소리가 들렸다.

"야, 거기 딱 서라."

아, 씨이. 나는 울상을 짓고는 돌아섰다. 편의점은 별로 멀지 않은 곳에 있었으나, 나와 반여령이 남자들에게 붙잡히기에는 충분한 거리였다. 차라리 여기에서 시간을 끄는 것이 나을 것 같았다. 컵라면 사 오는 데 시간이 얼마나 걸리겠는가?

그러나 그렇게 생각하다 말고 나는 우주인을 떠올렸다. 그는 컵라면 종류를 고민하는 데 적어도 10분 이상은 쏟아 붓지 않던가?

어쩌지? 진짜로 뛰어야 하나? 그렇게 생각하고 있는데, 그사이에 남자가 성큼 앞으로 다가왔다. 그는 나를 내려다 보고는 비릿하게 웃었다.

"야, 너. 너 이름이 뭐냐? 아까 단이랬는데, 성은."

"……"

"대답 안 해?"

"함단이요."

곧 그는 클클 웃음을 터트렸다. 아, 나는 그의 얼굴을 보고는 그의 입에서 나올 말을 알았다.

잠시 후, 그는 자신의 무리를 돌아보며 크게 웃었다.

"야, 향단이래! 향단이! 존나 어울려! 프흐흐!"

"향단이가 뭔데?"

춘향전을 모르는 이가 있던 듯, 누군가 새된 목소리로 물어 왔다. 하기는, 공부에 연이 없어 보이기는 했다. 내가 그를 바라보자, 앞에 서 있던 남자가 윽박질렀다.

"야! 너 춘향전도 안 읽었냐! 그게 고전 최고로 야한 소설이거든? 으흐흐!"

"헐, 새끼, 어쩐지 네가 고전을 안다 했다."

그리고 그들은 와자하게 웃음을 터트렸다. 나는 패딩 아래로 핸드폰을 두드렸다. 야, 빨리 와. 빨리. 빨리. 그렇게 등 뒤로 빠르게 타자를 치는데, 이들이 그런 내 모습을 본 모양이었다.

나는 다시 눈을 들었다. 남자가 삐뚜름하게 나를 내려다보며 물었다.

"야, 너 존나 여유 있다?"

"네?"

"야, 우리 일곱이야. 일곱인데, 너희 일행이 몇 명이나 되길래 이렇게 여유 있냐? 어?"

"……."

나는 대답 없이 입술을 꾹 깨물었다. 그는 또 무엇을 생각했는지 클클 웃고는 나에게 물어 왔다.

"아, 혹시 일행이 다 여자냐? 다 저 여자애처럼 생겼으면 좋은데. 야, 거기 여자애는 이름이 금으로 되기라도 했어? 왜 그렇게 비싸게 구신대?"

"아, 얘는 건드리지 마요!"

나는 그렇게 말하고는 흠칫 놀랐다. 남자가 짜증 섞인 눈으로 나를 보고 나서야 나는 한 걸음 뒤로 물러났다.

남자가 반여령에게 뻗치는 손길을 막으려던 것은, 반여령이 언제 터질지 모르는 시한폭탄이기 때문이었다. 반여령이 끼어들면 일이 어떻게 굴러갈지 모른다.

나는 나름의 선의로 한 건데, 남자는 험악한 표정을 짓더니 다시 내게 다가왔다.

그의 시선을 어떻게든 반여령으로부터 돌려놔야 했다. 나는 그를 올려다보며 물었다.

"아, 저기……."

"뭐?"

"이름이 어떻게 되세요?"

그는 나를 내려다보다가, 다시 한 번 '하!' 하고 코웃음을 쳤다. 뭐야, 들킨 건가? 시간 그만 끌라고 말하면서 내 멱살을 잡고 후려 패려나? 그렇게 생각하니 문득 심장이 쪼그라드는 것 같았다.

내가 여유 있던 것은, 물론 반여령이 여주인공이니 절대로 다치지 않으리라는 생각에서였다. 언제든지 네 남자가 구하러 와 주리라는 뻔한 전개. 그런데 생각해 보니까, 그런 소설에서는 흔히 이런 전개도 있지 않나?

여주인공과 함께 있던 여주인공의 단짝 친구, 여주인공은 무사했지만, 단짝 친구는 잘난 애인도 없으니 그대로 두드려 맞고 마는데…….

병원 침대에 누워 있는 자신의 친구를 보고 여주는 강해지기로 결심한다. 말하자면 여주 친구의 부상이 여주가 강해지는 계기가 되는 소설류다.

엄마야, 나는 순식간에 얼굴에서 핏기가 빠져나가는 것을 느꼈다. 나는 망연히 남자의 눈을 올려다보았다. 남자가 자신만만하게 웃으며 입을 여는 것이 보였다. 나직한 목소리가 떨어졌다.

"은겸이다."

"……?"

"외자 이름, 은겸이다."

그 이름을 듣자마자 나는 결국 눈물이 볼을 타고 흘러내리는 것을 느꼈다.

은겸, 은겸이란 말씀이십니까. 그 인터넷 소설에서 흔히

들 등장하는 바로 그, 은겸이란 말입니까.

나는 직감했다. 이 남자는 절대로 단역으로 끝나는 인물이 아니다. 그는 적어도, 앞으로 내내 커다란 비중을 차지할 것이다. 은겸! 그의 이름이 그것을 말해 주고 있잖은가! 지금 이 모양새를 봐서 그는 악역이 될 것인데, 악역이 되어도 아주 큰 악역이 될 것이다.

나는 눈물을 줄줄 흘리며 입술을 꾹 깨물고 그를 올려다보았다. 내가 울음을 터트리자 그들은 잔뜩 당황한 눈치였다. 그럴 만도 했다. 이름을 물어보기에 대답해 주었더니 갑자기 여자아이가 울음을 터트리는 형국이라니. 그러나 나는 지금 심각했다.

아, 물론 이런 상황이 언젠가는 오리라고 생각했었다. 이렇게 커다란 악역에게 칼을 맞고 소설의 무대 뒤로 쓸쓸하게 퇴장하는 상황이…… 올지도 모른다고 생각했다.

반여령이 당황해서 내 손을 쥐는 것도 무시하고, 나는 울면서 물었다.

"이제 저는 뒤지게 맞나요?"

"뭐?"

"반여령은 얼굴이 예쁘니까 넘어가고, 저는 고분고분하게 굴지 않으면 이렇게 된다는 본보기로 여령이 앞에서 뒤지게 얻어맞나요?"

"뭐…… 뭐?"

"그러다 뒤늦게 네 남자가 구하러 달려오지만 저는 이미 너무 얻어맞아서 실신한 상태인가요? 그러면서도 여령이를 보고는 입가에 아련한 미소를 띠면서 '네가…… 무사해서…… 다행이다' 이러고 정신을 풀썩 놓나요?"

"이년이 뭐라는 거야!?"

"야, 신들린 거 아니야? 존나 무서워."

그들이 서로를 돌아보며 수군거리건 말건 나는 말을 하다 말고 계속 눈물이 차올라서 고개를 들었다가, 흐르지 못하게 또 살짝 웃었다. 그러고는 말을 이었다.

"여령이가, 여령이가 제 손을 꼭 잡으면서 '복수를 해 줄게' 하고 말하겠죠? 그러니까 저는 안심해도 되는 거겠죠?"

"야, 너, 너…… 내가 무슨 말실수를……."

"야, 은겸이라는 이름이 쟤 죽은 오빠인 거 아냐?"

그들이 당황해서 수군거리건 말건 나는 눈물을 소매로 닦았다. 아, 그래도 은겸이라는 남자에게 얻어맞을 정도면 나도 꽤 성공한 인생 아닌가. 은겸, 소설에서 주연급으로 수십 번도 더 사용된 것 같은 바로 그 이름.

고개를 끄덕이며 눈물을 닦는데, 문득 소용돌이치는 검은 바닷물을 뚫고 천사가 솟아오르는 환상이 보였다.

찬란한 태양의 광채를 흩뿌리며 내게 날아온 천사는, 내 머리 위에 손을 얹고는 상냥한 미소를 지었다. 그는 내게 말하는 것 같았다. 수고했다고, 이제는 더 고생할 필요 없다고.

나는 미소 지었다. 그리고 내 운명에 순응하기 위해 고개를 들었던 바로 그 순간이었다.

내 머리에 누군가의 손이 턱 하고 얹혔다.

나는 흠칫 놀라 돌아보았고, 권은형이 나를 보며 미소 짓고 있음을 깨달았다.

뒤를 살피니 편의점으로부터 이어진 아득한 도로 위로 다른 이들의 모습은 보이지 않았다. 그들은 싸움에 제일 능한 권은형을 보낸 것이다.

다시 고개를 돌리자, 권은형은 웃고 있었으나 그의 입매는 싸늘하게 굳어 있었다. 그의 싸늘한 시선을 받은 남자들은 당황하여 서로를 돌아보았다. 고작 한 놈인데 뭐가 저렇게 자신만만하냐는 것이 그들의 생각인 것 같았다.

그들이 우왕좌왕하는 사이, 권은형은 반여령을 돌아보며 물었다.

"여령아."

"응?"

"애 왜 울어?"

반여령은 새카만 눈을 두어 번 깜빡였다. 그러고는 곧 권은형과 마찬가지로 싸늘하게 눈을 굳혔다. 그리고 그녀의 붉은 입술이 열렸을 때, 나는 놀랐다.

"저 사람들이 단이를 향단이라고 불렀어."

"그리고?"

"고분고분하게 굴지 않으면 이렇게 된다는 본보기로 단이를 실신할 정도로 패 주겠다던데."

"······?"

그건 저 사람들이 아니라 내가 했던 말 같은데. 내가 의문 섞인 눈으로 반여령을 바라보았으나 그녀는 표정의 변화가 없었다.

내가 권은형에게 아니라고 말하려는데, 잠자코 듣고 있던 그가 입술을 열었다.

"알았어, 고마워."

그리고 권은형은 나를 힐긋 보았다. 그는 내 머리 위에 얹은 손을 한 번 힘주어 꾹 누르더니, 다시 손을 놓았다.

내가 그를 의아하게 올려다보자, 그가 웃으며 말했다.

"기다려."

"······?"

"1분만 기다려. 복수해 줄게."

그의 목소리는 금방이라도 귓가에서 녹아내릴 듯 달콤하고 상냥했다. 그의 미소 역시 내가 본 것 중에 제일 부드러워서, 아마 저 얼굴로 말을 건다면 어떤 여자이든지 넘어가지 않고는 못 견딜 것이라는 생각이 들 정도였다.

그는 그 부드럽게 웃는 얼굴로 성큼성큼 걸음을 옮기더니, 그대로 선두에 서 있던 남자의 멱살을 휙 끌어당김과 동시에 주먹을 날렸다. 퍼어억, 하는 소리와 함께 남자가 털썩 허물어졌다.

나머지 여섯 명은 당황한 듯 서로를 돌아보다가, 일제히 기합을 내지르며 달려들었다.

"으아아—!"

"이야아!"

내가 얼빠진 채로 그들을 바라보는데 반여령이 득달같이 달려왔다. 그녀의 천연덕스러운 얼굴을 보고서야 나는 잇지 못했던 말을 이었다.

"여령아."

"응?"

"저 사람들…… 그런 말은 안 했잖아. 그 말 한 건 나인데."

반여령은 눈을 깜빡이더니 고개를 모로 기울였다. 그리고 말했다.

"저 사람들이 너한테 텔레파시로 그렇게 말한 거 아니야?"

"뭐?"

"그렇지 않고서야 협박이 그렇게 구체적일 리가 없잖아."

"……."

나는 다시 고개를 돌려 은형이에게 그야말로 개처럼 얻어맞는 여섯 남자들을 바라보았다.

그래, 다수를 이기는 일인은 없다고들 하지만 이것은 소설이었다. 화려한 돌려차기를 아낌없이 선보이는 권은형에게 이들이 얻어맞는 것은 전혀 이상한 일이 아니다. 그 모습을 아득한 눈으로 바라보면서 나는 약간의 죄책감을 느꼈다.

멀리서 부르는 소리가 들려서 돌아보니, 김이 모락모락 피어오르는 컵라면을 조심조심 들고 오는 은지호와 유천영, 우주인이 보였다. 은지호가 우리를 보고 외쳤다.

"야! 권은형! 다 해결했냐!"

권은형은 그들에게 상쾌한 미소로 답했다.

* * *

반여령의 말만 믿고 그 일곱 명을 흠씬 패 버린 은형이도 물론 무섭기는 했다. 하지만 그보다 무서운 것은, 그 남자애들이 맞은 곳을 부여잡고 '두고 보자!' 하는 전형적인 대사를 날리고 도망쳤음에도 불구하고, 여기가 전망이 좋다는 이유로 그냥 여기 앉아서 컵라면을 먹자고 하는 이들의 태연함이었다.

아니, 보통 사람이라면 '두고 보자!'라는 말을 들은 시점에서 싸움을 일으키기는 싫으니 적당히 자리를 뜨지 않던가? 나는 그렇게 생각했으나, 생각해 보니 이들은 사대천왕과 그 여주인공이고, 이들을 보통 사람의 기준에 맞추어 생각하는 것은 보통 사람들에게 대단한 실례다.

그렇게 생각하면서 나는 유천영에게서 컵라면을 받아 들

었다. 우리는 우주인이 가지고 온 신문지를 대충 깔고 앉아 젓가락을 뜯었다.

문득 바다 쪽을 바라보니, 하늘 편에서 서서히 구름이 밀려오는 것이 보였다. 비구름은 아닌 것 같았다.

잠시 바다를 보고 있는데, 내 이상한 얼굴을 보았는지 유천영이 나를 향했다. 그는 무슨 생각에서인지 내 얼굴을 빤히 보다 말고 하얀 손가락을 뻗었다. 나는 멍하니 있다가 흠칫 놀라 그를 보았다. 그가 물었다.

"울었다며."

그의 발음은 마스크 사이로 흘러나와서, 웅얼거리기는 했지만 알아듣지 못할 정도는 아니었다. 그의 푸른 눈을 바라보다가, 나는 대충 고개를 끄덕이고 대답했다.

"어, 응."

"맞은 데는?"

"없어."

그러자 그는 내 머리를 툭툭 쳤다. 반여단 오빠도 내게 자주 하고는 했던 행동이었는데, 나는 이게 쓰다듬는 것인지 진짜로 때리는 것인지 알 수가 없었다.

내가 묘한 얼굴로 그를 바라보는데, 내 옆을 바라본 유천영이 반여령에게 손을 뻗었다. 그는 반여령의 붉은 목도리 위에 휘감긴, 회색 목도리를 잡아당기며 물었다.

"왜 목도리를 두 개나 하고 있어?"

"아, 푸, 풀지 마!"

반여령은 당황해서 회색 목도리를 휙 당겨서 유천영의 손에서 빼앗았다. 나는 얼떨떨한 얼굴로 그런 그들을 바라보았다. 저 회색 목도리는 내 것으로, 내가 손수 반여령에게 감아 준 것이었다.

유천영도 목도리가 내 것임을 알고 있었는지, 그는 빈손을 허공에서 한 번 쥐었다 폈다 하더니 흘긋 나를 보았다. 그가 내게 물었다.

"뺏겼어? 뺏어 줄까?"

"야! 아니거든!"

반여령이 버럭 소리를 지르며 유천영의 정강이를 걷어차려는 듯 위협적인 발짓을 해 보였다.

그러나 그녀는 최근에 유천영이 모델 일을 시작한 것을 떠올린 것인지 발짓을 멈추었다. 대신 나를 한 번 보고는 입을 비죽였다. 그녀가 말했다.

"아니야, 이거 단이가 매 준 거란 말이야. 그치, 단이야?"

"으, 응."

그렇게 말하는 그녀의 눈가가 조금 붉었다. 나는 그 이유를 알 수 없어서 의아해졌다. 뭐지? 그녀의 어조를 보아, 아마도 그녀는 부끄럽거나 기쁘거나 둘 중 하나인 것 같았다. 내 회색 목도리를 연신 매만지는 모양이 귀엽기는 했지만, 저거 조금 위험한 거…… 아닌…… 가? 그렇게 생각하는데 유천영과 눈이 마주쳤다.

그는 나를 향해 고개를 한 번 까딱하더니, 이상한 표정을 지었다. 내가 왜냐고 물으려는데 옆에서 은지호가 풀썩 앉고는 물어 왔다.

"야, 너 그러고 컵라면 먹을 수 있겠어?"

반여령을 향해 물은 것 같았다. 내가 봐도, 회색 목도리는 반여령의 입은 물론이고 코까지 가릴 듯 말 듯하고 있어서 저러고 컵라면을 먹는 것은 불가능했다.

유천영도 마스크를 턱 아래로 끌어내리고는 내 옆에 신문지를 펴고 앉았다.

반여령은 인상을 찡그리더니, 목도리를 매만지며 은지호에게 대답했다.

"먹을 수 있어!"

"'세상에 이런 일이'에 나갈 일 있어?"

내가 의아해서 그녀를 바라보는 가운데, 은지호가 어이없다는 듯 되물었다. 내가 봐도, 저러고 컵라면을 먹는다는 반여령의 대답은 객기에 지나지 않았다.

그녀는 여전히 목도리를 매만지고 있다가, 여전히 눈가가 붉어진 눈으로 나를 힐끗 보고는 대답했다.

"절대 안 풀 거야."

"……?"

"다, 단이가 매 준 거란 말이야."

그렇게 말하고 반여령은 다시 한 번 손을 내어 회색 목도리 끝을 매만지는 것이었다. 하얗고 환한 얼굴 위로 진하게 타는 홍조가 사랑스러웠다. 그런데 지금 이 상황에서 얼굴을 붉히는 건, 좀, 위험한 거 아닌가?

내가 그렇게 생각하고 옆을 돌아보는데, 은형이가 눈이 마주치자 부드럽게 웃었다. 그는 이 상황이 영 재미있는 눈치였다. 내가 넋을 잃고 그를 바라보는데, 은지호의 나직한 목소리가 들렸다.

"그럼, 둘이 결혼할 거냐?"

"할 거야."

반여령의 대답이 너무 담담하고도 확고해서 나는 놀랐다. 쿨럭, 쿨럭, 옆에서 기침 소리가 들려서 누구인가 싶어서 돌아보니 유천영이었다. 좀처럼 사레가 들리는 일이 없던 그였다.

내가 손을 뻗어 그의 등을 두드리는데, 다시 한 번 은지호의 나직한 목소리가 떨어졌다.

그리고 다음 순간 나도 미친 듯이 기침을 하기 시작했다.

"그럼 법을 바꿔야겠군. 대한민국에서 동성 결혼이 합법적으로 가능하도록."

"컥, 쿨럭! 쿨럭!"

세상에, 이 세상은 드디어 미쳐 돌아가서는 열여섯 살짜리 소년의 힘으로 나라 법도 바꿀 수 있는 거냐! 아무리 소설이라도 그렇지!

내가 유천영의 등을 두드리다 말고 기침을 하면서 그의 등 위로 쓰러지자, 이번에는 그가 놀라서 나를 돌아보았다. 이번에는 반대로 기침을 하는 내 등을 유천영이 두드려 주는 형국이 되었다.

우리가 컵라면은 입에 대지도 못하고 그렇게 생난리를 치는 가운데, 우주인이 호기심 어린 목소리로 물었다.

"와, 지호 너 법도 바꿀 수 있어?"

"무슨 소리야? 당연히 농담이지."

나는 그제야 기침을 멈추고 바닥 위로 주먹을 꾹 쥐었다. 내가 은지호를 노려보자 그는 영문을 모르겠다는 얼굴을 했다.

나는, 나는 진짜로 네가 할 수 있을 줄 알았단 말이야.

우리를 보며 부드럽게 웃은 은형이가 붉은 머리카락을 한 번 쓸어 올리고는 말했다.

"라면 다 불겠다, 먹자."

그의 말대로 라면은 퉁퉁 불어 있었다.

나는 면발을 후루룩 삼키는 틈틈이 은지호를 노려보았다. 그가 은색 눈썹을 찡그리며 뭐냐는 듯한 얼굴을 하자, 나는 그에게 툭 던졌다.

"야, 거짓말 그렇게 막 하는 거 아냐."

"……?"

나를 의아한 듯 바라보던 은지호는 내 오른편의 반여령을 힐긋 보더니, 입가에 짓궂은 미소를 띠었다. 그가 말했다.

"나라 법은 못 바꿔도, 결혼식 할 호텔은 빌려 줄 수 있어. 까짓것, 다 무료로 해 주지."

"하하, 야, 꺼져라. 내가 구라 까지 말랬지."

나는 웃다 말고 그에게 가운뎃손가락을 들어 보였다. 요즘 결혼식 비용이 장난 아니라고, 많으면 일억도 넘게 간다고 인터넷에서 한창 떠들고 있는데 얘가 무슨 소리야. 게다가 호텔을 어떻게 빌려주니, 네가?

그렇게 생각하고 있는데 옆에서 은형이의 태연한 목소리가 날아왔다.

"그건 진짜일걸?"

"......?"

내가 고개를 돌려 정말이냐는 듯 바라보자, 그는 국물을 한 번 마시고는 고개를 끄덕였다. 우리 사이로 우주인의 발랄한 목소리가 끼어들었다.

"지호네 진짜로 호텔 하나 있잖아. 쥬노 호텔, 1994년 완공, 특1급."

"......."

눈을 동그랗게 뜨고 입술을 오물거리며 말하는데, 우주인은 머리가 심하게 비상하므로 그의 입에서 나온 말은 거의 사실이라고 봐도 좋았다.

나는 조용히 고개를 돌려 은지호를 바라보았다. 그는 이제, 내 가운뎃손가락을 바라보면서 이 손가락을 꺾어 버리겠다는 듯한 얼굴을 하고 있었다. 나는 손가락을 접고는 배시시 웃어 보였다. 내가 말했다.

"지호야, 우리, 친하게…… 고등학교 가면 진짜 친하게 한번 지내 보자."

"꺼져."

"아, 행님."

반여령이 컵라면을 우물거리다 말고 분하다는 얼굴을 했다. 그녀가 은지호를 쏘아보면서 말했다.

"야, 너 착각하지 마. 단이는 너한테 관심이 있는 게 아니라 네 재산에 관심이 있는 거니까."

"착각 안 해. 야, 착각하고 싶어도 지금 애 속이 시커먼 게 훤히 보이는데 어떻게 착각을 하냐!?"

"그래! 그러니까 착각하지 말라고! 단이가 관심 있는 건 나뿐이야!"

옆에서 은형이가 웃는 얼굴로 물어 왔다.

"그래서, 결혼은 언제 할 거야?"

나는 대답 없이 손을 들어 조용히 얼굴을 감쌌다. 그리고 긴 한숨을 내쉬었다.

하느님, 반여령이 계속 소설 장르를 착각하는 것 같습니다.

내 옆에서 반여령과 은지호가 한참을 왁왁대고 싸우는

소리가 환하게 밝아진 바다 위로 높이 솟아올랐다.

* * *

컵라면을 먹은 것까지는 좋았는데, 그 이후의 계획은 전혀 없던 탓에 결국 여행은 흐지부지되고 말았다. 새로운 의문이 떠오른 것은 정처 없이 바닷가를 걷던 와중이었다. 할 일 없이 풍경들을 보고 있다가, 문득 나는 뒤를 보고 물었다.

"야, 그래서 우리 컵라면 먹고 뭐 하는데?"

"뭐 하지?"

"뭐 할 건데?"

그제야 은지호와 반여령도 전혀 계획이 없다는 데 생각이 미친 모양이었다. 아니, 물론 나도 계획이 전혀 없이 그냥 바다에 온다는 사실 자체에 들떠 있기는 했는데, 그래도 이건 좀…… 옆에 앉은 은형이가 우리를 보고 물었다.

"그러고 보니까, 바다 오자고 한 사람이 누구였는데?"

"아, 그거, 나야."

맞은편에 앉은 주인이가 태연한 얼굴로 손을 불쑥 들었다. 우리 모두의 시선을 받은 주인이는, 당황한 듯 황갈색 눈동자를 한 번 굴리더니 뜻밖에도 해맑게 웃었다. 그리고 그는 외쳤다.

"해물 파전 먹고 싶어서!"

지금 생각해도 참 멍청이 같은 대화였다. 바다에 오기로 계획하고, 짐을 챙겨서 바다에 도착해서 점심을 먹은 그때까지도 아무런 생각이 없었다니. 결국 우리는 입맛을 다시고는 적당히 방황하다가, 근처 식당에 들어가서 주인이의 소원이라던 해물 파전을 먹었다. 해물 파전만 한 열 장쯤 먹었다. 처음에는 값싼 메뉴만 시킨다고, 어디서 돈도 없는 학생들이 식당 한편을 차지하고 앉아 있느냐는 듯한 표정이었던 주인아주머니는 우리가 먹는 해물 파전이 열 장을 넘어서고 나서야 기겁한 얼굴로 이것저것 다른 것들을 내주셨다.

여행을 마치고, 직행 버스를 타고 반여령과 머리를 맞댄 채 꾸벅꾸벅 졸다가 집에 도착한 것은 밤 10시가 조금 지나서였다. 이 근처에 사는 은지호와 제일 마지막으로 헤어져서 반여령과 나는 어깨를 나란히 하고 털레털레 길을 걸었다.

아파트에 도착할 즈음에는 반여령과 나는 둘 다 너무 졸려서 기절할 것 같은 상태가 되어 있었다. 고작 10분 정도를 걸었을 뿐인데, 나는 지끈거리는 이마를 내리누르며 엘리베이터 버튼을 눌렀다.

같은 아파트, 바로 옆집. 그런데도 아직 반여령이 내 옆집 문을 열고 들어가는 것이 낯설게 느껴질 때가 있다.

내가 막 인사를 하고 돌아서는 참인데, 그녀가 나를 불렀다.

"단아."

"응?"

"나 오늘 너네 집에서 자면 안 돼?"

반여령이 우리 집에서 자는 것이야 흔히 있는 일이었다. 나는 어깨를 으쓱하고는 곧바로 거실에 계신 부모님을 불렀다.

"엄마! 여령이 오늘 우리 집에서 자도 돼?"

"그래라!"

과연, 곧바로 대답이 돌아왔다. 여령이는 환하게 웃더니 씻고 오겠다며 제 집으로 쏙 들어가 버렸다. 나는 뒤에서 너풀거리는 새카만 머리카락이 문틈으로 사라지는 것을 보고 있다가, 털레털레 걸어가 신발장에 신발을 대충 벗어 놓고는 방으로 들어갔다. 나는 양말도 대충 벗어 옷장 구석에 던진 다음 곧바로 침대 위로 몸을 던졌다.

으아아! 등 뒤로 출렁이는 매트가 나를 포근하게 감싸 안자 그제야 좀 피로가 풀리는 것 같았다. 나는 피로로 어질어질하게 흐려진 시야 사이로 천장을 빤히 올려다보며 생각했다.

겨울 바다 여행은 계획 없이 간 것치고는 상당히 괜찮았다. 왜 사람들이 그토록 바다에 열광하는지 대충 알 것 같았다. 오랜만에 도시에서 벗어나 탁 트인 광활한 수평선을 바라보니 숨이 뚫리는 것도 사실이었다. 그러나 반여령과 사대천왕과 함께 간 것이 문제라면 문제였다.

오후 2시쯤 되니까, 사람들이 우리가 있는 곳으로 점점 몰리는 것이 아닌가? 심지어 몇몇은 은지호나 반여령에게 사인을 부탁했다. 그들의 화려한 외모를 보고는 분명히 일 반인은 아니라고 생각했던 것이다.

사람들이 그렇게 몰리기 시작하니 끝이 없었다. 인파를 뚫고 나올 즈음에는 우리는 기진맥진해서 멀리 갈 틈도 없 었다. 해물 파전 집에 처박혀서 파전에 밥만 퍼먹게 된 이 유가 그것이었다.

쟤네랑은 다시는 같이 여행 안 가야지. 그런데 이거랑 비 슷한 생각 며칠 전에도 한 것 같은데…… 나는 생각했다. '뭐, 쟤들이랑 절대 친해지지 말아야지'라든가, '반여령이 랑은 절대로 수영장 같이 안 갈 거야'라든가, 그런 생각 며 칠 전에도 한 것 같은데.

또 며칠 전에도, 아, 그것보다도 더 며칠 전에도.

"……으으."

나는 결국 신음을 흘리며 머리를 감쌌다. 이게 아닌데! 생각해 보면 지난 3년 동안 나는 그 생각을 거의 하루도 빠 지지 않고 했어! 반여령이랑 사대천왕이랑 엮이지 않겠다, 그런데 지금은 졸업 여행이나 같이 다녀오고 있다니! 이게 대체 뭐야!

베개에 얼굴을 파묻고 한참이나 끙끙 앓는데, 누군가 문을 두어 번 두들겼다. 대답할 새도 없이 문이 불쑥 열렸다. 반여령이었다.

내가 망연히 눈을 깜빡이고 있으려니, 반여령이 터덜터덜 걸어와 내 침대 옆으로 풀썩 걸터앉았다. 그녀가 물었다.

"뭐 하고 있었어?"

"그냥, 누워서 생각."

"무슨 생각?"

반여령은 그렇게 물으면서 반짝이는 검은 눈으로 내 쪽을 들여다보았다. 내가 3년 동안 너희랑 헤어질 생각을 하고 있었다고 하면 너는 더는 웃지 못하겠지. 나는 그렇게 생각하고는 말없이 웃음으로 대답을 얼버무렸다.

평소라면 거기에서 무슨 말을 더 했을 텐데, 반여령은 정말로 피곤했는지 내게 더는 묻지 않았다. 그녀는 돌아서서 불을 끄더니 내 옆에 풀썩 누웠다. 채 몇 분도 지나지 않아서 옆에서 옅은 숨소리가 느껴졌다.

나는 말없이 눈을 깜빡이며 아무것도 보이지 않는 어둠 속을 뚫어져라 응시하고 있었다. 그러다가 옆을 돌아보자, 반여령의 얼굴이 창문으로 새어 든 어슴푸레한 빛 아래로 보였다.

오똑한 코, 갸름한 얼굴, 속눈썹은 인형의 것처럼 길고

촘촘했다. 언제 봐도 감탄이 나올 정도로 예쁜 얼굴이었다. 그러다가, 나도 스르르 눈을 감고는 기절하듯 잠들었던 것 같다.

*　*　*

중학교 1학년 학기 초에 나는 반여령이랑 멀어지기 위해 부단히도 애를 썼다.

내 현실에서 달라진 것은 오직 옆집에 사는 반여령과 반여단뿐이었다. 그렇다면 그 둘만 내 인생에서 떼어 놓으면 내 삶은 무사히 원래의 궤도를 탈 수 있지 않겠는가?

사실 반여단을 보고 처음에 마음이 혹했던 것은 사실이다. 그는 뽀얀 피부에 자줏빛이 도는 새카만 머리카락, 흑요석처럼 검은 두 눈을 가진 국보급 미소년이었다. 게다가 더욱 매혹적인 것은 그의 금욕적이고도 섹시한 분위기였다.

그런 공기가 고작 열다섯임에도 불구하고 손끝까지 철철 흘러넘치고 있었으니, 그가 앞으로 자라면 얼마나 매혹적인 남자가 될지는 안 봐도 뻔했다. 나는 반여단을 볼 때마다 흘러내리는 침을 삼키느라 고생을 했다.

그러나 반여단이 아무리 매혹적이라고는 하나, 어차피 그의 관심사라고는 오직 반여령 하나뿐이었다. 그러니 내가 그를 두고 아무리 망상을 한다 한들 내가 그의 연인 자리를 꿰차는 날이 올 수 있겠는가? 아니었다.

아마, 그가 고백을 받아서 누군가와 사귄다고 해도, 그 사귀던 여자는 불과 일주일도 안 되어서 자리를 박차고 나 갈 것이다. 왜냐, 그는 반여령 외의 여자에게는 지독하게 무관심하니까.

내가 반여단의 눈에서 항상 보던 것도 그런 무관심이었 다. 과연, 여주인공 오빠답습니다. 나는 그를 볼 때마다 속 으로 짝짝 박수를 보냈다.

그건 그렇고, 어쨌거나 반여령이든 반여단이든 내게는 그다지 매혹적인 인물들이 못 되었다. 물론 반여령은 얼굴 이 예쁘다, 공부도 잘한다, 성격도 좋다. 그건 사실이다. 그런데 그게 뭐?

그녀와 내가 교우 관계를 이어 나갈 시, 나는 전혀 알지 도 못하는 그녀를 잘 아는 척해야 하고 그녀와의 추억들을 기억하는 척해야 한다. 내가 왜 그녀를 위해서 연기를 해 야 한단 말인가? 피곤하게.

나는 그렇게 생각하고는 반여령의 손을 피하여 우리 반 아이들과 교우 관계를 다져 보려고 애를 썼다.

자, 일단 살펴보자면 1학년 4반은 34명으로 구성되어 있 었다. 34명, 많지 않은 숫자인데도 이게 참 웃긴 게, 이 34 명이 수많은 소규모의 무리로 갈린다. 교실 안의 인간관계 라는 것이 원래 이렇다.

일단 보자면 여자아이들은 마음에 맞는 친구 하나씩을 찾는다. 그 과정에서 점점 인맥을 넓혀 가면서 결국에는 규모가 10명 정도의 무리를 이루게 된다.

그것은 남자도 마찬가지이나, 남자들은 여자처럼 개인적으로 친해지는 관계는 없다. 그들은 운동장에서 방과 후에 축구 몇 번, 농구 몇 번 하다 보면 서로 어깨동무를 하고 들어오기가 일쑤다.

그에 비해 여자는 훨씬 까다롭게 계파가 갈린다. 물론 이들이 겉으로 티가 날 정도로 갈라서 있는 것은 아니지만, 말이 그렇다는 거다. 굳이 정확히 표현하자면 '방과 후에 같이 어울리는 이들' 정도다.

나와 반여령이 속해 있는 무리는 조금 더 온순하고, 꾸미는 데는 관심이 없다. 앞으로 이 파를 온건파라고 칭하겠다—별 의미는 없다—. 그리고 백여민이라는 여자아이가 제일 눈에 띄는, 나머지 무리 하나가 있는데 이들은 잡지 보는 것을 즐기며 연예인에도 관심이 많다. 이들을 급진파라고 칭하겠다—역시 별 의미는 없다—.

내가 이런 교실의 세력 구도를 정확히 파악하는 데는 두 달이 걸렸다. 아니, 애초에 이런 구도가 만들어지기까지도 두어 달 정도가 걸렸다.

어느덧 5월이 되어 이제 창밖에서 불어 드는 바람에는 꽃향기가 섞여 있었다. 가끔 벚꽃 잎 몇 장이 팔랑이며 책상 위로 내려앉기도 했다. 오후 2시 무렵, 국사 시간에 나는 교과서 위에 대고 낙서를 끼적이고 있었다.

우리 반은 여자는 여자와, 남자는 남자와 짝이 되는 체제를 가지고 있었다. 그러니만큼 아직은 여자와 남자 사이에 그리 스스럼없이 친해지지는 않는 분위기였다.

내 옆에 앉은 급진파 중 한 명, 정유라는 턱을 괴고 꾸벅꾸벅 졸고 있었다. 그녀의 잘 다듬은 손톱을 보다가 나는 국사 선생님의 시선이 이쪽으로 향한 것을 알고, 그녀를 툭툭 쳐서 깨웠다.

그녀가 졸린 눈으로 나를 바라보았다. 내가 앞을 턱짓하자, 그녀는 고개를 끄덕이더니 제 뺨을 몇 번 쳤다. 나는 피식 웃고는 다시 창밖을 바라보았다.

누군가 내 팔을 툭툭 건드린다 싶어 고개를 돌렸더니, 유라였다. 그녀는 울상을 짓더니 샤프 끝으로 책 위를 두드렸다. 나는 가만히 책 모서리를 내려다보다가, 웃었다.

-너무 졸려ㅠㅠ

나는 내 책 모서리에 대고 썼다.

-나 잠 좀 자게 국사쌤 나가라 하고 싶ㅋㅋㅋㅋㅋ

-ㅋㅋㅋㅋㅋㅋ

우리는 종이에 대고 떠들기 시작했다. 우리 바로 뒷자리에 앉은 유천영은, 마주 보고 웃는 우리를 보다가 다시 창밖을 향해 고개를 돌렸다. 그의 새파란 눈이 나를 향하자 순간 가슴이 서늘해지는 것 같았다.

나는 웃다 말고 다시 힐긋 뒤를 보았다. 유천영이 웃음소리에 짜증을 내면 어쩌지, 하는 생각에서였다. 그러나 그는 아무런 반응도 없었다. 자세히 보니, 그의 재킷 뒤로 새하얀 이어폰 줄이 삐져나와 있었다. 게다가 그의 앞에 놓인 것은 국사 교과서가 아닌 신문에서 오렸을 법한 십자말풀이였다.

그것을 진지한 눈으로 보며 연신 검푸른 눈썹을 찡그리는 유천영을, 나는 조금 신기한 눈으로 바라보았다. 국사시간에 십자말풀이를 푸는 유천영, 한쪽 귀에는 이어폰을 꽂고 그것을 손으로 가리고 있는 유천영. 아무래도 그는 별로 모범생은 아닌 것 같았다.

그를 정신없이 보는데, 다시 시선이 마주쳤다. 나는 흠칫 놀라 고개를 돌렸다. 유라가 생긋 웃더니 손톱으로 종이를 툭툭 쳤다. 글자를 보고 나는 피식 웃었다.

-유천영 진짜…… 진짜 잘생겼다…….

-ㅇ…… 하, 내 심장

-ㅋㅋㅋㅋㅋㅋㅋ나 심장병 걸리는 줄

-ㅋㅋㅋㅋㅋㅋㅋㅋㅋㅋㅋ나도

다시 고개를 돌리자, 유천영은 십자말풀이 위에 얼굴을 대고는 곤히 잠들어 있었다.

쉬는 시간에, 급식실을 다녀와서 자리에 앉는데 반여령이 교실로 들어오지 않는 것이었다. 뭐지?

이윽고 유천영과 사이좋게 이야기를 나누면서 교실로 들어오는 반여령을 보고 나는 눈을 크게 떴다. 뭐야, 저 상황은?

놀란 것은 나뿐이 아닌 듯싶었다. 반에 있던 몇몇 아이들, 특히 여자아이들은 눈을 동그랗게 뜨고 그쪽을 바라보다가 이내 서늘한 시선을 내쏘았다. 솔직히 내가 봐도 지금 반여령이 부럽지 않을 사람은 없었다.

남자들과는 그럭저럭 말을 하는 편이고, 남자들의 의사소통에서는 말보다도 묵직한 침묵이 믿음직하게 보이는 모양이라 유천영은 남자들이랑은 친했다. 그러나 여자들이랑은 글쎄, 나도 유천영과 요 두 달 동안 딱 한마디 해 봤다. 그 내용은 이러했다.

"우유 먹었어?"
"어? 응."
"그래."

나중에서야 나는, 유천영이 남은 우유에 제티를 타서 먹고 싶었나 보다 생각하고는 그가 단것을 좋아하나, 어렴풋이 짐작했을 뿐이었다. 처음으로 나눈 대화치고는 참으로 어이없지 않은가? 그런데 나중에 알고 보니, 그는 다른 여자아이들에게는 그것도 묻지 않은 것 같았다.

나중에 초코 우유에 빨대를 꽂아 쪽쪽 빨고 있는 유천영을 보면서 왜 나한테만 물어본 것인지 궁금해졌다.

그러나 저 차게 얼어붙은 얼굴을 보니 도저히 그것을 물어볼 엄두가 나지 않아서, 그렇게 사건은 흐지부지 끝나고 말았다.

그것이 불과 한 달 전이었다. 그리고 오늘. 유천영은 반여령과 다정하게 대화를 나누면서 교실에 들어오고 있는 것이었다. 여자애들이 눈 돌아갈 만도 했다.

이내 반여령이 자리에 앉자, 유천영은 그녀의 책상 위에 종이 하나를 내려놓았다. 그러고는 종이를 가리키면서 뭔가 진지한 얼굴로 얘기를 나누기 시작했다. 그 종이가 회색임을 보고 나는 그것이 '십자말풀이'임을 어렵잖게 짐작했다.

반여령은 진지한 얼굴로 그의 얘기를 듣더니, 샤프를 들고 그 위에 뭐라 또박또박 글씨를 적어 내려갔다. 유천영의 얼굴이 조금 밝아졌다. 그는 반여령에게 무려, 무려 미소를 날리더니 자리에서 일어났다.

지금 반여령한테 십자말풀이를 물어본 거야?

내가 황당한 눈으로 그를 바라보는데, 그는 자리에 돌아가다 말고 나를 향해 시선을 한 번 던졌다. 그리고 그는 의자를 빼내 바로 뒷자리에 앉아서 피곤한 듯 엎드렸다.

나는 굳어서 그를 바라보다가, 반여령이 나를 향해 밝은 얼굴을 하는 것을 보고 그녀가 내 자리로 오리라는 것을 직감했다. 나는 대각선 자리에 엎어져 있던 남자애를—그 당시에는 이름도 잘 몰랐다—황급히 흔들었다.

그가 졸린 눈으로 나를 바라보자, 나는 카드를 내밀며 물었다.

"있잖아, 우리 도둑 잡기 할래?"

"어? 그래."

카드 게임을 좋아하는지, 그는 머리를 한 번 긁고는 몸을 일으켜 바로 앉았다. 그러고는 문 근처에서 자그마한 농구공을 가지고 벽치기를 하고 있던 이들에게 소리쳤다.

"야! 도둑 잡기 할 사람! 여기 선착순이다."

그러고는 그가 엄지를 뻗어 손을 앞으로 내밀자 순식간에 우당탕 굴러든 남자 둘이 그 손을 잡았다. 유라와 몇몇 아이들이 뒷문에서 들어오다 말고 우리를 보고 말했다.

"어, 나도 할래! 나도!"

"어, 나도!"

그렇게 우리는 여자 셋, 남자 셋이 도둑 잡기를 하게 되었다. 게임이 서서히 열기를 띠기 시작하자 우리 주변이 소란스러워지기 시작했다. 나는 게임을 하다 말고 힐긋힐긋 유천영을 내려다보았으나, 그는 여전히 머리를 책상에 박은 채로 미동도 없었다.

나중에, 한 남자아이가 갑자기 화장실을 가겠다고 하면서 대신할 사람을 구했다. 그러자 군중 사이에서 연갈색 머리카락의 남자아이가 폴짝폴짝 뛰면서 그 카드를 낚아채는 것이었다. 나는 놀라서 눈을 들었다.

우주인이었다. 그가 귀엽게 웃는 낯으로 우리 앞에 의자를 끌어다 앉자, 여자들의 얼굴이 발그레하게 변했다. 남자들은 그를 귀여워하는 눈치였다. 우주인이 말했다.

"내가 성환이 대신이야!"

"으, 응. 그래."

그의 연신 귀엽게 웃는 얼굴에 나는 마음이 풀렸다. 그러곤 그를 보며 생각했다. 해맑게 생겨서는 게임 같은 건 죽어도 못하겠군. 이 도둑 잡기는 고도의 심리전이 필요한 게임이란 말이다.

그러나 그렇게 생각한 지 5분도 안 되어 나는 생각을 철회하고 말았다. 결국 남자애가 소리를 지르고 나서야 우리는 상황을 깨달았다.

"야, 우주인 졸라 잘해! 절대 안 걸려!"

"야, 이 순둥이가 잘하긴 뭘 잘해? 응? 울루룰."

구경하던 한 녀석이 손을 뻗어 우주인의 머리카락을 매만졌다. 우주인은 연신 생글생글 웃는 낯을 하고 있었다. 그러다 그가 빛이 들어 황금색이 도는 갈색 눈으로 나를 빤히 바라보는 바람에, 나는 하마터면 손에 들고 있던 카드를 떨어트릴 뻔했다.

자신에게 조커가 있음을 모두에게 알려 버린 남자아이는 결국 우는 얼굴로 사정했다.

"야, 제발 조커 좀 잡아라. 어? 한 번만. 한 번만."

"음, 알았어."

그렇게 말하고 주인이는 대뜸 카드 하나를 뽑아 들었다. 내가 흠칫 놀라는데, 남자애가 주인이를 보고 멍한 얼굴을 했다.

구경하던 한 녀석이 중얼거리는 소리가 들렸다.

"야, 우주인 진짜 무서워."

"왜?"

"알았다고 말하고 하나 쑥 뽑았는데 그게 진짜 조커야. 무슨 투시력이라도 있나?"

그들이 뭐라고 하건 말건, 우주인은 내내 생글생글 웃을 뿐이었다. 나는 우주인의 웃는 얼굴을 보면서 생각했다. 이 녀석도 남주인공 친구답게 무언가 이상한 능력이 있는 모양이라고.

나중에 그것을 구체적으로 확인한 것은 은지호를 통해서였다. 그가 나에게 말해 준 것이다.

"그 카드, 많이 닳거나 싼 거였지?"

"어? 응. 많이 닳아 있기는 했지."

"개 카드 뒷면에 무늬 닳아 있는 것만 보고도 무슨 카드인지 다 외워."

"……."

"진짜야."

요컨대 그는 상식을 초월하는 기억력의 소유자였던 것이다. 그것을 몰랐던 나는 그저 입을 떡 벌리고 우주인을 바라보다가, 나도 구경하던 누군가에게 카드를 맡기고는 화장실을 갔다.

화장실에 간 나는 백여민과 마주쳤다. 백여민의 옆에는 친구가 한 명 있었는데, 나는 혼자 화장실을 온 것이었다. 그러나 별로 상관없었다.

내가 그녀를 지나치려는데, 백여민이 배시시 웃으며 나를 불렀다.

"단이야."

"……?"

나는 의아해서 그녀를 바라보았다. 머리카락을 다갈색으로 물들인 백여민의 웃는 얼굴은, 반여령처럼 아주 예쁘지는 않았지만 귀엽고 제법 매력 있었다.

그러고 보면 흔한 이름은 아닌데, 혹시 그녀가 이 소설의 악역인가? 내게는 별로 상관없는 일이었다.

내가 그녀를 물끄러미 바라보자, 그녀는 웃으며 말했다.

"우리 좀 친해져 볼까?"

그렇게 말하고 그녀는 손을 내밀었다. 보통 친해지자는 얘기를 이렇게 직접적으로 하던가?

나는 그렇게 생각하다가, 그러나 그녀의 웃는 얼굴이 그리 미워 보이지는 않아서 그녀의 손을 잡고 슬쩍 흔들었다. 그것이 화근이었다.

나는 백여민과 정말로 친해졌다. 그 이유를 굳이 말하자면, 그녀의 성격이 친해지기 그리 어렵지 않다는 데 있었다. 그러나 완전히 마음을 터놓을 만큼 친해진 것은 아니었다.

그녀는 내가 그녀에게 마음을 완전히 열어 놓았다고 생각하고 있는 것 같았고, 그것이 행동에서 보였으나 나는 그 착각을 정정해 줄 필요를 느끼지 않았다. 그러다가 일이 터진 것은 며칠이 지나서 우리 둘이서 방에서 놀고 있을 때였다.

우리 집은 부모님이 맞벌이를 하셔서 집이 비는 경우가 잦았다. 그래서 나는 친구를 데려오는 데는 아무런 구애를 받지 않았다. 반여령이 나와 유독 친한 것도 그래서였다. 그녀는 우리 집에 시도 때도 없이 비밀번호를 누르고 들어오고는 했다―우리 엄마가 가르쳐 줬다고 했다―.

백여민과 내가 놀고 있는데 문이 벌컥 열린 것이다. 내가

요 몇 달간 행동이 이상했으니, 반여령도 내가 예전의 함단이와 같지 않다는 것을 알았을 것이었다. 어쩌면, 내가 더 이상 그녀와 친구를 할 생각이 없다는 것도…… 알았을 것이었다.

문을 벌컥 연 그녀는 우리를 보고는 창백한 얼굴을 했다. 평상시라면 친구가 놀러왔다고 생각하고 넘어가면 될 일이었다. 그러나 이때의 상황은 그렇지가 않았다.

우리 반에는 한창 백여민이 반여령을 엄청 싫어한다는 이야기가 암암리에, 여자아이들 사이에서만 돌았다. 나는 아직은 그런 말을 들어 보지는 못했다. 백여민이 아무래도 내가 반여령의 가장 친한 친구인 것을 알아서 내 앞에서는 조심했던 것 같았다.

반여령은 나를 한 번 보더니, 원망 섞인 표정으로 자리를 박차고 나가 버렸다.

쾅! 문이 닫히자 반여령이 머문 자리를 물끄러미 바라보던 백여민이 나를 돌아보았다.

그녀는 침대에 걸터앉아 있었고, 나는 책상 앞에 앉아 의자를 뱅뱅 돌리고 있었다. 그녀가 입술을 움직여 물었다.

"반여령 존나 꼴 보기 싫지 않아?"

"……."

나는 순간 할 말을 잃었다. 놀란 것은 아니었다. 언젠가 내 앞에서도 그런 이야기가 나오리라고 생각을 했다.

내가 별 표정의 변화가 없이 어깨를 으쓱하자, 백여민은 그것을 내가 동의하고 있다고 받아들인 것 같았다. 그녀의 말이 조금 더 빨라졌다.

"아, 학기 초부터 생각했는데, 좀 잘생긴 남자들한테 존나 친한 척한다? 쟤 첫날부터 우주인이랑 바로 말 트고, 유천영이랑 권은형한테도 존나 꼬리 치잖아. 막 웃으면서. 아니, 반여령 진짜 예뻐. 걔도 그거 아는 것 같아. 근데 그렇다고 막, 잘생긴 애들한테만 그러고 다니는 건 진짜 좀 아니지 않아?"

나는 그녀의 말을 묵묵히 듣고 앉아 있었다. 그러면서도 한편으로는 생각했다. 반여령이 딱히 외모를 가리고 그런 적은 없는 것 같은데.

그녀의 외모에 남자아이들이 절로 주눅이 들어 잘 다가가지 않았던 것뿐이고, 권은형은 반장이라서 부반장인 그녀와 이야기할 거리가 많았을 뿐이었다. 우주인과 유천영은 오히려 그들 쪽에서 다가간 것이었고…….

그렇게 생각하면 반여령은 그냥 다가온 사람에게 다 친절하게 대하는 것 같은데. 단지 지금까지 다가간 사람들이 우연찮게 다 잘생긴 사람이었던 것뿐이지. 그렇게 생각하는데, 백여민이 다시 인상을 찡그리고는 말을 이었다.

"아니, 막, 그리고 수업 시간에 발표도 존나 열심히 하잖아. 걔 수석인 건 알겠는데, 꼭 그런 식으로 티 내야겠어?"

나는 다시 한 번 눈알을 굴렸다.

아닌 것 같은데, 그냥 반여령은 가만히 있는데 선생님이 애들이 하도 대답을 안 하니까 반여령 시키는 것 같은데.

굳이 말하자면 나는 대답 안 하는 무리 중의 하나였다.

백여민은 말을 마치고는 내내 짜증난다는 얼굴을 하고 있었다. 그러다가 나를 힐긋 보고는 입을 열었다.

"야, 너 나랑 밥 먹으면 안 돼?"

"어?"

"너 유라랑도 친하잖아. 나랑 유라랑, 그렇게 해서 밥 먹으면 안 돼? 반여령이야 뭐, 같이 먹을 남자애들 널렸을 거 아냐. 여자애들도 있고."

"어?"

"야아아, 먹자."

그녀는 그렇게 말하며 나를 향해 애교 섞인 눈짓을 해 보였다. 나는 그런 그녀의 얼굴을 보면서 새삼 감상에 사로잡혔다. 분명히 나는 이런 순간을 고대해 오기는 했다.

반여령에게서 떨어지는 것, 서서히 친구라고 부르지 못할 사이로 돌아가는 것, 그렇게 해서 마침내 그녀와 나 사이의 교점을 완전히 사라지게 하는 것. 그것만이 내가 평범한 일상을 누릴 방법이었다.

솔직히 말해서, 그 네 인간이 잘난 기운을 사방팔방으로 내쏘는 것을 보고 내가 어떻게 제명에 살란 말인가? 은지호 웃음소리 들어 봤는가? 피식이다, 피식. 그걸 듣고 어떻게 살란 말인가?

어쨌든 이 상황은 내가 의도한 것이기는 했으나, 막상 이렇게 되고 보니 마음이 조금 복잡해졌다. 반여령은 나를 지독하게 좋아했다.

방금 그녀의 상처받은 얼굴에서 나는 그것을 충분히 알 수 있었다. 그런데 내가 지금 여기에서 백여민의 제안을 받아들이면…… 반여령은 분명히 엄청나게 상처를 받을 것이다. 아, 물론 여주인공이 상처받는 것을 그 4명이 두고 보지만은 않겠지만…….

나는 눈알을 한 번 굴렸다.

눈앞의 백여민과 상처받은 얼굴의 반여령을 두고 마음 속에서 저울질했다. 백여민 쪽으로 저울이 덜컹 기울었다. 그럴 수밖에 없었다. 내가 두 달 동안이나 계획해 온 것이었다. 그러나 백여민을 따라가면 나는 방금 백여민이 한 말에 동의한다는 뜻이 되는 것이었다.

반여령이 그렇게 역시 같은 년인가? 곰곰이 생각하던 나는 고개를 내저었다. 그렇지는 않았다. 나는 다시 눈을 들어 백여민을 바라보았다. 잘 생각해야 했다.

백여민이 내 앞에서 반여령의 험담을 늘어놓았다는 것은 그녀가 완전히 나를 제 편으로 여기고 있다는 것이고, 다시 말해서 여기에서 그녀의 제안을 받아들이지 않으면 나와 백여민은 끝이다. 자, 다시 생각하자.

반여령이 백여민의 말처럼 나쁜 년이 아니라고 해서 그게 뭐? 나랑은 상관없는 일이다. 그래도, 그녀의 상처받은 얼굴을 생각하면……. 으으음, 나는 눈썹을 찡그렸다.

백여민이 신경질적으로 재촉했다.

"야, 너 지금 고민해?"

"야…… 안 되겠다."

"뭐?"

그녀가 놀라서 나를 바라보았다. 아, 내가 왜 이러고 있지. 그런데도 반여령의 상처받은 검은 눈을 생각하자니, 도저히 그녀의 제안을 받아들일 수가 없었다.

내가 두 달 동안 지내 본 바, 반여령은 그렇게 나쁜 년이 아니었다. 내가 상처를 입혀야 마땅할, 그런 나쁜 년은 결코 아니었다.

나는 그녀에게 말했다.

"반여령이 네 말처럼 그렇게 나쁜 애는 아닌 것 같다."

"뭐어!?"

"미안."

내가 그렇게 말하자, 백여민은 씩씩거리다 말고 싸늘한 눈으로 나를 바라보고는 자리를 박차고 나갔다. 그녀의 빠른 걸음을 바라보며, 나는 그녀와 내가 대화를 나누게 되는 일은 다시는 없으리라는 것을 알았다.

복도 끝으로 사라지는 그녀의 모습을 보다 말고 나는 반여령의 집 앞으로 다가갔다. 문을 두드려도 대답이 없었다. 없는 척하겠다 이거지. 나는 도어 벨에 대고 외쳤다.

"야, 반여령! 반여령!"

그래도 대답이 없었다. 먹먹한 침묵 속에서 가만히 주먹을 말아 쥐는데, 문 바로 너머로 낮은 목소리가 돌아왔다.

나는 그 목소리를 듣고는 흠칫 놀랐다. 반여단이었다. 그의 대답은 짧았다.

"여령이 잔다."

"안 잘걸요! 여단 오빠, 저 여령이한테 할 말 있어요. 진짜 중요한 거예요!"

그 말에 철컥, 문이 열리는 소리가 났다. 이어 문이 조금 열리자 나는 그 사이를 비집고 들어갔다. 현관에 들어서자마자 여단 오빠가 바로 내 앞에 서 있었다. 위에는 흰 티에 아래에는 회색 운동복을 입고 있었는데, 반바지라서 그의 새하얗고 매끈한 다리가 다 드러났다.

그의 다리를 넋을 잃고 바라보다가, 나는 그의 싸늘한 목소리에 흠칫 놀라 고개를 들었다. 그의 눈은 서늘했다.

"여령이, 네가 울렸어?"

"……쟤가 오해를 해서요."

"함부로 넘겨짚지는 않는 애일 텐데."

"네, 제가 오해할 만하게 굴었어요. 제가 죄인이에요."

내가 두 손 다 들고 순순히 인정하자 의외로 반여단은 금방 나를 노려보던 것을 멈추었다. 그리고 그는 나를 반여령의 방문 앞으로 데려가 주었다. 반여단이 문을 두어 번 두드린 후 말했다.

"여령아, 친구 왔어."

그의 부드러운 목소리는 몇 번을 들어도 적응되지 않았다. 내가 팔을 득득 긁는데, 반여령의 울음기 섞인 목소리가 들려왔다.

"올 친구 없어."

그녀의 말에 나는 순간 아연해졌다. 와, 반여령. 진짜 단단히 삐쳤구나. 내가 생각해도 나를 뒷담 깠던 친구가 내 가장 친한 친구랑 있는 상황을 목격한다면 화가 날 것이다. 더군다나 그 둘이 아주 친하게 보인다면.

넋을 잃고 있던 나는 반여단이 나를 힐긋 보자 그제야 정신을 차렸다. 나는 문을 두드리고는 어색하게 입을 열었다.

"반…… 아니, 크흠, 여령아. 여령아, 우리 얘기 좀 하면 안 돼?"

하마터면 평소에 마음속으로 부르듯이 반여령, 하고 부를 뻔했다. 문 안에서는 아무런 대답이 없었다. 그러다가 갑자기 벌컥 문이 열리고, 그 사이로 검은 머리카락을 엉망진창으로 늘어트린 형체가 나타나서 나는 하마터면 심장이 떨어질 뻔했다. 놀란 것은 나뿐만 아니라 반여단도 마찬가지인 것 같았다.

그도 그럴 것이, 반여령의 지금 몰골은 공포영화에서 갓 튀어나온 귀신과도 다름이 없었다. 더군다나 그녀의 방에는 불도 켜져 있지 않았다.

그녀는 이내 손을 들어 눈가를 쓱쓱 문지르더니, 벌게진 눈으로 나를 보며 물었다.

"뭔데."

"나, 나 백여민이랑 끝났어."

너무 놀라서 본론부터 튀어나왔다. 그런데, 그렇게 말하고 보니 꼭 백여민이랑 나랑 사귀었던 사이라도 된 것 같았다. 그렇게 느낀 것은 나뿐만이 아닌지, 볼이 따끔거려서 고개를 돌리자 반여단이 나를 향해 이상하다는 듯한 시선을 내쏘고 있는 것이 보였다.

그는 분명히 이렇게 생각하고 있을 것이었다. 백여민, 그 새끼가 어떤 새끼기에 개랑 관련된 일로 여령이가 울어? 그가 의심하지 않도록 나는 재빨리 말을 이었다.

"백여민이 네 뒷담 까서, 개한테 그냥 끝내자고 하고 왔어."

"……."

반여단은 여전히 상황을 제대로 파악하지 못한 것 같았다. 다만 '뒷담'이라는 단어에 그의 눈이 조금 더 험악해졌다.

반여령은 내 앞에서 눈가를 문지르며 우두커니 서 있었다. 그러다가, 그녀가 어두운 방 밖으로 걸어 나왔다. 그러고는 그대로 내 목을 와락 끌어안았다.

그날 반여령은 서럽게 울었다. 얼마나 서럽게 울었느냐면, 반여단이 그렇게 울다가는 평생 목을 못 쓰게 된다면서 반여령을 달랬을 정도였다. 나는 반여령의 말갛게 갠 얼굴을 보고 생각했다. 그녀와 친구를 하는 것도, 그렇게 나쁘지 않을지도 모른다고.

두 달간 소원했던 반여령과 내 사이는 그렇게 기적적으로 회복되었다. 아니, 정확히는 이제 내가 그녀의 애정공세를 받아 주고, 돌려주기 시작했다는 말이 맞을 것이다.

요 몇 달간 친해졌던 남자아이 하나가 우리를 보고는 간지럽다는 낯을 했다.

"너희 사귀냐?"

반여령이 자랑스럽다는 얼굴로 내게 팔짱을 끼는 바람에 기겁한 것은 나였다. 그렇게 물어봤던 남자애는 눈알을 데구루루 굴리더니, 이튿날 칠판에는 '반여령♡함단이'라는 글자가 적혀 있었다. 그것을 담임 선생님이 보고 저거 뭐냐는 바람에 나는 모두에게서 놀림을 받았다.

그렇게 한 달간은 잠잠하게 지나가는 듯싶었다. 유천영은 여전히 로직이며 스도쿠, 십자말풀이를 풀다 말고는 들고 와서 반여령에게 물어보았다. 권은형은 자리 바꾸기에서 우리 앞자리를 차지해서는 반여령에게 친한 듯이 말을 걸었고, 게다가 유천영과 권은형은 은지호와 우주인이 그렇듯이 어려서부터 친한 사이란다. 그 둘은 우리 자리에 머무르는 시간이 길어졌다.

가끔 유천영이나 권은형이 호기심 어린 눈으로 나를 바라보았으나, 나는 대답을 간간이 짧게 던질 뿐 그들의 대화에 끼어들지 않았다.

그동안 우리는 중간고사를 보았고, 전교 1등은 반여령, 전교 2등은 은지호가 차지했다. 은지호는 또 분개해서 반여령에게 시비를 걸었다.

"거 봐. 봐주기는 누가 봐줬다는 거야?"

반여령의 자신만만한 대답이었다. 은지호와 우주인이 반여령에게 연신 떠들어 대고, 그렇게 5월 말일이 되어 갈 무렵이었다.

나는 교실에 들어가자마자 백여민이 큰 소리로 말하는 것을 들었다.

"······나 짜증 나, 함단이. 반여령한테 남자 존나 많이 꾀니까, 지도 반여령 옆에서 뭐라도 얻어먹어 볼라고. 아, 이름 존나 잘 어울려. 향단이같이 생긴 게."

향단이가 춘향이의 시녀라는 것은 그 당시 교과서에서 배워서 우리 반 모두가 알고 있던 상황이었다. 나는 싸늘하게 얼굴을 굳히며 그녀를 바라보았다. 그녀는 내가 교실로 들어오자 잠시 당황한 듯했다.

자세히 보니, 백여민의 자리를 둘러싸고 두세 명의 학생이 이야기하고 있었던 듯했고 천만다행히도 그중에 정유라는 없었다. 점심시간에 뒷담을 까다가 내 얘기가 나온 듯했다. 아마도 그 전에는 반여령까지 씹고 있었을 가능성이 농후했다.

문제는 그녀의 목소리가 너무 컸다는 데 있다. 교실 문가에서 공을 가지고 놀던 남자애들이며, 홀로 문제집을 풀고 있던 이들도 고개를 들어 그들을 바라볼 정도였다.

반여령이 옆에서 발끈해서 달려들려는 것을 나는 황급히 제지했다. 그러고는 백여민을 바라보았다. 그녀는 잠시 나를 보다가, 곧 제 입꼬리를 말아 올리며 미소 지었다. 그러고는 말했다.

"찔리냐? 향단이처럼 생겼다니까?"

"야, 왜 그래."

"싸움 나는 거 아니야?"

우리 둘이 기세가 등등해지고 나서야 주위에서 만류의 말이 나왔다. 나는 그러거나 말거나, 조용히 백여민을 바라보았다. 나는 생각했다. 누군가가 내 뒷담을 까거나, 앞담을 깠을 때 중요한 것은 내가 직접 반발하고 나서지 않아야 한다는 것이었다.

싸움에서 가장 중요한 것은 여론이다. 즉, 누군가 제삼자가 '쟤 말이 너무 심했네' 하고 나서면 일은 해결된다는 것이다.

내가 평소에 그렇게 재수 없게 굴었다면 문제가 있겠지만, 나는 반 아이들 대부분과 잘 지내던 상태이고 그러니만큼 나를 변호해 줄 사람은 많다. 아마도 곧 여자아이 중에 하나가 '야, 백여민, 네가 말이 좀 심했다' 하고 나설 것이고, 어쩌면 남자아이 중에서 나설 수도 있다.

나는 말없이 그녀를 바라보기만 했다. 내가 여기에서 반발하면 또 백여민은 내 말꼬리를 잡고 늘어질 것이다. 그것은 싸움으로 이어질 가능성이 크다.

누군가 먼저 잘못을 했다고 해도, 일단 싸움으로 번지고 나면 그것은 누구 하나 할 것 없이 우리 둘 다 잘못한 것이 된다. 그리고 아이들은 우리를 안 좋은 눈으로 볼 것이다. 나는 그런 것을 원하지 않는다.

누군가 나서라, 얼른. 백여민을 바라보며 그렇게 생각하던 참이었다. 옆에서 누군가가 한 발짝 걸어와 내 바로 옆에 섰다. 고개를 돌렸다가, 햇빛 아래로 선명하게 번진 단풍 같은 붉은색을 보고는 흠칫 놀랐다.

내가 알기로는 저런 머리카락을 한 사람은 전교에서도 단 한 명밖에 없었다. 권은형, 그였다. 그는 싸늘한 눈을 하고는 백여민을 바라보고 있었다. 그가 말했다.

"백여민. 이번에는 네가 좀 말이 심한 것 같다. 사과해."

"······."

나조차도 처음으로 보는 권은형의 싸늘하게 얼어붙은 얼

굴이었다. 옆에서 바라보는 나조차도 위압감을 느꼈는데, 백여민이라고 당할 수가 있겠냐 싶었다.

잠시 후, 당황하는 그녀의 위로 다른 아이들의 목소리가 쏟아졌다.

"야, 그래. 생긴 거 갖고 그러는 거 아니다."

"반여령이랑 단이랑 원래 어려서부터 친구였다던데?"

"왜 그러냐, 백여민."

백여민은 눈에 눈물이 그렁그렁해서는 내게 사과했다. 원래 남의 뒷담을 까서 뒤가 좋은 사람이 없다. 나는 그녀를 힐긋 보고 고개를 끄덕이고는, 권은형을 바라보았다.

그는 자리로 돌아가려는 듯 몸을 돌리다 말고 나를 보고는 뭐냐는 얼굴을 했다. 그의 녹회색 눈동자를 정면으로 보는 것은 처음이었다.

권은형과 나는 긴 이야기를 나눠 본 적이 없었다. 사대천왕 중에서는 가장 친근한 분위기를 풍기는 그인데도 그랬다. 가장 큰 이유를 꼽으라면, 아마 내가 그를 너무 부담스러워했던 것 같다.

나는 머뭇거리다가 간신히 입을 열었다.

"고, 고마워."

그는 조금 놀란 듯, 눈을 크게 떴다가 곧 가늘게 접으며 웃었다. 교실 위로 옅은 금색 봄 햇살이 가득 들어차고, 그 사이로 웃고 있는 권은형의 얼굴을 보고 있자니 이들이 왜 사대천왕에 그토록 열광하는지 알 것도 같았다. 정말, 정말 근사하기는 했다.

권은형은 잠시 망설이는 듯하다가, 손을 뻗어 내 머리를 툭툭 두드렸다. 그러고는 다시 부드럽게 웃었다.

"별말씀을."

"……."

"누가 또 향단이라고 부르면 나한테 얘기해."

그렇게 말하고 그는 흔들림 없는 걸음으로 제자리로 돌아가서 앉았다. 그가 사라진 방향을 가만히 바라보고 서 있다가 나는 멍한 얼굴로 앞머리를 매만졌다. 와, 진짜 끝내준다.

나는 그날 난생처음으로, 항시 불치병이나 기억상실의 위협에 시달리는 반여령이 부럽다는 생각을 했다.

* * *

눈을 뜨니 새벽이었다. 옅은 새벽빛이 창틈에 고여 반여령의 얼굴을 창백하게 비추고 있었다. 그 모습을 보다가, 나는 조용히 손을 들어 이마를 매만졌다.

오랜만에 옛날 꿈을 꾸었다. 반여령과 만난 지 얼마 안 되었던 시점의 꿈이었는데, 아, 벌써 3년이나 지난 일이라니. 문득 웃음이 나오는 것 같았다. 나는 웃으며 생각했다.

만약 내가 그때 백여민의 앞에서 반여령의 편을 들지 않았더라면, 그랬더라면 그토록 염원했던 대로 지금 반여령과 사대천왕과는 아무 사이도 아닐까? 누구도 알 수 없는 일이었지만, 아마도 그랬을 것이라는 생각이 들었다.

그러다가 나는 문득 의아해서 눈을 깜빡였다. 그러고 보니 뭐가 내 잠을 깨운 거지? 알 수가 없었다. 어쨌거나, 기절하듯 잠든 것은 평소보다 꽤 이른 시각이었고, 상당히 푹 잠들었던 듯 더 자고 싶지는 않았다.

일어날까, 조금 더 누워 있을까, 생각하는데 옆에서 미약한 신음 소리가 났다. 아. 아마도, 새벽 귀가 밝은 내가 깨어난 것은 옆의 반여령 때문이었던 모양이다. 반여령의 입술 사이로 옅은 목소리가 새어 나왔다.

"……니야."

"……."

나는 몸을 조금 굴려서, 팔꿈치로 상체를 지탱한 채로 누워 반여령의 자는 얼굴을 가만히 내려다보았다. 그러고 있으려니 반여령의 입술이 다시 움직였다. 나는 조용히 귀를 기울였다.

"아니야…… 나는, 그러려던 게……."

그녀의 미간은 괴로운 듯 잔뜩 일그러져 있었다. 그것을 내려다보다가, 나는 무심코 손을 들어 그것을 살살 펴 주었다. 그동안에도 반여령의 웅얼거리는 목소리는 계속되었다.

얘가, 주름 생기겠네. 수도 없이 그녀의 미간을 문질러 주다가, 나는 문득 들려오는 목소리에 손을 멈추었다.

"단아."

"……."

"단아, 가지…… 마…….."

나는 한동안 숨을 쉬는 것도 잊은 채로 그녀를 빤히 보았다. 그녀는 이제 더 이상 미간을 찡그리고 있지 않았다. 다만 그녀의 눈은 여전히 괴로운 듯 일그러져 있었다.

그녀의 뺨이 실룩이고 있었다. 그러다가, 문득 그녀의 속눈썹 사이에 촉촉한 물기가 맺히는 것을 보고 나는 가만히 숨을 삼켰다.

어떻게 해야 할지를 몰라서 당황하고 있다가 나는 조용히 그녀의 손을 찾아 쥐었다. 숨소리가 바람 앞의 촛불처럼 흔들리는가 싶더니, 점차 잠잠해지는 것 같았다.

무엇을 해야 할지 몰라서, 나는 그저 그 손을 꼭 쥐고 있었다. 반여령은 그것을 마지막으로 한동안 아무 말도 하지 않았다.

나는 반여령의 손을 쥔 채로 가만히 있다가, 다시 몸을 돌려 천장을 바라보았다. 아무래도 반여령을 침대에 혼자 두고 일어날 수 있을 것 같지 않았다. 머릿속이 복잡했다.

나는 다시 힐긋 눈을 들어, 이제는 잠꼬대 하나 없이 곤히 자고 있는 반여령의 얼굴을 바라보았다. 둥그런 이마를 지나 코끝으로 떨어지는 곡선이 우아했다.

저렇게나 예쁜데, 나는 생각했다.

예쁘다뿐인가, 책 한 번 펴 보지 않고도 3년 내내 전교 1등을 놓치지 않을 만큼 똑똑한 머리, 게다가 그녀를 좋아하는 잘생긴 남자들까지.

누구나 부러워하지 않을 수 없는 반여령도, 그러나 그녀만의 괴로움을 가지고 있었다. 내가 그것을 처음으로 실감한 것이 바로 백여민을 통해서였다.

아무것도 몰랐더라면, 나는 생각했다. 아무것도 몰랐더라면, 다른 수많은 여자아이들처럼 나도 반여령을 흘긋 보고는, 뭐야, 쟤, 짜증나지만 부럽다, 하고 지나갈 수 있었을 텐데. 그녀와 친구가 되지 않을 수 있었을 텐데. 그녀의 손을, 놓을 수 있었을 텐데.

가지 말라는 그녀의 목소리가 너무나 연약해서, 나는 그녀의 손을 조금 더 힘주어 쥐었다. 그녀를 빤히 지켜보다가 문득 달력을 보니 창백한 빛을 받은 종이 위로 '20'이라고 새겨진 글씨가 선명했다.

2월 20일, 겨울과 봄의 경계. 이즈음이 되면 나는 항상 지독하게 우울해지고는 했다. 단순히 새 학기를 앞둔 것에 대한 설렘과 긴장감이 이유였던 것은 아니다. 3월 2일은 나에게 있어 이 세상이 뒤집힌 날이었으니까.

3년 전의 나는 세상이 바뀌는 것에 대해서 두려워한 것이 아니었다. 차라리 세상이 바뀌어서, 얼른 모든 것이 정상적으로 돌아갔으면 했다. 반여령도 그랬다. 내 앞에서어서 사라졌으면 했다.

나는 그녀와 친구로 지낼 이유가 없었다. 예전의 함단이가 반여령과 무엇을 하고 놀았는지, 어떤 얘기들을 했는지, 서로의 관심사는 무엇이었는지, 그녀는 무슨 노래를 좋아하는지, 무슨 영화를 좋아하는지…… 나에게는 아무것도 남아 있지 않았다.

사실 내가 제일 두려워한 것은 따로 있었다. 나는, 내가혹시라도 반여령에게 정을 붙였는데, 마음을 주었는데 그녀가 다시 사라질까 봐. 그것이 두려웠다. 그래서 나는 그녀에게 절대로 마음을 주려 하지 않았다.

그랬던 내가 그녀에게 진심으로 '친구'라는 단어를 사용한 것은, 불과 1년도 채 되지 않은 일이다. 그 영향은 지금도 반여령에게 남아 있어서, 그녀는 내 기분의 변화에는지독하게 민감하다. 예전에 그러했던 것처럼 내가 어느 날그녀를 모른 척할까, 그녀와 멀어지려 할까, 그것을 두려워하는 것 같았다.

나는 돌아누워서 벽지를 보는 채로 눈을 꾹 감았다. 아직반여령의 손은 놓지 않았다.

우리는 결국 같은 것을 두려워하고 있구나. 문득 그런 생각이 들었다. 나도 반여령도, 결국에는 홀로 남겨지는 것을 두려워하고 있었다. 서로에게 소리 내어 말하지 못할 뿐이다.

어쨌거나, 나는 그녀의 손을 더욱 힘주어 쥐었다. 과거의 내가 무엇을 바랐건 간에, 이미 너무 늦은 일이었다. 그런 생각이 들었다.

제3조. 꼭 쿨워터 향이 나는 애가 있어요

꼭 쿨워터 향이 나는 애가 있어요

　어느덧 고등학교 입학식을 겨우 나흘 앞두게 된 오늘, 나는 모처럼 일찍 일어나자마자 발가락으로 컴퓨터 전원을 켰다. 그리고 칫솔을 우물거리며 마우스를 딸깍거렸다.

　원래 방학이 되면 내 하루는 대부분 이런 식이었다. 일어나서 발가락으로 컴퓨터를 켜고, 인터넷 서핑이나 하며 웃긴 사진들을 보며 웃고 뒹굴고. 그러다가 다시 졸리면 침대에 들어가서 자고.

　그렇다. 나는 방학만 되면 한 마리의 훌륭한 잉여가 된다. 가끔 약속이 있으면 한 번 나갈까 말까.

　나는 졸린 눈으로 네ㅇ버 메인 화면을 훑었다. 오늘도 별건 없군. 어지러이 방황하던 내 시선이 실시간 검색어 7위 즈음에서 우뚝 멈췄다.

"어?"

아니야, 설마, 잘못 봤겠지. 나는 눈을 두어 번 감았다
떴으나 변한 것은 없었다. 에이, 설마…… 나는 창백해진
얼굴을 하고 중얼거렸다.

유천영이 어디 한둘인가. 이 지구촌에 유천영이라는 이
름을 가진 사람이 얼마나 많은데. 하, 하하.

그러나 스스로를 향해 그렇게 말해 봐도 별로 마음이 편
해지지는 않았다. 오전 8시가 되었는데도 아직 창밖은 밤
처럼 깜깜하기만 했는데, 그것이 지금 내 기분이었다.

내가 이 세계에 오면서 기가 막히게 발전한 것이 딱 하나
있다면, 그것은 위기를 감지하는 나의 초능력에 가까운 직
감이었다.

내가 무언가가 불안하다고 느꼈을 때 그 감은 열이면 열
맞아떨어졌다. 또 그 사실을 확인하고 싶지 않아서 머리를
쥐어뜯다가, 손톱을 물어뜯다가, 마침내 어깨를 축 늘어뜨
린 나는 마우스 커서를 '유천영' 위로 가져가 따각거렸다.

다음 순간 화려한 화면이 흰 바탕 위로 파팟 솟아올랐
다. 그 모양을 빤히 보다가, 나는 나직이 신음했다.

"허."

처음으로 느낀 것은 어이가 없다, 두 번째로 느낀 것은
망했다, 세 번째로 느낀 것은 전학을 가야겠다였다.

제일 먼저 화면 위로 떠오른 것은 다름 아닌 새카만 중절

모를 비스듬히 쓴 유천영의 사진이었다.

19세기 영국 신사라도 되는 양 중절모에, 새카만 정장까지 갖춰 입은 그는 베이지 톤의 단조로운 벽에 기대어 한쪽 다리를 L 자로 꼬고 서 있었다.

그의 한 손은 화병이 올라간 작은 탁자 위에 놓여 있었고, 바로 옆에는 핑크색과 하늘색이 강렬한 조화를 이루는 팝아트가 담긴 금테두리 액자 하나가 걸려 있었다.

사진의 모든 요소가 빼어나게 개성 있기도 했거니와, 특히 새카만 중절모는 유천영의 창백한 듯 새하얀 얼굴과 잘 어울렸다. 그러면서도 그의 뺨 언저리는 분을 바른 듯 붉었는데, 또 그것이 화병에 꽂힌 꽃과 기막힌 조화를 이루었다.

매일 보고 사는 얼굴임에도 쉬이 눈을 뗄 수 없었다. 단지 시야 안에 있는 것만으로도 보는 사람을 황홀하게 만드는 얼굴이었다. 그것을 보고 있자니, 역시 소설이 아니고서야 이런 생김새는 불가능하지, 이런 생각이 들었다.

유천영의 이름 아래로 떠오른 경력들을 보니 그와 일한 브랜드들은 제법 이름이 있는 회사들이었다. 심지어는 유명한 연예인과 같이 촬영을 한 것도 몇 개 있었다. 그 사실을 찬찬히 훑어보면서 나는 내가 모델로서의 유천영에 대해 얼마나 무지했는지를 깨달았다.

하지만 별로 알고 싶지 않았다. 그에 대해 많이 알면 알수록 그가 점점 더 현실의 인간으로 느껴지지 않을 것 같아서.

한 달 전에 내가 그와 싸웠던 것도, 근본적인 원인을 향해 파고들어 가다 보면 결국 그것이 문제였던 것일지도 모른다. 비현실성. 소설과 현실의 괴리.

턱을 괴고 화면 속 유천영의 얼굴을 멍하니 바라보는데, 갑자기 침대 위에 던져 놓은 핸드폰이 지잉지잉 울려 대기 시작했다. 흠칫 놀란 나는 후다닥 달려가 핸드폰을 낚아챘다. 핸드폰 액정 위로 떠오른 글자는 놀랍게도 '유천영' 그 본인이었다.

나는 침대 위에 풀썩 앉은 채로 핸드폰을 한 번 바라보고, 다시 모니터로 고개를 돌려 그 위로 떠오른 유천영의 얼굴을 바라보고, 다시 핸드폰을 바라보았다.

지금 실시간 검색어 7위를 당당히 차지하고 계신 분이 내게 전화를 걸었다니, 믿기지 않지만 사실이었다. 그동안 진동은 벌써 여섯 번이 넘게 울리고 있었다.

뒤통수를 긁적이다가, 나는 결국 핸드폰 폴더를 열었다. 유천영은 우주인처럼 산소만 들이마시고 있기는 심심하다는 이유로 전화를 거는 부류가 아니었다.

짧은 숨소리가 들리더니 곧 그 특유의 높낮이가 없고 낮은 목소리가 이어졌다. 그는 내가 전화를 받자마자 다급하게 물었다.

[너, 지금 일어났어?]

"어? 응……."

나는 그렇게 말하고는 말꼬리를 흐렸다. 유천영은 아마도 '너 지금 내 전화를 받고 잠에서 깬 거냐'라고 묻고 있는 것이겠지만 나는 아직 일어난 지 채 5분도 안 되었으니 뜻은 비슷하다고 생각했다.

그런데 다음 순간, 유천영이 안도의 한숨 비슷한 것을 내쉬는 것이었다. 뭐야? 내가 지금 일어난 게 뭐? 내가 눈썹을 찡그리는데, 유천영은 곧 특유의 담담한 목소리로 말을 이었다.

[부탁 하나만 해도 돼?]

"어려운 거?"

잠깐 침묵이 흘렀다. 그 뒤로 이어지는 목소리는 평소보다 낮았다.

[모르겠어.]

"뭔데?"

나는 그렇게 물으며 침대에 풀썩 누웠다. 갈색 머리카락이 내 얼굴 주변으로 마구 흩어졌다. 유천영은 전화기를 붙든 채로 한동안 침묵하는가 싶었다.

그렇게나 고민할 만한 일인가, 나는 누운 채로 눈동자를 한 바퀴 굴렸다. 유천영은 내게서 인터넷 소설의 인물들 중에 정상적인 면으로는 가장 좋은 평가를 받고 있는 인물이었다.

그가 부탁을 한다면 그에게 정말 중요한 일이겠지. 그렇게 생각하는 동안에도 그는 내내 침묵하고 있었다. 나는 대수롭잖게 입을 열었다.

"아, 알았어. 어려운 건지 쉬운 건지 말 안 해도 되니까, 그냥 들어줄게. 너도 대신 나중에 하나 들어주기."

[그래, 그렇게 해.]

"뭔데?"

[컴퓨터…….]

그는 그렇게 말하고는 말끝을 조금 흐렸다. 컴퓨터? 나는 의외의 단어에 눈썹을 살짝 찡그렸다. 유천영이 다시 말을 이었다.

[앞으로 3시간만, 인터넷 안 켤 수 있어?]

"……?"

나는 침대에 누운 채로 고개만 슬쩍 들어 모니터를 바라보았다. 여전히 모니터에는 중절모를 쓴 잘생긴 유천영이 진한 눈매 아래로 나를 쏘아보고 있었다. 일순 가슴이 섬뜩할 정도로 파란 눈이었다.

'이미 켰는데'라고 대답해야 하나. 나는 순간적으로 그렇게 생각했지만, 유천영의 목소리가 너무 진지한 것을 듣고는 그러지 않기로 했다. 대신 말했다.

"그래. 그런데 그럼 나 심심한데 뭐 해?"

히죽히죽 웃으면서 그렇게 말하기는 했지만, 사실 인터넷을 하지 않는다고 해서 내가 할 것이 완전히 없는 것은 아니었다.

뭣하면 반여령네 집에 쳐들어가도 되고, 아니면 거실에서 홀로 텔레비전을 보고 앉아 있어도 된다. 나는 그냥, 모처럼 당황한 유천영을 조금 더 놀려 주고 싶었다.

그런데 뜻밖에도, 내 질문에 유천영이 기다렸다는 듯이 대답하는 것이었다.

[지금 너희 집으로 갈게.]

"……."

Pardon? 속으로 되묻기가 무섭게 유천영이 다시금 대답해 왔다. 제 말의 파급 효과는 전혀 모른다는 듯, 담백한 목소리로.

[내가 놀아 주면 되는 거잖아. 나 지금 옷 입는다.]

"어, 어?"

나는 당황해서 튕기듯이 몸을 일으켜 침대 위에 아빠 다리를 하고 앉았다. 갑자기 우리 집에 온다고? 나와 놀아 주겠다는 그런 시시한 이유로? 내가 인터넷에서 실시간 검색어에 뜬 제 모습을 보는 게 오죽 싫은가 보다 했다.

나는 괜찮다고, 어제 못 본 개그 프로그램 재방송이나 보면 된다고 말하려고 했다. 그런데 유천영이 다음 말을 꺼낸 순간, 나는 입술을 멈추었다.

[뭐 사 갈까?]

"……."

나는 생각했다. 잘은 모르겠지만, 유천영네 집은 은지호네 집과 맞먹게 돈이 많다고 들었다. 며칠 전에 확인한 것이었지만 은지호네 집은 호텔도 하나 가지고 있었다. 그러니 유천영도 모르기는 모르지만 통은 클 것이다.

생각해 보면 유천영이 머리부터 발끝까지 걸친 것 중에 유명한 브랜드 제품이 아닌 것은 하나도 없었다. 그가 명품에 집착한다기보다는, 그냥 집에서 주는 대로 입다 보니 그렇게 된 것 같았다.

그래, 유천영은 돈이 많다. 나는 헤벌어지려는 입꼬리를 붙잡고 말했다.

"어…… 나…… 비싼 거 먹어도……."

[어떤 거.]

나는 잔뜩 망설이면서 꺼낸 말이었는데, 유천영은 대번에 내 말을 자르면서 그렇게 물어 왔다. 과연 이 소설에서 '— —'를 담당하고 계신 분이었다. 분주하게 움직이는지 수화기 너머로 자잘한 소리가 나는 것이, 벌써 신발을 신고 있는 것 같았다.

나는 망설이다가 입을 열었다.

"티라미수…… 한 판."

한 조각 말고, 한 판.

내 말을 들은 유천영은 잠시 침묵하다가, 전화를 끊어 버렸다. 알겠다는 말 한마디도 없었다.

나는 핸드폰 폴더를 덮고는 한동안 침대 위에 멍하니 앉아 있었다. 뭐야, 지금. 뭔데. 티라미수 한 판은 역시 너무 심했나? 한 조각이라고 할 걸 그랬나? 아니, 그래서 우리 집에는 온다는 거야 만다는 거야?

당황해서 한참을 그러고 있다가 나는 마음을 편하게 먹기로 했다. 오든 말든, 내 할 일이나 해야지. 나는 뒤통수를 긁적이며 침대에서 일어나 어기적어기적 컴퓨터 의자로 향했다.

컴퓨터 의자에 풀썩 앉아서, 마우스 휠을 아래로 내리자 유천영이 실시간 검색어에 떠오른 이유를 알 수 있었다. 커다란 글씨의 뉴스 타이틀이 눈에 들어왔다.

신비에 싸인 인기 모델 유천, 실제 이름은 유천영…… 발해 그룹 회장 아들인 것으로 밝혀져.

나는 턱을 괸 채로 중얼거렸다. 진짜 이 소설 참 지랄 맞다.

유천영은 잘생겼고, 머리도 좋고, 혼자 두뇌를 써서 추리하는 퍼즐 류를 특히 즐기고, 운동도 잘한다. 싸움도 잘한다고 은형이에게 들어서 알고 있는데, 내가 생각해도 남주 친구니까 못할 것 같지는 않다.

그런데 사장님 아들이 아니라 회장님 아들이었구나. 게다가 인기 모델……

역시 소설은 소설이구나. 나는 컴퓨터 의자에 앉아 의자를 빙빙 돌리며 허허 웃었다. 내가 요 3년간 곰곰이 생각해 봤는데, 이 소설 쓴 애는 아마 나이가 한 열다섯 살, 그러니까 중학교 2학년 정도 될 거다.

그리고 여자아이일 거다. 왜냐? 대개 소설에 예쁜 여자가 나오면 남자가 쓴 거고, 잘생긴 남자가 많이 나오면 여자가 쓴 거니까.

이 정도면 빈틈없는 추론이라고 할 수 있지!

나는 만족해서 고개를 끄덕이다가 증거 인멸을 위해 컴퓨터를 끄고는 세수를 하기 위해 의자에서 일어났다. 유천영이 우리 집에 온다고 했으니, 빈말인 것 같지는 않았다.

고요에 잠긴 거실을 가로질러 화장실로 들어갔다. 주황빛이 도는 조명 아래로 눈 아래에 거뭇한 기운이 고인 얼굴이 드러났다. 나는 세수를 하려다 말고, 거울 앞에 슬쩍 얼굴을 들이밀었다.

높이 올려 묶은 머리카락은 옅은 갈색이었다. 원래 색소가 조금 옅기는 했는데, 이 세계에 온 이후로 점점 머리카락이 염색한 갈색에 가까워지는 것을 보니 나도 이 세계의 영향을 안 받을 수는 없나 보다.

피부색도 예전보다는 많이 하얘진 것이, 참 다행이다 싶었다. 그 4명 중에서 특히 은지호나 유천영은 백인이 아닌가 싶을 정도로 피부가 하얗다 못해 창백한데, 그들과 같

이 서 있을 때마다 내 피부색 때문에 얼마나 걱정이 컸는
지. 나는 눈을 가늘게 뜨고 내 얼굴을 면밀히 살폈다.

그냥저냥 반듯한 코에, 약간 작은 듯도 한 눈에 눈초리는
옆으로 길게 늘어져 있었다. 주근깨는 사라지고 없었다.
입술은 평범했다.

입술을 깨물어도 보고, 코끝을 찡긋거리기도 하고, 눈을
감았다 떴다를 반복하다가 나는 거울에서 물러났다.

반여령이랑 그 4명을 매일같이 보고 살았더니 사람 얼굴
이 잘생겼는지 못생겼는지를 파악하는 것이 힘이 든다.

나를 반여령과 비교하라면 나도 고민할 것 없이 '저는 오
징어예요, 싱싱한 오징어예요' 하고 말하겠지마는, 평범한
사람하고 비교하면 그리 나쁜 것은 아닌 것 같단 말야.

으음, 나는 물이 뚝뚝 흐르는 얼굴을 수건으로 문지르고
는 다시 화장실에서 나왔다.

옅은 어둠에 잠긴 거실 소파에 앉아 베란다 밖이 느리게
환해져 가는 것을 보면서 나는 유천영을 기다렸다. 그에
대해 생각했다. 사실 그가 컴퓨터를 켜지 말라고 한 이유
는 간단했다.

내가 그가 인터넷 실시간 검색어에 오를 정도의 유명인
이라는 것을 알고 나면, 그에게 더욱 거리를 둘까 봐서. 무
의식적으로라도, 내가 그렇게 행동할까 봐서.

어이가 없을 정도로 미모, 부, 능력, 그 모든 것이 다섯

사람에게만 집중된 소설 속이라고는 하지만 나는 이것이 현실임을 알고 있었다. 그러나 내가 그들에게 가끔 엄청난 거리감을 느껴 버리는 것은 어쩔 수 없는 것이다. 머리카락을 엉망으로 헝클어트리면서 웃고 떠들던 남자아이가 모그룹 회장 아들이라는 말을 듣고 나면, 누구라도 그럴 수밖에 없지 않겠는가?

내 거리감에 제일 민감하게 반응하는 것은 유천영이었다. 평소에는 이상할 정도로 감정이 없는 그인데도, 내가 그에게 거리감을 느끼는 것에는 지독하게 예민했다. 그 예민함은 내 기분 변화에 대한 반여령의 예민함과 거의 맞먹는 수준이었다.

내가 유천영과 싸운 이유도 거기에 있었다. 반여령은 내가 그녀에게 거리를 두는 것을 이해해 준다. 그녀는 내가 한때 그녀를 완전히 버리려고 했음을, 그러다 결국 힘들게 돌아선 것임을 무의식중에 알고 있는 것 같았다.

그러나 유천영은 내가 거리를 두는 것을 이해해 주지 않았다.

그와 내가 처음으로 만난 것은 3년 전이고, 그때만 해도 나는 우리가 평범한 친구 관계가 될 수 있을 거라고 순진하게도 믿고 있었으니까. 이제 와서 내가 거리를 두는 것을 이해하지 못하는 것이다.

베란다 위로 태양이 내쏘는 새벽빛이 희미하게 일렁이는

것을 보다가, 나는 소파 위로 끌어 올린 두 다리를 두 팔로 감싸 안았다. 그러고는 그대로 생각에 잠겼다.

* * *

내가 유천영을 처음 보았을 때를 기억하는가? 내가 사대 천왕 중에 제일 처음으로 마주친 것은 다름 아닌 바로 그였다.

창날 같은 아침 햇살이 날카롭게 쏟아져 그의 반듯한 이마를 비추었고, 나를 내려다보는 눈은 짙은 푸른색이었다.

그 새파란 눈을 정면으로 마주했을 때의 그 충격이란! 나는 내가 보았던 푸른 눈동자가 환상이었나, 생각하며 한동안 멀어지는 그의 등을 바라보고 서 있었다. 지금 생각하면 퍽 인상적인 만남이었던 셈이다.

우주인은 원래가 생글거리고 잘 웃는데다가 붙임성이 좋아서 반 아이들에게 두루두루 귀여움을 받는 위치였다. 사실 내가 제일 나중에 친해진 것은 우주인이었는데, 그와 내가 친해지는 속도는 거의 파격적이었다. 그는 나와 이야기를 나누게 된 지 이틀 만에 나에게 '엄마'라고 불렀다. 그러고는 귀엽게 깡충깡충 뛰어와서 안기는데, 나는 도저히 그 호칭을 거부할 수 없었다.

권은형은 항상 부드럽게 웃는 얼굴인 데다가, 반장이었

으므로 나도 그와 얘기할 기회가 많았다—예 : 권은형, 나 양호실…… 좀………—. 나중에 백여민과의 일에서 그가 내 편을 들어 주었을 때, 나는 그에게 인간적으로 상당한 호감을 품게 되었다.

나는 그 전까지는 권은형을 피해 다녔다. 붉은색 머리카락에 녹회색 눈동자 등 요란한 외모와, 또 반여령에게 엄청난 호감을 보여 준다는 이유였다. 그런데 생각해 보니까 굳이 그렇게 피해 다닐 이유는 없는 것 같았다. 그냥 같은 반 학생일 뿐인데, 내가 그와 굳이 어색하게 지내려고 노력할 필요가 있나?

게다가 이 소설이 굴러가는 모양을 보아 권은형을 비롯한 그 4명은 반드시 반여령과 친해질 거고, 반여령은 여전히 내게서 떨어지지 않으려고 할 거다. 그럼 어차피 얼굴도 많이 보게 되어 있는 거, 편한 사이가 되는 것도 괜찮지 않겠는가?

다시 말해 평범한 생활에 대해서 포기하고 나자, 권은형과의 대화가 부담스럽지 않게 되었다.

푹푹 찌던 6월, 체육대회가 있었던 그 6월에 권은형은 반여령의 바로 앞자리, 내 대각선 자리에 앉았다.

권은형과 반여령, 그리고 나까지 셋이서 쉬는 시간마다 대화를 나누는 일이 제법 늘었다. 그러다 보면 권은형에게서 종종 의외의 일면을 발견하기도 했다. 대표적으로 한번은 이런 일이 있었다.

 "나 어제 엄마한테 혼났어. 과일 먹고 껍질 바로바로 안 치운
다고."
 "그거 초파리 생겨서 그래."
 "……?"
 "음식물 쓰레기통 뚜껑도 잘 닫아. 여름에는 벌레가 금방 번식
해서 쓰레기도 바로바로 버리고, 뚜껑도 잘 닫아야 돼."

 나는 얼굴을 구긴 채 생각했다. 이게 무슨 전업 주부 같
은 소리야, 그것도 이제 고작 열네 살 남자애가.
 나중에야 안 것이지만 권은형은 다섯 살 때 어머니가 돌
아가셔서, 집안일을 거의 그 혼자 도맡아 했다고 한다. 그
래서인지 그는 가끔 정말로 어머니 같은 면모를 보여 주고
는 했다. 은지호와 유천영에게 게임 중독은 안 좋은 거라
고 훈계할 때가 특히 그랬다.
 권은형의 아버지는 유천영네 집 운전기사로 일하고 계셨
다. 덕분에 둘은 서로에 대한 거라면 뭐든지 알고 있을 정
도였다.
 그러나 권은형에게서 유천영이 알고 보면 속은 따뜻한
남자네, 좋은 애네 어쩌네 하는 얘기를 들어도 나는 도저
히 유천영과는 친해질 수 없었다. 친해지는 것은 고사하고

이야기 한마디도 제대로 나눠 보지 못했다. 첫인상이 너무 인상적이어서 그랬을지도 모르고, 그냥 그의 무뚝뚝한 성격 때문이었을 수도 있다.

실제로 그 당시 같은 반 여자아이들 중에서 유천영에게 말을 한 번이라도 걸어 본 사람은 아무도 없었다. 그는 창가에서 세 번째 줄에 앉아 있었는데, 나는 수업을 듣다가 너무 더워서 안 되겠다 싶으면 고개를 돌려 그를 바라보고는 했다. 그럼, 그의 주변을 둘러싼 냉기가 바람이 되어 내게로 불어드는 듯싶었다.

그는 체육도 곧잘 하고 발표도 곧잘 했으나, 나에게는 도저히 인간이 아닌 것처럼 느껴졌다. 얼음을 빚어 만든 듯 유난히 창백한 피부 때문이었을까, 새파란 눈동자 때문이었을까.

지금 생각해 보면 참 신기한 일인데, 내게 먼저 다가온 것은 유천영이었다.

어느 여름날. 나는 너무 더워서 급식실조차 가고 싶지 않았다. 반여령에게 매점에서 피자버거를 사 달라고 한 뒤에 그대로 책상 위에 엎어졌다.

몇몇 이들이 지나가며 내 머리를 툭툭 치면서 아프냐고 물었다가, 더워서 밥 먹으러 가기도 싫다는 내 대답에 급식비 아깝다고 잔소리를 했다. 그렇게 몇 분을 엎어져 있었을까, 나는 너무 더워서 잠에 들었다가 깨기를 열 번 정도 반복했다.

　모두가 나간 여름의 교실에 흐르는 것은 시계 초침 소리, 간혹 불어든 희미한 바람이 블라인드를 흔들고 지나가는 소리, 그뿐이었다. 형광등 하나 켜지 않았는데도 교실은 햇살을 받아 온통 환하고 밝았다.

　나는 교과서 위에 얼굴을 창 쪽을 향하도록 눕히고 있었는데, 창 너머로 쏟아지는 하늘이 온통 푸르렀다. 말도 안되게 날씨가 좋았다. 그 풍경을 멍하니 보다가 나는 다시금 신음하며 눈을 감았다. 너무 더워, 중얼거리는데 갑자기 이마에 서늘한 것이 닿았다.

　음료수인가? 반여령인가, 싶었다. 그러나 눈을 뜬 나는, 내 이마 위에 머무르는 것이 새하얀 손임을 알고는 흠칫 놀랐다.

　남자와 여자의 손은 생김부터가 달랐고, 그것이 남자의 손임을 안 나는 슬그머니 눈을 들었다.

　그리고 내 바로 앞자리 의자에 걸터앉아 나를 내려다보는 유천영의 얼굴을 보고는 그대로 심장이 멎을 뻔했다.

　아니, 왜? 그가 왜? 그의 눈이 나를 내려다보자, 그의 시선이 닿는 부분만 환해지는 것 같은 착각이 들었다. 잠시후, 그가 입술을 움직여 말했다.

　"열은 없는데."

없지. 내가 아픈 것도 아닌데 당연히 없지. 나는 속으로만 그렇게 중얼거렸다. 곧 내 이마에 닿아 있던 서늘한 손가락이 스르르 사라졌다. 나는 눈을 가늘게 뜨고 그 모습을 바라보면서, 유천영은 정녕 이 소설에서 쿨함을 담당하고 있기 때문에 체온까지 쿨한 것인가 하는 생각을 했다.

그런데 그의 손이 떠났는데도 내 코끝을 맴도는 희미한 향이 있었다. 나는 의아해서 눈을 떴다. 시원하고 상쾌한 향. 이 향을 뭐라고 하더라? 순간 머릿속에 떠오르는 익숙한 구절이 있었다.

인소의 법칙 5조. 남자 주인공에게서는 꼭 쿨워터 향이 난다—예 : 옆에 다가와 선 그에게서 무언가 시원하고도 부드러운 향이 물씬 풍겼다. 쿨워터 향…… 나는 중얼거렸다—.

그 대목을 떠올리는 것만으로도 얼굴이 부들부들 떨리는 것 같았다. 나는 어금니를 악문 채 중얼거렸다. 설마 진짜 쿨워터는 아니겠지. 그럼 이 소설을 쓴 작가는 진짜 초딩이다.

그러나 얼굴이 떨리는 것이 멈추지 않아서, 나는 결국 자는 것을 포기하고 고개를 들었다. 그러고는 흠칫 놀랐다.

제자리로 돌아갔을 줄 알았는데, 유천영은 아직도 내 앞자리에 걸터앉아 나를 멀뚱하게 바라보고 있었다. 그렇게 정면으로 마주 보고 있자니 그의 푸른 눈동자가 평소보다는 부드럽게 보였다.

권은형은 어디에 있지? 항상 같이 있던데. 내 표정을 읽었는지, 유천영이 곧바로 대답해 왔다. 그는 턱짓으로 반여령의 자리를 가리켰다.

"반여령이랑 매점."

"넌?"

"더워서."

"아……."

대단한 단답형. 아니, 이 정도면 생각보다는 친절하다고 해야 하나.

나는 정말로 이 애가 나한테 한마디 정도나 대답해 줄 줄 알았다. 아니면 아예 무시하거나. 너무 지나친 생각이었을까? 하기는 얘도 사람인데.

주연 중의 하나라는 이유만으로 이 애가 나랑 말 한마디도 섞으려고 하지 않을 거라고 생각했던 것이 조금 부끄러워졌다. 내가 알아들었다는 뜻으로 고개를 끄덕이자, 유천영은 내게 흘긋 시선을 던지는가 싶더니 도로 다른 곳을 보았다. 나는 민망해서 볼을 문질렀다.

침묵이 우리 사이를 휘돌고 흘러갔다. 오후의 나른한 햇빛과 평소보다 농도가 옅은 듯한 공기도.

나는 다시 눈을 들어 유천영을 보았다.

시간이 조금 흘렀는데, 그는 여전히 자리에서 일어날 기미 없이 내 앞자리에 걸터앉아 있었다. 한쪽 팔은 등받이에 걸치고, 다른 손에는 새하얀 mp3를 쥐고 있었다. 귀에도 늘 그렇듯 새하얀 이어폰을 낀 채였다.

새카만 머리카락에 햇살이 부서져 그 위로 푸른색이 선명하게 번지고 있었다. 머리카락이 흐트러진 아래로 드러난 단정한 이마, 또렷한 눈매, 반듯한 콧날, 그런 것들을 빤히 보면서 나는 생각했다.

이상하다. 왜 얘가 제자리로 안 가지?

다음 순간, 그가 시선을 느꼈는지 눈을 들어 나를 보았다. 여전히 섬뜩할 정도로 새파란 눈동자에 가슴 한구석이 철렁했다.

왜, 왜? 그만 볼까? 지레 겁먹고 그렇게 말하려는데, 그가 갑자기 제 오른 귀에 끼고 있던 이어폰을 꺼내었다.

그리고 그는 그것을 나에게 내밀었다. 내가 눈을 깜빡이자 그가 물었다.

"들을래?"

"……."

그 당시의 나는 듣고 자시고를 판단할 만한 겨를이 없었다. 그냥 홀린 듯 손을 뻗어 그 이어폰을 쥔 나는 내 귀에 그것을 끼웠다. 흘러나오는 노래는 나도 익히 알고 있는 것이었다. '린킨 파크'의 'faint'.

기타 반주가 특히 격렬한 하드코어 록이었다. 매일 저렇게 고요한 얼굴을 하고 있으니, 내가 그가 록을 들을 것이라고 상상이나 했겠는가? 내가 놀래서 그를 바라보는데, 그는 내 표정이 이상하다고 생각했는지 어깨를 으쓱하고는 내게서 이어폰을 회수하려고 했다. 나는 손을 들어 그를 제지했다.

"자, 잠깐."

"……?"

"나 린킨파크 좋아해."

내가 그렇게 말하자, 유천영은 눈을 조금 크게 뜨는가 싶었다. 그리고 다음 순간, 환한 여름 햇살 속에서 그는 서늘한 눈매를 조금 접어 나에게 미소 비슷한 것을 보내고 있었다.

하도 희미해서 미소라고 부르기 힘든, 그러나 평소의 그를 생각한다면 충분히 미소라고 부를 수 있는 것이었다.

이내 린킨파크에 대해 토론을 하다 말고 서로에게 가수며 노래를 추천하기 시작한 나와 유천영을, 매점에서 돌아온 반여령과 권은형이 이상하다는 듯이 바라본 것은 전혀 이상한 일이 아니었다. 아니, 우리 반 대부분이 유천영과 나를 양과 늑대가 토론하는 모습이라도 목격한 사람처럼 충격 받은 얼굴을 하고 보았다.

나중에 권은형에게, 나에게 이어폰을 빼 주었던 유천영의 스스럼없던 태도에 대해 말했을 때 그는 알 만하다는 얼굴을 했다. 권은형은 부드럽게 웃으며 말했다.

"원래부터 네가 마음에 들었나 보지."

"......?"

"뭐야, 그 벼락 맞은 토끼 같은 표정은. 농담 아닌데."

그렇게 말하며 그는 내 얼굴이 웃겼는지 작은 웃음소리를 흘렸다. 나는 내 앞머리를 툭툭 건드리는 그의 손길을 받으며, 유천영을 돌아보았다. 그는 나와 눈이 마주치자 어깨를 으쓱하고는 무슨 일 있냐는 듯한 얼굴을 했다. 나는 다시 고개를 돌렸다.

따지고 보면 반여령과 내가 친해진 속도를 5라고 쳤을 때 유천영과의 속도는 1에 가까웠다. 우리는 천천히, 느리게, 그러나 가장 이상적인 방식으로 친해졌던 것 같다.

우리가 그렇게 원만한 속도로 친해지고 나서, 중학교 1학년의 어느 여름날. 기말고사도 끝나고 교실 앞 텔레비전에는 공포 영화나 틀어 놓고 자유를 만끽하던 그날도 나는 유천영과 뒷자리에 앉아 음악을 듣고 있었다.

우리 반이 그 당시에 남자는 남자랑, 여자는 여자랑 앉는 풍습이 있었다는 것은 전혀 문제가 되지 않았다. 왜냐하면 바람이 잘 드는 그늘 구석에 책상 다섯 개를 붙여 놓고 늘어지게 낮잠을 자고 있는 우주인도 있었고, 의자 다섯 개를 동그랗게 모아 놓고 카드 게임을 하는 이들도 있었기 때문이다. 한마디로 말해서 교실 자리 배치는 개판이었다.

여름치고는 유난히 바람이 강했던 날로 기억한다. 사물함 바로 앞에 누운 우주인의 평온한 얼굴 위로 옅은 갈색 머리카락이 불어든 바람에 부드럽게 흐트러지던, 그런 날이었다.

교실은 제법 어두웠다. 몇몇 아이들은 좀비 영화를 보다 말고 웃음소리에 가까운 비명을 터트렸다. 그 혼란 속에 나와 유천영은 유유자적하게 맨 뒷자리에 책상을 붙이고 앉아 음악을 듣고 있었다.

권은형과 반여령은 각각 반장과 부반장이었으므로, 얼마 남지 않은 여름 소풍에 대한 문제로 교무실에 가고 없었다. 옅은 어둠, 비명, 웃음소리, 나는 그런 것들을 보고 듣다가 옆에 앉은 유천영의 얼굴을 바라보았다.

그의 검푸른 머리카락은 하얀 이마를 단정하게 덮고 있었고, 내리깐 속눈썹 위로 푸른빛이 맺혀 있었다. 그 아래로 드러난 눈동자는 얼음처럼 푸르고 맑았다. 옅은 빛 위로 드러난 옆얼굴의 곡선은 우아했다.

나도 모르게 그 모습을 홀린 듯이 바라보다가 말고 나는 내 뺨을 찰싹 때렸다. 유천영이 그 소리에 흠칫 놀라 나를 돌아보는 모양새가, 아무래도 반쯤 잠에 취해 있던 모양이었다.

그는 나를 보다가 말고 책상에서 교과서를 꺼내더니 그 위에 얼굴을 대고 누웠다. 고개는 내 쪽으로 돌린 채였다.

나는 황당해져서 물었다.

"너, 그거 누구 교과서인지는 알아?"

"아니."

그의 말대로였다. 지금 이 상황에서 그가 앉아 있던 자리가 누구 자리인지를 알아내는 것은, 우주인의 침대로 사용된 다섯 개의 책상 중에 내 책상이 포함되어 있는지를 알아내는 것만큼이나 어려웠다.

유천영은 귀찮았던지, 눈을 슬쩍 떴다가 다시 내리감았다. 그가 잠에 취한 듯 웅얼거렸다.

"잘 자."

나는 그를 내려다보며, 네 얼굴 기름이 남의 교과서에 묻을 거라는 생각은 안 하냐고 물으려다가…… 유천영의 모공 하나 안 보이는 보송보송한 피부를 보고는 그만두었다.

저 녀석이 나도 아니고, 잠 좀 잔다고 개기름이 묻어 나올 리 없었다. 아니, 설령 그렇다고 쳐도 만약 저 교과서의 주인이 여자아이라면 그녀는 그것을 가보로 간직할 것이 틀림없었다─나라도 그러겠다, 유천영이 베고 잔 교과서!─.

그를 황당한 눈으로 내려다보다가, 유천영의 곤히 자는 모습을 보고 있자니 나도 슬슬 졸음이 밀려오기 시작했다.

나는 결국 꾸벅꾸벅하다 말고 책상 서랍을 뒤적거렸다. 자리에서 나온 교과서 위에 쓰인 단정한 글씨는 다름 아닌 반여령의 것이었다.

오예, 운 좋고. 나는 그렇게 중얼거리고는 주저 없이 책을 펼쳐서 그 위에 얼굴을 눕혔다.

그렇게 눕고 보니, 공교롭게도 유천영과 나는 마주 보고 잠을 청하는 모양새가 되었다. 내게서 불과 50센티도 떨어지지 않은 거리에 있는 유천영의 얼굴을 빤히 바라보며, 모공을 찾아보겠다는 시시한 생각을 하고 있던 그때였다.

멀리서 목소리가 들렸다. 웅성거리는 소리가 점점 커진다 싶더니, 결국에는 우리 반 앞까지 소란스러운 소리가 밀고 들어왔다. 불청객이라도 찾아온 것처럼, 그제야 영화에 집중하고 있던 우리 반 아이들도 느릿느릿 고개를 들어 문 쪽을 바라보았다.

그 가운데는 짜증 섞인 눈을 가늘게 뜨고 뒷문을 바라보고 있는 은지호도 있었다. 다른 사람에게 묻지 않고, 성큼성큼 걸어간 은지호가 곧바로 문을 열어젖혔다.

그 사이로 드러난 것은 과연, 높은 목소리들로부터 예상은 했지만 한 무리의 여자아이들이었다. 명찰 색을 봐서는 아마도 선배들, 저마다 눈을 크게 뜬 채 정신없이 은지호의 얼굴을 훔쳐보는 가운데 유일하게 은지호에게 넋이 팔리지 않은 여자아이가 있었다.

수줍은 듯 눈을 내리깐 채 바닥만 내려다보다가 그녀는 슬쩍 눈을 들어 정확히 이쪽을 보았다. 내 옆에서 책상에 얼굴을 눕히고 앉아, 평온하게 새근새근 잠들어 있는 유천영을.

그제야 나는 그녀가 용건이 있는 것이 유천영임을 알아차렸다. 동시에 그 용건이 어떤 종류의 것인지도. 눈이 달려 있는 이상 누구라도 알 수 있는 사실이었다.

나는 다시 고개를 돌려 유천영을 바라보았다. 근 한두 달간 제법 많은 시간을 붙어 있으면서 알게 된 사실이었지만, 유천영은 한 번 잠들면 정말 누가 업어 가도 모를 것처럼 그렇게 잤다. 그 증거로 그는 지금 교실 앞에서 일어난 소란에도 불구하고 눈 한 번 다시 뜨지 않았다.

손을 내밀어 어깨를 흔들어도 그는 반응이 없었다. 킥, 나를 보고 있던 은지호가 드물게도 그 얼굴에 미소를 띠었다. 지금에야 잘 웃게 된 그였지만, 3년 전에만 해도 그는 정말로 잘 웃지 않았다.

아이들의 재미있다는 듯한 시선을 한 몸에 받으며 나는 유천영의 어깨를 다시 한 번 세게 흔들었다. 그래도 반응이 없었다.

야, 야아! 좀 일어나! 아예 머리를 잡고 흔들어야 일어나려나, 내가 마침내 그의 잘생긴 얼굴에 손을 가져갔던 그때였다.

어느새 교실 안까지 걸어 들어온 여자 선배가 내 손을 저지했다. 나는 불쑥 고개를 들었다. 옅은 빛 가운데 그녀의 눈이 서늘하게 나를 내려다보있다.

마치 네가 어디에 손을 대냐는 듯한 얼굴, 예상은 했지만 정말로 유천영을 좋아해서 고백하러 찾아온 2학년 선배임이 틀림없었다.

그녀의 눈빛이 기분 나빠서, 그녀를 빤히 보다 말고 나는 손을 치웠다. 그때, 마침내 유천영이 눈을 떴다.

그는 억지로 일어난 것이 불쾌하다는 듯, 미간에 주름을 새긴 채 엎드리고 있던 몸을 일으켰다. 그리고 고개를 들어 나와, 내 앞의 여자 선배를 한 번씩 번갈아 보았다. 그것으로 그는 모든 상황을 파악한 듯싶었다.

그가 자연스러운 모양으로 자리에서 일어나며 말했다.

"일단 나가요."

덜 트인 목소리로 그렇게 말하며 그는 귀에 꽂고 있던 이어폰을 빼서 내게 내밀었다. 그것을 얼떨결에 받아 들며, 나는 유천영을 당황 섞인 눈으로 올려다보았다. 다시 여자 선배를 바라보니 그녀는 아예 나를 잡아 죽일 듯 노려보고 있었다.

유천영이 나가자고 말했는데도, 여자 선배는 나를 노려보는 채로 발 한 번 떼지 않았다. 앞서 걷던 유천영이 뒷문에 멈춰 서서 여자 선배를 빤히 바라보았다.

뭐지? 둘 사이에 흐르는 공기가 만만치 않았다. 반 아이들 모두가 자리에 앉아 그들을 보고 있었다. 얼핏 서른 쌍은 더 되는 눈동자의 행렬이 그들을 지켜보는 가운데, 그녀가 느리게 입술을 뗐다.

"아니."

"⋯⋯?"

말은 하지 않은 채, 유천영은 조용히 눈썹만을 찡그렸다. 여자 선배는 용기를 불어넣으려는 듯 숨을 크게 들이쉬고는 입을 열었다.

"여기서 얘기할래."

"⋯⋯?"

다시 한 번 유천영의 눈 위로 의문의 빛이 떠올랐다. 의자에 엉덩이를 걸치고 앉아 그들의 이야기를 듣고 있던 우리의 눈에도.

나는 눈을 깜빡였다. 여기에서 이야기를 하겠다고? 이곳은 고백 같은 은밀한 이야기를 하기에는 좋은 장소가 아니었다. 이렇게 많은 사람들이 보는 앞인데.

아, 설마, 그래서⋯⋯?

나는 긴장하며 조용히 신음을 삼켰다.

여자 선배는 짐짓 어깨를 펴고는 말했다.

"천영아, 네가 좋아. 우리 사귀자."

멀거니 앉아 있는 반 아이들의 어깨 위로 무거운 침묵이 흘렀다. 뒷문에서 기웃거리고 있던 여자 선배들은 흥미로운 눈을 한 채 이쪽을 바라보고 있었다.

정적 가운데, 유천영은 뒷문 가까이에 선 채 아무 말도 하지 않았다. 옅은 어둠 속에 감싸인 그 모습 그대로 굳어진 듯, 그는 한동안 아무 움직임도 없었다.

마침내 그의 입술이 열리고 그 사이로 처음으로 새어 나온 것은 한숨이었다. 그리고 그의 대답이 떨어졌다.

"죄송합니다."

내 앞에 선 여자 선배의 얼굴이 소리 없이 일그러졌다. 그녀가 좋아한다는 말을 꺼내던 바로 그 순간, 유천영의 얼굴빛을 보았다면 누구라도 예상할 수 있는 그런 반응이었다. 전혀 좋아하는 기색이 아니었는걸. 나는 그렇게 생각하고는 유천영의 얼굴을 보았다.

그의 얼굴은 창백했다. 본래 창백하기는 했지만, 지금은 더욱 피곤한 기색이었다. 나는 그의 마음을 어느 정도 짐작할 수 있었다.

여자 선배는 입술을 꾹 깨물었다. 그리고 다음 순간, 그녀의 입에서 뾰족한 목소리가 튀어나왔다.

"왜? 왜 내가 싫어? 응?"

"……."

"가만히 있지 말고 대답해 봐, 왜 내가 싫은 건데! 이렇게 많은 사람들이 보는 앞에서 거절할 만큼!"

그녀는 이제 아예 성이 난 듯, 저 혼자 소리를 바락바락 지르고 있었다. 나는 묘한 공포심에 사로잡혀 그 광경을 쳐다보았다.

영화를 보는 듯 현실감이 없는 동시에, 한편으로는 무섭기도 했고, 또 한편으로는 슬프기도 했다. 아마도 이 광경이 앞으로도 수번은 더 반복될 것을 알아서, 그래서 그랬던 것 같다.

동시에 유천영의 입이 열렸다.

"죄송합니다."

그렇게 말하는 그의 얼굴은 별로 죄송해 보이지 않았다. 평소와 같이 차분한 얼굴, 그러나 눈가가 눈에 띄게 짙어져 있었다. 피곤한 얼굴이야, 나는 입속으로 중얼거렸다.

그 순간, 히끅거리는 소리가 나기에 나는 다시 앞을 보았다. 옅은 빛에 여자 선배의 얼굴이 비쳐 보였다. 그녀는 울고 있었다. 투명한 눈물이 그녀의 볼 위를 막 흐르고 교실 바닥으로 떨어지는 참이었다.

어깨를 떨며, 꾹 쥔 주먹으로 볼을 닦아 내며 그녀가 한참이나 자리에서 울고 있는 것을 우리 반 아이들은 얼이 빠진 듯 멍하니 바라보았다. 멀리서 관조하던 은지호조차 조금 놀란 얼굴이었다.

그러다가, 뒷문 부근에서 기다리고 있던 여자 선배의 친구들이 황급히 교실로 들어왔다. 울지 마, 왜 이런 걸로 울어! 좋은 남자는 많아! 개중에 어떤 여자는 유천영을 적대감 섞인 눈으로 쏘아보기도 했다.

달래는 말이 몇 차례 더 오간 뒤, 그들은 유천영을 뒤로 한 채 우르르 교실을 빠져나가 버렸다.

잠시 침묵이 흘렀다. 곧 남자아이들이 유천영을 둘러싸고 '야, 방금 뭐였냐? 너 좋다고 따라다니는 여자?' 하고 묻는 것에 유천영은 말없이 한숨을 내쉬며 미간을 일그러트렸다.

당시에도 반에서 유천영과 말을 섞는 여자아이는 나와 반여령을 제외하고는 없었다. 내 앞에 앉아 있던 여자아이가 이쪽을 보면서 소곤거렸다.

"와, 알고는 있었는데, 정말 천영이한테는 절대로 고백하면 안 되겠다."

"그러니까. 그 여자 선배 울면서 나가는 거 봐. 불쌍해. 애들 앞이었는데."

그렇지만, 나는 주저하며 입술을 깨물다가 말했다.

"그래도, 자진해서 애들 앞에서 고백하겠다고 했던 건 그 선배잖아."

"그 선배도 설마 다 보는 앞에서 차일 줄은 몰랐겠지. 여튼, 불쌍하다."

여자아이들은 그렇게 말하며 절레절레 고개를 내저었다. 그러더니 그녀들 중의 하나가 장난스럽게 웃으며 내 어깨를 툭 쳤다. 그녀가 말했다.

"너도 안 반하게 조심해. 그러다가 저 여자 선배처럼 울고 끝날라."

"안 그래도 항상 조심하고 있다."

그렇게 말하며 내가 웃어 버리자 여자아이는 잘한다는 둥의 말을 하며 내 머리를 쓰다듬고는 다시 앞을 보았다. 나는 유천영에게서 건네받은 이어폰을 매만졌다.

어쩐지 조금 민망한 기분이었다. 잊고 있었던 현실이 도로 불쑥 솟아나 내 뒤통수를 힘껏 때린 기분.

나는 아까 나를 노려보던 그 여자 선배를 생각했다. 단지 유천영의 옆에 앉아, 같은 이어폰으로 음악을 듣고 있었다는 것만으로도 나를 죽일 듯하던 그 눈빛이라니.

비로소 한동안 함께 지내며 잊고 있었던 유천영의 역할이 생각났다. 인터넷 소설에 나오는 남자 주인공들 중의 한 명인 데다가, 잘생겼고, 무슨 회사 사장 아들인가 뭔가에, 머리도 똑똑하고. 목소리도 좋고. 결국에는 소설 속의 인물이었다. 나처럼 단역으로 잠깐 얼굴만 비추고 말 그런 사람이 아니었다. 하지만 나는 조용히 눈을 내리깔았다.

물론 그의 얼굴을 볼 때면 그 비현실성을 새삼 실감하고는 하지만, 손이 닿을 만큼 가까운 거리에서 매일 보아 온 유천영이라는 남자애는 그냥 한 사람일 뿐이었다. 거리를 두겠다고 매일 다짐하는데도, 그렇게 생각하고 마는 순간이 있다.

그런 그가 왜 나에게 다가왔을까? 그것은 지금도 이따금 내 머릿속을 점령하곤 하는 고민이었다.

나같이 평범한 여자아이에게 왜, 그는 자진해서 그렇게

친근한 태도로 다가왔을까? 그렇게 특별한 이유도 없이 불쑥 친구가 된 것치고는 우리는 아주 잘 지내고 있었다.

그도 내 곁에 있으면 편할까, 내가 그의 곁에 있으면 아무 말을 하지 않아도 편한 만큼이나.

문득 가슴 언저리가 조금 세게 뛰는 것 같았다. 그러나 티 내지 않은 채, 내가 그 감정을 애써 억누르며 뒤를 돌아보았던 그때였다.

바로 옆에서 의자 끄는 소리가 났다. 동시에 유천영이 불쑥 팔을 뻗더니, 서랍을 뒤져 지갑을 꺼내었다.

응? 왜 지갑을? 내가 그를 망연히 올려다보는데 눈이 마주쳤다. 푸른 눈을 지친 듯이 내리깔고 있던 그가 말했다.

"매점 가자."

그의 입에서 나오니 매점이 어디 근사한 곳이라도 되는 듯이 들렸다. 잠시 얼떨떨해서 앉아 있다가, 그가 말없이 돌아서고 난 다음에야 나는 화들짝 자리에서 일어났다. 그리고 나는 그의 뒤로 외쳤다.

"야, 나 지갑! 잠시만!"

"그냥 와도 돼."

일련의 상황 뒤에야 나는 간신히 가방에서 지갑을 꺼내어 유천영을 따라잡을 수 있었다.

매점에는 사람이 별로 없었다. 유천영에게 쏟아지는 호

기심 섞인 시선을 무시한 채, 초코 우유를 골라 든 나와 유천영은 사이좋게 빨대를 입에 문 채 밖으로 나왔다.

냉방이 되던 교실 밖으로 나오니 후끈한 열기로 금세 목덜미에 땀이 맺혔다. 그러나 유천영이 교실로 들어가고 싶어 하는 기색이 아니라서, 우리는 결국 학교 운동장 구석의 나무 그늘 아래 벤치에 앉았다.

운동장에서는 3학년 남학생들의 축구 경기가 한창이었다. 텅! 하고 발부리에 차인 공이 맑은 하늘을 가르고 솟아올랐다. 동시에 '와!' 하는 떠들썩한 소리가 파도처럼 일어났다.

그늘 밖으로 시선을 던지며 그 광경을 보다가, 나는 도로 내 옆에 앉은 유천영을 돌아보았다. 옅은 그늘에 묻힌 그의 옆모습, 빛 없이 검은 머리카락, 땀방울이 돋아난 이마. 옅은 빛이 도는 코끝. 그가 물고 있는 우유팩 끝에 맺힌 물방울.

말은 안 해도, 그는 정말로 지친 기색이었다. 분명히 방금 전의 일로 지친 것이 틀림없었다. 아, 그에게 무어라 말을 할까, 그러나 입술을 열다 말고 나는 도로 다문 채 조용히 빨대를 물었다.

내가 그에게 무슨 말을 하겠는가? 그와 나 사이에는 그 무엇으로도 메우지 못할 어마어마한 간극이 있었다. 그가 지금, 곁에 둘 사람으로 나를 택했다면, 어쨌거나 그냥 말없이 있는 것만으로도 충분할 것 같았다.

그렇게 생각하니 어쩐지 내가 유천영에게 특별한 사람이라도 된 것 같았다. 에이, 기대하지 말자. 내가 고개를 내젓던 그때였다.

"네가 좋아."

운동장 위로 먼지바람을 일으키던 잔잔한 미풍 위로 고요하게 울리던 목소리. 그 순간만큼은 정말로 시간이 멎었다고 해도 믿을 수 있을 것 같았다.

저 멀리로는 여전히 먼지바람이 일고 있었고, 운동장에서는 환호하는 소리가 끊이지 않았는데도, 그런데도 나는, 정말로 시간이 한순간 멈추었다고 믿었다.

다음 순간, 시간 감각이 돌아오면서 시끄러운 소리가 도로 내 귓가를 파고들었다. 그 사이로 나는 가만히 유천영의 푸른 눈을 내다보았다.

그는 나를 보고 있지 않았다. 눈은 내리감은 채였다. 긴 속눈썹 끝에 푸른빛이 맺혀 있었다. 어두운 전시실에서, 간혹 사람을 생각에 잠기게 하는 바로 그 창연한 빛이었다.

고백이 아니었다. 그런 것은 알 수 있었다. 친구 사이에 좋다고 말할 때나 쓸 법한 담백한 목소리였으니까.

그렇게 말하고 유천영은 잠시 숨을 길게 내뱉었다. 그 얼굴이 정말로 지친 것 같은 기색이라서 나는 마음이 안 좋았다. 내가 손을 뻗어, 조용히 그의 등을 매만지려 했던 그때였다.

그가 입을 열었다. 나는 손을 멈추었다.

"너는…… 나한테, 관심이 없는 것 같았어."

"……."

"그래서 네가 좋아."

그렇게 말하고 유천영은 도로 침묵을 지켰다. 아주 지친 것처럼, 그는 어깨를 조금 비틀어 숙인 채 한동안 그대로 운동장을 바라보고 있었다. 나는 조금 놀라서 그런 그를 바라보았다.

방금 그 말투는 평소의 유천영이 쓸 법한 것이 아니었다.

너는, 나한테, 관심이 없는 것 같았어. 마치 세상 사람들 중에 자신에게 관심을 가지지 않는 사람은 없다는 듯한 투. 그러나 나는 그것을 곧 이해했다. 이해하고야 말았다.

어떻게 이해하지 않을 수가, 방금 그 상황을 보았는데. 더군다나, 나는 소설의 주역이라는 그의 실체를 알고 있으면서도 그의 곁에서 맴돌고야 마는 그런 사람들 중의 하나가 아닌가. 그의 말이 이어졌다.

"너는, 나한테 아무것도 기대하지 않는 것 같아서…… 그래서 편해. 너랑 있으면."

"……."

나는 다시 유천영을 보았다. 그는 여전히 나를 보고 있지 않았다.

교실로 돌아오자, 몇몇 아이들이 우리를 향해 짓궂은 시선을 보내기는 했지만 그뿐이었다. 유천영과 나를 번갈아 보고 나서는 곧바로 우리가 사귈 리가 없다고 생각한 것 같았다. 게다가 우리 둘 사이의 분위기가 달라진 것도 아니었고, 다만 유천영이 지친 얼굴을 하고 있을 뿐.

그래도 그는 훨씬 안정된 듯 보였다. 유천영은 교실로 돌아온 지 불과 몇 분도 안 되어 도로 잠들었다. 전과 같이 책상 위에 엎드려, 얼굴은 내 쪽을 향하는 채였다. 귀에는 하얀 이어폰 한쪽을 꽂았다.

물론 다른 한쪽은, 나에게 있었다. 귀에서 흘러나오는 노래가 하필이면 에미넴의 'stan'이었다. 추적거리는 빗소리와 여자의 음울한 목소리가 흘렀다. 그를 빤히 보다가, 나도 마주 보는 채로 책상 위에 얼굴을 기대었다.

눈을 감고 있다가, 나는 조용히 그의 말을 입속으로 읊조렸다. 나는 그에게 아무것도 기대하지 않으니까. 그에게 관심이 없으니까.

나는 그에게…… 이성적으로 관심을 보이지 않는 유일한 여자아이니까.

그렇게 중얼거리는 순간 '아, 결국 이거였구나' 하는 생각이 불쑥 솟아올랐다. 그의 잠든 얼굴, 그 위로 그들을 처음 만났던 날 내가 그들에게서 보았다고 생각했던 빛무리가 다시금 맴도는 것 같았다.

다시 생각해도, 실존한다는 것만으로도 말도 안 되는 남자애였다. 이마 위로 흘러내린 검푸른 머리카락, 길게 감은 속눈썹, 그것을 물끄러미 쳐다보다 말고 나는 조용히 그에게서 고개를 돌렸다.

그에게는 들리지 않도록 홀로 한숨을 내쉬었다. 그리고 팔을 들어 얼굴을 묻었다.

아까 시간이 멈추었다고 생각했던 내가 그저 바보 같았다.

너는 나한테 관심이 없는 것 같았어.

그래서 네가 좋아.

그 말들이 나의 가슴을 얇게 파고들었다. 나는 아픔을 소리 내어 표현하는 대신 조용히 주먹만 꾹 쥐었다. 그가 단순히 나의 인간적인 면모에 끌려서 다가왔을 거라고, 친구가 되었을 거라고 생각한 내가 바보 같았다. 그는 내가 자신에게 관심이 없어서 좋다고 말했다.

그렇겠지. 그에게 있어 반여령을 제외한 다른 여자아이들의 마음은 모두 귀찮은 것, 그 이상도 그 이하도 되지 않을 것이다. 그렇기에 그는, 그 많은 여자아이들 중에 그에게 전혀 이성적인 관심을 보이지 않던 내게 다가왔다.

나는 그의 보이지 않는 경계를 알고 있는 유일한 여자아이였다. 그를 둘러싸고 있는 그 수많은 사람들 중에서는.

그럼 내가 너에게 관심을 가지면, 그때는 어떻게 되는 걸까. 나는 주먹을 꾹 쥐며 나는 그런 생각을 했다. 그래도 많이 아프지는 않았다.

욱신거리는 가슴 부근을 움켜쥐면서 나는 그저, 아, 내가 유천영을 좋아하지 않아서 다행이라고 입속으로 중얼거렸다.

앞으로도 그러지 않겠지…… 라고도.

* * *

눈을 가늘게 뜨자 어느새 완연히 흰빛을 띠고 있는 베란다 창문이 보였다. 소파 위에 웅크리고 앉아 그 모습을 멍하니 바라보고 있다가, 나는 나를 깨운 것이 다름 아닌 침착하고 느린 노크 소리임을 알았다.

어쩐지, 잠에서 깨어나고 나서도 한동안 어질어질한 기분에서 헤어날 수가 없었다. 가슴께의 욱신거림 역시 남아 있는 것 같았다. 왜 이래? 한동안 주먹을 쥐어 이마에 대고 있다가, 나는 문 쪽으로 고개를 돌렸다.

누가 유천영 아니랄까 봐, 노크 소리마저 그의 성격을 닮아 있었다. 내가 잠귀가 밝아서 다행이지, 아니었으면 어쩌려고. 나는 혀를 끌끌 차고는 비척비척한 걸음으로 소파에서 일어나 현관으로 나갔다.

문을 밀어젖히기 전에 벽에 걸린 거울에 내 모습을 흘금 비추어 보고는, 별 이상이 없다는 사실을 알고는 문을 밀었다.

새카만 모자, 이빨 무늬가 그려진 마찬가지로 새카만 마
스크, 유난히 창백해 보이는 목이 드러났다.

새카만 잠바 아래로 하얀 와이셔츠 위에 와인 색의 두툼
한 스웨터를 걸치고, 밑에는 짙은 남색 데님바지를 입은
그를 한 번 훑어본 나는 휘파람을 부는 시늉을 했다. 그가
문을 밀고 현관으로 들어오다 말고 나를 보고 뭐냐는 듯
눈썹을 찡그리자, 나는 어깨를 으쓱하고는 대답했다.

"아니, 너 진짜 모델 포스 장난 아니다."

내 말에 유천영은 신발을 벗다 말고 흠칫 멈추었다. 이어
새카만 모자 아래로 옅푸른 눈이 내 얼굴을 면밀히 살피는
듯했다. 내가 인터넷 기사를 봤는지 안 봤는지 내 얼굴에
쓰여 있기라도 한 것처럼.

그러나 내 단련된 연기력을 간파할 수는 없었는지, 그는
곧 안도의 한숨을 내쉬는가 싶더니 신발을 마저 벗고 어두
컴컴한 거실로 한 발자국 들어섰다.

그는 하얀 손가락을 뻗어 마스크를 턱 아래로 내리더니
말했다.

"불 안 켜고 뭐 했어."

"거실에서 티라미수 기다리면서 졸고 있었지."

그는 한쪽 눈썹을 성큼 올리는가 싶더니 곧 한 손에 들고
있던 종이 상자를 내밀었다. 나는 그것을 받아 들고는 내
용물을 확인했다. 그러고는 신 나서 함박웃음을 지었다.

나는 거실 탁자 위로 그것을 냉큼 올려놓고는 유천영을 향해 두 팔을 벌렸다.

"조선의 궁궐에 당도한 것을 환영하오, 낯선 이여."

"……."

아무런 대답 없이 불편한 기색으로 눈썹만 꿈틀거리는 것을 보니, 내가 문명 5의 세종대왕의 대사를 따라 했다는 것을 아는 것 같았다.

유천영은 턱짓으로 티라미수를 가리키며 말했다.

"그 인사는 티라미수한테나 하지."

나는 그의 말에 냉큼 돌아섰다. 그러고는 거실 탁자에 얌전히 놓여 있는 티라미수 상자를 향해 온갖 방정맞은 동작을 더해 가며 열렬하게 환영하기 시작했다.

"어, 그래. 안녕, 티라미수야! 반갑다, 티라미수야!"

"……."

유천영은 옅은 한숨을 내쉬는가 싶더니 거실 벽을 향해 돌아섰다. 거실 벽 부근을 더듬거리는 모양이 스위치를 찾고 있는 것 같았다. 나는 방방 뛰면서 티라미수 상자에게 인사를 건네다 말고 돌아섰다.

내가 그의 옆으로 성큼 다가서서 스위치를 누르자, 곧 거실 위에 불이 환하게 들어왔다. 유천영은 그제야 걸치고 있던 새카만 잠바를 벗고는 거실 소파 위에 대충 던져 놓았다. 나는 거실 불을 켠 김에 부엌 불도 켜고는 포크와 접시를 가지러 가려고 돌아섰다.

유천영은 은지호처럼 거실 탁자 위에 다리를 올려놓지 않는 것을 보니 그래도 조금 더 예의 바른 것 같기는 했다. 긴 다리를 소파 아래로 구겨 넣고 어색한 듯 앉아 있는 그에게, 너도 티라미수 먹을 거냐고 물으려다 말고 말없이 서랍을 뒤졌다. 그리고 포크를 두 개 꺼냈다.

유천영은 당연히 먹을 거다. 그는 얼음을 빚어 만든 듯한 고상하고, 속세적인 것과는 전혀 인연이 없을 것 같은 외모와는 달리 하드코어 록을 듣고 단것을 좋아하는데다가 게임을 곧잘 한다.

내가 말없이 그에게 접시 두 개와 포크를 내밀자 그는 접시를 받아 거실 탁자에 놓았다. 그러고는 소파에서 미끄러지듯이 내려와 거실 바닥에 앉았다. 나는 그의 옆에 앉아 여전히 말없이 티라미수 상자를 뜯었다.

부드러운 빵, 그 위에 얹힌 하얀 크림이며 코코아 가루를 바라보다 말고 나는 입을 헤벌렸다. 와, 진짜 맛있겠다. 나는 포크로 티라미수 위에 놓인 초콜릿을 뒤적이며 물었다.

"이거 어디에서 샀어?"

"내가 자주 먹는 데."

"어딘데?"

"그냥 먹어."

그렇게 말하고 유천영은 내가 뒤적이고 있던 초콜릿을

들어서는 내 입에 그대로 쑤셔 넣었다. 나는 인상을 찡그리다 말고 초콜릿을 입안에서 말없이 녹이다가, 상자에 있던 칼을 들어 티라미수를 아홉 등분 했다.

나는 그것을 한 조각 들어 유천영의 접시 위에 올리고, 다시 한 조각을 들어 내 접시 위에 올렸다. 그러고는 상자를 닫고 그것을 들어 냉장고로 향하려는데, 갑자기 부모님이 계신 방문이 벌컥 열렸다. 나는 흠칫 놀라 하마터면 티라미수 상자를 떨어뜨릴 뻔했다.

문을 열고 눈을 비비며 어기적어기적 거실로 걸어온 사람은 다름 아닌 아빠였다. 그저 아빠가 출근을 한 줄로만 알고 있던 나는 눈을 동그랗게 떴다.

아빠의 출현에 유천영은 나 못지않게 놀란 것 같았다. 그는 거실에 아무렇게나 앉아 있던 자세를 황급히 정정했다. 다시 말해 조선시대 선비처럼 무릎을 꿇고 앉았다.

아버지는 아직 잠이 덜 깬 듯, 눈을 비비고는 거실에 앉아 있는 유천영을 한 번 바라보았다. 그리고 냉장고 앞에 선 나를 다시 한 번 바라보았다. 그리고 물었다.

"거, 지호냐?"

"아니, 아빠! 천영이."

"아, 그 천영이? 안경이 어디 갔대."

그사이 상자를 냉장고에 밀어 넣은 나는 식탁 위에 놓인 금테 안경을 집어다가 건네주었다.

"아빠, 여기."

"아, 이제야 잘 보인다. 어, 그래, 천영이구나. 천영이. 그 모델 한다는? 맞지?"

"네."

유천영은 긴말도 덧붙이지 않고 다만 고개를 끄덕였다.

아버지는 유천영을 기억해 낸 스스로의 기억력에 만족했는지, 흐뭇하게 웃고는 나를 돌아보았다. 그가 말했다.

"그런데, 이 한가로운 아침에 왜 천영이가 우리 집에 있다냐? 그것도 너랑 단둘이? 너 천영이랑 사귀냐?"

"아니. 그냥 내가 심심해서 케이크 사서 우리 집 오랬는데?"

컴퓨터를 3시간 동안 켜지 않기로 했다는, 그런 어이없는 것을 말할 수는 없는 노릇 아닌가.

내가 배시시 웃으며 그렇게 말하자 유천영은 나를 빤히 보았다. 그리고 아빠는, 나를 보다가 잠시 후 탄성을 터트리며 박수를 쳤다. 아빠가 말했다.

"야, 대단하다. 벌써부터 친구의 돈이고 시간이고 뭐고 아낌없이 쓸 생각을 하다니. 딸, 니가 팔이 없냐, 다리가 없냐, 돈이 없냐."

"헤헤, 아빠. 나 돈은 없는데."

이참에 용돈이 다 떨어진 것을 어필해서 용돈이나 좀 받아 볼까 했다. 내가 배시시 웃으며 그렇게 말하자 아버지는 단박에 내 말을 잘랐다.

"용돈 간수 못한 게 니 탓이지, 내 탓이냐?"

"아, 이번 달에 엄마 생일이었잖아. 나 그래서 다 쓴 건데."

"야, 됐고, 그 천영아!"

아빠는 내 말을 대수롭잖다는 듯 흘려 넘기고는 고개를 내밀어 유천영을 불렀다. 나는 그 모습을 입을 비죽이며 바라보았다.

아니, 무슨, 딸을 친구 앞에서 이렇게 가차 없이 난도질할 수가 있대? 유천영이 아빠를 바라보자, 아빠는 한 치의 망설임도 없이 그에게 조언을 하는 것이었다.

"천영아, 얘가 내 딸이지만 참 무서운 애다. 친구 돈이고 뭐고 얘 손에 들어가면 그냥 홀라당 사라지고 없어지니까 부디 조심해라."

"감사합니다."

나로서는 억울해서 속이 터질 말이었는데, 유천영은 나를 옹호해 주기는커녕 고개를 끄덕이며 진지하게 대답하는 것이었다. 그에 만족한 듯 아버지는 턱을 한 번 문지르고는 씻어야겠다며 화장실로 들어갔다.

덜컹, 문이 닫히는 소리가 나고 나서야 거실로 돌아간 나는 유천영을 바라보았다.

그는 무릎을 언제 꿇고 있었냐는 듯, 한없이 편한 자세로 돌아와서는 거실 소파에 몸을 파묻고 채널을 돌리고 있었다. 그러다 내가 오자 그는 눈동자만 슬쩍 굴려 나를 보더니, 뜻밖에도 웃음을 터트리는 것이었다. 나는 눈썹 끝을 성큼 추켜올리며 물었다.

"야, 너 웃어? 왜 웃어."

"재미있으셔서."

"뭐가?"

"너희 아버지."

나는 그의 바로 옆에 풀썩 몸을 파묻었다. 유천영이 돌아보자, 나는 입을 삐죽이며 투덜거렸다. 내가 말했다.

"야, 진짜, 어떻게 한마디도 안 해 주냐! 단이는 믿음직하다, 은행처럼 강직한 신용을 자랑한다, 내 전 재산도 맡길 수 있다!"

"내가 널 어떻게 믿어."

나는 순간 입술을 움직이던 것을 멈추었다. 아니, 내가 스스로 멈춘 것이 아니라…… 그의 그런 목소리를 듣는다면 누구도 멈추지 않을 수 없을 것이다. 불을 밝힌 거실은 여전히 환했는데도, 나는 거실이 어둠에 잠겨 있는 듯한 착각에 빠졌다.

나는 굳어서 거실 탁자를 내려다보고 있다가, 눈동자만 스르르 움직여 내 바로 옆에 앉은 유천영의 얼굴을 바라보았다. 그는 얼어붙을 듯한 옅푸른 눈으로 나를 바라보고 있었다. 그의 눈이 이처럼 차게 느껴진 것은 오랜만이었다.

나는, 나는 나는 그 순간까지도 잊고 있었다. 유천영과 내가 싸웠던 사실에 대해 잊고, 내가 한 달 전에 하듯이 그를 편하게 대하고 있었던 것이다. 사람은 자기 집에서만큼은 긴장이 풀린다는 말이 사실인 듯, 그렇게.

유천영은 한동안 굳은 눈으로 나를 내려다보았다. 우리 사이에 내려앉은 침묵은 점차 무거워져서, 이제는 숨을 쉬기가 어려울 지경이었다.

내가 숨을 들이쉬는데, 갑자기 화장실 문이 벌컥 열리면서 머리에 수건을 얹은 아빠가 거실로 나왔다. 그것으로 우리의 침묵은 끝났다. 아빠가 우리를 대수롭잖다는 듯 바라보고는 이렇게 중얼거린 것이다.

"아따, 불꽃 튀겠네. 니들 안 사귄다는 거 거짓말이지?"

"……."

아, 아빠, 좀. 나는 고마워해야 할지, 황당해 해야 할지 몰라서 말없이 제 방으로 사라지는 아버지의 등을 바라보았다. 유천영 역시 당황한 것은 마찬가지인 듯싶었다. 한참을 말없이 그러고 있다가, 우리는 어색하게 바닥으로 시선을 떨구었다.

내가 소파 아래로 발가락을 꼼지락거리는 동안 유천영은 말없이 채널을 돌리기를 반복했다. 그가 멈춘 것은 결국 내가 어제 못 본 개그 프로그램 재방송이었다. 내가 좋아하는 코너가 한창 진행 중이었고, 화면에서는 관객들의 발작적인 웃음소리가 터져 나왔다.

그러나 우리 중에 아무도 웃지 않았다. 우리는 그저 굳은 듯 앉아서, 아버지가 채비를 마치고 현관을 나가면서 유천영에게 조심하라고 신신당부하기 전까지 텔레비전 화면만 바라보고 있었다.

침묵은 풀릴 생각을 하지 않았다. 시계 초침 소리가 어지러이 울리고 있었다. 나는 내 방에서 지금쯤 지랄 맞게 북을 울리고 있을 우주인이 준 시계를 생각했고, 유천영은, 유천영은 무슨 생각을 하는지 알 수가 없었다.

그러다 그가 갑자기 리모컨을 들어 텔레비전을 꺼 버렸다. 나는 흠칫 놀라 그를 바라보았다. 그의 옅푸른 눈이 다시 나를 향했다. 그가 입술을 열었다.

"내가, 오늘 아침에 얼마나…… 아니, 아니다."

그는 말을 하다 말고 제 머리카락을 헝클어트리며 자조적으로 웃었다. 유천영은 대개 말을 신중하게 꺼내고, 따라서 그가 제 말을 정정하는 일은 거의 없다시피 했다.

내가 놀라서 그를 바라보는 가운데, 그가 다시 입을 열었다.

"내가 널 어떻게 믿겠어."

"……."

"그렇게 웃으면서, 네가 날 친구로 생각한다고 그렇게 착각하게 만들어 놓고서…… 또 속으로는 전학 갈 궁리나 하고 있을지도 모르는데."

그리고 그가 푸른 눈을 움직여 나를 보았을 때, 나는 그

안에 서린 차가운 냉기를 느꼈다. 그의 눈은 손을 대면 베여 버릴 듯 싸늘한 예기를 띠고 있었다.

"너랑 있다 보면 가끔…… 내가 무슨 바보짓을 하는 건가, 싶을 때가 있어."

그는 마지막으로 내게 쏘듯이 내뱉고는 자리에서 몸을 일으켰다. 그의 돌아서는 발걸음은 한없이 느려서, 내가 마음만 먹는다면 당장에 달려가 그를 붙잡을 수 있을 것 같았다. 그러나 나는 그러지 못했다.

내가 지금 유천영을 붙잡아서 대체 무슨 말을 할 수 있을 것인가? 나는, 전학을 갈 생각을 한 적이 한 번도 없다고? 오늘 아침만 해도 그런 생각으로 하루를 시작했던 내가?

하, 나는 어이가 없어서 웃음을 흘렸다. 유천영은 과연 지독하게 예민했다.

나는 결국 돌아서는 그의 등을 붙잡지 못했다. 문이 쾅, 소리가 나게 닫히고 나서야 나는 헛웃음을 터트렸다. 비척비척 거실로 돌아와서, 소파에 몸을 파묻은 나는 두 손바닥에 얼굴을 묻고 긴 한숨을 내쉬었다. 탁자 위를 바라보니 티라미수는 우리 둘 다 한 조각도 입에 대지 않은 채였다. 그것이 우스워서 피식 웃은 나는 소파 위에 드러누웠다.

인터넷을 보든 말든, 네 마음대로 하라는 말은 하지 않았으니 아직 희망이 남아 있다고 봐도 좋은 것일까? 나는 고개를 젖혀 천장의 어지러이 얽힌 흰 무늬를 바라보았다. 불현

듯 속이 답답해졌다. 내가 유천영과 싸운 이유는 간단했다.

유천영은 나를 친구로 여겼고, 나는 유천영을 소설 속의 인물이자 동시에 친구로 여겼다. 그것이 문제였다.

친구라면 당연히 많은 시간을 함께 보내고 싶어지기 마련이다. 친구를 두고 전학 가는 것은 생각도 할 수 없을 것이다, 일반적으로 생각해서는.

나는 유천영을 친구로 생각했다. 그의 곁에 있는 것이 좋으냐고 묻는다면, 나는 망설임 없이 좋다고 대답하겠다. 그러나 그와는 별개로 나는 이 소설에서 벗어나고 싶은 충동에 항상 시달리고 있었다.

유천영의 곁에 있고 싶은 것만큼이나, 나는 이 소설에서 벗어나고 싶었다.

어렸을 때 광주로 이사를 갔던 친구에게 나는 종종 통화로 내 속내를 모조리 털어놓고는 했다. 친구가 다니는 중학교에는 사대천왕은 당연히 없다고 했다. 전교 1등은 모두가 알아주는 노력파이며, 전교 2등은 천재이기는 하지만 싸가지가 없다고 했다. 그리고 그 둘은 모두 그다지 잘생기지도, 예쁘지도 않다고 했다. 사대천왕 따위는 없다고 했다.

내가 얼마나 바라던 세상인가? 내가 진심으로 전학을 가고 싶어 한 것도 전혀 무리가 아니었다. 역시 이 학교만 조금 이상했던 것이다.

나는 그녀와의 통화가 끝나 갈 즈음이면 몇 번이고 말하고는 했다. 진짜 전학 가고 싶다. 나 거기로 전학 갈래. 제발, 전학 가게 해 줘. 그래, 그것이 문제였다.

어느 날, 나와 친구의 전화 통화를 우리 집에 놀러 왔던 유천영이 우연히 듣고 말았던 것이다. 그가 의도적으로 엿들은 것이 아니었다. 나는 원래 통화를 할 때는 침대 이불 위에서 굴러다니면서 큰 소리로 떠드는 버릇이 있었다.

다행히도 그 당시에 우리 집에 같이 있던 반여령과 우주인은 듣지 못한 것 같았다. 그러나 나는 엄청나게 곤욕을 치렀다.

내게 그 당시는 다시는 겪고 싶지 않은 순간이다. 유천영의 푸른 눈이 싸늘한 분노로 타오르던 순간, 그 눈빛을 정면으로 받은 나는 딱 기절하기 직전까지 갔었다.

그 정도로 무서웠다. 그런 눈을 하고 '날 친구로 생각한 적이 있기는 해?' 그렇게 묻던 그의 모습은 정말 미치도록 무서웠다.

그는 '전학을 가고 싶다'는 말 외에는 아무것도 듣지 못한 듯했다. 그는 처음에는 나에게 걱정스러운 어조로 추궁했다. 누가 너를 괴롭히느냐고, 심지어는 항상 신중한 그가 백여민이 너를 괴롭히느냐고 넘겨짚기까지 했었다.

그러다 내가 한참을 말이 없자 그는 다른 이유가 있느냐고 물었다. 내가 어떻게 말하겠는가? 내가 전학 가고 싶은 것은 다름 아닌 너희들과 반여령의 존재 때문이라고. 나는 여전히 아무 말도 하지 않았다.

다음으로 유천영의 눈에 타오른 것은 배신감이었다. 나라도, 웃으면서 잘 지내던 친구가 속으로는 전학을 가고 싶어서 온갖 궁리를 하고 있었다는 것을 안다면 배신감을 느꼈을 것이다. 당연했다.

나는, 내가 이 모든 것이 내게는 항상 소설과도 같이 느껴진다고, 내가 남의 손에서 장기짝이 되어 놀아나는 것만 같은 그 기분을 종종 느낄 때마다 얼마나 미쳐 버릴 것 같은지 아냐고 말하고 싶었다. 그러나 그렇게 말한다고 나를 이해해 주는 사람이 과연 있을 것인가?

나는 결국 말하지 못했다. 그리고 내가 아무 말이 없자, 유천영의 표정이 서서히 변했다. 처음에는 타오르는 듯하다가, 나중에는 다 타오르고 재만이 남은 듯 무섭도록 싸늘하게 식어 있다가, 다음으로는 눈시울이 약간 붉어졌다. 그는 그런 눈을 하고 나를 내려다보다가 자리를 박차고 나갔다.

나도 가끔, 이들을 내 친구들이라고 여기면서도 동시에 소설 속의 인물이라고 생각하는 내 자신에 대해 엄청난 위화감을 느끼고는 했다. 죄책감을 느낄 때도 있었다.

그러나 겉으로 드러나지는 않을 테니 괜찮을 거라고 생각했다. 안일하게, 그렇게만 생각했다.

그러나 괜찮지 않았던 것이다. 특히 유천영에게는 더욱

더. 나는 눈을 꾹 감아 버렸다.

그렇지만 과거 유천영이 나에게 던졌던 그 날카로운 질문은, 내가 아직도 대답하지 못한 그 질문은 사실 나도 항상 던지고 싶었던 바로 그것이었다.

'날 친구로 생각한 적이 있기는 해?'

내가 그에게 그렇게 묻지 못한 이유는, 이런 질문은 내가 그를 친구로 여기는 순간이 아니면 해서는 안 된다는 생각에서였다. 하지만 유천영이 떠나고, 가시밭처럼 날카로운 어둠 속에 홀로 남겨진 지금, 나는 그 어느 때보다도 그에게 묻고 싶었다.

너는 나를 친구로 생각한 적이 있어? 정말로?

책상에 얼굴을 눕힌 채 마주 보며 그가 했던 말, 이제는 3년이라는 시간이 그 위로 쌓여 버린 뒤에도 아직도 그의 말을 기억하고 있는 내 자신이 싫었다.

그때 그의 그 말이 내 가슴을 그저 조금 얕게 베었을 뿐이라고, 그렇게만 생각했다. 하지만 그 말은 아직도 남아서 나를 괴롭히고 있었다.

"너는…… 나한테, 관심이 없는 것 같았어."

"그래서 네가 좋아."

지금 이 순간, 나야말로 떠나가는 그의 등에 대고 묻고 싶었다. 아니, 외치고 싶었다. 내가 너에게 관심을 가지면 그때는 어떻게 되는 건데?

그날 이후로, 내가 얼마나 유천영에게 손을 뻗다가도 거두어 들였는지 그는 알까. 나는 주먹을 꾹 쥐었다.

그건, 이상하잖아…… 관심을 갖지 않고, 선을 넘지도 않고, 그저 주어진 자리에서만 맴도는 관계가, 그게 친구라는 건 이상하잖아.

그러나 나는 그에게 감히 물을 수 없었다. 그의 말대로였다. 나는 그에게 이런 질문을 할 자격이 없었고, 그리고…… 그와의 관계를 망가트리는 것이, 그를 잃는 것이 두려웠다. 그에게 나는, 그를 귀찮게 하지 않아서 친구로 받아들여진 여자애일 뿐이니까.

괜찮아, 나는 입속으로 중얼거렸다. 나는 유천영을 좋아하지 않으니까, 그러니까 괜찮았다. 주먹을 쥔 채 그 말을 되뇌던 그 옛날도, 그것은 변하지 않았다.

소파에서 한참을 굴러도 유천영과의 관계를 개선할 방법은 도저히 떠오르지 않았다. 구르다 말고, 소파에서 몸을 일으킨 나는 방으로 돌아와 침대 위에 풀썩 누웠다. 핸드폰은 내가 아침에 통화를 하고 나서 던져둔 그대로 침대 위에 내팽개쳐져 있었다.

하, 나는 핸드폰 액정 위에 떠오른 문자 메시지 표시를 보고는 짧은 한숨을 흘렸다. 유천영은 아닐 것이다. 그는 문자보다는 전화를 선호하니까.

핸드폰을 열어 보니 입학을 앞둔 시점이라 집에서 할 일이 없었는지, '뭐 해'라는 둥의 문자가 대부분이었고 뚜렷한 내용을 가진 것은 한 가지뿐이었다. 은지호가 보낸 것으로, '힘내라'였다.

뭐야, 이건? 나는 화면을 내려다보며 눈썹을 살풋 찡그렸다. 은지호가 이걸 보낸 목적을 알 수가 없었다. 보낸 시간은 지금으로부터 불과 30분도 지나지 않은 것이, 유천영이 우리 집에서 나가고 2시간가량이 지났을 때였다.

이 자식, 설마 그새 우리가 싸운 걸 알았나? 권은형도 아니고 은지호가? 그렇게 생각하며 핸드폰을 빤히 바라보는데, 갑자기 지이잉 하고 진동이 울리기에 흠칫 놀랐다.

허둥지둥하다 말고 다시 핸드폰을 내려다보니 화면 위로 '은지호'라는 글자가 선명하게 떠올라 있었다. 나는 통화 버튼을 누르고 핸드폰을 귀에 가져다 대었다.

"여보세요?"

[어, 단아.]

"……."

은지호가 내 이름을 이렇게 토 나오게 다정하게 부르는 걸 보면, 분명히 앞에 아버지나 다른 가족, 혹은 누군가 손님이 있는 것이 틀림없었다.

은지호는 우리만 있을 때와 외부인이 있을 때 행동거지나 말투가 극도로 달라졌다. 우리만 있을 때는 장난스러운 웃음을 흘리거나, 시원시원한 말투를 구사하는 반면에, 외부인이 있을 때는 예의바른 행동거지에 드라마에서 본 것 같은 말투를 쓴다. 내가 괜히 은지호에게 매일같이 이중인격이라고 놀려 대는 게 아니었다.

물론 그것이 유천영과도 같이 회장님 아들인 그의 위치에서는 필요한 처신이라는 것을 알고는 있지만, 그래도 느끼한 걸 어떡하란 말인가.

나는 잠시 핸드폰을 내려다보면서 이걸 부숴 버릴까, 고민하다가 나만 손해라는 것을 깨닫고는 관두었다. 그리고 다시 핸드폰에 대고 물었다.

"야, 단아? 단아아? 와, 나 소름 돋아 죽을 뻔했네. 무슨 너, 아침으로 버터를 열 개 묵었냐."

나는 진심으로 말한 건데, 은지호는 재미있는 농담이라도 들은 양 쿡쿡거리며 웃었다. 이걸 진짜 끊어 버려, 그의 부드러운 웃음소리를 들으며 갈등하는데 수화기에서 찻잔 내려놓는 소리 같은 게 났다. 이어 은지호가 무어라 인사하는 듯했다.

[아버지, 잘 다녀오세요.]

같이 있던 사람이 아버지였나 보군. 내가 말없이 눈을 데구루루 굴리는 사이, 아버지가 완전히 나갔는지 평소의 말투로 돌아온 은지호가 심드렁하게 물어왔다.

[누군 좋아서 그렇게 부른 줄 알아? 그럼 내가 아버지 앞에서 야, 함단이. 이렇게 부르리?]

"됐다. 너 이중인격인 거 내가 원래부터 알고 있기는 했는데, 와! 어떻게 목소리가 그렇게 간드러지게 변하냐?"

[뭐, 기왕이면 '품위 있다'거나 '부드럽다'는 표현 같은 걸 쓰면 어디 덧나? 간드러지게? 하!]

은지호의 투덜거림을 말없이 듣고 있던 나는 문득 그의 문자를 떠올렸다. 나는 침대 위에서 한 바퀴 굴러서 배를 천장으로 향하도록 하고는 물었다.

"야, 너. 아까 그 문자 뭐야. 힘내라? 왜 갑자기?"

[아, 그거?]

은지호는 대수롭잖다는 듯 심드렁한 목소리로 되물었다. 그리고 이어지는 설명에 나는 황당해서 입을 벌렸다. 아, 긴장한 내가 바보였다.

[너 용돈 다 떨어졌다며. 반여령이 그러던데. 그래서 너 놀러 가자고 하면 짜증 낸다고.]

"……."

나는 말없이 핸드폰을 꾸욱 쥐었다. 아, 진짜, 황당해서. 나는 잠시 후 허탈하게 웃기 시작했다. 은지호가 왜 그러느냐고 당황한 듯 묻거나 말거나, 나는 한동안 천장을 올려다보며 그렇게 웃고 있었다.

나는 또, 유천영이 전학 간다는 둥 만다는 둥 하는 얘기를 은지호한테 털어놓은 줄 알고. 그럴 그가 아니라는 것을 알면서도 나는 괜히 그런 것을 걱정하고 있었다.

문득 죄책감이 솟아올랐으나, 그것을 내리누르며 나는 다시 굴러서 몸을 바로 했다.

나는 베개를 끌어안고는 물었다.

"야, 나…….."

[뭐.]

후, 나는 베개에 대고 옅은 한숨을 흘렸다. 그러고는 울상을 지었다.

"천영이랑…… 또 싸웠어."

[또? 너희 그때 화해 안 했었냐?]

"아니, 솔직히 말하자면 그냥 그때 싸우고 나서 무슨 일이 있었잖아. 그래서 얼렁뚱땅 넘어갔지. 그래도 잘 지내고 있었는데, 갑자기 다시…… 아…… 몰라."

나는 말을 하다 말고 베개에 이마를 퍽퍽 박았다. 은지호는 내 말에 잠시 생각에 잠긴 듯 침묵하는가 싶었다. 나는 침울한 눈으로 핸드폰을 응시했다.

어차피 은지호에게 해결책을 바라지는 않았다. 어려서부터 유천영을 잘 알아 온 권은형이라면 모를까, 은지호가 유천영을 알게 된 것은 중학교 1학년 때, 그의 시작 역시 우리와 같았다.

과연, 은지호는 별말 없이 한동안 침묵을 유지했다. 그러다 불쑥 말했다.

[야.]

"왜."

[아버지가 남녀 싸움에는 끼어드는 거 아니라고 하셨는데…… 그래도 둘 다 친구니까, 나도 조언해 주고 싶기는 하거든. 그런데 못해 주겠다. 왜 싸웠는지를 알아야 해 줄 거 아냐.]

"……."

나는 핸드폰을 붙든 채로 한동안 눈도 깜빡이지 않고 굳어 있었다.

수화기 너머에서는 은지호가 여전히 담담한 어투로 말을 이어 가고 있었다. 길게 내리깐 은색 속눈썹 아래로 차게 식은 검은 눈을 하고, 넓은 유리창으로 쏟아지는 햇빛을 받으며 서 있을 은지호의 모습이 눈앞에 그려지는 듯했다.

[네가 말 못하겠다고 하니까, 심지어 유천영은 너랑 싸웠다는 것도 말 안 했고. 그 유천영이 화를 낸 걸로 봐서 뭐, 네가 유천영 제티를 뺏어 먹었다거나 하는 그런 문제는 아니겠지.]

"그런 걸로 누가 싸워."

[나 전에 유천영 초코 우유 뺏어 먹었다가, 눈빛에 찔려서 죽을 뻔했는데.]

"……."

나는 어이가 없어서 잠시 입을 다물었다가 눈을 들어 방문 너머 냉장고에 고이 잠자고 있을 티라미수 상자를 생각했다. 내가 말했다.

"야, 유천영 방금 우리 집에 와서 티라미수 상자 주고 갔는데?"

[아, 그래? 이 새끼 차별 쩌네.]

진심으로 억울하다는 듯한 말투였다. 나는 잠시 할 말을 잃고 있다가 눈알을 굴렸다.

유천영이 은지호는 초코 우유 뺏어 먹었다고 죽여 버리려고 했는데, 나한테는 티라미수 상자를 갖다 바쳤다는 얘기는……. 생각하다 말고 나는 불쑥 물었다.

"야, 유천영이 나 많이 좋아하는 것 같아?"

[무슨 자신감이냐?]

곧바로 어이없다는 투의 대답이 돌아왔다. 그러나 나는 굴하지 않고 물었다.

"야, 야, 나 지금 진지해. 아니, 친구로서 있잖아. 유천영이 나 친구로서 좀 많이 아끼는 것 같냐고."

내가 진지함을 알았는지, 은지호는 한동안 침묵을 지켰다.

대답이 돌아오는 데는 얼마 걸리지 않았다. 그리고 그 목소리에는 내가 지금까지 한 번도 겪어 보지 못한 류의 진지함이 담겨 있어서, 나는 순간 아연해졌다. 그는 대답했다.

[너 바보냐? 눈이 달려 있으면서 그걸 몰라? 아끼냐고? 엄청 아끼지. 그 냉기 풀풀 날리는 놈이 그렇게 부드러워지는데, 그걸 몰라?]

"······."

[아무튼 곧 입학식이다. 그 전에 둘이 알아서 해결 봐라. 끊는다.]

"야, 야, 잠깐!"

[뭐?]

나는 상체를 벌떡 일으켜 침대 위에 아빠 다리를 하고 앉았다. 핸드폰을 꾹 움켜쥐고는 입술을 달싹이다가, 간신히 입을 열었다.

아, 진짜 말하고 싶지 않는데. 나는 눈을 질끈 감았다가 다시 떴다. 그동안 은지호는 용케도 보채지 않고, 아무 말 없이 나를 기다려 주고 있었다. 어쩌면 그 좋은 머리로, 내가 무언가 중요한 말을 하려고 한다는 것을 파악했는지도 몰랐다.

마침내 나는 입술을 떼었다.

"야, 나······ 있잖아."

[응.]

"나······ 아니, 우리······ 고등학교에서는 모르는 척 지내면······ 안 돼?"

한동안 침묵이 흘렀다. 나는 불안해서 입술을 짓씹고,

눈을 감았다 떴다를 수 번 반복했다. 침묵이 바늘이 되어 내 피부를 찌르는 듯했다.

1분이나 지났을까, 은지호가 놀랍도록 가라앉은 목소리로 되물었다.

[왜?]

"……."

끄응, 나는 그 목소리를 듣고는 말없이 어깨를 축 늘어트렸다. 이 말을 전부터 수 번을 꺼내려고 했지만, 결국은 꺼내지 못했었다. 중학교 때는 잘만 지내다가 고등학교에 가서 갑자기 모르는 척하고 지내자니, 그들이 대체 내 말을 어떻게 받아들일 것인가?

그러나 나는 진지했다. 진지하게, 더 이상 이들의 주변에서 머무르고 싶지 않았다.

그렇게 싫으면 차라리 전학을 가면 되지 않느냐고? 그럴 수가 없었다. 그것이, 내가 붙은 곳은 다름 아닌 근방에서 유명한 명문 사립 고등학교였다. 반여령과 은지호는 물론이고 유천영에, 그 머리가 좋다는 우주인까지 입학하는 것을 보면 알 수 있지 않은가?

내 성적은 아슬아슬했는데, 아버지가 한번 서류라도 내보라고 해서 낸 것이 그만 합격을 하고 만 것이었다. 이미 합격 통지서가 날아온 시점에서 우리 집은 난리가 났었다. 그런데 거기에서 부모님께 대고 그 고등학교 가기 싫다고 말하는 날에는 나는 그날로 사형이었다. 정말로 어쩔 수 없었다.

내가 한동안 핸드폰을 꾸욱 쥐고 아무 말도 하지 않자, 은지호는 화를 내지는 않았다. 다만 수화기 너머로 깊은 한숨 소리가 흘러나왔다. 내가 눈을 깜빡이는데 그가 나직이 물어 왔다.

[그렇게, 평범하게 지내고 싶냐?]

나는 숨을 멈추었다. 잠시 후, '후' 하고 나직한 한숨 소리가 다시 쏟아졌다. 그가 말을 이었다.

[뭐가 문제인데. 너한테 향단이라고 불렀던 그 녀석들이라면 권은형이랑 유천영이 알아서 조져 줘. 게다가 네가 근본적으로 남의 시선에 신경 쓰는 녀석은 아니잖아. 피곤한 건 싫어해도, 시선 자체에는 별로 신경 안 쓰잖아. 내가 잘못 파악한 건 아닌 것 같은데.]

"......"

[그런데도 넌 이상할 정도로 평범에 집착하지. 전부터 궁금했는데, 좋아, 이참에 물어보자. 대체 그렇게 집착하는 이유가 뭐야?]

나는 옅은 한숨을 흘리며 침대 아래로 발을 내려 걸터앉았다. 그리고 한동안 발끝으로 바닥을 툭툭 두드렸다. 그동안 생각해 둔 핑계는 수도 없이 많았는데, 말이 잘 나오지 않았다.

사실 핑계 중에 은지호에게 먹혀들 만한 것이 별로 없기도 했다. 은지호를 속여 넘기려면 논리적으로라도 그럴듯한 구실을 갖추고 있어야 하는데, 그것이 되지 않았다.

나는 입술을 깨물었다. 그냥 사실대로 말해? 너희들 곁에 있으면, 너희들이 한 편의 완벽한 연극을 하고 있는 것처럼 보일 때가 있다고. 그리고 나도 그 연극 속의 한 사람이 된 것처럼 느껴질 때가 있다고.

안 보이는 실이 내 입술을 움직이고, 몸을 움직이고, 숨 쉬는 것까지 통제하는 것 같다고. 그 실이 내 손목을 조여 드는 듯한 느낌에 가끔 소스라치게 놀라 잠에서 깨어날 때가 있다고…….

이대로라면, 내 생로병사조차도 모두 그 실에 매여 버릴 것 같아서 무섭다고.

하, 말할 수 있을 리가 없지. 나는 한숨을 내쉬었다. 그리고 물었다.

"은지호."

[왜?]

"3년만."

[……?]

은지호는 의아한 듯 침묵을 지켰다. 나는 눈을 내리깔고 중얼거렸다. 3년이라면 이 소설이 끝나기에는 충분한 시간이다.

중학교 때 특별한 사건 없이, 다만 반여령이 사대천왕과 만나고 같은 고등학교를 가는 것으로 끝났다면 중학교 시절은 소설이 시작되기 전에 기반을 다지는 부분에 속할 것이다.

내가 생각하기로는, 본격적인 이야기가 시작되는 것은 고등학교일 것이 분명했다. 아직 여자 라이벌도, 아무것도 출연하지 않았으니까 분명히 그렇게 될 것이라고 나는 믿었다.

우리는 지금 고등학교 입학식을 앞두고 있고, 졸업하기까지는 3년이라는 세월이 남아 있다. 인터넷 소설이라는 것은 보통 고등학교를 졸업하기 전에는 끝나기 마련이므로 그 뒤에는 더 이상 신경 쓰지 않아도 좋을 것이다.

3년, 긴 듯도 하지만 인생의 전체에 대고 보면 그리 길지만은 않은 시간이다. 짧을 수도 있다. 나는 나 스스로에게 다짐하듯 말했다.

"3년만…… 고등학교에서 모르는 척, 그렇게 지내면 안 돼?"

[이유는?]

은지호는 얼어붙은 듯 담담한 목소리로 그렇게 물어 왔다. 내가 한동안 고민하느라고 말을 하지 않자, 은지호는 나직한 한숨을 흘렸다.

그리고 다음으로 그가 물은 말에 나는 흠칫 놀라고 말았다. 그의 물음은 짧았다.

[너, 유천영이랑 싸운 거, 이거랑 관계있지?]

"……응."

[그럴 줄 알았다. 전부터 예상은 하고 있었는데. 네가 가끔, 우리를 완전히 다른 사람 보듯이 볼 때가 있는데…… 그럴 때마다 내가 얼마나 미쳐 버릴 것 같은지 알아?]

나는 할 말이 없어서 입술을 꾹 다물고 있었다. 은지호의 목소리는 여전히 호수의 수면처럼 고요하고 담담했으나, 그 안으로 은근히 끓어오르는 분노가 점점 느껴지는 듯했다.

잠시 후, 다시금 한숨을 내쉰 그가 말했다.

[학교에서만 모르는 척하면 되는 거냐?]

"……해 줄 거야?"

[지금 네 목소리가 어떤지 알아? 안 해 주겠다고 하면 그대로 죽어 버릴 것 같다.]

그 정도는 아닐 것 같은데. 나는 멋쩍어서 이마를 긁적였다.

은지호는 부탁을 들어주기로 결정한 뒤로 속이 후련해졌는지, 아까보다 한결 가벼운 목소리였다. 그가 다시 말을 이었다.

[학교에서만이면, 좋아. 문자나 전화로는 얼마든지 평소처럼 지내도 되는 거지? 그럼 그렇게 해. 너 대신 문자나 전화 씹으면 진짜 이튿날 학교에서 각오해라.]

"어, 응."

[그리고 집에 아무 때나 놀러 간다. 난 이거면 충분한데, 우주인은 학교에서 못 껴안는다고 하면 싫다고 아주 통곡

을 할걸? 권은형은…… 권은형은 그렇다고 치고, 유천영은…… 수고해라.]

"……따뜻한 조언 고맙다. 고마워서 눈물이 다 날라 그런다."

내 부루퉁한 대답에 비로소 기분이 조금 풀린 듯 은지호는 작게 웃음을 터트렸다. 또래 소년들이 으레 그러하듯, 클클거리는 그 웃음은 그가 아버지 앞에서 내었던 부드러운 웃음과는 달리 은지호에게 지독하게 잘 어울렸다. 또 듣기에도 좋았다.

한동안 넋이 나간 듯 그의 웃음소리를 듣고 있다가, 은지호가 유천영과 10채널에서 만나기로 했다고 통화를 끊어버리는 바람에 나는 핸드폰을 든 채로 한동안 가만히 있었다. 아이 씨, 그러고 있다가 나는 천천히 두 손을 들어 내 머리를 마구 헤집었다.

우주인은 은지호의 말대로 통곡을 해도 전혀 이상하지 않고, 은형이는 화내지는 않을 테지만 부드럽게 웃으면서 추궁하는 게 무서워서 말하기가 싫은 데다가, 유천영은, 유천영은…… 앞길이 구만리였다.

나는 한동안 머리를 헤집고 있다가 심란한 심정으로 침대에서 일어나 컴퓨터를 켰다. 3시간은 지난 것 같으니, 아무래도 컴퓨터를 켜서 인ㅇ티즈나 하면서 힐링이나 해야 할 것 같았다.

마우스를 딸깍거려 네○버 메인 화면을 들어갔는데, 실시간 인기 검색어에 유천영은 어느새 사라지고 없었다. 어느 여배우의 결혼 소식과 아이돌 그룹 음반 발표 소식 등등이 차지하고 있는 검색어를 한 번 훑고는, 나는 손가락을 들어 조심스럽게 검색창에 유천영을 입력했다.

나를 다시금 맞이한 것은 아까의 그 중절모를 쓴 유천영의 사진이었다. 나는 그의 얼굴을 화면에 띄워 놓고 한동안 바라보고 있었다. 그러다 입술을 열어 중얼거렸다.

"아직은 말 못해."

물론, 화면 속의 유천영이 내게 대답을 할 리 없었다. 그런데도 이상한 기분에 사로잡혀서, 한동안 턱을 괴고 유천영의 입술만 바라보고 있다가 나는 무언가 부족함을 느꼈다. 그러고는 다시 입을 열어 말했다.

"미안."

화면 속의 유천영은 여전히 대답이 없었다.

* * *

2010년 3월 1일과 2일의 경계. 입학식까지는 불과 하루가 남아 있었다. 이틀이 지났으나 나는 그동안 유천영과 한 번도 문자를 하지 않았다. 전화도 하지 않았다. 3월 2일, 그날은 다름 아닌 나를 홀로 두고 세상이 뒤집힌 날이었다.

아침부터 쏟아진 비는 저녁이 되도록 그치지 않고, 끝내는 한밤중까지 이어졌다. 나는 창밖에서 거세게 퍼붓는 빗소리를 들으며 한동안 베개를 끌어안고 어두컴컴한 천장을 바라보고 있었다. 벽에 걸린 고풍스러운 시계의 초침이 째깍째깍 움직이고 있었다.

시간은 어느덧 자정에 가까워지고 있는데, 나는 2시간 전에 침대에 누워 놓고도 아직까지 잠들지 못했다. 잠들 수 없었다.

3월 2일이 가까워지면 나는 자주 불면증에 시달리고는 했다. 어느 순간 갑자기 세상이 바뀌어 있을지 모른다는 생각에 도저히 잠을 이룰 수 없었다. 몇 번을 자세를 바꾸어 가며 뒤척이다가, 가까스로 어렴풋이 잠이 들었다. 창밖의 빗소리가 점점 멀어지는 듯했다.

내가 잠에서 다시 깨어난 것은 불과 몇 분 지나지 않아서였다. 거실에서 쿵쾅거리는 소리가 나서, 희미하게 눈을 뜨고 내다보니 냉장고 불빛이 보였다. 아마도 아버지가 잠결에 일어나 물을 찾는 것 같았다. 그 모습을 바라보는데, 나는 갑자기 벼락을 맞은 듯한 충격에 휩싸였다.

나는 자리에서 황급히 일어나 창문으로 달려갔다. 너무 급하게 일어나서 하마터면 침대에서 내려오다 말고 고꾸라질 뻔했으나, 어찌어찌 균형을 잡은 나는 그대로 창틀을 붙들었다.

비가, 그쳐 있었다.

나는 창문을 활짝 열었다. 내 앞으로 드러난 하늘은 말도 안 되게 새카맣고, 맑았다. 구름 하나 없었다. 언제 그렇게 거세게 퍼부었냐는 듯 그렇게 선명한 모습으로 나를 바라보는 하늘이, 마치 비웃는 것처럼 느껴졌다.

나는 한동안 멍하니 달을 올려다보다가, 슬쩍 손을 들어 창밖을 매만졌다. 손에 묻어나는 것은 건조한 콘크리트의 촉감, 그리고 그 위에 쌓인 새하얀 먼지일 뿐이었다. 전혀 젖어 있지 않았다.

말없이 내 손을 내려다보다가, 나는 고개를 돌려 침대 위에 걸린 벽시계를 보았다. 벽시계는 한없이 평범한 분홍색 원형 테두리를 하고 있었다. 우주인이 준 그 지랄 맞은 벽시계가 아니었다.

그것을 올려다보다가, 나는 그만 허탈한 웃음을 터트리고 말았다. 어이가 없었다. 어떻게, 어떻게.

나는 창문을 닫고 비척비척한 걸음으로 침대에 돌아왔다. 아니, 사실은 침대까지 어떻게 걸어왔는지도 몰랐다. 한참을 눈을 뜨고 천장을 바라보다가, 나는 눈을 질끈 감았다. 여전히 빗소리는 들리지 않았다……. 자자, 나는 중얼거렸다. 자고 일어나서 생각하자.

옷장에는 3년 전에 그러했듯이 교복이 한 벌 걸려 있었다. 내가 앞으로 다닐 고등학교의 교복이었다. 교복은 눈부신 흰 재킷과 흰 치마가 아닌, 평범한 감색 교복으로 돌아가 있었다. 그 위로 3년 전에 보았던 중학교 교복이 겹쳤다.

하, 나는 어이가 없어서 웃음을 흘렸다. 그러다 다시 까무룩 잠이 들었던 것 같다.

내가 눈을 뜬 것은 아침 7시가 얼마 지나지 않아서였다. 나는 깨어나자마자 벽을 바라보았고, 벽시계의 모습이 미치도록 복잡하고 고상한 생김새를 하고 있는 것에 한숨을 내쉬며 두 손을 들었다.

나는 한동안 두 손에 얼굴을 파묻은 채로 가만히 앉아 있었다. 그러다 고개를 돌리자, 창밖에는 여전히 빗줄기가 거세게 퍼붓고 있었다.

옷장 앞에 걸린 교복은 항상 그러했듯이 여전히 돈 주고 입으라고 해도 안 입을, 요란한 생김새를 하고 있었다. 그 모든 것을 찬찬히 훑은 나는 이번에야말로 길게 한숨을 내쉬었다. 하, 그러다 나는 입꼬리를 비틀어 올렸다.

아까 내가 본 것은 모두 꿈이었나? 내가 보고 겪은 그 모든 것이? 나는 콘크리트 가루가 묻어 있나 보려고 내 손을 내려다보았으나, 흔적은 찾을 수 없었다. 설령 가루가 아직 남아 있다고 해도 희미해서 보이지도 않을 것이다.

침대 위에 한참을 그러고 앉아 있다가 나는 벽을 더듬어 불을 켰다. 그러고는 머리맡에 두었던 핸드폰을 냉큼 쥐었다.

핸드폰을 쥐고 다시 침대 위로 돌아오는데, 중간에 한 번 핸드폰을 떨어트렸다. 나는 눈썹을 찡그리고 핸드폰을 다시 쥐려다 말고, 내 손이 벌벌 떨리고 있음을 알았다. 하, 나는 다른 손으로 내 손목을 쥐었다. 그러고 있어도 떨림은 가라앉지 않았다.

여전히 귓가에는 빗소리가 들렸다. 그것이 내 마음을 조금 진정시켜 주었다. 천천히 심호흡을 하고, 나는 핸드폰을 주워 침대로 돌아왔다.

침대에 걸터앉아 통화 목록을 찬찬히 훑었다. 문자 메시지함도 훑었다. 은지호, 반여령, 우주인…… 나는 엄지로 화면 액정을 슬슬 쓸어내렸다. 그리고 입속으로 중얼거렸다. 있어, 전부 그대로야. 그런데도 마음이 풀리지 않았다.

나는 속눈썹을 파르르 떨다가 전화번호부로 들어갔다. 누군가의 모습을 보고 싶었다. 내가 이 세계에 여전히 남아 있음을 확인할 수 있도록, 누군가의 모습을 보고, 목소리를 듣고 싶었다. 그래야만 진정할 수 있을 것 같았다.

내 눈이 초조하게 화면을 훑었다. 유천영? 아직은 안 된다. 은지호? 지금쯤 가족들과 품위 있는 아침 식사를 즐기고 있을 것이다. 반여령과 우주인은 꿈나라일 것이 분명했다. 이내 내 시선이 권은형의 이름에서 멎었다.

권은형은 지금쯤 아버지에게 식사를 차려 드리고 자신은

한숨 돌리고 있을 것이다. 나는 통화 버튼을 꾸욱 눌렀다.

뚜르르, 뚜르르, 신호가 가는 그 시간이 어느 때보다도 길게 느껴졌다. 그리고 곧 목소리가 들렸다.

그 특유의 부드럽고도 상냥한, 듣는 사람으로 하여금 그가 나를 신뢰하고 있다는 느낌을 갖게 하는 그런 목소리가. 말 못할 안도감을 주는 그 목소리가 들렸다.

은형이가 물었다.

[왜?]

그는 내가 이른 아침부터 전화를 건 것이 의아한 듯했다. 또 내가 방학 때는 유독 게으르다는 것을 알고 있어서이기도 했다.

그의 목소리를 듣자 숨이 탁 풀리는 것 같았다. 내가 한동안 핸드폰을 쥔 채로 말이 없자, 권은형은 곧 당황한 듯 물었다.

[단아, 무슨 일 있어? 왜 그래?]

"아니⋯⋯."

나는 말을 하다 말고 입술을 꾹 깨물었다. 수화기 너머가 조용해지는가 싶더니, 곧 그가 조심스럽게 묻는 것이 들렸다.

[울어?]

"⋯⋯나."

나는 그렇게 말하고는 한 번 헛기침을 했다. 눈물을 흘릴 뻔하기는 했으나, 그것은 슬퍼서가 아니라 치밀어 오르는 안도감을 참지 못해서였다.

나는 한동안 어깨를 오르락내리락하며 호흡을 추스르고 있다가, 조금 진정이 되자 입을 열었다. 그때까지도 은형이는 말없이 내가 하는 양을 가만히 듣고 있었다. 내가 말했다.

"나, 은형아."

[응.]

"바빠?"

[아니.]

그의 단호한 말투에 한결 마음이 놓였다. 나는 후, 하고 숨을 들이쉬고는 말을 이었다.

"안 바쁘면, 나…… 아무 얘기나 해 주면 안 돼?"

[아무 얘기나?]

"진짜 아무 얘기나."

아침 7시부터 걸려 온 전화에, 요구가 황당했을 법도 한데 권은형은 아무 말도 하지 않았다.

그는 그러고 있다가, 접시를 치우고 있는지 한동안 달그락거리는 소리를 내었다. 그 소리에 섞여 담담한 목소리가 들렸다.

[이렇게 비가 쏟아지는 날이었어. 내가 다섯 살 때였는데, 아빠가 날 안아서 창 너머를 보여 주던 게 기억나. 창 너머로 회색 안개가 가득했는데, 그 사이로 차가 한 대 서

있었어. 그때는 잘 몰랐는데, 지금 생각해 보면 새빨간 포르쉐였던 것 같아. 매끈하고 우아한 차였어. 그 차 운전석에 앉아 계시던 건 꼭 그 차처럼 우아한 여자였고. 검푸른 머리카락에, 푸른 눈동자가 특히 아름다운 분이었어.]

"……."

그는 그러고는 말을 멈추었다. 그의 잔잔한 목소리가 사라지자, 수화기 너머에서는 그릇이 달그락거리는 소리만이 계속되었다. 나는 벽에 나른하게 기대어 앉아 그의 이야기를 듣고 있다가, 그가 운전석에 앉아 있던 여자를 묘사하는 대목에서 눈을 크게 떴다. 검푸른 머리카락에 푸른 눈동자, 말할 것도 없이 내 주변의 누군가를 상징하는 듯했다.

나는 긴장해서 자세를 바로 하고 앉았다. 이어 물소리가 들리는가 싶더니 그의 목소리가 이어졌다. 그는 담담하게 말을 이었다.

[나는, 우리 엄마가 운전석 바로 옆에 타는 걸 보고 있었어. 비랑 그 옆에 앉은 여자에게 가려서 잘 보이지도 않았는데…… 그런데도 우리 엄마가 웃고 있다는 건 알 수 있었어. 나는 그렇게 어렸는데도 엄마가 정말 행복해 보인다고 생각했던 것 같아.]

"……."

[그 여자랑 우리 엄마는 미국에 유학을 갔다가 친해진 사이였어. 유학을 다녀오고, 각자 결혼해서 가정을 꾸린 뒤

에도 일주일에 한 번씩은 만나고는 했어. 그 여자는 굉장한 부자랑 결혼해서, 그 여자 집에 놀러 갈 때면 달려도 달려도 정원이 끝이 안 보였어. 나는 거기에서 나랑 동갑인 남자애를 만났고. 자기 엄마를 꼭 닮아 있는 애였어.]

나는 천천히 입을 벌렸다. 그의 입에서 나오는 것이 누구의 이야기인지, 굳이 생각하지 않아도 알 수 있었다. 권은형의 목소리는 여전히 부드럽기는 했지만, 이상할 정도로 담담했다. 내가 말을 잃은 사이, 그가 말을 이었다.

[우리 부모님은 굉장히 젊은 나이에 결혼했대. 나중에 알았는데, 속도위반이라던 것 같아. 신혼여행 갈 때 내가 벌써 배 속에 있었다는 거야.]

그렇게 말하고 그는 키득키득 웃었다.

[엄마가 여행을 나갈 때, 우리 아버지는 집에서 사법 고시를 공부하면서 나랑 여동생을 돌보고 있었어. 그때 여동생은 고작 두 살이었지. 나보다 세 살 어리니까. 아빠가 나를 보고는 엄마가 이쪽을 보고 있다고, 손을 흔들어 주라고 했어. 나는 엄마가 잘 보이지는 않았지만 시키는 대로 손을 흔들었고. 빨간 차가 회색 안개 속으로 사라지는 걸 보면서, 난 이상한 생각을 하고 있었어. 뭐, 안개 속에 괴물이 있을 것 같다, 그런 거.]

"……."

[그리고 사고가 났어.]

담담히 떨어진 그 말에 나는 순간 숨을 멈추었다. 눈을 크게 뜨고 다리를 조금 웅크리면서, 나는 비로소 그가 담담한 목소리로 늘어놓고 있던 이야기가 대체 무엇에 대한 것이었는지를 깨달았다. 다섯 살이라면, 은형이의 어머니가 돌아가신 해였다. 그는 그날의 사고에 대해 말하고 있는 것이었다.

   사고가 났다는 것을 이야기하는 데도 은형이의 목소리는 여전히 흔들림이 없었다. 그는 침착하게, 마치 이야기를 끝내는 것이 자신에게 주어진 의무라는 듯 말을 이어 나갔다.

   [빗길에 덤프트럭이 미끄러졌대. 나중에 차를 봤는데, 운전석은 흠집 하나 없이 멀쩡했어. 그런데 그 옆 보조석, 우리 엄마가 앉아 있던 자리는 처참하게 우그러졌더라. 형체도 없었어.]

   "······."

   [그래서 난······ 비 오는 날이 싫어.]

   권은형의 마지막 말이 떨어지고, 우리 사이에는 먹먹한 침묵이 내려앉았다. 나는 수화기 너머로 달그락거리는 소리, 분주하게 움직이는 소리를 들으며 말없이 웅크리고 앉아 있었다. 그러다가 심란해져서 무릎에 고개를 파묻었다. 그러고 있는데 은형이가 조심스럽게 묻는 소리가 들렸다.

   [넌, 왜······ 3월 2일이 싫어?]

   "······."

나는 그의 목소리를 들으면서 말없이 입술을 깨물었다. 권은형 역시 알고 있었던 것이다. 내가 3월 2일이 되면 유독 예민해진다는 것을. 같이 지낸 지가 어언 3년이니 그가 모를 리가 없었는데.

　나는 입술을 지그시 깨문 채로 가만히 있다가, 허탈한 웃음을 흘렸다. 그러고는 대답했다. 나는 완전히 '에라, 모르겠다' 하는 심정이었다.

　"3월 2일이 싫은 게 아냐."

　[…….]

　"나는, 3월 2일이 아닌 날에도…… 꿈을 꾸는데. 나는 침대에서 일어나. 평범한 아침이야. 그런데 교복을 봤더니 교복이 바뀌어 있어. 벽에 걸린 시계도 평범한 것으로 바뀌어 있고. 부모님은 그대로야. 집도 그대로인데. 달라진 건 그 두 개뿐이야. 아침을 먹고, 가방을 챙기고 문을 나서는데……."

　나는 말을 하다 말고 숨을 들이마셨다. 그런데도 떨리는 것이 진정되지가 않았다. 나는 천천히 눈을 내리감으며, 떨리는 목소리로 내뱉었다.

　"반여령이 없어."

　[…….]

　"반여령이, 너희가, 이 세상 어디에도 없어."

　나는 속눈썹을 파르르 떨며 핸드폰을 두 손으로 움켜쥐었다.

"나는 이미 한 번, 그 일을 겪었어."

수화기 너머에서는 아무런 소리도 들리지 않았다. 접시를 덜그럭거리는 소리도, 물소리도 없는 완전한 침묵이었다. 그렇게, 내 3월 2일은 오늘도 우중충하게 시작되고 있었다. 창밖에는 여전히 소낙비가 거세게 쏟아지고 있었다.

* * *

지금으로부터 1년 전, 2009년 3월 2일은 금요일로 내가 중학교 3학년이 되던 날, 즉 개학식이 있던 날이었다.

그날 나는 졸린 눈을 비비고 자리에서 일어났다가, 9시라는 것을 알고는 혼비백산해서 온 집 안을 돌아다니다가, 그러다가 뒤늦게 반여령에게서 개학식이 10시 반이라는 것을 듣고 나서야 부랴부랴 준비에 나섰다.

집에서 나섰을 때는 오전 10시나 되었는데도 아직 걷히지 않은 새벽안개가 곳곳에 뿌옇게 서려 있었다. 안개 사이로 뼈처럼 앙상한 나뭇가지들이 손을 흔들고 서 있었다. 반여령과 나는 그 고요하고 적적한 길을 단둘이 걸어갔다.

여느 3월 2일이 그러하듯이 나에게는 우울한 아침이었다. 그러나 학교에 점차 가까이 가면서 나는 서서히 기분이 나아지는 것을 느꼈다. 등굣길에서 2학년 때 반이 갈라졌던 유천영과 권은형을 만났을 때는 제법 환하게 인사도 나누었다.

반여령도 빨간 코끝을 찡긋거리며 그들에게 얘기를 늘어놓았는데, 뭐, 3학년 때는 같은 반이 되었으면 좋겠다, 이런 내용이었던 것 같다. 그리고 우리는 한 덩어리가 되어 강당으로 직행했다.

온풍기를 튼 지 얼마 되지 않아서인지 강당의 공기는 유독 싸늘했다. 반여령과 나는 2학년 5반이 앉아 있는 곳을 찾기 시작했는데, 불과 5초도 안 되어 찾을 수 있었다. 그 이유는 간단했다. 2학년 5반의 반장은 다름 아닌 화려한 은발의 은지호였으니까. 전교생 중에서 그의 머리카락을 찾는 것은 너무나도 쉬웠다.

목에 자주색 목도리를 칭칭 감은 그는 우리를 보더니 심드렁하게 고개를 끄덕였다. 반면에 옆에 있던 우주인은 게임기에 열중하는 듯싶다가, 우리를 발견하자 환하게 웃고는 특유의 나는 듯한 걸음으로 다가왔다.

그가 나를 보자마자 한 것은 내 목에 폴짝 매달리는 것이었다. 우주인을 마주 안으며 환하게 웃는데, 그런 우리를 물끄러미 바라보던 은지호가 입을 열었다.

제법 여유 있게 출발했던지라 개학식까지는 아직도 20분가량이 남아 있었고, 때문에 와 있는 아이들은 얼마 없었다. 그래서인지 은지호는 평소의 심드렁한 얼굴로 빈정

거리는 것이었다.

"야, 주인아, 살살 다뤄라. 함단이 요즘 움직였다 하면 무슨 뼈 소리가 뚜둑뚜둑 나더라."

아이 씨, 너는 뼈 소리 안 나냐? 나는 눈썹을 찡그리며 대답했다.

"아, 오랫동안 앉아 있으면 좀 굳을 수도 있지."

"난 무슨, 그 소리 듣고 너 뼈가 다 부러진 줄 알고 구급차 부를 뻔했다니까? 그게 좀 굳은 거냐? 병원 한번 가 봐라."

"아, 씨!"

그렇게 우리가 아웅다웅하는 동안, 커튼을 걷지 않아 먹 먹한 어둠에 잠겨 있는 강당 뒤편에서 유천영은 앞 의자 등받이에 얼굴을 박은 채 꾸벅꾸벅 졸고 있었다.

은형이는 무슨 연설을 해야 하는 모양인지, 손에 들고 있는 종이를 바쁘게 넘기다 말고 우리와 눈이 마주치자 손을 흔들었다.

아직 사람이 몇 없어서인지, 그는 우리에게 가까이 오는 대신 그 자리에 앉아서 소리쳤다.

"야! 은지호!"

"왜!"

"단이 괴롭히지 말고 너도 연설문이나 외워라!"

은지호 역시 무언가 연설하는 역할을 맡기는 한 모양이 었다. 그러나 은지호는 은형이의 친절한 충고에 감사하는 대신, 피식 웃더니 재수 없게도 이렇게 말하는 것이었다.

"진작 외웠다! 넌 아직도 안 외우고 뭐 했냐!"

그에 은형이는 어둠 너머로 조용히 손을 올려 가운뎃손가락을 날렸다. 그의 잘생긴 얼굴에는 화사한 미소가 가득했다.

그래, 나는 고개를 끄덕였다. 아무리 바다같이 관대한 마음씨의 소유자 권은형이라지만 방금 은지호의 발언을 그냥 넘길 수 있을 리 없지.

그것을 본 은지호는 권은형에게 냉큼 달려가서는 머리를 헝클어트리는 과격한 장난을 치기 시작했다. 그들의 장난은 곤히 잠들어 있던 유천영이 마침내 깨어나서는, 살기 어린 목소리로 잠 좀 자자고 말할 때까지 계속되었다.

나와 반여령이 우주인이 게임하는 것을 구경하는 사이, 아이들은 강당에 속속들이 도착하고 있었다. 이제는 다들 2년씩이나 봐서 제법 안면을 익힌 상태였다. 강당의 의자가 거의 다 찼음을 깨닫고는 문득 고개를 들어 둘러보니, 권은형과 은지호는 사라지고 없었다.

유천영은 여전히 어깨를 축 늘어트리고 앉아 있다가 이번에는 팔짱을 끼고 숙면을 취하기 시작했다. 유천영이 자는 내내 고개를 꾸뻑꾸뻑하는 것이 안쓰러웠던지, 혹은 위태로워 보였던지 나중에는 옆에 앉아 있던 남자아이가 자기 어깨를 그에게 빌려주었다.

유천영은 결국 오늘도 친절한 누군가의 어깨에 기대어 잠드는 신세가 되었다. 그것을 본 반여령과 나는 키득거리며 다시 앞으로 고개를 돌렸다.

중학교 3학년이라고 해도 보통은 달라지는 것이 없을 터이나, 우리 중학교는 제법 명문이었던 탓에 명문 고등학교로의 입학을 노리는 이들은 공부를 열심히 해야 할 시기였다.

우리에게 학업에 충실할 것을 조언하는 교장의 연설에 이어, 이사장의 연설, 그리고 정부 관계자의 연설, 마지막으로 권은형과 은지호의 연설이 흘러나올 즈음에 반여령과 나는 이미 머리를 맞대고 꿈나라로 빠져 있었다.

그리고 마지막으로 강당 유리문에 반 배정표를 붙여 놓았으니 확인하라는 지시가 떨어졌다. 나와 반여령은 비몽사몽간에 자리에서 일어나 강당 출입구로 향했다.

학생들이 바글바글해서 내 이름을 찾기란 쉽지 않았다. 한창 2반까지의 명단을 읽고 3반을 위에서부터 읽어 내려오기 위해 고개를 드는데, 바글바글한 사람들 사이로 불쑥 튀어나온 손이 내 정수리를 툭 건드렸다.

뭐야? 나는 의아해서 주변을 둘러보았으나 사람이 너무 많아 나를 건드린 사람을 도무지 찾을 수가 없었다. 한참을 당황해서 눈을 이리저리 굴리는데, 다시 군중 속에서 뻗어 나온 손이 이번에는 내 손목을 잡고 끌어당겼다. 누구인가 싶어서 봤더니 주인이었다.

그는 나를 보더니 황금색 눈을 휘며 환한 미소를 지어 보였다. 떨떠름해서 그런 그를 바라보다가, 나는 문득 물었다.

"아, 혹시 우리…… 같은 반이야?"

"응!"

"와!"

나는 기뻐서 우주인을 꽉 끌어안았다가, 주인이의 키가 생각보다 커져 있는 것에 놀라고 말았다. 방학 전에는 나랑 엇비슷했던 것 같은데, 그의 키는 어느새 170을 훌쩍 넘어 있었다. 물론 방학 도중에도 보기야 많이 봤지만, 이렇게 갑작스럽게 실감이 날 줄은 몰랐다. 내가 놀라서 그를 올려다보는데, 이번에는 옆에서 뻗어 나온 손이 내 왼쪽 어깨를 건드렸다.

돌아보자 반여령과 사대천왕 나머지들이 서 있었다. 나는 반여령을 보고는 우리가 같은 반이냐고 굳이 물어보지 않았다―인소의 법칙 6조, 주인공은 항상 단짝 친구와 같은 반이 된다―.

나는 대신에 밝은 낯을 하고 있는 은지호를 바라보았다. 그러고는 대뜸 눈썹을 찡그렸다. 내 얼굴을 본 은지호가 덩달아 눈썹을 찡그리더니 물었다.

"야, 그 표정은 뭐냐?"

"어머, 은지호 씨. 조심하셔야죠. 여기 이렇게 사람이 많은데, 본성을 드러내시면 어떡해요?"

나는 그렇게 묻고는 배시시 웃었다. 저 녀석이 개학식이라고 들떠서 그런가, 오늘따라 유난히 자제를 못하는 것같네.

내 상냥한 충고에 어금니를 악물며 웃은 은지호는 나를 보고는 또박또박 물었다.

"그, 표정은, 무엇, 이니?"

"아, 은지호 좀 비켜 봐. 단아, 슬픈 소식이 있어."

반여령은 그런 은지호를 무시하듯이 툭 치고는 앞으로 나섰다. 그러나 그렇게 말하는 반여령의 얼굴이, 연극적으로 보일 정도로 심각해 보이는 것을 봐서는 연기일 것이 분명했다.

나는 걱정하는 대신, 덩달아 얼굴을 일그러트리며 심각한 척을 했다. 내가 물었다.

"뭔데?"

"그건 바로…… 하, 여기 있는 이 은지호와 우리가 이번 해에도 같은 반이 되었다는 거야."

나는 앞으로 성큼 나서며 반여령의 손을 쥐어 올렸다. 내가 촉촉한 눈으로 그녀를 마주 보며 외쳤다.

"아니, 그런 비극이 다 있나!"

"우리 진짜 운 없지."

"아, 진짜."

은지호가 짜증 섞인 목소리로 중얼거리는 가운데, 손을 굳게 맞잡고 있는 나와 반여령 사이로 은형이와 유천영이 끼어들었다. 무심코 그들을 향해 고개를 돌렸다가, 그들 역시 밝은 낯을 하고 있는 것을 보고 나는 순간 아연해졌다. 아, 설마, 설마…….

그들에게 내가 생각한 바로 그 무언가를 물으려던 순간, 반 배정을 확인하러 강당 유리문에 다닥다닥 붙어 있던 누군가에게서 탄성이 터져 나왔다.

"야, 쩔어! 사대천왕 네 명 다 같은 반이야!"

"…….."

그것을 들은 나는 은형이와 유천영을 마주 보는 채로 입을 헤벌렸다.

은형이는 입술을 열다 말고, 그 목소리를 듣고는 입을 도로 다물었다. 그리고 약간 당황한 듯한 얼굴로 눈을 데굴데굴 굴리다가, 나와 눈이 마주치자 배시시 웃었다.

"그렇게…… 됐어."

나는 할 말을 잃고 한동안 가만히 서 있다가 정신을 차리고는 주위를 둘러보았다. 높이 솟아오른 해가 강당의 높은 창문으로 환한 빛을 내쏘고 있었다. 덕분에 갈색 나무 바닥이 번쩍이며 눈부신 빛을 반사하고 있었다. 그에 이들의 모습이 온전히 드러났다.

붉은 머리카락을 하고 있는 권은형이며, 오늘따라 유독

푸른 머리카락을 하고 있는 유천영이며, 황금색에 가까운 갈색 머리칼을 하고 있는 우주인이며, 마지막으로 물고기의 비늘처럼 자잘한 빛을 흩뿌리는 새하얀 은발의 은지호를 나는 찬찬히 훑었다. 그리고 옆을 돌아본 나는 웬 날개옷을 잃어버린 선녀를 목격하고는 침묵에 빠졌다.

잠시 후, 나는 박수를 치기 시작했다. 짝, 짝, 짝. 소란이 가라앉은 강당 안에 내 박수 소리는 허무하게 울려 퍼질 뿐이었다. 주인이가 의아한 얼굴로 물었다.

"박수는 왜 쳐?"

전교 1등, 2등을 한 반에 몰아넣는 걸로도 모자라서, 드디어 중학교 3학년이 되자 사대천왕을 또 한 반에 몰아넣는 만행을 저지른 작가가 감탄스러워서.

나는 속으로만 답하며 허탈하게 웃었다.

새 학기의 교실에는 사람을 설레게 하는 특유의 공기가 있다. 아직 청소한 지 얼마 되지 않아 왁스가 매끄럽게 반짝이는 나무 바닥, 뒤로 가지런히 놓인 아직 이름표가 붙지 않은 사물함과 텅 비어 있는 책상.

창가에서 첫 번째 줄에 앉아 가방을 책상 옆에 걸면서, 나는 고개를 들어 교실을 둘러보았다. 모두가 나와 같이 약간은 상기된 얼굴을 하고 있는 것이, 아, 나만 설레는 게 아니구나, 하는 생각이 들었다. 이들의 얼굴 위를 오가던 내 시선이 천천히 벽에 걸린 달력으로 향했다. 달력에 새겨진 3월 2일이라는 글자가 더 이상 전처럼 고통스럽게 느껴지지 않았다.

창밖으로부터 쏟아지는 하늘은 물감을 탄 듯 푸르렀다. 턱을 괴고는 괜히 운동장을 내려다보는 척하면서, 나는 스스로 생각을 정리하기 시작했다. 3월 2일이라고 해도 별거 아니잖아.

지난밤에도 아무 일도 일어나지 않았고, 아니, 정확히는 '인소가 시작된 날'로부터 정확히 730번의 밤이 지났음에도 그동안 아무 일도 일어나지 않았다.

세상이 다시 변할 기미는 없어 보였고, 반여령을 멀리하겠다던 처음의 계획은 수포로 돌아간 지 오래였다. 이제 나는 반여령은 물론이고, 사대천왕과도 제법 가까운 사이가 되어 있었다.

2년 전에 제일 우려했던 일이 어느새 실현된 지 오래였으나, 나는 신경 쓰지 않았다. 신경 쓰지 않기로 했다.

나는 다시 눈을 들어 교실을 둘러보았다.

나른한 교실의 공기 위로 새로 담임을 맡은 젊은 선생님의 목소리가 느리게 흐르고 있었다. 듣기에는 썩 나쁘지 않은 목소리였으나, 사대천왕의 기막힌 미성에 익숙해진 내 귀는 별로 만족하지 않는 듯했다.

여느 때와 같이 허리를 곧게 세운 자세로 담임의 말을 경청하고 있는 은지호의 뒤통수를 바라보다가, 내 바로 옆줄에 앉은 우주인과 눈이 마주쳤다. 우주인은 개구지게 웃더니 내게 윙크를 보냈다. 나도 답례로 윙크를 보내 줄까 하다가, 민폐라는 것을 깨닫고 관두고는 내 바로 뒤로 고개를 돌렸다.

유천영은 멍한 눈으로 운동장을 내려다보다 말고, 나와 눈이 마주치더니 흠칫 놀라는 듯했다. 그러다 그가 푸른 눈을 휘며 오랜만에 웃어 주는 바람에, 심장이 덜컹 떨어진 나는 황급히 고개를 돌렸다. 그러다 뒤에서 옅은 웃음소리가 난다 싶어서 고개를 돌리고 보니, 권은형이었다.

고운 검은 눈썹을 살포시 찡그린 반여령이 뒤를 돌아보고는 헐, 양아치들, 선생님이 말씀하시는데 막 떠들고, 하고 기막히다는 양 과장된 어조로 속삭였다. 그러다 유천영이 피식 웃자 그녀 역시 웃기 시작했다. 이내 은형이도 합세해서 조잘거리며 속삭이는 것을 웃는 얼굴로 바라보면서 나는 스스로를 향해 읊조렸다.

그래, 기왕 친해져 버린 거, 계속 이렇게 지내면 되지. 뭐가 문제야?

평화로웠던 지난 2년은 내 많은 부분을 바꿔 놓았다. 이제는, 가끔 '인소가 시작된 날'이라고 적혀 있는 달력을 보고는 어이없다는 듯 웃음을 터트릴 때도 있다. 내가 그날 너무 민감하게 생각했던 것은 아닐까. 생애 처음 보는 친구가 생겼다고는 하나, 그것 말고는 소설으로 들어왔다는 것을 증명해 줄 만한 요소는 하나도 없었다.

더군다나 지내고 보니 반여령은 실제로 나와 성격이 제법 잘 맞았다. 나와 친구였다는 것이 전혀 이상하지 않았다. 13년의 공백을 메우는 데 문제는 전혀 없었다. 그녀와 나는 이제 단단하게 메여 있었다.

그녀와 내가 친구가 된 것은 불과 2년도 안 된 일이었지만, 이제는 스스로를 향해 자조적으로 중얼거릴 때도 있었다. 사실은 기억을 잃어버렸던 것은 나일지도 몰라. 이건 소설이 아니야.

소설이 아니라는 그 말은 나를 더없이 들뜨게 했다.

나는 창밖을 내려다보며 입가에 가만히 미소를 띠었다.

이들은 소설 속의 인물이 아니고, 나 역시 소설 속의 인물이 아니야. 내가 하는 행동은 모두 내 자유 의지로부터 나오는 것들이야. 나를 통제하는 보이지 않는 손은 없어. 그건 이들 역시 마찬가지야. 이들이 내게 하는 행동은, 모두 마음에서 우러나온 거야. 이미 절대자로부터 정해진 것이 절대 아니야. 아니야…….

단언컨대 2009년 3월 2일의 오후, 열린 창문으로 쏟아지는 나른한 햇빛을 받으며 아이들의 웃음소리를 듣고 있던 그때는 내게 있어서 제일 행복한 순간이었다. 그것은 지금도 변하지 않았다. 1년이 지난 지금도, 나는 아직 그날

보다 더 행복한 순간은 가져 본 적이 없다.

그러나 그 행복이 깨지는 데는 불과 5시간도 걸리지 않았다.

*　*　*

여전히 창밖에는 거센 빗줄기가 쏟아지고 있었다. 시곗바늘은 쉴 새 없이 달려가 어느덧 7시 20분을 가리키고 있었다. 나는 무릎을 끌어안은 채로 한동안 숨을 멈추고 있었다. 수화기 너머로 이어지는 것은 먹먹한 침묵이었다.

잠시 후, 은형이가 그 침묵을 깼다. 그의 어조이며 목소리는 전에 없이 조심스러웠다.

[작년 3월 2일이면, 기억나……. 안 나는 게 이상하겠지. 그날 처음으로 우리 여섯이 한 반이 됐으니까. 또, 다른 일도 있었고.]

"응."

[난…….]

그는 그렇게 말하고는 잠시 입술을 축이는 듯 말을 멈추었다. 그러다가, 그가 다시 멋쩍다는 듯한 기색으로 말을 이었다.

[그때 나는 진짜…… 기분이 좋았거든. 그래서 기억이 나. 그날 날씨 진짜 좋았지.]

"응."

[그래서 우리 같은 반 된 기념으로 어디 가서 기념 파티라도 가져야 하는 거 아니냐고, 특히 지호랑 주인이가 적극적으로 제창했었는데. 그런데 네가 어제 잠을 잘 못 잤다고 낮잠 자러 들어가겠다고 했지. 어차피 이제 보기 싫어도 매일 볼 얼굴들인데 왜 소란이냐고. 그 바람에 다 파투 났었고.]

지독하게 우울한 기분이었는데도, 은형이의 그 말을 듣자마자 미약하게나마 웃음소리가 흘러나왔다. 은형이의 목소리는 항상 듣는 사람으로 하여금 그때의 일을 생생하게 떠올리게 만든다. 내가 그렇게 말했을 때 하나같이 멍청한 얼굴을 하던 모습이 눈앞에 생생하게 떠올라서, 나는 웃지 않을 수 없었다.

한동안 어깨를 들썩이고 웃다가 나는 다시 천천히 얼굴을 일그러트렸다. 그다음에 집에 가서 벌어진 일이 떠올라서였다. 어쩌면 나는 그날 정말로 1년 동안 지겹도록 볼 얼굴들을 위해서 기념 파티라도 벌이러 가야 했던 것인지도 모른다. 그렇게 했더라면 나는 그런 일을 겪지 않았을지도 모른다.

주먹을 꽉 쥐었다가, 나는 천천히 입을 열었다.

"그래, 그때 결국 다 집으로 돌아가는 걸로 합의를 봤었지."

그러자 맞은편에서 웃는 소리가 났다. 곧 은형이가 부드러운 목소리로 말을 이었다.

[그건 합의가 아니었잖아. 네가 낮잠을 자겠다고 하니까, 여령이가 냉큼 네 손을 잡으면서 우리 둘이 단이네 집가서 나란히 누워서 다정하게 잘 거다, 단이가 나 팔베개도 해 줄 거다, 했는데 네가 피곤해 죽겠다는 얼굴로 진짜팔베개해 줄 테니까 얼른 가자고 했지. 우리는 선택의 여지가 없었어.]

나와 반여령이 떠난 뒤에 멀거니 서 있던 그들의 모습이떠오르자 다시금 웃음이 나왔다. 나는 흐릿하게 웃으며 대답했다.

"아, 그랬었지…… 미안. 그래, 나랑 여령이랑 그러고 가서 진짜로 잤어. 둘이, 불도 안 켜고 집에 가자마자 거실에누워서 늘어지게 낮잠을 잤어. 우리 학교 교복 진짜 불편하잖아, 그런데 옷도 안 갈아입고 그냥 잤다니까? 한 3시간? 그 정도 잤던 것 같아. 그러고 일어났는데……."

나는 그 대목에서 말을 멈추고는 혀로 입술을 축였다. 은형이는 여전히 아무 말도 없이, 내가 말하기를 기다리고있는 듯했다.

한동안 숨소리만이 계속되었다. 그러다가, 마침내 나는눈을 감으며 떨리는 목소리로 내뱉었다.

"반여령이 없더라."

[…….]

"나는, 그래, 시계를 보니까 벌써 5시더라. 그래서 생각했지, 아, 반여령은 어제 잠을 못 잔 것도 아닐 텐데, 내가 개 누운 지 5분도 안 돼서 잠드는 걸 아니까. 중간에 일어나서 갔나 보다, 생각했지. 그런데 일어나서 거실을 두리번거리는데 뭐가 이상하다 싶었어. 뭐가 이상하나, 하고 주변을 둘러보다가 내 옷을 봤는데, 하, 교복이…… 바뀌어 있더라. 평범한 감색 교복으로. 웃기지 않냐, 다른 것도 아니고 교복이…….."

말을 하다 말고 나는 손을 들어 이마 위로 흘러내린 머리카락을 꾸욱 그러쥐었다. 하, 나는 입술을 비틀어 올려 자조적으로 웃었다. 창밖으로 희미한 빗소리는 계속되고 있었다. 방 안은 먹먹한 침묵과 어둠에 잠겨 있었다.

그것을 보다가, 나는 다시 눈을 내리깔았다. 스스로를 향해 중얼거렸다. 내가 지금 무슨 짓을 하고 있는 거람. 대체 누가, 자고 일어났다니 교복이 바뀌어 있다는 얘기 따위를, 세상이 바뀌어 있다는 얘기 따위를…….

알던 사람이 흔적도 없이 깨끗하게 세상에서 지워져 있었다는 얘기를 믿어 주겠어. 대체 누가. 그런데도 나는 대체 무엇을 얻으려고 은형이에게 전화를 걸어서는 이런 말도 안 되는 이야기를 늘어놓고 있는 걸까.

나는 머리카락을 쥔 손에 힘을 주었다. 바보같이, 바보같이. 그렇게 중얼거리는데, 수화기 너머에서 목소리가 들려왔다.

단호하고 부드러운 목소리로 은형이는 말했다.

[단아.]

"……."

[듣고 있어?]

응, 나는 그렇게 대답하기 위해 노력했으나 새어 나오는 울음을 내리누르느라, 나오는 거라고는 않는 소리 비슷한 희미한 대답이었다. 그러나 그것을 들었는지, 은형이는 잠시 후 말을 이었다.

[난 계속 듣고 있을 테니까…… 말해.]

"……."

[힘들면 중간에 쉬어도 되고…… 많이 쉬어도 돼. 그냥, 언제든지 다시 시작해도 되니까. 너 편한 대로 얘기해. 전화 안 끊고 기다릴게.]

깨물었던 입술을 천천히 풀었다가, 나는 다시금 눈을 질끈 감으며 짙은 한숨을 토해 내었다. 은형이는 여전히 말이 없었지만, 숨소리로 그의 존재를 확인할 수 있었다.

그렇게 말해 주는 그의 상냥함이 너무나도 고마워서 이번에는 정말 울지 않고는 견딜 수가 없을 것 같았다. 그러나 나는 애써 천장을 노려보며 눈물을 참으려고 노력했다. 그러다가 입을 열었다. 애써 담담한 어조로 물었다.

"그날 밤에 기억나? 나 그때, 주인이네 집 앞에서."

[그걸…… 기억 못할 리가 없잖아. 눈은 얼마나 울었는지 짐작도 안 갈 만큼 퉁퉁 부어서, 급하게 나왔는지 발에 불편한 슬리퍼를 신어서 발이 물집투성이가 되어서는 주인이네 집 앞에 주저앉아 있었잖아.]

그의 목소리를 들으며 나는 천천히 눈을 내리감았다. 맞다, 나는 그날 저녁에 주인이네 집 앞에서 웅크려 앉아 있다가 주인이에게 발견되었다. 그가 당장 연락을 돌리는 바람에 주인이네 집에서 가까이에 사는 유천영과 은형이는 물론이고 은지호며, 여령이까지 뛰쳐나왔다. 그러고는 노숙하는 사람처럼 불쌍한 자세로 웅크리고 있는 내 팔을 잡아 일으켰다.

나는 간신히 일어나기는 했는데, 발이 너무 아파서 걸을 수가 없었다. 설상가상으로 시야가 뿌옇게 번져서 나를 일으킨 사람이 누구인지조차 알 수 없었다.

나는 그날, 주인이네 집에서 웅크리고 앉아 있었던 이유에 대해 이렇게 말했었다.

"주인이네 집을 찾으러 갔다가, 못 찾아서…… 헤매고 있었지."

그에 은형이가 대답했다.

[세상에, 어떻게 코앞에 주인이 집을 두고도 모르냐고, 한두 번 간 것도 아닌데……. 천영이가 그렇게 말 많이 하는 것도 오랜만이었지. 너는 몰랐겠지만, 내 기억으로는

한 3년 만이었던 것 같아. 주인이는 아예 그 근처 지도를 다 그려서는 네 손에 쥐여 줬고.]

"나 길 잃어버린 거 아니었어."

은형이의 말이 끝나자마자 나는 자르듯이 그렇게 말했다. 그리고 천천히 숨을 들이쉬며 다시 눈을 감았다. 그때의 일을 떠올리자 다시금 심장이 빠르게 뛰는 듯했다. 나는 스스로를 향해 중얼거렸다.

아직 비가 내리고 있어, 나는 은형이와 전화를 하고 있어. 아직 아무것도 달라지지 않았어.

침묵은 짧았다. 곧 은형이가 되물었다.

[그럼?]

입술을 떼었으나 목소리가 나오지 않았다. 한참을 입술만 달싹이다가, 간신히 말을 잇기 시작했다. 나는 눈을 내리깔았다.

"……일어나고 나서, 교복이 바뀐 걸 알자마자 핸드폰을 봤어. 그리고 안심했지, 이름이 다 있었으니까. 반여령, 우주인, 권은형…… 다 있었으니까. 그래서 반여령한테 전화를 걸었는데…… 없는 번호라더라."

[……]

"그래서 잠바를 손에 잡히는 대로 걸쳐서는 슬리퍼를 신고 그대로 뛰쳐나갔어. 옆집 문을 미친 듯이 두드렸어. 비어 있으면 어쩌나 했는데, 누가 나오더라? 그런데 생전 처음 보는 아줌마였어. 왜, 있잖아. 여령이 엄청 예쁘잖아. 그게 다 자기 엄마 닮은 거란 말이야. 그런데 그냥, 처음 보는 사람인 거야. 내가 뒤를 기웃거리면서 혹시 여기 반여령 안 사냐고 물어보니까, 자기 남편 성은 하 씨라더라? 그리고 별 이상한 애 본다는 것처럼 문을 닫아 버리는 거야."

거기까지 말하고 나는 주먹을 꾹 쥐었다. 은형이는 아무 말이 없었다. 내게 미쳤느냐고 묻지 않았다. 다만, 그냥 내 이야기를 말없이 들어 주고 있었다.

계속 얘기해야만 해? 나는 스스로에게 물었다. 그러나 이미 답이 없다는 것을 알고 있었다. 나는 말하고 싶었다. 이 세상의 누구에게든지, 말하고 싶었다. 결국 다시 입술을 떼었다.

"난 너희 네 명에게도 다 전화를 걸었어…… 세 개는 없는 번호라고 나왔고, 하나는 받자마자 웬 욕을 퍼부었지. 그게 네 번호였는데, 도저히 너나 네가 아는 사람 같지는 않았어. 난, 난, 가만히 서 있다가, 어떻게 해야 할지 도저히 몰라서…… 그러다가, 너희 집에 한 번씩 가 봤으니까. 은지호네 집은 우리 집에서 걸어서 10분도 안 걸리니까…… 왜, 있잖아. 으리으리한 집. 잠바를 잠그지도 않아서 추웠고, 게다가 집에 들어오면서 양말도 벗어 버려서 슬리퍼를 신은 발이 엄청 시리더라. 그런데도 집에 돌아가고 싶지가 않더라. 그냥 얼른 확인하고 싶다는 생각만 들었어. 은지호가 그 자리에 있는지, 이 세상에 있는지……
아니, 내가 지금 있는 세상이 잠들기 전까지 있었던 그 세
상이 맞는지."

[…….]

"은지호네 집이 있던 자리에, 다른 것도 아니고, 무슨 폐
허가 된 건물이 하나 있는 거야. 그런데 은지호가 그런 데
서 살 리는 없으니까……. 그다음에, 지하철을 1시간인가
타고 너랑 천영이네 집에 갔었어. 역에서 내리니까 이미
깜깜해져 있더라. 너랑 천영이네 집이 있던 자리에 무슨
공사장이 하나 있더라? 왜, 있잖아. 철골이 막 세워져 있
고, 그 위로 녹색 천막 같은 게 덮여 있고, 널브러진 나무
판자들이 가득하고. 그걸 보는데……."

나는 말하다가 말고 입술을 꾸욱 깨물었다. 끝내는 눈물
한 방울이 볼을 타고 느리게 흘러내렸다. 눈물에 젖은 속
눈썹을 두어 번 팔랑이다가, 나는 천천히 고개를 들었다.

빗줄기가 서서히 잦아들고 있었다. 아침이 밝아 오는지
방은 아까보다 밝아져 있었다.

은형이는 여전히 아무 말이 없었다. 그릇 덜그럭거리는
소리도 나지 않았다. 간간이 타닥거리는 소리가 났는데,
컴퓨터 자판 소리인 것 같았다. 그러나 그것도 이제는 아
까보다 적어져 있었다.

내가 한동안 말이 없자, 은형이가 말했다.

[……주인이네 집은, 어땠어?]

"주인이네 집만 똑같더라. 진짜, 주인이가 살던 그 집이랑 한 점도 다르지 않고 똑같이 생겼더라. 그런데 벨을 안 눌렀어."

[왜?]

나는 천천히 눈을 깜빡였다. 그러다가 다시금 주먹을 쥐었다. 그리고 대답했다.

"그래서 확인했는데, 집 모양만 똑같은 것뿐이고…… 안에서 다른 사람이 튀어나오면, 그땐 정말로 아무도 없다는 거니까."

[…….]

"확인하고 싶지 않았어. 그래서 그냥 문 앞에서 하릴없이 앉아 있는데 너무 춥더라. 그래서 깜빡 졸았는데, 다시 일어나니까 있잖아."

응, 수화기 너머에서 미약한 목소리가 흘러나왔다. 나는 눈을 질끈 감았다. 후드득, 입고 있던 회색 티셔츠 위로 턱에 고여 있던 눈물이 떨어졌다. 나는 입을 열었다.

"주인이가 날더러 여기서 뭐 하냐고 물어보는데, 나는, 나는 내가 꿈을 꾸는 줄 알고……."

[…….]

"은지호가 나한테 너 그럴 거면 핸드폰은 왜 있냐고, 전화를 하면 될 걸 왜 미련하게 집 앞에서 그러고 있었냐고…… 그랬잖아. 그러고는 나더러 요금 아깝다고, 해지하라고 막 윽박지르고."

응, 다시금 대답이 들려왔다. 그의 목소리는 아까보다도 낮아져 있었다. 나는 말을 하기 위해 입술을 움직이려다 말고, 다시금 눈을 질끈 감아 눈가에 고여 있던 눈물을 흘려 내었다.

입을 여는데, 목소리가 흡사 심장으로부터 흘러나오는 것 같았다. 그 정도로 말하는 것이 힘들었다. 입술은 벌벌 떨리고 있었다. 나는 말했다.

"어떻게, 어떻게 전화를 해. 전화번호가, 존재하지 않는 전화번호라는데, 내가 바보야? 핸드폰이 있는데 내가 왜 집 앞에서 그러고 있냐고……."

[…….]

"난 진짜로, 어쩔 수가 없었단 말이야."

은형이는 아무 말도 하지 않았다.

＊　＊　＊

권은형은 한동안 입술을 뗄 수 없었다. 크림색의 커튼 위로 빗방울의 그림자가 점점이 찍혔다. 아직도 비는 그치지 않았다.

그것이 아침부터 권은형이 우울함과 무기력함에서 헤어

나올 수 없던 이유였으며, 또한 유천영이 권은형의 집에 찾아온 이유이기도 했다.

유천영의 방과 권은형의 집은 둘 다 같은 저택 안에 존재하고 있어, 걸어서는 불과 3분도 걸리지 않았던 것이다.

어렸을 적 사고에 대해 누구보다도 잘 알고 있는 유천영은, 비 오는 날이면 권은형의 기분을 달래 보고자 그의 집을 방문했다. 특별한 것을 하는 것은 아니었다. 같은 공간에 있어 주는 것, 그뿐이었다.

수화기를 든 채 잠시 침묵하다가, 권은형은 무심코 눈을 들어 유천영을 보았다.

유천영은 컴퓨터 의자에 나른하게 기대어 앉은 채였다. 키보드 위에 얹혀 있는 두 손은 멈춰 있었다. 언제부터 멈춰 있었지? 권은형은 생각했다.

화면 속에서도 다른 캐릭터들은 분주하게 움직이고 있었으나, 정작 한가운데에 위치한 유천영의 캐릭터는 미동도 없었다. 사용자가 아무것도 명령하지 않자 그것은 그저 전쟁터의 한복판에 홀로 가만히 서서 숨을 들이쉬고 있었다. 그 앞에 앉은 유천영의 얼굴은 모니터 빛을 받아 유독 창백했다.

권은형은 유천영의 얼굴을 보고는 짐작했다. 권은형이 함단이와 통화를 시작했던 그 순간부터 키보드를 두드리던 유천영의 손은 조금 느려지기는 했으나, 완전히 멎지는 않앉았다. 그러나 함단이의 입에서 결정적인 말이 떨어진 바로 그 순간, 그의 손도 마침내 완전히 움직임이 멎고 말았던 것이다.

권은형은 핸드폰을 귀에서 떼지 않은 채로 흘긋 눈을 들어 모니터 안을 살폈다. 속전속결이 장기인 유천영이 아직까지 게임 한 판을 끝내지 않았다는 것도 조금 이상하다고 했는데, 역시 그랬다. 게임을 하면서도 유천영은 권은형과 함단이의 통화에 내내 귀를 기울이고 있었던 것이다. 이제 그의 눈은 자신을 향해 있었다.

컴퓨터 의자에 굳은 듯이 앉아 그 특유의 새파란 눈동자로, 흡사 모든 것을 꿰뚫어 볼 듯이 자신을 보고 있었다.

그를 바라보다가, 권은형은 천천히 숨을 내쉬었다. 이제 귀에서는 뚜, 뚜, 뚜…… 하는 소리가 이어지고 있었다. 단이가 전화를 끊어 버린 것이다.

권은형은 생각했다. 함단이가 그 사건에 대해 이야기를 꺼낸 것은 그날로부터 1년이 지난 오늘이었다. 정확히, 그 날로부터 지금까지 365일 동안 함단이는 그 이야기를 속으로 간직하며 수많은 공포와 홀로 싸워 왔던 것이다.

차라리 털어놓기라도 했다면 속이 편해졌을 텐데, 그녀가 그렇게 하지 못했던 이유는 명백했다.

어떻게 말하겠는가. 이런, 얼핏 듣기에는 말도 안 되는 그런 비현실적인 이야기를.

평범한 사람은 물론이고, 권은형조차 이것을 말한 사람이 단이가 아니었다면 당장에 거짓말로 치부하고는 전화를 끊어버렸을 것이었다. 권은형은 그날의 단이에 대해 생각했다.

그래, 어딘가 이상하기는 했다. 특히 핸드폰의 배터리가 다 되었던 것도 아니면서 전화를 걸지 않고 우주인의 집 앞에 웅크리고 앉아 있었다는 것이 아무래도 이상하기는 했다.

그 당시에는 단이의 행동에 무언가 다른 이유가 있을 수도 있다고 얼핏 생각하기는 했었다. 그러나 주인이의 집에 모두가 모였을 때, 거실에 놓인 붉은 소파에 앉아 김이 모락모락 오르는 컵을 두 손으로 쥐고 안도한 듯 웃는 단이를 보고는 '이제 괜찮아진 것 같은데' 하고 그냥 넘겨 버린 것이었다. 그것이 문제였는지도 모른다.

그런 비현실적인 이야기를 이제야 힘겹게 꺼냈으니만큼, 함단이는 자신의 반응을 듣고 싶었을 것이었다. 거짓말하지 말라거나, 혹은 많이 힘들었겠다고 위로하거나 둘 중 어떤 방향으로 반응하는지 분명히 알고 싶었을 것이었다. 그러나 함단이는 대답을 기다리지 않았다. 그냥, 전화를 끊어 버렸다.

권은형은 그 전에 끊어지듯 들리던 희미한 울음소리를 들었다. 그러니까, 함단이가 자신의 대답도 듣지 않고 전화를 끊어 버린 것은 우는 소리를 그에게 들려주기 싫어서인 것이었다.

권은형의 방은 먹먹한 침묵에 잠겨 있었다. 빗줄기가 잦아들고 크림색 커튼 너머로 구름을 뚫고 떠오른 해가 희미한 아침빛을 내쏘고 있었다. 잠시 침대에 걸터앉아 있다가, 그는 자리에서 일어나 창문으로 다가갔다.

커튼을 확 걷자 기다란 회색 구름에 덮여 있는 하늘이 보였다. 짙은 회색 구름의 틈 사이로 빛줄기가 기둥처럼 저택의 정원 위로 쏟아지고 있었다.

권은형이 아득한 눈으로 그 광경을 바라보는 동안 유천영은 아무 말도 하지 않았다. 모니터 안에서 그의 캐릭터는 어느덧 죽어서 널브러져 있었다. 유천영의 새카만 머리카락이 환한 빛을 받아 푸른색으로 물들었다.

창에 기대어 유천영을 바라보다가, 권은형은 입술을 열었다.

"다 들었지?"

침묵 위로 떨어진 그의 목소리는 흡사 찬 물방울처럼 공기를 식혀 놓았다.

유천영은 가라앉은 눈을 하고 바닥을 바라보다가, 느리게 고개를 들었다. 그의 새카만 머리카락이 미미하게 흔들렸다.

그가 대답했다.

"들리니까."

"네가 게임에 집중했더라면, 게임 소리에 섞여서 잘 들리지 않았겠지."

유천영이 통화 내용을 들을 수 있었던 것은 그가 통화에 집중했기 때문이라는 것을 우회적으로 말한 것이었다.

유천영은 잠시 생각하는 듯한 눈을 하더니 한숨을 내쉬고는, 천천히 고개를 끄덕였다.

권은형은 창문에 기대고 있던 등을 떼고는 다시 침대로 걸어갔다. 그는 침대에 걸터앉으며 핸드폰을 내려다보았다.

액정은 새카맣기만 했다. 아직 그녀에게서는 어떠한 문자도, 전화도 없었다.

권은형이 불쑥 물었다.

"어떤 것 같아?"

"뭐가."

"단이가 했던 말. 상식적으로 생각해서는 믿기 힘들지. 넌 어떻게 생각해? 사실이라고 생각해? 아니면, 단이가 꿈을 꿨다고 생각해?"

권은형은 그렇게 물으며 눈을 들어서 유천영의 눈을 똑바로 마주 보았다. 유천영은 모니터를 끄고는 컴퓨터 의자를 빙글 돌려 권은형과 마주 보는 자세를 했다.

둘 사이에 먹먹한 침묵이 내려앉았다. 잠시 후, 유천영이 입술을 떼었다. 그는 말했다.

"아직 말하지 않은 게 남아 있을 거다."

"……왜 그렇게 생각하는데?"

"2009년 3월 2일에 그런 일이 일어났더라면, 2008년에는 3월 2일을 두려워하지 않아야 맞아. 그런데 내가 기억하기로는, 함단이는 그즈음에도 잠이 안 온다고 밤에 문자를 했어."

"개학날이라는 게 싫어서라든가, 그런 이유가 있을 수도 있잖아?"

"지금 생각해 보면…… 잠이 안 오는 게 아니라, 그냥 잠드는 게 싫은 것 같았어."

그렇게 말하는 유천영의 얼굴은 더없이 진지했다. 그는 아마도, 아까 함단이가 털어놓았던 말은 이미 진실이라고 받아들이고 게다가 더해서 또 다른 숨겨진 사실들이 있다고 생각하는 것 같았다.

권은형은 기억을 되짚어 2008년의 함단이는 어땠는지를 떠올려 보려고 했다. 그 당시에 그녀는 짙은 갈색 머리카락을 가슴께를 덮도록 기르고 있었는데, 그것이 그녀에게 제법 잘 어울렸었던 것으로 기억한다.

유천영의 지적은 정확했다. 그래, 함단이는 3월 2일 부근에서 유독 신경이 예민해지는 듯했다. 심지어 한번은, 그녀가 잠들지 않으려고 제 팔을 샤프로 찌르는 모습도 목격한 적이 있었다. 그렇다고 그녀가 잠들지 않은 시간에 공부를 한다거나 하는 것도 아니었다.

왜 그렇게 빌사석인시는 그 당시에는 이해할 수 없었으

나, 그녀가 단순히 잠드는 게 무서웠던 거라면 유천영의 말이 맞았다.

그녀는 그 전에도 분명히 무언가 다른 일을 겪었고, 그것은 잠드는 것과 관련이 있을 것이다. 즉, 그녀의 불면증은 2008년 이전부터 계속되었던 것이다.

권은형이 생각을 하느라 말이 없는 동안, 유천영은 갑자기 제 핸드폰 폴더를 열어서는 엄지손가락으로 버튼을 두드리기 시작했다. 눈을 든 권은형이 그 모습을 보고는 의아해서 물었다.

"뭐 해?"

유천영의 푸른 눈은 바쁘게 핸드폰 화면 위를 좇고 있었다. 그러다 그가 마침내 폴더를 탁 소리 나게 덮고는 자신을 올려다보았다. 그가 물었다.

"……2009년 3월 2일에, 그렇게 반여령이랑 함단이가 가고 나서, 그리고 우리가 뭘 했었지?"

"그때라면……."

권은형은 천천히 기억을 더듬었다. 그날 그렇게 함단이와 반여령이 떠나는 모습을 멍하니 바라보던 자신들 4명은 나름대로 그날을 기념하기 위해 계획을 세우려 했다. PC방을 가자는 의견은 맨날 가는 곳이라는 이유에서 기각되었고, 비슷한 이유로 영화관과 오락실이 모두 기각되었다.

결국 그들은 터덜터덜 걸음을 옮기면서, 대신 주말에 어디 밖으로 놀러 가자고 의견을 모았다. 2009년 3월 2일은 월요일이었으므로 꽤 괜찮은 계획이라고 생각했던 것 같다. 그리고 권은형은 유천영과 걸어서 집으로 돌아왔다. 그 이후에, 집에 와서…….

"주말에 어디 놀러 가자고, 한창 문자를 하고 있었지."

"그래. 그랬지…… 반여령은 오후 4시쯤이나 문자에 답장하기 시작했었고."

"응."

권은형의 담담한 대답에 유천영은 말없이 새카만 눈썹을 찡그렸다. 그와 대화를 나누다 보니, 권은형도 문득 짚이는 바가 있었다. 그는 생각했다.

그날, 그래, 반여령은 집에 돌아가고 2시간이 지난 오후 4시쯤이나 문자에 답장을 하기 시작했다. 그렇다면 자신들은 응당 함단이가 일어났는지에 대해서도 물어야 했던 것이 아닌가?

아니, 애초에…… 권은형의 뺨이 조금 창백해졌다. 그는 흘긋 손에 쥔 핸드폰을 내려다보았다. 여전히 액정은 새카맣기만 했다. 그 속에 비친 자신의 눈은 자잘하게 떨리고 있었다.

애초에 그 여섯 명이서 놀기로 계획했던 것이었다. 반여령에게 문자를 보낸 것은 2시쯤이었으니, 함단이에게 역시 문자를 보내는 것이 맞았다.

그런데 자신은 문자를 보내지 않았다. 일어나면 답장을 하리라는 생각에서 반여령에게는 문자를 보내 놓고, 함단이에게는 그러지 않았다.

오후 2시에서 함단이가 주인이의 집 앞에서 발견되던 오후 10시 사이에, 공백이 생긴 8시간 동안 권은형은 그녀에게 문자를 보내지 않았다. 전화도 하지 않았다. 마치, 마치…… 함단이의 존재 자체를 까맣게 잊어버렸던 것처럼.

유천영이 문득 입술을 열어 이렇게 물었다. 공교롭게도, 그것은 방금까지 권은형이 생각하던 바로 그것이었다.

"같이 놀러 가기로 해 놓고서, 걔한테만 문자 보내는 걸 잊어버리는 게 가능해?"

"……너만 잊어버렸던 게 아니야."

간신히 입술을 떼어 그렇게 말하고는 권은형은 침묵을 지켰다.

환한 아침빛이 서서히 방 안을 달궈 놓았는데도, 그 둘의 사이에 내려앉은 침묵은 한없이 싸늘하기만 했다. 공기는 유독 오싹해서, 마치 보이지 않는 손이 자신의 등골을 쓸어 올리는 것 같았다.

책상 아래로 내려앉은 짙은 그림자를 보면서 권은형은 함단이가 겪었던 그날의 일에 대해 생각했다.

옆집에 살던 가족이 순식간에 바뀌어 있다. 전화번호는 모두 없는 번호이거나, 모르는 사람의 번호다. 집이 있던 자리는 폐하나 공사장이 되어 있다. 그것을 직접 겪는다면 얼마나 끔찍한 기분이 될 것인지 상상도 가지 않았다.

그런데 유천영과 권은형 역시 규모는 작지만 그와 비슷한 일을 겪었던 것이다. 함단이의 존재를, 그녀가 그런 일을 겪고 있던 그 순간 동안 머릿속에서 새카맣게 지워 버렸던 것이다. 더군다나 자각조차 하지 못하고, 너무나 자연스럽게⋯⋯.

그러다가 문득 유천영의 목소리가 들려서 권은형은 고개를 들었다. 새하얀 빛을 받은 유천영의 얼굴은 평소보다도 더욱 창백해서, 유리로 빚은 인형인 듯했다.

유난히 입술만이 붉었다. 그러나 그 입술은 놀랍게도 잘게 떨리고 있었다.

눈이 마주치자, 유천영은 불쑥 내뱉었다.

"무섭다."

"⋯⋯."

유천영이 무언가에 대해 그토록 진지하게 무섭다고 말하는 것은 처음이었다. 권은형은 흠칫 놀랐다. 공포 영화 따위에는 눈썹 하나 까딱하지 않는 그이기에 놀라움은 더했다.

유천영은 검푸른 속눈썹을 파르르 떨다가, 눈을 지그시 감고는 중얼거렸다.

"걔가 하루아침에 사라질 수 있다는 것보다도, 걔가 사라졌는데 우리가 이튿날 아무도 그것을 알아차리지 못할 수도 있다는 게…… 더 무섭다.”

“…….”

“이름은 남아 있었는데 번호가 없는 번호였다면, 우리도 언젠가는 전화번호부에서 ‘함단이’라는 이름을 보겠지. 그래도 아무것도 기억나지 않는다면? 우리는 전화를 걸었다가, 없는 번호라는 걸 알고 지워 버리겠지. 그럼 마지막 흔적마저 사라지는 거고.”

“하.”

권은형은 낮은 웃음소리를 흘렸다.

유천영의 말대로였다. 만약 주인이의 집 앞에서 함단이가 발견되지 않았더라면, 자신들은 그녀를 얼마 동안이나 잊고 있었을까?

8시간을 넘어서서, 그 망각의 시간은 하루가 될 수도, 일주일이 될 수도…… 몇 년이 될 수도 있었다.

한동안 아무도 말을 하지 않았다. 그런 비현실적인 일이, 자신들이 알아차리지도 못한 사이에 일어날 수 있었다는 사실에 머리가 어질어질해져서 권은형은 아무 말도 할 수가 없었다. 유천영 역시 비슷한 심정인지, 그는 컴퓨터 의자에 앉아서 내내 창백한 얼굴로 아무 말도 없었다.

그러다가 권은형은 비가 그치는 것을 보고는 자리에서 벌떡 일어났다. 유천영이 의아한 눈으로 자신을 바라보자 그는 말했다.

"단이한테 가자."

"……."

"이야기 다 하고 나서, 내가 뭘 말하지도 않았는데 전화를 끊더라. 지금쯤 방에서 혼자 울고 있을 거야."

그 말에 유천영은 자리에서 일어나 주섬주섬 어젯밤에 벗어 놓았던 잠바를 걸쳤다.

유천영이 권은형의 집에 난입한 것은 다름 아닌 어젯밤 11시쯤으로, 그가 지금 이 시간에 깨어 있는 것은 다름 아닌 그가 어젯밤을 새워서 게임을 했다는 뜻이었다. 그게 아니라면 유천영은 이 아침에 일어나 있을 수 없었다.

둘은 헝클어진 머리카락을 하고 집을 나섰다. 어느덧 시계는 9시를 가리키고 있었다.

* * *

베개에 얼굴을 파묻고 얼마나 누워 있었을까, 나는 갑자기 핸드폰에서 진동이 울리는 바람에 흠칫 놀라 자리에서 일어났다.

어느덧 구름이 완전히 걷혀 하늘은 한없이 환하게 밝아 있었다. 새카만 액정 위에 뜬 글자가 '은형이'임을 확인한 순간, 나는 천천히 숨을 멈추었다.

전화를 받으면 그는 나에게 무슨 말을 할까? 통화를 하고 나서 곰곰이 생각해 봤는데, 아무래도 네가 했던 말은 사실일 리는 없는 것 같다. 꿈을 꿨을 확률은 없느냐, 그가 그런 얘기를 늘어놓으면 나는 별수 없이, 그저 고개를 끄덕이며 그런가 보다고 대답할 수밖에 없었다. 은형이에게 미친 사람이 되고 싶지는 않으니까 나는 그렇게 행동할 수밖에 없다.

하, 가만히 숨을 들이쉬다가 나는 폴더를 열었다. 그리고 핸드폰을 귓가에 가져갔다. 다음 순간, 흘러나온 목소리가 은형이의 것이 아닌 유천영의 것임에 나는 놀랐다. 너무 놀라서 하마터면 핸드폰을 떨어트릴 뻔했다.

내가 자리에 앉아서 허둥지둥하고 있는데 그는 우리가 싸운 것이 언제냐는 듯, 태연하게 말했다.

[너네 집 앞이야. 나와.]

"……?"

애가 지금 뭐라는 거지? 내가 미심쩍은 눈으로 핸드폰을 내려다보는데, 그는 특유의 담담한 말투로 다시 한 번 믿지 못할 말을 내놓았다.

[너네 집 앞이니까 나와. 은형이도 있다.]

"어, 어?"

[일요일이니까, 집에 부모님 계실 테니까 집에서는 못 놀겠고. 불편해 하시니까, 나가자.]

나는 다시 한 번 핸드폰을 내려다보았다.

은형이의 핸드폰에서 걸려 온 전화를 받았는데 삼 일 동안 연락 한 번 없던 유천영이라는 것도 놀랠 노 자인데, 난 데없이 집 앞이니까 나오라니, 대체……

입술을 어물거리다가, 나는 물었다.

"어딜, 가게?"

한동안 수화기 너머에서는 침묵이 흘렀다. 그러다가 그는 대답했다. 그와 싸우기 전에 내가 늘 들었던 그 무뚝뚝하고도 부드러운 목소리로.

[네가 가고 싶은 데.]

"……."

[아무 데나.]

하마터면 수화기에 대고 울음을 터트릴 뻔했다.

유천영은 정말 종잡을 수가 없다. 특히 가끔, 이렇게 눈물 나게 다정한 목소리로 말해 올 때면 어떻게 해야 할지를 모르겠다. 그에게 상처받아 있다가도, 그가 픽 웃어 버리면 그런 마음은 속절없이 녹아 버리고 만다.

말없이 윗입술로 아랫입술을 꾹 내리누르다가, 핸드폰을 들지 않은 손을 들어 눈가를 꾹꾹 누르다가 나는 간신히 자리에서 일어나며 대답했다.

"나, 그, 아직 안 씻어서. 머리도 안 감았고. 준비할 동안 내 방에서 기다려. 적어도 20분은 걸리니까. 지금 문 열러 갈게."

[괜찮은데.]

"아직 추워. 지금 간다."

그리고 나는 폴더를 탁 닫고는 자리에서 일어났다. 거실로 나가자 엄마는 소파에 앉아서 텔레비전을 보고 있었고, 아버지는 메리야스만 걸친 채 배를 득득 긁으며 거실 바닥에 대고 신문을 보고 계셨다.

텔레비전 소리가 너무 커서 내 말이 잘 들릴 것 같지 않아서, 나는 문가에 서서 외쳤다.

"엄마!"

"왜!"

"지금 천영이랑 은형이랑 우리 집 앞이래. 추우니까 들어와 있으라고 해도 돼?"

그제야 엄마는 예쁜 여배우가 한창 눈물을 뚝뚝 흘리고 있는 화면에서 눈을 떼고는, 나를 보았다. 엄마는 당연하다는 양 고개를 끄덕이며 말했다.

"그럼! 천영이랑 은형이가 남이니? 엄마 아들들이지! 편하게 있으라고 해."

아, 예. 내가 고개를 끄덕이는데 신문을 팔랑이고 있던 아버지가 눈을 들어 금테 안경으로 나를 올려다보았다. 그가 말했다.

"야, 거, 그냥 집에서 놀지 이 날씨에 뭘 밖으로 나가냐? 어젯밤부터 비 왔다가 방금 그쳐서 돌아다니기도 지랄 맞을 건디. 걸을 때마다 물이 막 참방참방하고. 그냥 집에서 놀아라. 왜, 평소에는 잘 놀믄서."

"엄마 아빠가 불편해 하실 거라고, 애들이 싫대."

"불편하기는, 무슨. 천영이랑 은형이는 전에도 몇 번 봤더니 얌전하기가 아주 선비 같드만. 우리는 니가 제일 불편해, 킹콩 같은 딸아."

그 말에 소파에 누워 있던 엄마가 까르륵 웃음을 터트렸다. 아이, 씨! 분해서 발을 동동 구르던 나는 곧 쿵쾅거리는 걸음으로 현관으로 향했다.

문을 열기 전에 거울을 한 번 보고는, 내 몰골이 눈이 약간 부어 있는 것을 빼고는 제법 괜찮다는 것을 확인하고 문을 열었다.

무릎까지 내려오는 새카만 코트를 입은 유천영이 보이고, 그 뒤로 회색 잠바를 걸친 은형이가 배시시 웃는 것으로 인사를 대신했다. 그들이 현관을 들어서며 정중하게 인사를 하자 엄마와 아빠의 얼굴에 웃음이 피어났다. 그것을 보면서 나는, 정말로 내가 그렇게 킹콩 같은가 하는 생각을 하다가 욕실로 들어갔다.

세수를 하는 동안 거실에서는 끊임없이 부모님의 말소리가 들려왔는데, 어찌나 크던지 텔레비전 소리와 물소리를 모두 뚫어 버렸다. 얼굴에 거품을 문지르면서 나는 자그맣게 인상을 썼다. 아이, 씨. 아빠 진짜.

"여보, 우리 딸은 태어나면서 뭐, 얼굴, 머리, 그런 거 복을 싹 다 인복으로 돌려 부렀는갑다. 그걸 몰빵이라고 하든가? 아, 그렇지 않고서야 어떻게 이런 걸물들을 친구라고 데려오냐. 그제?"

"어머, 단이가 어때서? 저 정도면 우리는 성공했지. 아, 천영아. 이번에 아줌마가 텔레비전을 보는데, 무슨 연예가 중계에 네가 나오지 뭐니! 사진 너무 예쁘게 잘 찍었더라!"

"감사합니다."

"니가 우리 딸보다 백배는 이쁘더라."

아버지가 마지막으로 툭 내뱉은 말에 나는 결국 양치질을 하다 말고 괴성을 내질렀다. 화장실의 천장으로 튕겨 올라간 내 목소리는 거실까지 쩌렁쩌렁 울렸다.

"아빠아! 아, 진짜!"

그에 대수롭지 않다는 듯 심드렁한 목소리가 돌아왔다.

"저것이 왜 저런다냐. 내가 틀린 말을 했으까?"

"아빠아! 컥, 쿨럭!"

나는 소리를 지르다 말고 거품이 목으로 넘어가서 기침을 했다. 웩, 이러면 진짜 찜찜한데.

내가 물을 틀어서 목을 연신 헹구는 동안 아버지와 어머니는 내가 정녕 핏줄을 이어받은 자식이 맞을까 싶을 정도로 나를 열렬히 깠다.

은형이는 종종 웃음기 섞인 목소리로 내 편을 들어 주었는데, 그것이 눈물 나게 고마울 따름이었다.

"단이 예뻐요. 착하기도 하고."

"허, 단이는 이런 성인군자를 만나서 결혼을 해야 할 텐디."

대화를 듣다 말고 수건으로 젖은 머리카락을 마구 문지르던 나는, 마침내 머리에서 물이 뚝뚝 떨어지지 않을 정도가 돼서야 도끼 빗을 들어 머리를 마구 빗었다. 그러고는 거울을 보면서 잠시 자괴감에 빠져들다가, 에라 모르겠다 하는 심정으로 화장실을 나갔다.

그러니까 오기 전에 연락을 좀 하지, 그럼 씻고 있었을 건데. 아무리 우리에게 이성적인 감정이 없다고는 하지만 이런 모습을 보여 주는 건 여자로서는 상당히 부끄럽다.

나는 쿵쾅거리는 걸음으로 거실로 나가는 즉시 아버지를 노려보았다. 아버지는 아빠 다리를 하고 씻어 놓은 딸기를 집어먹는 폼이 아주, 안락해 보였다.

나를 등지고 앉아 있던 유천영과 권은형은 나를 보더니 흠칫 놀랐다. 머리카락이 젖어 있는 데다가, 방금 도끼 빗으로 마구 빗어서 내 몰골이 흉해 그러는 듯했다.

내가 알 바 아니지, 나는 젖은 머리카락을 한 번 쓸어 넘기고는 말했다.

"아, 아빠. 아빠 진짜 내 친아빠 맞아!? 나 주워 왔지!"

아빠는 아랑곳하지 않고 딸기 하나를 입에 집어넣고는 우물우물 씹으면서 말했다.

"쟤가, 학이 지를 보따리에 싸서 물어다 줬다는 말을 일곱 살까지 믿은 바보다."

"아빠아!"

"아, 나왔으면 얼른 머리나 말릴 것이지 왜 그러고 있어?"

아빠의 천연덕스러운 대꾸에 나는 눈을 부라리다 말고 깊은 한숨을 내뱉었다. 그리고 대신에, 여전히 생글생글 부드럽게 웃는 낯을 하고 있는 은형이를 보고는 툭 던졌다.

"나 다시 태어나면 은형이 딸로 태어날래. 씨, 은형이는 계속 내 편 들어 주는데 엄마랑 아빠는 진짜 뭐야."

"우리가 뭐, 서운하게 해 준 거 있냐?"

"아이, 씨이."

평소에 구박받는 것만 해도 충분히 서운하거든요! 유천영과 은형이가 있어서 차마 그렇게 말하지는 못하고 발만 동동 구르는데, 문득 얼굴에 닿는 시선이 따가워진다고 생각했다.

눈을 들자 유천영이 그 푸르스름한 눈으로 나를 보고 있었다. 그러다 그가 입을 열었는데, 그것은 은형이와 거의 동시였다.

"안 돼."

둘은 동시에 그렇게 말하고는 서로를 빤히 바라보았다. 그러다가, 은형이가 어깨를 으쓱하자 유천영이 내게로 고개를 돌렸다. 그는 더없이 진지한 얼굴로 말했다.

"네가 은형이 딸로 태어나면, 앞으로 얼마 못 산다는 거잖아. 너 요절하고 싶어?"

"……."

나는 멍하니 서 있다가 고개를 천천히 내저었다. 그러네, 차분하게 생각해 보자니 은형이가 결혼하기까지는 앞으로 10년에서 20년가량의 세월이 남아 있는데, 저런 남자를 여자들이 그냥 둘 것 같지는 않으니 10년이라고 잡아도 무방할 것이다.

그럼 다시 태어나려면 죽어야 하니까, 나는 앞으로 10년밖에 못 산다는 건데, 안 되지. 안 되고말고.

그런데 농담인 거 알면서…… 나는 침을 꼴깍 삼켰다. 대답을 기다리는 듯한 유천영의 눈이 너무 진지해서 나는 물론이고 우리 부모님조차도 얼어붙을 지경이었다.

내 반응에 만족한 듯, 유천영은 설핏 웃더니 은형이를 힐긋 보았다. 은형이는 흠칫 놀라 나를 보았다. 그러고는 약간 당황한 듯하다가 곧 부드럽게 웃으며 말했다.

"응, 나도 천영이랑 같은 생각이었어."

"아따, 내 딸이 진짜 인복은 끝내주네. 너 왜 그러고 서 있냐, 얼른 가서 머리 안 말리고."

아빠가 약간 멍한 얼굴로 내놓은 말에, 나도 그제야 고개를 설레설레 내젓고는 내 머리 위로 수건을 툭툭 두드리면서 돌아섰다. 나는 자그맣게 중얼거렸다.

"아, 내 인생."

내 투덜거림에 아랑곳하지 않고 거실에서는 여전히 대화가 활발하게 진행되고 있었다.

어머니와 아버지는 모처럼 천영이와 은형이의 얼굴을 봐서 신 나신 모양이었다. 그러다가 어머니가 내놓는 말에 나는 드라이기를 말리다 말고 고개를 퍼뜩 들었다.

"맞다, 천영이랑 은형이도 우리 딸이랑 같이 소현 고등학교 가는구나! 그럼 너희도 내일 입학식이겠네, 그렇지?"

"네."

"아, 저녁에 고기 먹을래? 우리 딸이랑 3년 동안 잘 지내줘서 고맙고, 앞으로도 잘 지내라는 뜻으로 아줌마가……."

"아, 뭔 호들갑이여? 얘네들도 집에 가서 가족들이랑, 그, 식사를 하면서 경건한 마음으로 뭣도 얘기하고 하겠제. 입학식 전날에 남의 자식들 빌리는 거 아니여."

"어머, 그러네."

아빠, 나이스. 나는 안도의 한숨을 내쉬며 다시 드라이기를 머리카락에 가까이 대었다.

그런데 내가 긴장의 끈을 내려놓은 순간, 전혀 예상하지 못한 바로 그 순간에 유천영이 불쑥 대답해 오는 것이었다.

"아니요, 오늘 아버지 바쁘셔서 괜찮습니다."

"……?"

"저도 괜찮은데, 폐가 되지는 않을까요?"

유천영에 이어서 권은형마저 그렇게 말하는 것을 듣고

나는 입을 헤벌렸다. 아니, 대체, 어떻게, 예의가 아니라고 식사 시간에는 남의 집에 가려고 하지도 않는 은형이의 입에서마저 저런 말이 나온단 말인가?

내가 입을 헤벌리고 경악하는 것도 아랑곳하지 않고 엄마는 희희낙락하며 대답했다.

"어머, 그래? 그럼 그러는 김에, 그, 여령이랑 지호랑 주인이도 다 오라고 하면 좋겠다!"

엄마, 고기 값은 어떻게 감당하려고 그래. 그러나 내가 그렇게 말하기도 전에 은형이가 냉큼 제가 연락해 보겠다고 하는 것을 듣고 나는 극심한 혼란에 빠졌다.

유천영은 그렇다 치고, 은형이는 안 그러던 애가 갑자기 왜 저러는지 모르겠다. 내가 혼란에 빠져 있거나 말거나, 거실에서는 난데없이 '입학 기념 고기 파티'가 걷잡을 수 없는 속도로 추진되고 있었다.

*   *   *

"아, 그래요? 그럼 그렇게 하십시다잉. 응."

아빠는 아까부터 거실 구석을 초조한 듯 거닐며 수화기에 대고 뭐라 뭐라 말하고 있었다.

텔레비전에는 요즘 제법 시청률이 나온다는 드라마가 한창 방영되고 있었는데, 드라마에 집중하고 있는 것은 어머니뿐이었다. 유천영과 은형이는 그것보다는 아빠의 통화 내용이 궁금한 듯, 연신 구석 쪽을 기웃거리고 있었다.

그 모습을 보다 말고 내가 한마디 했다.

"여령이네 부모님이랑 통화하고 계실걸?"

"……?"

둘이 흠칫 놀라서는 나를 돌아보았다.

마침 텔레비전에서는 여주인공이 남주인공이 암이라는 비보를 듣고 화들짝 놀라고 있었다. 그 놀란 표정이 둘의 표정과 절묘하게 닮아 있는 바람에 웃음이 나왔다.

둘이 이상하다는 듯한 눈으로 나를 보고 나서야 표정을 추스른 나는 말을 이었다.

"아마 여령이네랑 같이 식사할걸, 우리? 그럼, 가만있어 보자, 여단 오빠랑 여령이랑, 너, 너, 은지호, 주인이, 나…… 헐, 몇 명이야."

손가락을 꼽다 말고 나는 인상을 찡그렸다. 열한 명은 조금 많은 것 같은데, 고기 값을 절반으로 나눈다고 쳐도 우리 집이 그게 감당이 될까? 내가 생각하고 있는데, 은형이는 내가 말끝을 흐리는 것을 보고는 무언가 깨달은 듯했다.

그는 잠시 녹색 눈알을 도르륵 굴리다가 나를 보고 물었다.

"그, 여기 집 근처 야외에 고기 구워 먹을 만한 데가 있어?"

"응? 열한 명이? 응, 평상 같은 데서 구워 먹으면 되니까. 전에도 여령이네 가족이랑 한번 해 봤고."

나는 그렇게 대답하며 어깨를 으쓱했다. 사실 내가 기억하는 것은 단 한 번뿐이지만, 평상에 앉자마자 버너며 플레이트를 늘어놓고 고기를 굽기 시작하는 그 숙련된 모습으로 봐서는 아마도 고기 굽기의 역사는 하루 이틀 된 것이 아닐 듯했다.

은형이는 내 대답에 되었다는 듯 고개를 끄덕이고는 핸드폰 자판을 두드렸다. 내가 누구에게 전화를 거냐고 묻기도 전에 그의 입에서 답이 튀어나왔다.

"어, 지호야."

"……?"

[아, 아! 거의 다 죽였었는데 저 처죽일 새끼가! 저 새끼 무슨 짓을 했길래 쿨타임이 저거밖에 안 돼! 그놈의 궁극기! 아아아악!]

내가 그 새끼에게 뭐하러 전화했냐고 묻기도 전에, 수화기에서 분개한 목소리가 터져 나왔다.

은지호 님이 미쳐 날뛰고 있습니다. 나는 속으로만 그렇게 중얼거리고는 은형이의 손에 들린 휴대폰을 지그시 바라보았다.

순간 터져 나온 은지호의 목소리가 너무 커서 은형이의 옆에 앉아 있던 천영이는 물론이고, 저 위에 소파에 앉아 드라마에 집중하고 계시던 어머니마저 흠칫 놀라는 듯했다. 한창 수화기에 대고 떠들던 아버지마저 이쪽을 돌아볼 지경이었으니 말 다 했다.

잠시 후, 어머니는 비죽비죽 웃으며 조심스레 말씀하셨다.

"어, 그, 지호라는 또 다른 친구가 있나 보다, 은형아."

은지호는 어른들 앞에서는 하도 예의 바르게 행동해서, 엄마는 은지호가 엄청 건실한 모범생인 줄로만 알고 계신다. 욕은 하나도 안 해 봤을 거야, 뭐 이런 거.

아닌데, 엄마. 지호가 그 은지호 맞는데. 나는 순간 그렇게 말하고 싶었으나, 그렇게 말했다가는 은지호가 나를 5년 동안 안 보려고 할 거라는 생각에 혀를 꾹 눌렀다.

그사이 은형이는 핸드폰에 대고 뭘 말하려다 말고 어머니를 돌아보더니 아주 어색한 미소와 함께 이렇게 답했다.

"네, 네…… 다른 친구예요."

"그래. 어휴, 아줌마 깜짝 놀랐다. 순간 그 지호인 줄 알고."

그리고 안도의 한숨을 길게 내쉰 엄마는 다시금 텔레비전을 향해 고개를 돌렸고, 나와 은형이도 한숨을 내쉬다 말고 서로를 보고는 피식 웃었다. 그리고 은형이는 자리에서 일어나더니 조곤조곤한 목소리로 말하며 거실 저편으로 걸어 나갔다.

그의 뒷모습을 바라보던 천영이는 나와 눈이 마주치자 고개를 끄덕였다. 내가 봐도 지금의 은지호는 아무래도 위험한 것이, 다른 곳으로 가서 전화를 받아야 할 필요성이 있었다.

그 사이 은형이와 지호의 대화는 조곤조곤하게, 또 박력 있게 이어지고 있었다.

"그래, 진정해. 뭐. 뭔데."

[내가 오랜만에 펜타킬을 할 뻔했는데! 저 새끼가 ^%#&$!]

발광을 하다 끝내는 알아들을 수 없는 괴성으로 변하는 목소리를 듣다 말고 나는 심드렁한 얼굴로 돌아와 어깨를 으쓱했다. 그러고는 멀어져 가는 은지호의 욕설에 귀를 기울이고 있는 천영이의 어깨를 툭툭 쳤다.

그가 내 쪽으로 고개를 돌리자 검푸른 머리카락이 자잘하게 흐트러졌다. 나는 그에게 대고 소리를 낮추어 속삭였다.

"봐, 게임이 사람을 저렇게 만든다니까. 너도 게임 좀 줄여."

그에 말없이 고개를 돌린 천영이는 갑자기 피로감이 몰려오는 듯, 손을 들어 제 눈두덩을 꾹꾹 누르는 것이었다. 그의 눈가가 거뭇한 것을 본 나는 눈썹을 찡그렸다.

아, 설마. 내가 물었다.

"너, 어제 밤새워서 게임했어?"

"······."

"야, 야아. 야아아! 너 그러면 안 된다니까!"

"아따, 벌써 지 남자 챙기는 것 좀 보소. 니 아빠 건강이나 그렇게 챙겨 봐라."

으아악! 나는 화들짝 놀라 고개를 들었다가, 어느새 아버지의 얼굴이 내 정수리에서 채 50센티미터도 떨어지지 않은 곳에 있는 것을 보고는 앉은 채로 뒤로 후다닥 물러났다. 그러다가 소파에 뒤통수를 거하게 박아서 신음을 흘리며 머리를 웅크리자 옆에서 누군가 내 뒤통수를 문질렀다.

아, 아으아. 나는 얼굴을 있는 대로 찡그리며 고개를 들었다가, 아버지가 딸의 고통도 모른 척 태연한 얼굴로 슬그머니 소파 위에 앉는 것을 보고는 분노했다.

내가 외쳤다.

"아빠! 아, 진짜. 갑자기 그렇게 말하면 어떡해!"

"뭐, 내가 내 집에서 말도 못한대?"

"지 남자? 여보, 방금 지 남자라고 했어?"

내가 아파서 눈물을 그렁그렁 매달든 말든, 어머니는 다른 것에 관심이 있는 모양인지 신 나서 그렇게 물었다. 심지어는 손뼉까지 치기 시작했다. 드라마에서 여자 주인공이 시한부 생을 선고받은 남자 주인공과 끌어안고 폭풍 오열을 하든 말든 별 관심이 없는 것 같았다.

나는 입을 삐죽이다 말고, 내 뒤통수를 걱정스러운 눈으로 보고 있는 유천영과 눈이 마주쳤다.

내가 오해하지 말라고 말하려는 참에 아빠가 대신 대답했다.

"아, 내가 저 둘이 아이컨택하는 걸 봤당께. 막, 이글이글한 것이 장난이 아니드만."

"어머, 어머, 어머머! 어쩜 좋아!"

"아, 아빠!"

나는 어머니의 망상이 전개되는 것을 막기 위해 그렇게 외치고는, 할 말이 없어서 숨을 멈추었다. 소파에 나란히 앉은 어머니와 아버지는 나를 바라보며 은근히 기대하는 눈을 하고 있었다. 어머니의 얼굴에는 심지어 장밋빛 홍조가 돌고 있었다.

아, 나는 눈을 슬그머니 피했다가, 그대로 유천영과 눈이 마주쳤다. 그는 눈썹을 찡그린 듯, 감정을 읽을 수 없는 묘한 얼굴을 하고 나를 보고 있었다.

그의 얼굴을 보는데, 갑자기 그와 내 사이로 붉은 인영이 불쑥 나타났다. 잔뜩 분개한 은지호와 통화를 마친 은형이가 드디어 제자리로 돌아온 것이었다.

덕분에 긴장된 분위기가 풀렸다. 은형이는 말없이 서로를 마주 보고 있는 우리를 보다가, 약간 당황한 듯 물었다.

"아, 음, 중요한 얘기 중이었어?"

그도 우리를 둘러싼 이 분위기가 범상치 않음을 느낀 것이었다. 나는 말없이 있다가, 가만히 고개를 내저음으로써 대답을 대신했다. 어머니와 아버지는 잔뜩 실망한 듯한 얼굴을 하고 다시 텔레비전에 집중했다.

이제 텔레비전 속에서 여주인공과 남주인공은 스테인드글라스 사이로 빛줄기가 새어 드는, 좁은 교회에서 기다란 의자에 앉아 서로의 손을 맞잡고 있었다.

그들은 촉촉하게 젖은 눈으로 마주 보면서 이렇게 말하고 있었다.

"우리 앞으로, 추억을 만들자. 다른 사람들이 그렇게 길게 살면서 할 거, 우리는 앞으로 두 달 동안 다 하면 되잖아. 같이 뭐든지 해 보자. 같이."

"그래…… 맞아, 두 달 동안 다 하면 되지……."

그렇게 말하다 말고 남자는 끝내는 울음을 터트리며 여자의 어깨 위로 무너지는 것이었다. 여자는 눈물이 그렁그렁한 눈으로 애꿎은 성당 벽화를 노려보면서, 울음소리를 참으려고 입술을 앙다물고 있었다.

드라마에 시한부 인생이라는 소재가 차용된 것은 한두 번이 아니라서 아버지는 이제 조금 심드렁해진 모양이었다. 반면 어머니는, 우리와의 대화에 열을 올리던 것이 언제냐는 듯 화면을 노려보면서 눈시울을 붉히고 있었다.

나는 화면을 바라보다 말고 다른 생각에 잠겼다.

우습게도, 간간이 말을 잇다 말고 끝내는 눈물을 쏟는 그 남자 주인공과 나 사이에 어떤 비극적인 유사성이 있다는 생각이 들었다. 저 남자의 고통은 나와는 비교할 수도 없는 것일 텐데도 그랬다.

나는 소파 아래에 기대어 앉아 그들을 바라보았다. 저 남자가 사랑하는 여자와 함께할 수 있도록 허락된 시간은 단두 달이다. 그래서 남자와 여자는 그 두 달 동안 자신들이 만들 수 있는 모든 추억을 만들고자 다짐한다…….

　고등학교에 가면 만들 수 있는 추억이 무궁무진함은 분명할 것이다. 실제로, 내가 지난 3년 동안 이들과 만든 추억 역시 수없이도 많았다. 앞으로 언제 변할지 모른다고 해서 추억을 쌓지 않고자 하는 것이 옳은 일일까.

　나는 입술을 깨물었다가, 천천히 입술에 힘을 풀었다. 그리고 느리게 고개를 내저었다.

　아니다, 저 남자와 나는 결코 비슷하지 않다. 저 남자는 자신에게 주어진 시간을 알고 있다. 나는 내게 주어진 시간을 모른다. 그것만으로도 이미 우리는 비슷하지 않다.

　그런데도 자꾸 오열하는 그 남자의 모습에 눈이 가는 것은 어쩔 수 없었다. 갑자기 우울해져서, 나는 몸을 축 늘어트리고는 길게 한숨을 내쉬었다.

　은형이는 다시 핸드폰을 들고는 이번에는 주인이와의 통화에 집중하고 있었다.

　[아, 나 게임에서 지호 엿 먹이느라. 응, 갈래. 갈래 갈래!]

　"뭘 먹인다고?"

　[쟤는 엿 먹인 게 나인 줄 모를걸?]

　"……"

잠시 후, 은형이는 고개를 끄덕이더니 그대로 통화를 끊었다. 그리고 마찬가지로 멍한 얼굴을 하고 있는 나와 천영이를 번갈아 보더니, 도저히 못 참겠다는 듯 피식 웃음을 흘렸다. 그것을 시작으로 나와 천영이는 어깨를 들썩이며 웃음을 터트렸다.

어머니 아버지 앞이라서 차마 크게 웃지는 못하고, 주먹을 꾹 움켜쥐며 웃음을 참는 천영이와 은형이를 보면서 나는 홀로 소파를 두드리며 웃었다. 그러다가, 어머니와 아버지가 나를 향해 미친놈 보는 듯한 시선을 던지자 그제야 자리에서 느릿느릿 일어났다.

아까부터 텔레비전 소리에 묻혀 작은 노크 소리가 난다고 생각은 했는데, 지금에서야 그것에 확신이 들었다.

현관으로 비척비척 걸어가 문을 열자, 역시나 그 너머에서 무표정한 얼굴로 기다리고 있던 것은 다름 아닌 여단 오빠였다.

진갈색 더플코트 차림에, 그의 등에는 척 보기에도 제법 무거운 듯한 가방이 걸려 있었다. 여전히 머리카락은 한 점의 빛도 들지 않은 새카만 색이었다. 그는 나를 보더니 말했다.

"부모님이 집에 오면 여기에서 기다리라던데. 바로 저녁 먹으러 나가자고."

"아, 응. 들어와, 오빠."

그에 거실에 앉아 있던 부모님과 은형이와 천영이가 고개를 돌렸다. 그러고는 내 뒤를 여유 있는 걸음으로 따라오는 여단 오빠를 보고는 약간 놀란 얼굴을 했다. 그들은 곧 당황한 얼굴로 인사를 했다.

"아, 안녕하세요."

"안녕하세요."

여단 오빠가 다니는 고등학교가 가까운 것은 아니라서 요즘은 얼마 마주치지는 않았지만, 작년까지만 해도 여단 오빠와 우리는 같은 중학교에 다니고 있었다. 덕분에 그들도 여단 오빠의 얼굴을 볼 기회가 있었고, 더군다나 여단 오빠는 사대천왕도 없는 위 학년에서 독보적인 왕 자리를 차지하고 있었으므로 충분히 기억에 남을 만했다.

여단 오빠는 무뚝뚝하게 고개를 까딱하더니 거실을 한 번 훑어보고는 거실 탁자에서 얼마 떨어지지 않은 곳에 풀썩 앉았다. 그러고는 나를 향해 말했다.

"여령이는 목욕탕 갔어. 조금 이따가 올 거야."

"어, 응. 아, 오빠, 가방 줘."

"응."

내가 당연한 듯 여단 오빠에게서 가방을 건네받는 것에 둘은 꽤 놀란 눈치였다. 그도 그럴 것이, 여단 오빠와 나는 학교에서는 말을 한 적이 거의 한 번도 없다시피 했다. 그 이유는 간단했다.

원래 성격이 반대인 사람들이 더 친해진다는 말이 있듯이, 여단 오빠의 친구들은 성격이 활발하고 눈치가 빠른 사람이 대부분이었는데 그들이 여단 오빠에게 진지하게 충고한 것이다.

"너, 무고한 희생자를 내지 않으려면 학교에서 여동생 외의 여자에게 말 걸지 마라."

자신의 인기를 전혀 자각하지 못했던 여단 오빠는 의아해 하는 듯했으나, 그 충고를 제법 충실히 따랐다. 그것이 나와 여단 오빠가 학교에서 마주치더라도 눈인사만을 건네고 지나친 이유였다.

그러나 지금 우리가 서로에게 행동하는 것은 몇 년은 보아 온 사람처럼 자연스러웠다. 당연하지, 학교에서야 모르는 사이인 척했어도 엄연히 17년째 이웃사촌 사이인데.

가방을 내 방에 걸어 놓고 나오는데, 그래도 둘의 시선이 내게서 떨어지지 않았다. 우리의 자연스러운 태도에 대해 설명하려면 그 전에 여단 오빠의 친구 관계부터 설명해야 하는데, 이게 제법 길단 말이야. 더군다나 그것을 당사자인 여단 오빠의 앞에서 얘기하기도 조금 이상하다.

내가 어깨를 으쓱하자 그들의 의혹이 섞인 눈은 더욱 짙어졌다. 내가 약간 당황하며 거실에 앉는데, 다행히도 여단 오빠가 먼저 입을 열었다.

"이상해?"

"네?"

"이상한 거라도 있어?"

은형이는 입술을 꾹 다물더니, 나와 여단 오빠를 번갈아 보았다. 그것을 물어야 하는지 말아야 하는지 조금 고민하는 듯한 눈치였다.

나는 그저, 여단 오빠가 여동생에 관련되지 않은 화제에 대해 먼저 물었다는 것이 놀라울 따름이었다.

내가 놀라서 여단 오빠를 바라보는데, 갑자기 그가 나를 보고는 입을 여는 바람에 나는 흠칫 놀랐다. 그는 태연한 어투로 말했다.

"아, 내 가방에 커피 우유 있어. 학교에서 간식 들어왔었는데, 난 안 좋아하니까. 버릴까 하다가 넌 그거 좋아하잖아."

"아, 오빠. 고마워."

"세 개 있어."

이어진 그의 짧은 말에 나는 잠시 고개를 모로 기울였다가, 곧 알았다는 뜻으로 고개를 끄덕였다. 세 개 있다는 말은, 사람 수대로 있으니 친구들도 좋아하면 꺼내서 같이 마시라는 뜻이었다. 여단 오빠다운 생략이었다.

돌아보자 은형이와 천영이는 나를 향해 의아한 얼굴을 하고 있었다. 나는 또 의아해졌다가 곧 이유를 깨달았다.

여단 오빠가 내가 좋아하는 것까지 알고 있는 것이 의문스럽다, 이거다.

나는 어깨를 으쓱하고는 대답해 주었다.

"태어나서부터 옆집. 서로 입맛을 모를까."

"학교에서는……?"

"여자 선배들."

내 짧은 대답에 은형이는 곧바로 알아들었다는 얼굴을 했다. 여단 오빠는 내 대답을 이해하지 못했는지, 약간 불편한 듯 인상을 찡그리고 있었다. 어차피, 자신이 잘생겼다는 것을 모르는 여단 오빠로서는 아무리 더 생각해도 이해할 수 있을 리가 없었다.

나는 어깨를 으쓱하고는 곧바로 울리는 벨소리에 또다시 현관으로 나갔다.

이어 은지호가 들어오는 것을 본 나는, 아까까지만 해도 그렇게 지랄발광을 하고 있던 그가 이렇게 말쑥한 얼굴로 들어올 수 있다는 것보다도 그의 손에 들린 것에 더 놀랐다.

나는 곧바로 뒤를 돌며 소리쳤다.

"엄마! 고기 안 사도 되겠다!"

"어? 왜, 왜?"

거실에서 당황한 듯한 목소리가 돌아왔다. 나는 뿌듯하게 웃고 있는 은지호를 한 번 보고는 다시 외쳤다.

"은지호가 한우 선물 세트 가져왔어!"

　　　　　* 　* 　*

　짧게 깎은 녹색 잔디 위를 붉은 석양빛이 온통 감싸고 있
었다. 잔디 사이로 드문드문 난 흰 콘크리트 길 위에도 노
을이 물들어 길은 노란색과 붉은색으로 번쩍였다. 지는 해
가 정확히 이쪽을 마주 보고 있어 눈이 부셨다. 손 그늘을
만들어 온통 붉은 하늘을 올려다보고 있는데, 뒤에서 나를
부르는 소리가 났다.

　고개를 돌려 바라보니 상추며 깻잎, 양파가 어지러이 늘
어진 평상 위에서 늘어지게 누워 있던 우주인이 어느새 나
를 보고는 손을 흔들고 있었다.

　흘긋 바라보니 반여령의 아버지는 우리 아빠와 소주잔을
막 부딪치는 참이었는데, 술잔에서 술이 위태로이 출렁이
는 것이 아무래도 두 분 다 조금 취한 것 같았다.

　아파트에서 걸어서 5분도 안 걸리니, 운전할 걱정이 없어
서 저러시는 거겠지. 나는 그렇게 납득하고는 촐랑거리는
걸음으로 나를 향해 뛰어오는 우주인을 온몸으로 받았다.

　그는 내 어깨를 강하게 끌어안았다가 놓고는 내가 바라
보고 있던 하늘을 바라보았다. 발꿈치를 들고 연신 기웃거
리는 폼이, 해가 지는 하늘 저 너머에 무언가 있을 거라고
믿고 있는 천진한 어린아이 같았다. 그 모습을 바라보며

나는 입꼬리를 올려 웃고는 다시 뒤를 돌아보았다.

평상에서 얼마 떨어지지 않은 곳에 나무에 기대어 선 은지호가 보였다. 그의 은색 머리카락은 푸른 하늘 아래에 있으면 푸른색으로, 또 붉은 하늘 아래에 있으면 붉은색으로 보이고는 했다.

지금은 타는 듯한 주홍빛이 도는 머리카락을 쓸어 넘기고 선 그의 앞에는 팔짱을 낀 유천영과 은형이, 그리고 여단 오빠가 있었다.

여령이는 무얼 하나, 봤더니 그녀는 벌써부터 평상 위를 부지런히 치우고 있었다. 반여령, 기특하다. 그렇게 생각하며 고개를 주억거리는데 앞의 주인이 나를 돌아보았다. 노을을 등진 그의 옅은 갈색 머리카락은 이제는 황금색이 되어 있었다.

그가 나를 보고는 웃었다. 나는 그가 웃은 이유를 생각하지도 않고, 그저 따라 웃었다. 우주인은 원래 항상 나와 눈이 마주치면 웃었으니까.

그러고 나자 우리 사이에는 평화로운 침묵이 감돌았다. 내가 다시 해가 지는 하늘을 바라보려는데, 우주인이 문득 입을 열었다. 그가 말했다.

"벌써, 3년이나 지났다. 그렇지?"

"……."

나는 고개를 돌려 그를 바라보고, 그의 눈이 황금색에 가까운 빛을 띠고 있다는 것에 흠칫 놀랐다.

이상하게도, 우주인이 '3년'이라고 말한 순간 나는 우주인이 말하는 것이 3년 전의 세상이 바뀌던 일이라고 생각했다. 분명히 그가 말하는 것은 중학교 입학식일 텐데도.

나는 잠시 굳어 있다가, 어색하게 웃으며 대답했다.

"그래, 3년이나 지났네."

"사람의 첫인상은 6초 사이에 결정된대."

내가 대답하기가 무섭게 우주인은 또 다른 소리를 내놓았다. 그런 대화 방식이 우주인의 오래된 습관임을 알기에, 나는 다만 어깨를 으쓱하고는 그의 말에 귀를 기울였다.

그의 말은 언뜻 듣기에는 두서없어 보이고, 심지어는 대화 도중에 이런저런 주제가 밑도 끝도 없이 튀어나오고는 하지만 결국에는 한 점으로 귀결되고는 했다.

이런 대화 방식은, 그러니까, 우주인 정도의 머리가 되지 않고는 쓸 수 없는 것이다.

우주인의 목소리는 석양을 타고 조곤조곤 내 귓가에 흘러들었다.

"천영이를 처음 보고는, 무언가 억누르고 있다는 생각이 들었어. 은형이를 보고는 혼자 무언가를 해내는 데 익숙한 것 같다는 생각이 들었고. 지호야 어려서부터 봐서 아니까. 어떤 녀석인지."

그 말에 내가 작게 웃음을 터트리자 주인이는 나를 보너니 개구지게 웃었다. 그리고 이어진 그의 말에, 나는 얼굴에서 웃음을 지우고 말았다.

"엄마는, 하늘에서 뚝 떨어진 사람 같았어."

"……."

"그것도, 자기가 왜 떨어졌는지, 어떻게 떨어진 건지도 모르는 사람. 그런 사람 같은 얼굴이더라."

나는 한참을 굳어 있다가, 간신히 눈동자만 움직여 주인이의 눈을 마주 보았다. 멀리서 은지호가 뭐라 얘기하는 소리가 희미하게 멀어지고 있었다. 석양이 비쳐 든 그의 눈은 갓 녹인 황금 같았다.

내 굳어진 얼굴에 의아했을 법도 한데 주인이는 전혀 그런 기색을 보이지 않았다. 다만 그는 눈을 휘고 웃었다. 그가 말을 이었다.

"왜, 있잖아, 매력적인 첫인상이라는 거. 사람들이 다가가고 싶어서 안달하게 만드는 그런 거. 여령이나, 지호나, 천영이나, 은형이나, 그런 면에 있어서 탁월한 건 확실하지. 그런데 내가 보기에는 엄마만큼은 아니었어."

"……."

"하늘에서 뚝 떨어진 사람이라니, 재미있잖아. 말이라도 한마디 걸어 보고 싶어서 한 학기 동안 내가 얼마나 안달했는지, 엄마는 모를 거야."

그렇게 말하고 그는 어깨를 작게 들썩이며 웃었는데, 나는 도저히 웃을 수가 없었다. 우주인이 머리가 좋은 것은 알고 있었지만, 이 정도면 그냥 통찰력을 떠나서 신기(神氣)라고 불러도 좋을 수준이었다.

내가 굳어 있는 사이, 우주인은 천천히 손을 들어 손가락으로 내 손등을 툭툭 두드렸다. 그러고는 천천히 내 손등을 감싸 쥐었다. 평소에 나를 와락 끌어안던 것과는 다른, 조심스러운 동작이었다. 그가 말했다.

"지금은 이렇게 친구가 되어서 다행이라고 생각해. 그런데…… 하나 물어도 돼?"

"뭐?"

"왜…… 3년이나 지난 지금도 그런 표정을 지어?"

나는 아무 말도 할 수 없었다.

그는 연갈색 속눈썹 너머로 우울한 듯 내리깔고 있던 눈을 다시 들어 나를 보았다. 그가 물었다.

"왜 아직도…… 우리가 어느 날 갑자기 멀어질 것 같은 얼굴, 그래서 평생 못 보게 될 것 같은 얼굴을 해?"

"……."

"뭐가, 있어? 내가 모르는 뭔가가."

그가 그렇게 물은 순간 나는 어지러움을 참을 수 없어졌다. 그에게서 시선을 피한 나는 문득 정신이 아득해 옴을 느꼈다.

멀리서는 아직도 은지호의 은발이 식양빛에 반짝이고 있

었고, 여령이는 평상을 닦다 말고 우리 아버지가 술을 권하자 놀라서 펄쩍 뛰고 있었다. 은형이는, 은형이는 주인이의 이 이야기를 듣고는 대체 어떤 표정을 지을까.

나는 손을 들어 이마를 짚었다가, 곧 몸을 바로 했다. 우주인의 황금색 눈은 내게 꽂힌 채로 흔들리지 않고 있었다. 나는 그 눈에 대고 느리게 말했다.

"주인아."

"응."

"내가, 있잖아."

"응."

나는 천천히 눈을 감았다가, 다시 멀리 선 그들을 향해 고개를 돌렸다.

평상에서는 우리 아버지와 여령이네 아버지의 왁자한 웃음소리가 터져 나오고 있었다. 그 모습을 보다가 나는 천천히 눈을 감았다. 그리고 말했다.

"네가 말하는, 그 뭔가 때문에, 내가 종종 그런 표정을 짓는 것의 이유 때문에."

"응."

"앞으로 고등학교에서, 모르는 척 지내자고 하면…… 어떡할래?"

나는 속으로 중얼거렸다. 그 남자와 나는 달라.

그 남자는 자기가 두 달 후에 죽을 것을 알고 있지만, 나

는 내가 언제 그곳으로 돌아갈지 몰라. 그 남자는 사랑하
는 여자와 함께 두 달 동안 추억을 만들려고 애쓰겠지만,
난, 난 아니야. 난 그럴 수 없어. 내게 얼마 동안의 시간이
남아 있는지 모르는 나는 도저히 그럴 수 없었다.

그렇게 생각하면서도 한편으로는 내 끊이지 않는 의심에
그저 웃음이 나왔다. 천영이는 내가 좋은 이유를 말했다.
주인이도, 말했다.

그런데도 나는 이들이 나에게 보이는 호감의 이유가, 내
가 반여령의 소꿉친구의 역할을 맡고 있어서일 뿐일 거라
고, 그 이유 외에 다른 이유는 없을 수도 있다고 의심하고
있었다. 의심할 수밖에 없다. 예정된 소설이 끝나기까지는
3년의 시간이 남았다.

주인이는 아무 말이 없었다. 나는 손을 들어 내 이마를
감싸 쥐었다. 그리고 중얼거리듯이 말했다.

"미안해, 방금…… 진짜 헛소리 같았지."

3년 동안이나 알고 지낸 친구인데, 갑자기 고등학교에
가서 모르는 척 지낸다. 도대체 무슨 이유를 들이밀어야
이것을 누군가에게 납득시킬 수 있을까?

내가 그들을 싫어해서가 아니라, 그들이 좋아져서, 그들
이 소중해져서 그런 식으로밖에 지낼 수 없다는 것을 어떻
게 설명해야 한단 말인가?

아무도, 아무도…… 이해해 줄 수 없을 거야. 내가 겪었

던 그 비현실적인 일을 이해하지 않고서는.

우주인이 빛을 잃은 눈으로 나를 지그시 내려다보는 가운데, 나는 두 손을 들어 얼굴을 가렸다.

네가 소중하다는 말과 너를 잠시 떠나 있겠다는 말을 동시에 했는데도 그는 이해하지 못할 것이다. 내가 내놓은 말이 되레 나를 고독하게 만들고 있었다. 나는 눈을 꾹 감았다.

그런데 바로 그 순간이었다. 우주인이, 거짓말처럼 또렷한 목소리로 대답해 왔다.

"그렇게 하자."

"……."

"엄마가 그렇게 하자면, 난 그렇게 할게."

뭐? 나는 눈을 크게 뜬 채 그를 바라보았다.

그렇게 말하고, 우주인은 잠시 머뭇거리는 듯하다가 내 목을 한 번 끌어안았다.

평소에는 나보다도 그가 키가 큼에도 불구하고 내 목에 매달리듯이 안기는, 그래서 내 허리에 막중한 부담을 실어 주는 그였다. 그런데 방금 전의 그 포옹은 정말로 그가 나의 오빠라도 되는 듯이 느껴졌다.

그는 그렇게 하고는 약간 망설이는 듯하다가, 몇 마디를 남기고는 빠른 걸음으로 내 옆을 스쳐 지나갔다. 그가 남긴 말에 나는 순간 멍해졌다.

"그날, 난 엄마한테 6시간 동안 전화를 했어."

"……."

나는 멍하니 서서 헝클어진 머리를 손으로 빗어 내리며 그가 사라진 쪽을 바라보았다.

어느덧 해는 완전히 산 너머로 사라져 공원은 어둑어둑한 어둠에 잠겨 있었다. 불어온 바람에 나뭇잎이 저마다 바스락거리는 소리를 내었고, 아버지는 하늘을 한 번 바라보더니 뻐근한 듯이 목 뒤를 문질렀다. 막 보라색으로 물들기 시작한 하늘 위로 짙은 먹구름이 몰려오고 있었다.

나는 다시 돌아서서 이제는 반여령까지 합류해서 뭐라 이야기를 나누고 있는 그들을 바라보았다. 그러다가 은지호가 나를 보고 이리 오라는 듯 손짓하는 것을 보고는 흠칫했다.

나는 한참을 제자리에서 머뭇거리다가, 결국 쭈뼛쭈뼛한 걸음으로 그들에게 걸어갔다.

내가 가까이 가자마자 은지호가 내게 의기양양한 얼굴로 말했다.

"야, 순식간에 1등급 A++ 한우를 공수해 온 이 몸에 대한 평가는 어때?"

아, 공수해 온 거였구나. 그러고 보니 은형이가 지호와의 통화를 유독 길게 하던데, 은형이가 지호에게 부탁한 거구나 싶었다.

나는 자신만만하게 웃고 있는 그의 얼굴이 우스워 한 번 웃고는 대답했다.

"게임이 사람을 망친다."

"아, 진짜."

순식간에 얼굴을 일그러트린 은지호가 손을 들어 내 머리를 툭 쳤다. 아, 씨, 그를 노려보다가, 나는 주인이를 향해 고개를 돌렸다.

주인이는 은지호를 보며 웃고 있다가, 나와 눈이 마주치자 슬쩍 얼굴을 흐렸다. 나는 그런 그를 빤히 바라보다가 고개를 돌렸다. 주인이의 말이 무슨 뜻인지는 길게 생각하지 않아도 알 수 있었다.

그날이란, 다름 아닌 내가 우주인의 집 앞에서 발견되었던 바로 그날. 내 생애 두 번째로 세상이 뒤집히던 바로 그날이었다.

어떻게? 내가 집에서 일어나서부터, 우주인의 집 앞에서 웅크려 앉기까지 6시간 동안 아무도 나에게 문자를 하지 않았다. 전화를 하지도, 않았다. 그런데도 불구하고 우주인은 내게 전화를 했다고 말한다.

내게 그들의 번호가 없는 번호이거나, 다른 사람의 번호라고 떴던 만큼 우주인에게 있어서도 그 번호는 없는 번호라고 떴을 것이다. 결정적으로, 나에게는 아무런 전화도 오지 않았던 것이 그 증거였다.

다른 4명은 내 빈자리에 대해서는 조금도 자각하지 못했던 것 같았다. 그런데 오직 우주인만이 내게 전화를 걸었다. 없는 번호임에도 불구하고 전화를 걸었다. 끊임없이, 끊임없이.

기억력이 지독하게 좋은 우주인이니, 자신의 기억 속에서 무언가 이상한 것을 발견하고는 전화를 걸었을지도 모르는 일이다.

나는 두 손을 들어 잠바 주머니에 찔러 넣었다. 그러고는 고개를 털어 버리고는, 여령이와 은형이, 유천영을 보았다. 그리고 천천히 입을 열었다.

"있잖아, 1년 전에 말이야. 기억나?"

"뭐?"

분위기를 읽지 못한 듯, 은지호가 여전히 밝은 얼굴로 되물었다. 그러나 그는 곧 내 낯빛을 보고는 그대로 입을 다물어 버렸다. 그의 눈에도 돌연 심각한 빛이 어렸다.

반여령이 옆에서 물었다.

"단아, 왜? 1년 전이…… 왜?"

그녀의 목소리 역시 전에 없이 진지했다. 나는 다시 한 번 심호흡을 했다. 그리고 입을 열었다.

* * *

마침내 해가 다 떨어지고 나자 날씨는 더욱 으슬으슬해졌다. 스산한 바람이 어둠이 내린 잿빛 풀 위를 쓸고 지나갔다.

여령이네 아버지와 우리 부모님은 연신 술을 주고받고 하다가, 결국에는 취했는지 평상 위에 거의 드러눕다시피 해 있었다. 그리고 그들의 옆에는 여단 오빠가 공손히 앉아 우리 어머니가 따라 주는 술을 받고 있었다.

아, 엄마. 좀. 여단 오빠 미성년자야. 나는 민망해서 두 손으로 얼굴을 가리고 있다가, 천천히 눈을 들어 내 곁에 선 이들을 바라보았다.

내가 그 말을 한 지 2시간이 지났는데 그들의 표정은 아직도 썩 좋지 못했다. 좋지 못할 만했다.

우리 사이에는 벌써 몇 분째 먹먹한 침묵만이 감돌고 있었다. 이 얘기를 처음으로 접한 은지호와 여령이는 창백한 얼굴이나, 유천영은 의외로 아무런 반응도 없었다. 그것은 우주인도 마찬가지였다. 둘은 마치 이미 알고 있었다는 듯한 태도를 보이고 있었다.

그리고 은형이는, 아침에 내게서 이와 같은 이야기를 들었으므로 놀랐을 리가 없었다. 그는 약간 머쓱한 듯 이들의 얼굴을 살피다가, 나와 눈이 마주치자 어깨를 으쓱하고는 난감한 듯 웃었다. 나도 따라 웃을 수밖에 없었다.

하, 나는 생각했다. 말하지 말걸 그랬어. 적어도 고등학교 때 모른 척해 달라는 말을 하기 전에, 이와 같은 내 상황을 말해야 한다는 생각에서 했던 행동이었다.

그러나 말해 놓고 나니 역시, 내가 봐도 무슨 '세상에 이런 일이'에 나올 사연과 다를 바가 없었다. 증거도, 무엇도 없는 진부한 허구. 나는 그런 생각을 하며 눈을 내리깔고 있다가, 살갗에 닿는 바람이 더욱 쌀쌀해진 것을 느끼고는 핸드폰을 열었다.

화면에 떠오른 숫자는 9 : 07, 어느덧 밤이 깊어 가고 있었다. 나는 고개를 들고 말했다.

"아, 그."

별다른 말도 없이 다만 운을 띄웠을 뿐인데 순식간에 다른 이들의 눈이 모두 다 나를 향했다. 가로등의 주황 불빛이 반사되어 다소 형형하게 보이는 그 눈을 마주하자니 조금 무서워져서, 나는 어색하게 웃었다. 그리고 핸드폰을 앞으로 내밀며 말했다.

"우리 9시 넘었는데, 우리 엄마랑 아빠 보니까 태워 주기는 좀 그른 것 같고. 여령이네 어머니는 퇴근하시면 바로 이쪽으로 오실 것 같기는 한데, 10시는 넘어야 오실 거고. 이제 슬슬 다들 집에 들어갈래?"

"……차 끊길 때까지 2시간 정도 남았네."

그렇게 말하며 유천영이 제 옆에 선 은형이를 돌아보았다. 나는 약간 당황해서 그들을 올려다보았다. 나는 물론이고, 여령이나 은지호마저 놀란 눈치였다.

당연했다. 유천영의 저 말은, 꼭, 차가 끊기기 전까지는 이곳에 눌어붙어 있겠다는 얘기처럼 들렸기 때문이다.

유천영의 말에 답하는 은형이의 말 역시 당황스럽기는 마찬가지였다. 그는 평소와 같이 부드러운 웃음을 흘리고는 말했다.

"여기는 좀 춥고, 우리 있으면 편하게 얘기 못 나누실 것 같고. 어디 따뜻한 데 들어가 있을까?"

"……."

나는 더욱 당황해서 은지호를 바라보았다. 뭐야, 얘네 지금 뭐라는 거야? 그에 은지호는 저 역시 모르겠다는 듯 어깨를 으쓱할 뿐이었다.

그러나 나돌아 다니기 좋아하는 은지호답게, 그는 곧바로 주머니에 양손을 쑤셔 넣더니 미소를 지으며 말했다.

"난 찬성."

"야, 내일 입학식이거든? 피곤해서 어떡하려고?"

"아니야, 어제부터 밤을 새웠더니 지금은 오히려 쌩쌩하다. 나는 원래 좀 체질이 이렇거든? 야, 유천영, 넌 어떤데?"

은지호의 쾌활한 대답에 나는 비로소 유천영이 함께 밤을 지새운 상대가 누구인지 알 수 있었다. 아, 이렇게 말하니까 어감이 좀 이상하기는 했다. 어쨌거나, 유천영이 게임을 하느라 같이 밤을 새운 상대는 다름 아닌 은지호였던 것이다.

유천영은 그의 말에 무뚝뚝하게 대답했다.

"멀쩡해."

"빠세."

그에 은지호가 경쾌하게 웃으며 손을 들었고, 유천영은 여전히 무뚝뚝한 얼굴 그대로 손을 들었다. 둘의 손바닥이 허공에서 맞부딪혀 짝 소리를 내었다.

우주인은 그런 둘을 보며 즐겁다는 듯 연신 웃고 있을 뿐이었다. 그러다 그가 나를 보고 말했다.

"엄마, 나도. 나도 멀쩡해."

우주인이야 원래 365일 멀쩡해 보였다. 그러나 그도 집에 들어가기 싫다고 떼쓰는 부류는 아니었는데, 오늘따라 다들 왜 이렇게 늦게까지 있으려고 한담? 내가 당황해서 물으려는데 옆에서 옥구슬 굴러가는 듯 맑은 미성이 흘러나왔다.

나는 고개를 돌렸다.

"야, 유천영. 너 멀쩡한 거 맞아?"

반여령은 허리를 숙여 유천영을 올려다보며 그의 얼굴을 살피는 듯했다. 유천영은 곤혹스럽다는 듯 눈가를 가리며 몸을 슬슬 뒤로 빼는 것이, 그 스스로도 다크서클이 얼마나 심각한지 알고 있는 것 같았다.

곧 몸을 바로 세운 반여령이 미심쩍다는 듯 입술을 삐죽였다. 그녀는 나를 돌아보고 말했다.

"단아, 유천영 좀 이상해. 쟤는 집에 가라 그러자."

그녀는 말하다 말고 갑자기 결심한 듯한 얼굴이 되어 손을 내젓기 시작했다. 그녀가 말했다.

"야, 아니다. 그냥 다 집에 가라. 이 사랑의 훼방꾼들아. 나랑 단이랑 오붓하게 있을 거야."

"아, 저거 진짜 청첩장 돌릴 기세네."

"우리 둘이 깊은 대화를 좀 나눠야 할 필요가 있거든?"

"너만 있냐! 우리도 있거든?"

이내 반여령은 은지호와 티격태격 다투기 시작했다. 그 모습을 보면서 나는 그들이 나누겠다는 깊은 대화의 주제가 무엇일까를 생각하다가, 천천히 얼굴을 굳혔다.

무엇인지는 명백했다. 세계가 바뀌는 것에 대한 내 감상, 앞으로 어떻게 할지에 대한 이야기. 아마도 그런 것이 대화의 주제가 될 것이었다.

내가 당황해서 그녀를 바라보는데, 옆에서 누군가가 내 어깨를 건드렸다. 깃털처럼 부드럽고도 가벼운 손짓이었다. 고개를 돌리자 그 사람은 예상대로 은형이었다.

은형이는 픽 웃고는 말했다.

"집에 먼저 가 있겠다고 하자. 여령이네 어머니 오시면 12시까지는 여기 계실 것 같은데, 아니면 어디 호프집을 가실 수도 있고. 우리는 11시까지만 있다가 갈게."

"……."

"한두 번 가 본 것도 아니잖아. 안 어지를게, 약속."

그렇게 말하며 은형이는 내 앞에 대고 새끼손가락을 흔드는 것이었다.

아니, 요즘 누가 약속할 때 새끼손가락을 걸어? 그러나 내가 황당해서 그렇게 묻기도 전에 누군가가 은형이의 손가락에 새끼손가락을 냉큼 거는 것이었다.

고개를 들자, 활짝 웃는 얼굴의 우주인이 내 앞에서 은형이와 새끼손가락을 건 손을 마구 흔들고 있었다. 그가 말했다.

"나도 약속! 얌전히 있을게. 응?"

"야, 그냥 집에 가. 답지 않게 왜 이래? 너희 내일 얼마나 피곤하려고 그래."

그에 대답한 것은 우주인도, 은형이도 아닌 유천영이었다. 나는 고개를 들어 그를 올려다보았다. 푸른 눈으로 나를 내려다보며, 그는 담담하게 말했다.

"같이 있으면, 안 바뀔지도 모르잖아."

"......"

그의 말을 이해할 수 없어 한참을 어리둥절해 하다가, 다음 순간 나는 입을 느리게 벌렸다. 아, 그렇구나.

은형이가 유천영을 대동하고 아침부터 우리 집을 찾아왔던 이유. 자기 일은 자기가 처리하자는 것이 삶의 신조가 되어 있는, 더불어 남에게 폐를 끼치는 것을 죽도록 싫어하는 은형이가 폐를 끼치면서까지 우리와 저녁을 함께한 이유. 입학식을 앞두고 피곤할 텐데도 굳이 차가 끊기기 전까지 우리 집에 있겠다고 말한 이유.

그 모든 것의 이유를, 나는 이제야 깨달았다.

내가 한참을 대답이 없이 멍하니 있자, 유천영이 쐐기를 박듯이 덧붙였다.

"우리랑 같이 있으면 우리가 사라지지 않을지도 모르잖아. 그러니까…… 오늘은 같이 있어. 다른 날도 아니고 3월 2일이니까."

"……."

"엄마, 그러자. 응?"

그렇게 말하며 우주인이 내 손을 흔들었다. 나는 말없이 유천영의 얼굴을 바라보다가, 느리게 고개를 돌려 내 옆에 웃고 선 우주인을 보았다. 그리고 그의 웃는 얼굴을 보면서 나는, 갑자기, 문득, 가슴이 벅차올랐다.

흘러내리는 눈물을 주체할 수가 없었다. 앞에서 내내 반여령과 다투고 있던 은지호가 당황해서 내 이름을 외쳐 불렀다.

"야! 함단이! 야, 쟤 갑자기 왜 저래!?"

"감동해서."

짧게 대답하며 엄지로 내 눈가를 문지르는 유천영의 행동에 나는 그만 웃어 버렸다. 감동해서, 그런 대답을 자기 입으로 내놓으면서도 저렇게 태연한 얼굴을 할 수 있는 건 유천영밖에 없겠다 싶었다.

곧 우리 부모님과 반여령의 아버지, 그리고 여단 오빠를 두고 우리는 천천히 걸어 집으로 향했다.

짧게 깎인 잔디 사이로 난 하얀 길은 이제 가로등 불빛을 받아 주홍색으로 빛나고 있었다. 우리는 그 길을 나란히 붙어 걸어갔다.

밤의 공원은 제법 무섭다. 특히, 가로등과 가로등 사이의 그 어둠에 잠긴 길을 걷는 순간이면 더욱 그렇다. 저 멀리로 바람에 흔들리는 나무 그림자는 흡사 울부짖는 야수의 그림자 같고, 한 치도 보이지 않는 바닥에는 벌레라도 기어가고 있을까 발을 내딛기가 무서워진다.

그러나 아파트로 향하는 그 5분에 가까운 시간 동안, 종종 찾아온 어둠의 순간에도 나는 한 번도 두렵지 않았다.

내 옆을 걷고 있는 반여령의 환하고 밝은 목소리 때문이었을 수도 있고, 내 앞에서 내내 투덜거리는 은지호 때문이었을지도 모른다. 혹은 간간이 은지호에게 타박하듯 대꾸하는 유천영, 부드럽게 웃으며 어르는 은형이, 내 옆에서 걷다 말고 '뱀이다!' 하고 소리를 질러서 우리를 기겁하게 했던 우주인이 그 이유였을 수도 있다. 나는 정말로, 한 순간도 두렵지 않았다.

이 세상이 바뀔 수 있다는 생각은 추호도 들지 않았다. 내가 발을 딛고 선 대지가, 처음으로 단단한 것으로 느껴졌다. 3월 2일에는 항상 늪지를 딛고 선 듯, 금방이라도 바닥으로 빨려 들어갈 것만 같은 불안감에 시달리던 나였다. 그러나 이제는 그렇지 않았다.

우리가 걸음을 내딛자 아파트 복도 위로 주황색 등에 불이 들어왔다. 그런 식으로 엘리베이터를 향해 걸어가는데, 1층 아파트에서 아주머니 한 분이 음식물 쓰레기통을 손에 들고는 우리 쪽으로 걸어오셨다.

그녀는 이 늦은 시간에 여섯 명이나 되는 학생들이 우르르 서서 엘리베이터를 기다리는 것이 영 신기한 눈치였다. 역시나 인사성은 끝내주게 좋은 반여령이 제일 먼저 인사를 했다.

"안녕하세요!"

"어, 어! 어이구, 그래. 이 늦은 시간에 뭐 해?"

"아, 저희 부모님들께서 여기 근처에 모여서 얘기하고 계셔서요. 추워서 저희는 먼저 들어가서 텔레비전이나 보래요. 헤헤."

반여령은 코트 주머니에 두 손을 놓은 채 새빨개진 코끝을 찡긋거리며 말했다. 아닌 게 아니라, 그녀의 얼굴이 정말 추워 보였는지 아주머니는 금세 이해했다는 얼굴로 고개를 끄덕였다.

그리고 그녀는 문득 당황해서 걸음을 옮겼다. 그녀가 떠나며 말했다.

"아, 이러다 당행시 시작하겠네! 재밌게 놀아라!"

"감사합니다!"

반여령은 어둠에 묻혀 아파트 현관 저편으로 사라지는 아주머니의 뒷모습에 대고 그렇게 외쳤다. 누가 들으면, 저 아줌마 집에서 우리가 텔레비전을 보는 줄 알겠다. 나는 그렇게 생각하며 주황색 등불에 비친 반여령의 또렷한 옆얼굴을 바라보다가, 그녀가 나를 돌아보는 바람에 흠칫 놀랐다.

그에 맞추어 머리 위에서 땡 하는 소리가 울렸다. 우주인이 말했다.

"엘리베이터 왔다."

"반여령 때문에 무게 초과되는 거 아닌가 몰라."

은지호는 위를 올려다보며 천연덕스러운 얼굴로 그렇게 말했다가 반여령에게 정강이를 얻어맞았다. 그가 정강이를 쥐고 펄쩍펄쩍 뛰는 바람에 결국은 유천영이 뛰지 말라고 주의를 줬다.

지잉, 문이 닫히고 엘리베이터가 올라가기 시작했다. 1, 2, 3…… 천천히 올라가는 숫자를 바라보다가 나는 문득 궁금한 것이 떠올랐다. 뒤를 돌아보며 물었다.

"야, 근데 당행시가 뭐야? 아까 아줌마가 말씀하신 거.

드라마 이름이지?"

"아, 그거? 당신의 행복한 시간 줄임말. 응, 드라마 맞아. 시청률 좀 괜찮다던데. 사실 내용은 별거 없는데, 캐스팅이 대박이라서."

그렇게 대답한 것은 어느새 고통에서 벗어났는지 멀쩡한 얼굴을 하고 있던 은지호였다. 이어 반여령이 의아한 듯 얼굴을 찡그리며 은지호를 돌아보았다.

"야, 그거 그 내용 맞지? 그 뭐니, 현대판 로미오와 줄리엣. 잘나가는 그룹 회장 딸이랑, 경쟁 그룹 회장 아들이랑 사랑에 빠져서…… 우리 사랑하게 해 달라고 난리치는 내용."

"캬, 반여령. 연인들의 눈물 어린 호소를 난리 친다 한마디로 일축하네. 저 넘치는 감수성 좀 봐라."

"킥킥."

은지호의 말이 웃겼는지 은형이는 작게 웃음을 터트렸다. 우주인을 바라보니 그는 거울 위를 팔랑이며 날아다니는 나방을 눈으로 좇느라 대화 내용에는 신경 쓰지 않는 것 같았다.

나는 우주인을 보다가 은형이와 함께 웃어 버렸다. 진짜, 반여령 감수성 없네. 그런데 옆에서 유천영이 반여령을 돌아보며 낮은 목소리로 물었다.

"그거, 그러다가 아들이 불치병에 걸리지 않나?"

"어? 맞아, 그제인가 방영된 내용이 그 남자가 시한부 인생 선고받고, 그거일걸? 여자가 막 폭풍 오열하고."

"그러고 나서 교회에서 기도하다가, 두 달 안에 추억 쌓자고 약속하고."

"응, 그거 맞아. 드라마 이름에 '행복한 시간' 들어가는 이유가 그거잖아."

천영이에게 대답하는 은지호의 목소리를 들으면서 나는 생각했다. 아까 낮에 본 건 재방송이었구나. 하기는, 그 시간에 하는 드라마가 있을 리 없지.

그러다가 문득 의아해졌다. 내가 물었다.

"야, 그런데 왜 제목이 '우리들의 행복한 시간'이 아니라 '당신의 행복한 시간'이야? 둘이서 같이 추억을 쌓는 거면, 당신이 아니라 우리가 들어가야 하는 거 아냐?"

"……."

내 말에 각기 다른 목소리로 윙윙거리고 울리던 엘리베이터 안에는 난데없는 소강상태가 찾아왔다. 갑자기 아이들이 쥐 죽은 듯이 조용해지는 바람에 나는 흠칫 놀랐다. 뭐, 뭐야. 왜 이렇게 진지한데.

곧 침묵을 깬 것은 은지호였다. 그는 천장을 올려다보며 의아한 듯 중얼거렸다.

"아, 진짜. 그러네. 왜 우리가 아니라 당신이야? 당신만 행복한가?"

그에 내 옆, 엘리베이터 버튼 바로 앞에 서 있던 은형이가 뒤를 돌아보며 대답했다.

"무슨 반전이 있는 게 아닐까? 요즘 드라마는 자주 그러 잖아. 예를 들면, 여자는 사실 남자를 사랑하지 않는데 남 자가 죽기 전에 그 경쟁 그룹 극비 자료를 빼돌리려고 접 근한 거라든가. 그런 거라면, 남자에게는 행복한 시간이지 만 여자에게는 행복한 시간이 아닌 거잖아. 여자는 남자를 사랑하지 않으니까."

"헐, 그런 거면 진짜……."

여령이가 옆에서 놀란 듯 중얼거렸다. 나도 놀라기는 마 찬가지였다. 순식간에 머리에서 그런 결론이 도출되다니, 알고는 있었지만 은형이도 머리가 보통은 아니었다. 우주 인과 유천영은 내내 침묵을 지키는 것이 무언가 다른 생각 이라도 하고 있는 것 같았다.

제목에 다른 뜻이 있는 걸까, 나도 열심히 머리를 굴리는 사이에 엘리베이터가 13층에 도착했다.

우리는 우르르 내려서 현관 앞으로 다가갔다. 비밀번호 를 입력하자 곧 또르르 소리와 함께 문이 열리고, 나는 문 고리를 잡아 돌리고는 안으로 성큼 걸어 들어갔다.

아무것도 보이지 않아서, 벽을 더듬어 거실 불을 켜고 나서야 이들은 한숨 돌린 듯 소파에 걸터앉았다.

제일 먼저 편하기 짝이 없는 자세로 소파에 걸터앉은 것 은 은지호였고, 은형이는 그에게 코트는 벗고 앉으라며 핀

잔을 주었다. 유천영은 새카만 코트를 벗어서는 내게 어디
에 거느냐고 물었다. 반여령은 당연한 듯 내 방에 들어가
서는 방 벽걸이에 코트를 걸어 놓았다. 곧 유천영이 그것
을 따라 했다.

 우리는 마침내 거실에 앉게 되었다. 마치 제집인 양, 소
파에 비스듬히 누운 은지호가 어디서 찾았는지 리모컨을
들어 버튼을 누르자 파팟 소리와 함께 텔레비전 화면에 불
이 들어왔다.
 처음으로 본 것은, 아까 낮에 오열하던 남자와 여자가 함
께 자전거를 타고 있는 내용이었다. 아직 세상은 봄이라는
말이 무색하게도 춥고, 날씨는 갤 생각을 하지 않건마는
남자와 여자 주변에는 연녹색 잎들이 파릇파릇하게 돋아
있었고 나비가 날고 있었다.
 너무 비현실적이다. 내가 눈살을 찌푸리기가 무섭게 은
지호가 말했다.
 "야, 저 나비 CG다."
 "풋."
 나는 그만 소리 내어 웃고 말았다. 굳이 나비를 CG 처리
를 해 가면서까지 넣어야 했나. 그러나 그 배경의 비현실
성을 제쳐 두고, 자전거를 타고 있는 남자와 그런 남자의
허리를 끌어안고 그의 등에 얼굴을 파묻고 있는 여자의 모

습은 제법 보기 좋았다.

아까 내용은 별거 없다고 해 놓고는, 은지호는 저 드라마를 보는 모양인지 제법 집중하는 얼굴이었다. 그것은 반여령도 마찬가지라서, 나는 주변에 둘러앉은 이들을 돌아보았다. 그들도 화면에 집중하고 있는 것이 딱히 채널을 돌릴 필요는 없는 것 같았다. 나는 편하게 앉아 텔레비전 화면을 느긋하게 바라보았다.

이들의 말대로 연출이며 내용 모두 특별한 점은 없었지만 확실히 배우들의 얼굴만은 뛰어났다. 그들의 연기력 역시 집중력을 유지하는 데는 도움이 되었다.

자전거를 밟아 어느 언덕 위에 이른 그들은 아래로 한가로운 풍경을 내려다보며 행복한 듯 웃었다.

위에서 은지호가 중얼거리듯 묻는 소리가 들렸다.

"저거 풍경도 CG인가?"

"아닐 것 같은데."

"한국에 저렇게 예쁜 데가 있어?"

이제 저 드라마 끝나고 나면 인터넷 검색창에 '당행시 촬영지'라고 뜨겠군. 나는 시큰둥하게 그렇게 중얼거리고는 다시 화면을 돌아보았는데, 장면이 바뀌어 있었다.

남녀가 서 있는 언덕에는 500년은 됨직한, 성인 남자 4네 명이 두 팔로 감싸 안아야 겨우 들어갈 만한 굵은 나무 한 그루가 있었다. 그 나무에는 그들이 타고 온 자전거가 얌전히 기대어 있었다.

　남자는 언덕을 내려다보면서 웃고 있었는데, 여자는 남자가 자신을 볼 수 없도록 나무 뒤에 기댄 채였다.

　그녀는 푸른 하늘을 보다가, 천천히 눈시울을 붉히더니 끝내는 눈물 한 방울을 흘렸다. 그러다가 이내 그 자리에 웅크려 앉아 흐느끼기 시작했다.

　그것을 마지막으로 드라마가 끝나고, OST가 흘러나오기 시작했다. 드라마 내용에 어울리는 서글픈 노래였다. 그것을 듣다가, 은지호는 별 감흥 없는 얼굴로 채널을 돌렸다. 다음으로 화면에 나온 것은 시작한 지 얼마 되지 않은 예능 프로였다.

　은지호는 곧 몸을 일으키더니 리모컨을 주위에 휘휘 내두르며 말했다.

　"볼 거 있는 사람."

　"그냥 이거 보자."

　"난 괜찮은데."

　유천영과 여령이가 차례로 말하자, 은지호는 그래, 그럼, 하는 듯한 얼굴로 리모컨을 소파 구석에 던져 놓더니 다시 편하게 누웠다. 그 모습을 보고 있는데 갑자기 뒤에서 유천영의 목소리가 들렸다. 나는 고개를 돌렸다.

　그는 담담한 목소리로 툭 던졌다.

　"나, 아까 그 드라마 제목이 '당신의 행복한 시간'인 이유…… 알 것 같다."

"뭔데?"

여령이가 물었다. 유천영은 잠시 옅푸른 눈으로 바닥을 응시하다가 나를 보았다. 그는 말했다.

"저 드라마에서, 남자가 죽기 전에 두 달 동안 추억을 쌓으면…… 남자는 행복하겠지. 적어도 죽는 순간까지는 행복하겠지. 그런데 남자가 죽고 나면 혼자 남은 여자는?"

"……."

순간 거실에는 기이할 정도로 숨 막히는 정적이 내리깔렸다. 그 분위기에도 아랑곳하지 않고, 유천영은 눈을 내리깔고 차분하게 말을 이어 나갔다.

"남자에게 그 추억은 죽어서도 행복한 기억이겠지. 그런데 남은 여자는, 남자 없는 세상에 혼자 남은 여자에게는…… 그 순간에는 행복했겠지만, 남자가 죽고 나서는 남자의 빈자리만 실감나게 하는 슬픈 기억이 되겠지. 행복하지만 동시에 괴로운 기억."

"그래서……."

"남자에게는 행복한 시간. 여자에게는, 행복했었지만 남자가 죽고 나서는 떠올리는 것만으로도 심장이 아픈 그런 시간."

나는 천천히 입을 벌렸다. 말을 마치고 바닥을 응시하던 유천영이 다시 입을 열었다.

"나는 저 남자가 이해가 안 가."

그리고 그는 약간 지친 듯한 동작으로 검푸른 머리카락을 쓸어 넘겼다. 그의 하얀 손이 지나간 자리 뒤로 그린 듯 유려한 눈썹이 드러났다가, 다시 머리카락에 가렸다.

피곤한 듯 짙은 그림자가 진 눈을 두어 번 깜빡인 그는 말을 이었다.

"저 남자도 알 거 아냐. 자기가 죽고 나서 혼자 남은 여자가 얼마나 괴로워할지. 얼마나 자기를 그리워할지, 몇 밤을 눈물로 지새울지…… 알 거 아니야."

그의 목소리에는 희미하게 노기가 서려 있었다. 나는 멍하니 그의 말을 듣고 있었다.

"나라면…… 시한부 선고를 받은 그 순간부터 여자 앞에 나타나지 않을 거다. 죽을 만큼 보고 싶어도 그냥 참을 거다. 여자가 나를 빨리 잊을 수 있게."

"……"

"내가 사랑하는 여자가, 내가 죽고 나서 그리움을 못 이겨서 매일 운다고 생각하면…… 그런 건 끔찍하게 싫어. 나를 기억하면서 우느니, 그냥 나를 빨리 잊어버려도 좋으니까 얼른 털고 일어나는 게 좋아."

그의 말을 마지막으로 거실에는 다시 한 번 침묵이 찾아왔다. 유천영은 그 말을, 우리에게 들려줄 의도라기보다는 그냥 혼자 중얼거린 것 같았다. 그런데도 나는 유천영의 말에서 쉽게 놓이질 못했다.

유천영은 말을 마치고는 잠잠한 눈으로 텔레비전을 응시하고 있었다. 내가 그를 바라보는데, 갑자기 누군가 내 팔을 툭툭 쳐서 나는 고개를 들었다.

내 옆에서 은지호가 착잡한 눈으로 나를 보고 있었다. 내가 그를 보자 그는 눈썹을 찡그린 채 입술을 달싹였다. 무언가를 망설이는 듯한 기색이었다. 그러다가, 그가 마침내 속삭이듯 물었다.

"너도, 그런 이유였어?"

"뭐?"

"우리가, 네가 사라지고 나면 널 빨리 잊을 수 있게……그런 이유였냐?"

나는 그제야 은지호의 말을 이해했다. 은지호는 지금 내게, 네가 고등학교에 가서는 모르는 척 지내자고 한 이유가, 그들이 나를 빨리 잊게 하기 위해서냐고 묻고 있었다. 그들에게 상처를 줄 바에야 내가 스스로 고독해지는 편을 선택했다고 생각하고 있는 것 같았다.

그의 새카만 눈은 전에 없이 진지했다. 화가 난 듯도 했고, 슬픈 듯도 했다.

내가 당황해서, 그런 이유가 아니라고 말하려는데 갑자기 등 뒤에서 주인이의 목소리가 날아왔다. 우리는 모두 그를 돌아보았다.

그의 황금색 눈은 정확히 나를 보고 있었다. 곧 그는 웃는 얼굴로 말했다.

"아까 드라마에서, 그 여자 있잖아."

"응. 그 여자 왜?"

"엄마랑 닮았다."

"……."

그 순간 거실에 찾아온 침묵을 대체 어떤 말로 표현할 수 있으랴. 그것은 아까 유천영이 가지고 온 침묵처럼 서늘한 종류의 것이 아니었다. 우습고, 황당한 것이었다.

그도 그럴 것이 아까 드라마에 나온 여배우는 다름 아닌, 한때 세계 미인 서열 5위를 차지했던 송해교였다.

망연히 우주인을 보다가 뒤를 돌아보자, 남자 셋은 모두 황당하다는 듯한 얼굴을 하고 있었다.

제일 먼저 입을 연 것은 은지호였다. 그는 손을 뻗어 그의 바로 앞에 앉아 있던 내 정수리를 쿡쿡 찔렀다. 내가 눈살을 찌푸리며 그를 돌아보자 그가 말했다.

"야, 너. 스스로 네가 송해교랑 닮은 점이 있다고 생각하냐? 가슴에 손을 얹고 말해 봐."

"뭐, 뭐. 무슨 대답을 바라는데."

"왜 그래, 단이 예쁜데."

옆에서 은형이는 낮에 그랬듯이 내 편을 들어 주었다. 나는 눈물 나게 고마워서 은형이에게 감사의 눈길을 보내다 말고, 다시 고개를 돌려 우주인을 바라보았다. 그가 지금 내게 칭찬을 하려는 것인지, 아니면 굴욕감을 맛보게 해 주고 싶은 것인지 감이 오질 않았다.

내 눈빛을 받은 주인이는 눈을 데굴데굴 굴리다가, 은지호를 올려다보며 난처한 듯 웃었다. 그가 말했다.

"아니, 나는…… 엄마랑 송해교가 닮았다는 소리가 아니라."

"아, 역시 아니지? 깜짝 놀랐네."

"야."

반여령이 낮게 으르렁거리며 은지호의 발등을 손날로 내리쳤다. 역시 반여령. 소리를 지르는 은지호를 무시하고 다시 주인이를 돌아보는데, 그가 말을 이었다.

"그러니까 내 말은…… 드라마 안에서의 역할 말이야. 그게 엄마랑 닮았다고."

"시한부 인생인 남자랑 사귀는 여자 역할이?"

은형이가 뒤에서 의아한 듯 물었다. 의아한 것은 나도 마찬가지였다.

우주인의 말이 항상 그렇듯이, 그 말은 이번에도 선뜻 이해가 가질 않았다. 내가 눈썹을 찡그리는데, 뜻밖에도 그 말을 받은 것은 은형이었다. 그가 말했다.

"주인아, 나 네 말 알겠다. 단이랑 아까 그 여자가 닮았다는 말."

"……?"

"이 중에, 1년 전에 단이가…… 자기가 사라졌었다고 말한 그날에, 단이가 사라진 걸 알아차렸던 사람 있어?"

은형이가 좌중을 둘러보며 그렇게 말했을 때, 나는 입을 다물 수밖에 없었다. 너무나 갑작스러운 화제의 전환이었고, 또 분위기의 전환이었다. 거실에는 싸늘한 공기가 감돌고 있었다.

내가 아까 모두에게 꺼내었던 이야기, 그러나 집으로 돌아오는 내내 아무도 언급하지 않았던 그 이야기를 은형이가 처음으로 꺼내었다. 나는 은형이를 바라보며 생각했다.

확실히, 그날에 내가 사라졌다는 것을 알아차린 듯한 반응을 보인 사람은 아무도 없었다. 주인이는 오늘에서야 내게 그날 6시간 동안 전화를 걸었노라고 말했지만 그때에는 티를 내지 않았다.

곧 내 뒤에서 주인이의 가라앉은 목소리가 들려왔다.

"나는 그날에, 그 순간에 침대에 누워서 핸드폰을 보고 있었어."

"……."

은형이가 녹색이 감도는 검은 눈을 들어 내 뒤를 응시했다. 뒤에서는 주인이의 낮은 목소리가 느리게 이어졌다.

"받는 사람에는 '함단이'라는 번호가 들어가 있었는데, 문자를 입력하는 바로 그 순간에 내가 뭘 하려고 했는지 잊어버린 거야. 난 한 번도 그런 적이 없어서, 기분이 이상했지. 그러다가 번호를 봤는데 이 사람이 대체 누구인가, 하는 생각이 들더라. 진짜 이상하잖아. 지호야, 안 그래?"

"네가 뭘 잊어버리는 사람이 아니라는 거야…… 내가 잘 알지."

은지호는 한참 만에 굳은 얼굴로 그렇게 대답하고는 다시 침묵을 지켰다. 확실히, 주인이와 같이 자라 오다시피 한 은지호는 그의 비상한 기억력에 대해 아는 바가 많을 것이다.

우주인은 곧바로 말을 이었다.

"난 당장 그 번호로 전화를 걸었어. 없는 번호라고 뜨더라. 없는 번호."

그에 우주인을 바라보던 이들의 얼굴 위로 숙연한 듯한 표정이 떠올랐다. 마찬가지로 우주인을 보고 앉아 있던 나는, 순간 등골을 스치는 오싹한 느낌에 내 팔을 문질렀다.

내게 이들의 번호가 없는 번호라고 떴듯이, 내가 이 세상에서 사라져 있던 그 순간 동안 내 번호 역시 없는 번호가 되어 있었던 것이다. 나로서는 처음 아는 사실이었다.

우주인이 말을 이었다.

"한 번쯤 잊어버리는 일 정도는 있겠지, 하고 넘겨 버릴 수도 있었는데…… 그래도 처음 겪는 일이라서 기분이 너무 이상하더라. 문자 목록이랑 통화 목록을 뒤져 봤는데, 함단이에 대한 기록은 아무것도 없었어. 그날 나는 한참을 전화기만 붙들고 있었어. 내내 전화를 걸다가, 6시간쯤이 나 지났을까? 내 핸드폰에 이상이 생긴 걸지도 모른다는 생각이 들었어. 다른 사람 핸드폰을 빌려 볼까 했는데, 나 빼고 아무도 없더라. 결국 집에서 2분쯤 걸어가면 나오는 공중전화가 생각나서 거기로 갔어. 함단이의 번호를 꾹꾹 눌러서 전화를 거는데, 버튼이 뻑뻑해서 애 좀 먹었지. 그 러다가 여전히 없는 번호라고 뜨길래, 이제 그만 포기할까 하고 집으로 돌아갔어."

"……."

"그런데 돌아오는 길에 보니까 우리 집 앞에, 대문 아래 계단에 누가 웅크리고 앉아 있더라. 그걸 본 순간 갑자기 다 기억이 나는 거야. 얼마나 이상한 기분이었는지, 짐작 이 가?"

나는 멍하니 주인이를 바라보았다. 우주인은 허탈하다는 듯, 혹은 두렵다는 듯 그렇게 묘한 웃음을 흘리고 있었다.

뒤를 돌아보니, 유천영과 은형이 역시도 충격을 받은 듯 한 얼굴이었다. 나조차도 충격을 받지 않을 수 없었다. 우 주인은 어깨를 으쓱했다.

"그래, 그다음에는, 다들 알겠지만 내가 너희들을 다 전 화해서 집으로 불러 모았지. 그냥 단이가 우리 집 앞에 앉 아 있었는데, 내가 그 난리를 치면서 너희를 다 불렀겠어? 그런데 아무도 기억을 못하는 것 같너라. 나도, 내가 그때

문자를 보내고 있지 않았더라면…… 그랬을지도 모르지."

"……."

"은형이 네 말대로, 단이가 사라졌을 때 그걸 알아차린 사람은 아무도 없어. 내가 알아차린 건 전화번호부에 기억하지 못하는 번호가 있다는 것뿐이었으니까."

다시 고개를 돌리자, 노란 거실 전등 불빛 아래로 눈에 띄게 창백한 뺨을 하고 있는 은형이가 보였다.

그는 주인이를 바라보다가, 다시 바닥을 보았다가, 그러다 나를 보았다. 그리고 그가 입술을 열었다.

"아까 드라마에서 남자는…… 죽고 나면 그만이지. 죽은 다음에 우리에게 망각이라는 게 허락된다면, 아마 남자는 여자에 대해 아무것도 기억하지 못할 테지. 그런데 여자는 아니잖아."

"……."

"알 것 같다. 주인이가, 네가 아까 그 여자랑 닮았다고 한 이유."

나는 눈을 조금 크게 떴다. 은형이는 나를 보면서 착잡한 듯한 미소를 짓고 있었다.

"여자는 사라진 남자를 기억하고, 그 남자와 보낸 행복했던 시간들을 기억하고, 괴로움에 시달리니까…… 그런 게 단이 너랑 닮았다는 걸 거야. 우리는 아무것도 기억하지 못하는데, 너는 전부 기억하니까……."

"……."

"언젠가, 우리와의 시간이 네게 고통이 되는 날이 올까."

그 여자처럼, 네가 혼자 남아서 우는 날이 올까.

은형이가 그렇게 마지막 말을 마침과 동시에 거실은 다시 한 번 조용해졌다.

텔레비전에서는 한창 남자 가수가 이상한 묘기를 선보이고 있었고, 방청객석에서는 폭발적인 웃음소리가 터져 나오고 있었으나 이 죽은 듯한 침묵은 전혀 흐려지지 않았다.

나는 결국 자리에 앉아서 침묵을 견디다 말고 비척비척 일어났다. 머리가 어지러웠다.

나는 걸음을 옮겨 어두컴컴한 부엌으로 다가가, 싱크대 위 선반에서 유리컵을 꺼냈다. 깊은 수면 아래로 잠겨 들어가는 듯 머리가 어질어질했다. 찬물을 따라 마시고 나서도 어지러움은 가라앉지 않았다.

싱크대에 기대어 이마에 컵을 대고 서 있는데, 누군가 내 뒤로 걸어왔다. 돌아보니 어둠에 반쯤 잠긴 유천영의 얼굴이 있었다.

눈을 가늘게 뜨고 그를 올려다보다가, 입술을 움직여 비죽비죽 웃자 유천영은 나를 향해 이상하다는 듯한 시선을 보냈다.

나는 이마에 대고 있던 컵을 떼고는 컵에 들어 있던 찬물을 싱크대에 버렸다. 그리고 다시 고개를 돌려 그를 바라보았다. 그는 여전히 그 자리에 서 있었다. 내가 물었다.

"왜?"

"미안해."

내가 '왜'라고 묻기가 무섭게 불쑥 튀어나온 대답이었다.

뭐, 뭐? 나는 눈을 깜빡이며 그를 올려다보았다.

그가 내게 사과할 일이 있었나? 저렇게 진지한 얼굴로? 도무지 기억이 나지 않았다. 내가 한참을 눈만 깜빡이고 있자, 유천영은 슬며시 눈썹을 찡그렸다. 그가 말을 이었다.

"네가, 그렇게 전학을 가고 싶어 했던 이유…… 이제 알 것 같다."

"……"

"화내서 미안해."

그는 그렇게 말하고는, 저도 약간 쑥스러운지 내 시선을 피했다. 그러고는 내 옆에 놓인 냉장고를 그 옅푸른 눈으로 한참이나 노려보는 것이었다.

그를 올려다보다 말고 나는 결국 약하게 웃음을 터트렸다. 유천영의 저런 진지한 면모는 가끔은 나를 웃게도, 나를 울게도 했다. 그리고 무엇보다도, 내가 그를 좋아하는 가장 큰 이유 중 하나였다. 나는 어둠 속을 더듬어 그의 손을 움켜쥐었다.

그가 흠칫 놀라 고개를 들었다. 나는 웃으며 말했다.

"야, 그게 왜 니가 사과할 일이야. 내 친구가 전학 갈 궁리나 하고 있으면 나라도 화났지."

"그때는 이유를 몰랐으니까."

"그건 내가 이유를 말 안 해서였고."

그렇게 말하고 나서, 조금 머쓱해진 나는 유천영의 손을 쥐고 있지 않은 다른 손을 들어 이마를 긁적였다. 그리고 그를 슬쩍 올려다보다가 머뭇거리며 말했다.

"그, 나는…… 내가 말 안 한 건, 그…… 나라도 안 믿을 거니까. 누가 믿어, 그런 걸."

"……."

"주인이가 기억하고 있을 줄은 몰랐네. 진짜, 쟤가 기억력 갑이지. 나 같으면 핸드폰에 모르는 번호 있으면 그냥 지워 버리고 끝일 텐데."

"그러게."

"쟤는 나사 가서 우주 비행선이나 개발하고 있으면 딱일 텐데. 왜 아직도 여기에서 이러고 있나 몰라."

나는 그렇게 말하며 유천영의 손을 놓지 않은 채 기웃거리며 거실 쪽을 살폈다.

우주인은 벽에 가려 아직 그 모습이 보이지 않았고, 내가 선 곳에서 볼 수 있는 것은 소파에 늘어지게 누워 있는 은지호와 그 옆에 앉은 은형이뿐이었다.

그러다가 유천영의 손을 천천히 놓고, 헛기침을 한 번 한 뒤에 거실로 돌아가려는데 그가 뒤에서 나를 부르는 소리가 났다. 나는 뒤를 돌아보았다.

"나 불렀어?"

"응."

그리고 그는 잠시 머뭇거렸다. 나는 의아해져서 그 자리에 선 채로 그를 바라보았다. 유천영이 망설일 정도라면, 얼마나 대단할 얘기일지 선뜻 짐작이 가지 않았다. 그리고 다음 순간, 그가 내놓은 말에 나는 아연해졌다.

그는 말했다.

"너 전학…… 가고 싶으면, 가. 안 잡을 테니까."

"……?"

"아니면, 고등학교에서 모르는 척하자고 해도…… 네 말대로 할 테니까. 화 안 낼 테니까, 너 알아서 해. 네가 하고 싶은 대로."

그렇게 말하며 그는 주머니에 손을 찔러 넣고, 거실의 빛이 닿지 않는 그늘에 몸을 숨긴 채 서 있었다. 나는 무어라할 말을 찾지 못해서 그를 멍하니 바라볼 뿐이었다.

아직 유천영에게는 고등학교에서 모르는 척하자고, 그런 얘기를 한마디도 꺼내지 못한 나였다. 그런데 뜻밖에도 유천영이 먼저 그런 것을 제안한 것이었다.

내가 한참을 말이 없자, 유천영은 조금 걱정스러운 듯 물었다.

"왜."

그렇게 말하는 그의 얼굴에서는 아직도 긴장이 사라지지 않고 있었다. 그의 얼굴을 보고, 나는 비로소 알 수 있었다. 방금 그의 그 말이 그로서는 얼마나 큰 결단이었던 것인지.

더불어 내 머릿속에, 막연히 소설 속의 냉미남으로 남아 있던 유천영의 이미지 역시 조금 더 확고해지는 듯한 느낌이 들었다. 아까, 그는 드라마의 남자 주인공에 대해 말했다.

"나는 저 남자가 이해가 안 가."

"나라면…… 시한부 선고를 받은 그 순간부터 여자 앞에 나타나지 않을 거다. 죽을 만큼 보고 싶어도, 그냥 참을 거다. 여자가 나를 빨리 잊을 수 있게."

그는 그런 사람이었다. 설령 그가 나를 친구로 생각한다고 해도, 그래서 나와 고등학교 생활을 같이하고 싶더라도…… 그가 사라진 세상에서 홀로 괴로워할 나를 생각해서. 그래서 그가 참겠다는 얘기를 하고 있었던 것이다.

나는 유천영의 푸른 눈을 망연히 올려다보았다. 그는 약간 머쓱한지 눈을 내 옆으로 향했다가, 천장으로 향했다가, 바닥을 향했다가 이제는 다시 나를 보고 있었다. 그와 눈이 마주치자 나는 환하게 웃었다.

나는 그에게 손을 내밀었다. 악수하자는 듯이. 그는 내 손을 힐긋 내려다보고는 의아한 얼굴을 했다. 내가 말했다.

"천영아."

"……?"

그는 내가 그를, 처음으로 성을 떼고 부른 것에 놀란 듯
했다. 나는 그를 올려다보며 웃었다.

"그, 우리, 고등학교 때도…… 재미있게 지내자. 추억도
많이 쌓고. 우리 중학교 때처럼, 그렇게 잘 지내자."

"……."

그를, 이들을 도저히…… 놓을 수가 없다. 내가 하고 있
는 이 행동의 의미를 제일 잘 알고 있는 사람은 나였다.

내가 상처받을 것이라는 것도 알고, 어쩌면 그들 역시 상
처받을 것이라는 것을 아는데, 그런데도 이렇게 나를 생각
해 주는 그가 너무 고마워서…… 도저히 놓을 수가 없다.
태연한 척 내민 손끝이 살짝 떨렸다. 심장이 느리게 쿵쿵
뛰고 있었다.

한참을 말이 없다가, 그는 느릿하게 손을 내밀어 내 손을
붙잡았다. 나는 희미한 거실 불에 빛나는 그의 새하얀 손등
을, 피아니스트처럼 섬세하고 기다란 손가락을 바라보았다.

그는 내 손을 흠이라도 날까 무섭다는 듯 살짝 쥐었다가
놓았다. 그리고 그는 대답했다.

"그래."

그리고 유천영이 보여 준 웃음은, 글쎄, 내 정신을 은하
계로 날아가게 할 만한 것이었다. 나는 발이 묶인 듯 한참

이나 서서 그를 바라보았다.

　그러다가, 그가 나를 미심쩍은 눈으로 바라볼 즈음이 돼서야 정신을 차린 나는 유천영의 손을 놓고는 황급히 거실로 달려갔다.

　나는 그대로 달려서 그때까지만 해도 소파에 누워 있던 은지호와, 그 바로 아래에 앉아 있던 우주인의 앞에 멈춰 섰다. 나는 숨을 고르다 말고 입을 열었다.

　"야, 으, 은지호. 주인아."

　"어, 어. 뭐."

　은지호가 놀란 듯 떨떠름하게 대답했다. 나는 그에게 씨익 웃고는 손을 내밀었다. 그러자 은지호는 영문도 모르면서 어리둥절한 얼굴을 하고도 하이파이브를 하는 것이었다.

　그러고 나서야 나는 웃으며 말했다.

　"야, 고등학교 때도 친하게 지내 보자고."

　"뭐야, 그거였냐?"

　그리고 은지호는 밝아진 얼굴로 웃어 대기 시작했다. 내 말의 의미를 알아차린 것이었다.

　턱의 식은땀을 문지르며 그를 바라보다가, 나는 내 아래에서 손을 들어 올린 우주인에게도 하이파이브를 했다.

　짝! 손바닥이 맞부딪혀 경쾌한 소리가 났다.

　그리고 다음 날, 여전히 요란스러운 교복과 고풍스러운

벽시계를 두 눈으로 똑똑히 확인하며 기상한 나는 학교에 가자마자 청천벽력 같은 소식을 들었다. 다름 아닌, 반여령과 내가 처음으로 반이 갈렸다는 소식이었다.

제4조. 성별 인식 장애가 있으신가 봐요

나는 강당 앞에 붙은 8반의 배치표를 올려다보면서 망연자실해서 서 있었다. 1반이라는 글자 아래 새겨진 반여령, 그리고 사대천왕의 이름과 8반 맨 끝에 새겨진 내 이름을 번갈아 보면서.

단언컨대 이 일은 내게 있어서는 엄청나게 충격적인 것이었다. 왜냐하면, 나는 반여령의 하나뿐인 여자 친구니까! 반여령과 내가 다른 반이 될 리가 없었다, 상식적으로 생각해서는.

작가가, 이 빌어먹을 소설 작가가 고등학교에 올라가자 반여령의 절친 포지션으로 새로운 여자애를 내리기로 했단 말인가? 나는 이제 이용 가치가 떨어졌다 이건가? 어떻게, 어떻게 이런 일이.

내가 충격을 받아서 아무것도 하지 못하고 서 있는 동안, 반여령은 옆에 서서 눈물에 젖은 눈으로 내 어깨를 흔들어 대고 있었다. 내가 몇 분째 아무런 반응이 없었으면 이제 지칠 법도 한데 그녀는 포기할 줄을 몰랐다.

덕분에 이쪽에는 아까부터 시선이 수두룩하게 쏟아지고 있었다.

나는, 처음에는 단순히 반여령과 나의 행태가 이상해서 그러는 것으로 알았으나, 천천히 이야기를 듣고 보니 그런 것만은 아니었던 모양이다.

"지존 중 반여령이 쟤야? 이번 학년 수석?"

"입학시험 만점자라던데? 여기, 소현고 입학시험 개 어렵잖아. 그런데 만점이래."

"중학교 때도 만점으로 입학했다며. 와, 얼굴 봐. 진짜 예쁘다."

나는 그런 대화를 들으면서 심란해질 수밖에 없었다. 그러다가, 내가 괜찮다고 말하고 나서야 반여령은 나를 흔들던 것을 멈추었다. 아, 어지럽다. 반여령이 흔들어서이기도 했고, 우리를 둘러싼 소음이 너무 심해서이기도 했다.

어지러운 머리를 부여잡고 얼굴을 찡그리고 있는데, 반여령의 뒤로 휘황찬란한 인영들이 이쪽으로 걸어오는 것이 보였다. 그와 동시에 모세의 기적이라도 일어난 것처럼 사람들이 주욱 갈라섰다. 동시에 마치 그들 전용 도로라도 되는 듯한 길이 생겼는데도, 사대천왕은 놀란 기색도 없이 서로 잡담을 하면서 다가왔다.

아, 잠깐, 나는 조용히 손을 들어 내 귀를 막았다. 동시에 침묵을 뚫고 폭발적인 비명 소리가 사방에서 터져 나왔다.

"꺄아아악! 사대천왕이다!"

"아, 지호 님! 너무 멋있어요!"

"이 학교 붙기를 정말 잘했어, 흑, 흐흑……."

자신들을 향한 선망의 시선과, 질투의 시선과, 기타 함성 소리를 깔끔히 무시하고 이쪽으로 걸어오는 그들을 보면서 나는 푸르죽죽한 얼굴이 되어 생각했다.

아무래도 이 녀석들은 고등학교에 와서까지 사대천왕으로 불릴 모양이군. 아, 그놈의 사대천왕…….

나는 내 심신의 안정과, 평범한 생활에 대한 자그마한 기대를 조용히 접었다. 무엇이든 포기하면 편한 법이었다.

그사이 여느 때와 같이 거침없이, 그 특유의 당당한 자세로 성큼성큼 다가온 은지호가 뜻밖에도 내 쪽을 보았다. 그래도, 쏟아지는 햇빛 사이로 빛나는 은지호의 얼굴을 보고 있으려니, 놀랍게도 이렇게 난리가 난 이유를 대충 이해할 수 있을 것 같은 느낌은 들었다.

그사이, 은지호는 반여령의 어깨에 손을 턱 얹더니, 나를 보고는 가증스럽게도 안타깝다는 듯한 얼굴을 했다. 평소에 사람들이 많으면 보여 주는 그 특유의 기품 있는, 상대방에게 필요한 수준의 슬픔만을 드러낸 그런 얼굴이었다.

그게 재수 없어서 얼굴을 구기고 있으려니 그가 놀랍도록 다정한 목소리로 말했다.

"함단이, 반은 달라도 놀러 갈 수는 있으니까 너무 상심하지 마. 네가 그렇게 슬퍼하고 있으면 내가 마음이 아프다."

은형이가 저렇게 말했다면 나는 당장에 눈물을 흘리며 그에게 달려갔을 테지만, 은지호가 그렇게 말하니 그것은 놀리는 것으로밖에 들리지 않았다. 저 정중하기 짝이 없는 태도를 보자니 아마도 그것이 정답일 것이다.

나는 일그러진 얼굴로 씩씩거리다가 씹어뱉듯이 말했다.

"야, 너 꺼져. 너 없어도 잘 살아."

"정말?"

"오오냐."

그제야 평소의 얼굴로 돌아와 입가에 비웃음을 띤 그에게 나는 짧게 대꾸해 주었다. 은지호는 말은 안 해도 아주 즐거운 듯한 기색이었다. 이어 은형이가, 그렇게 좋아하지 말라는 듯 팔꿈치로 은지호의 배를 툭 치더니 나섰다.

그는 머뭇거리는 듯하다가 내 머리를 툭툭 쳤다. 그러고는 다정하게 웃어 주었다.

"놀러 갈게."

"아니야, 너무 멀잖아. 오늘은 놀러 안 와도 돼."

보라, 좋은 말이 와야 좋은 말이 간다고, 옛 성현 말씀에

틀린 것이 하나도 없었다. 은형이처럼 저렇게 호감이 가는 태도로 부드럽게 말해 주면, 나도 부드럽게 대꾸할 수 있다 이거다.

내가 약간 쑥스러워서 기어들어 가는 목소리로 대답하자 은지호가 은형이의 뒤에서 인상을 찡그렸다. 저게…….

내가 그를 향해 눈을 부라리는데 은형이가 말했다.

"이따가 학교 끝나고 봐."

"어, 응. 그래. 끝나면 문자 해."

"응."

그렇게 은형이가 내 머리를 툭툭 치고는 다시 사라지자, 이번에는 유천영과 우주인이 나를 보았다.

유천영은 어제의 대화가 쑥스러웠는지 어쨌는지, 나와 눈이 마주치자 어깨를 으쓱하고는 입 모양으로만 '힘내' 하고 말해 주었다. 나는 고개를 끄덕였다.

그리고 마지막으로 우주인은, 매우 파격적으로 쌍꺼풀이 없는 눈을 휘며 환한 미소를 짓더니 그대로 내 품에 매달리듯이 안겼다.

곳곳에서 헉, 하는 탄성이 터졌다. 아, 이 드라마틱한 리액션. 나는 그렇게 중얼거리며 우주인을 놓았다. 그는 빛이 들어 황금색이 도는 눈으로 나를 내려다보며 슬픈 듯한 얼굴을 했다. 그가 말했다.

"엄마, 울지 마."

"응."

"엄마가 울면 나도 울고 싶단 말이야."

"안 울어."

"아, 울지 말라니까. 나도 울고 싶다고."

안 운다고. 나는 대답하기도 지쳐서 속으로만 중얼거렸다.

우주인은 나에게 말하는 내내 내 어깨에 두 손을 얹고 있었는데, 그것이 꼭 내게는 커다란 골든 레트리버가 내 어깨에 양발이라도 얹은 듯이 느껴졌다.

우주인은 굳이 따지자면 개과였다. 그러다가 갑자기 그가 개의 가죽을 벗고 인간의 모습으로 성큼성큼 걸어올 때가 있는데, 가령 어제 저녁 같은 때였다. 나는 그때가 제일 무섭다.

우주인이 울 듯한 얼굴로 은지호의 손에 끌려 사라지자, 반여령은 슬픈 듯한 눈으로 나를 보다가, 곧 그녀마저도 은지호의 손에 끌려 사라졌다.

아, 안녕. 그들을 향해 쓸쓸하게 손을 흔들다가, 나는 강당의 유리문으로 쏟아져 들어오는 햇살을 바라보았다. 그 너머로 비치는 하늘은 너무나 푸르고 맑은 것이, 작가가 저 위에서 나를 내려다보고 있을지도 모른다는 생각이 들었다. 그녀는 틀림없이 나를 엿 먹이고는 기분이 아주 좋은 것이다. 그게 하늘이 맑은 이유다.

나는 하늘을 보다 말고 중얼거렸다.

"내가, 벌을 받았나 봐."

계속 그렇게 모르는 척하자고, 친구들 마음을 그렇게 푹푹 찌르고 다녔으니 벌을 받은 것이 틀림없었다.

그렇게 생각하고 나니 왠지 마음이 편해져서 나는 주머니에 두 손을 찔러 넣고는, 가방을 짊어지고 홀로 씩씩하게 걸어 1학년 8반에 도착했다.

이미 교실의 문은 열려 있었고, 학생들이 그 사이로 어지러이 오가고 있었다. 같은 중학교에서 온 듯 책상을 차지하고 앉아 마주 보고 신 나서 떠들어 대는 아이들도, 수줍은 듯 홀로 앉아 연신 주변을 두리번거리는 이들도, 창가에 앉아 무심하게 바깥을 내려다보고 있는 이들도 있었다.

그중 창가에 앉은 한 아이는 내 쪽에서 거의 등을 돌리다시피 하고 있어 얼굴이 전혀 보이지 않았다.

보이는 거라고는 서양인의 금발에 가까운 노란색 머리카락뿐이었는데, 그래도 그가 앉은 자세를 봐서는 도저히 불량배 같지는 않았다. 더군다나 환한 빛을 받은 그의 피부는 비쳐 보일 듯 투명한 것이 아무래도 외국인인 것 같았다.

교복을 봐서는 분명히 남자였는데 머리카락은 남자치고는 조금 길었다. 약간 짙은 갈색 교복 바지는 그의 날씬한 다리에 잘 어울렸다.

그를 망연히 바라보는데, 내 뒤로 누군가 닿을 듯이 지나가는 바람에 나는 흠칫 놀랐다. 그제야 내가 지금까지 길을 막고 서 있었다는 생각이 들었다.

내 바로 뒤를 지나가던, 나와 부딪힌 듯한 여자아이 역시 인상적인 외모인 것은 마찬가지였다. 구석구석 공들여 새긴 듯한 정교한 이목구비에, 유난히 새카만 머리카락이 관자놀이를 얌전히 가리고 있었다.

눈동자는 빛 한 점 들지 않는 완전한 검은색이었는데, 가만히 보고 있자니 약간 푸르스름한 기가 도는 것 같기도 했다. 피부는 백지장처럼 새하얬다.

그녀의 외모도 외모였지만, 더욱 내 시선을 사로잡은 것은 그녀의 분위기였다.

그녀는 마치 속세와는 동떨어진 곳에서 홀로 노니는 듯 고고한 학 같은 분위기를 지니고 있었다. 다시 말하자면, 세상사와는 완전히 담을 쌓고 사는 인물 같은 느낌이었다.

그녀는 새카만 속눈썹 아래로 나를 슬쩍 올려다보았는데, 기다란 속눈썹이 하얀 볼에 음영을 만들어 예뻐 보였다. 곧 그녀는 입술을 움직여 중얼거리듯 말했다.

"아, 미안해."

"아니."

내 대답에 고개를 끄덕인 그녀는 눈을 내리깔고는 내 명찰을 응시하는 듯싶더니, 곧 빠른 걸음으로 뒷자리로 걸어갔다.

그리고 그런 그녀를 뒤따르는 또 한 명의 소년이 있었는데, 그녀보다 키가 10센티미터 정도 크다는 것을 제외하고는 판에 박은 듯이 꼭 닮아 있었다.

쌍둥이인가? 아니, 성별이 다른 것을 보아서는 이란성 쌍둥이였는데 그런데도 저렇게 닮을 수 있다는 것이 신기했다.

그들의 외모와 분위기에 이끌린 것은 나만이 아닌지, 나를 제외하고도 꽤 많은 아이들이 그들 쪽을 바라보고 있었다. 그러거나 말거나 쌍둥이는 뒷자리를 차지하고 앉아서는 무심한 듯한 얼굴로 간간이 입술을 달싹이고 있었는데, 무슨 이야기를 하는지는 너무 멀어서 들리지 않았다.

그들을 멍하니 바라보는데, 갑자기 누군가 교탁을 두드리기에 누군가 싶어 돌아보았더니 선생님이었다.

머리카락이 희끗희끗하고 눈에는 금테 안경을 걸친, 각진 턱이 인상적인 그는 주름진 얼굴을 움직여 약간 노한 듯한 얼굴을 해 보였다. 곧 그는 교탁을 두드리는 것을 멈추고는 우리를 휘휘 둘러보더니 말했다. 그의 말투에는 박력이 가득했다.

"야! 지금이 어느 시대인데 남자랑 여자랑, 응? 담 쌓은 것처럼 그러고 따로따로 앉아 있어! 남자는 여자랑! 여자는 남자랑! 그렇게 앉는다, 실시!"

그에 여자끼리 앉아 있거나, 남자끼리 앉아 있던 이들이

파드득 일어나 자리를 바꾸는 것을 보다가 나는 내 옆을 힐긋 돌아보았다.

금발 소년의 옆자리는 비어 있었다. 나는 주변을 휘휘 둘러보다가 빈자리가 거의 없다는 것을 깨닫고는 조용히 의자 끝에 엉덩이를 붙였다. 그런데 선생님이 나를 보고는 버럭 외치는 것이었다.

"야! 너 얌전 뺄 것이여! 똑바로 안 앉냐!"

"네, 네!"

나는 그에 후다닥 자세를 바로 했다. 내 목소리를 듣고, 그제야 내 존재를 알아차린 것인지 소년은 턱을 괴고 있던 손을 내렸다. 그러고는 그가 천천히 나를 돌아보았다.

여전히 피부는 새하얗다 못해 투명했고, 하얀 이마 위로 사르락거리는 옅은 금색 머리카락. 그리고 나를 돌아보는 눈동자는, 놀랍게도 푸른색이었다.

장인이 공들여 조각한 듯한 오뚝한 콧날, 체리 빛 입술, 다시 한 번 식상한 묘사가 튀어나온 것을 이해해 주기 바란다. 그리고 답답한 듯 풀어헤친 옷깃 아래로 드러난 쇄골, 그 위로 보이는 사슴처럼 매끈한 목에는 조금의 굴곡도 없었다.

그녀는 나를 보더니 붉은 입술 끝을 끌어 올려 웃었다. 방금까지 남자 교복을 입고 있었다 해 놓고는, 내가 왜 갑자기 '그' 대신 '그녀'라는 표현을 쓰느냐고? 그 이유는 간단했다.

그녀가 내게 새하얀 손을 내밀었다. 얼핏 봐도 내 손과 크기나 모양이 엇비슷한, 섬세하고 곱디고운 손이었다. 그녀가 입술을 움직여 말했다.

"반가워. 이루다야. 루다라고 불러도 되고, 예전에는 '루'라고 불렸어. 편한 대로 불러 줘."

"어, 응. 함단이야."

"함단이? first name이 단이, last name이 함?"

목소리는 중성적이었으며, 투명한 울림을 간직하고 있었다. 천연덕스러운 얼굴로 혀가 쫠쫠 굴러가는 발음을 구사하는 그녀를 보며 나는 어색하게 입술을 움직여 미소를 지어 보였다.

내 부자연스러운 미소가 안쓰러웠을 법도 한데, 그녀는 오히려 내가 부끄러울 정도의 환한 미소를 지으며 내 손을 잡고 붕붕 흔들었다. 지나치게 활기찬 그녀를 보며, 나는 이런 게 아메리칸 스타일인가 하는 생각을 했다.

이루다의 금발이나 푸른 눈, 새하얀 피부, 그리고 매력적인 목소리로 봤을 때 그녀는 스타성이 충분한 인물이었다. 실제로 교실의 몇몇 이들이 이쪽을 힐금거리고 있었다.

나는 이루다가 이제라도 창밖을 바라보기를 기대했으나, 이루다는 나를 향해 입을 조잘거리며 묻고 있었다.

"아, 나 미국에서 살다 온 지 얼마 안 돼서. 내 발음 이상하지 않아? 엄마한테 배우기는 배웠는데, 긴장이 많이 돼."

"그럼 지금까지 계속 미국에서 산 거야?"

"아니! 내가 여섯 살 때 미국으로 이민 갔다는데 사실 나는 기억이 잘 안 나. 너무 어렸잖아."

그렇게 말하며 어깨를 으쓱하고는 혀를 빼어 무는 그녀의 모습은 더없이 귀여웠다. 나는 그녀를 다시 한 번 물끄러미 바라보고는, 그녀의 목에 목젖이 없다는 것을 확인했다.

그녀가 나를 보고는 푸른 눈을 동그랗게 뜨며 의아한 듯 물었다.

"왜 그래, 단이?"

"아, 아니. 너 피부 진짜 하얘. 부럽다."

"칭찬이야?"

"그럼."

"Thank you!"

발음이 아주 죽여 줬다. 이루다와 말을 하다 말고 힐긋 뒤를 돌아보자, 아까의 쌍둥이는 여전히 시큰둥한 얼굴로 앉아 있었다. 그러다 그중 여자아이가 나와 눈이 마주치고는 흠칫 놀라길래 나는 황급히 고개를 돌려 버렸다. 그러고 나자 마주한 것은 다시 이루다의 부담스러울 정도로 예쁜, 반짝반짝 빛나는 것 같은 얼굴이었다.

교실 앞에서는 담임 선생님이 여전히 교탁을 두드리며 뭐라 뭐라 호령을 하고 있었으나 내 귀에는 들리지 않았다.

나는 다만, 절망적인 심정이 되어 조용히 이마를 감쌌다.

"하……."

작가가 나만 다른 반에 배정시킨 것에는 무언가 다른 이유가 있을 수도 있다고 생각하기는 했다.

그래, 아무리 생각해도 반여령과 태어나면서 옆집이었다는 설정에서부터 나는 여주인공의 단짝 친구 역할을 벗어날 수 없었다. 그런 굴레를 고등학교가 되자 그토록 쉽게 벗겨 주었다 했더니, 그럼 그렇지.

이윽고 나는 허탈해서 웃기 시작했다.

이루다. 미국에서 막 유학을 다녀온, 금발에 푸른 눈의 아름다운 소년. 소녀가 아닌가 싶을 정도로 가느다란 목과 팔다리, 키는 제법 큰 듯했지만 그러면 뭐 하는가, 목젖이 없는데. 나는 생각하다 말고 정신이 아득해져서 눈을 질끈 감고는 신음을 흘렸다.

이 작가가 드디어 정신이 나갔구나. 사대천왕이라는 상상의 동물을 현실로 끌어들였다는 시점에서 이것은 이미 완벽한 판타지 소설이었다.

그런데 이제는 거기에다 남장 여자까지 등장시켜? 반여령 하나로만 이야기를 끌고 가기에는 재미가 없었냐? 게다가, 날 남장 여자 '따까리'까지 시키려고?

나는 분해서 푸른 하늘을 올려다보며 주먹을 꽈악 쥐었다. 그리고 이글거리는 눈으로 태양을 노려보며 스스로에게 맹

세했다. 절대로, 절대로 저 작가의 뜻대로 되지는 않으리.

그러나 고등학교를 졸업하기까지는 3년, 그리고 반이 바뀌기까지는 아직도 1년이라는 시간이 남아 있음을 떠올리자 나는 그대로 책상에 머리를 박고 죽어 버리고 싶은 심정이 되었다.

비탄에 잠겨 책상에 엎드려서 골골거리는 내 등을 누군가 흔들었다. 나는 중얼거리듯 말했다.

"아, 루다야. 내가, 잠시만. 내가 지금 배가 아파서."

"이 자식이, 담임 선생님이 자기 이름을 칠판에 쓰는데 고개 한번 안 들어?"

귓가에 나직이 울리는 그 야성적인 목소리에 나는 튕기듯이 상체를 들었다.

그리고 눈을 동그랗게 뜨고 위를 올려다보자, 새하얀 교실의 천장 아래로 흡사 야차와도 같은 얼굴을 하고 있는 반백의 담임 선생님이 보였다. 나는 눈초리를 떨어뜨리며 최대한 울상을 지어 보였다.

"아, 선생님. 잘못했어요……."

"잘못했냐?"

내가 알기로는 이때는 변명을 늘어놓기보다는 그냥 깔끔하게 사죄를 하는 것이 나았다.

내가 고개를 미친 듯이 끄덕이자, 선생님은 약간 만족한 듯 웃고는 아침에 은형이가 그러했듯 내 머리를 툭툭 두드렸다. 그러나 은형이는 손으로 두드렸고, 선생님은 출석부로 두드렸다는 점이 조금 다르기는 했다.

곧 그는 자애로운 미소와 함께 말했다.

"네가 임시 반장이다."

"예?"

"어디 보자, 함단이. 아, 내가 우리 반 학생들 출신 중학교는 다 알고 있지. 니가 그 지존 중학교 함단이구나. 맞지?"

나는 울상을 짓고는 고개를 끄덕였다. 이미 돌이킬 수 없다는 생각이 들어서였다.

선생님의 입에서 '지존 중학교'라는 단어가 튀어나오자마자 아이들은 서로를 보면서 웅성거리고 있었는데, 간간이 사대천왕이라는 단어가 들리는 것을 보아 내용은 충분히 짐작이 가능했다.

곧 출석부를 거두어 제 어깨를 툭툭 두드린 선생님은 내옆을 힐긋 보더니 말했다.

"아, 자네가 미국에서 왔다는 그 이루다인가?"

"네, 선생님."

"여자랑 남자랑 앉으라고 했는데."

선생님이 금테 안경을 끌어 올리며 미심쩍다는 듯 말하자, 이루다는 곧바로 쾌활한 목소리로 대답했다.

"남자입니다!"

"아이고, 얼굴 보고 좀 헷갈렸는데 기상 보니까 남자가 맞네. 맘에 들었다. 니가 임시 부반장 해라."

"영광입니다!"

만족한 듯 웃으면서 턱을 매만지고는 교탁 앞으로 돌아가는 선생님을 망연히 보다가, 나는 다시 고개를 돌려 이루다를 보았다.

내가 임시 반장, 이루다가 임시 부반장? 작가의 농간이라도 되는 듯 순식간에 기막힌 일이 일어났다. 내가 머릿속으로 울부짖거나 말거나, 이루다는 예의 그 곱상한 얼굴에 환한 미소를 띠더니 그 고운 손을 내게 내밀었다. 그녀가 붉은 입술을 움직여 말했다.

"나는 한국 학교는 잘 몰라서, 잘 부탁해! 임시 반장! 도와 가면서 잘해 보자."

"으, 응."

그녀는 뭐가 좋은지 내 손을 놓지 않고 연신 흔들어 대며 웃고 있었다. 그녀의 웃는 얼굴을 보자니 다시 한 번 머리가 지끈거리며 아파 오기 시작했다.

지금 이 순간, 나는 그토록 지랄 맞다 여겼던 반여령과 사대천왕이 사무치게 그리워지고 있었다.

* * *

어마어마하게 돈이 많은 재단의 후원을 받고 있다는 것이

거짓이 아닌 듯, 학교의 벽은 하나같이 깨끗했으며 책상은 모두 새것인 양 흠집 하나 없이 번쩍이며 빛나고 있었다.

교실 뒤편에 놓인 사물함도 새것이었고, 뒷자리 구석에 놓인 청소 도구 역시 나무랄 데 없는 새것이었다. 창은 넓고 환했고, 그 너머로 도시의 전경이 한눈에 내려다보였다. 하늘은 높고 푸르렀다.

소현 고등학교 제24기 입학생들을 둘러싼 모든 것이 그들을 축복하는 것 같았으나, 1학년 1반 학생들의 얼굴은 결코 밝지 않았다.

그들은 자신들이 앉은 책상이나 의자가 깨끗한지 아닌지, 그런 것은 확인하지도 않은 채 다만 초조한 눈으로 앞을 응시하고 있었다.

으레 이런 날에는 출신 중학교며, 이름을 묻는 대화가 활발하게 오가야 하거늘 교실은 쥐 죽은 듯 조용하기만 했다. 학생들 스스로도 이런 분위기가 비정상적이라는 것은 알고 있었다.

그들이라고 고등학교 생활의 첫날을 활기차게 시작하고 싶은 마음이 없겠는가? 그러나 도저히, 그럴 수가 없었다.

굳은 듯이 비어 있는 녹색 칠판만을 향하던 학생들의 눈동자는, 가끔, 아주 가끔 드르륵 굴러 조심스럽게 교실의 한가운데를 향했다. 교실 정확히 한가운데에 모여 앉은 다채로운 머리카락의 인물들, 그들의 위명은 학생들도 익히 들어 아는 바가 있었다.

지존 중학교 사대천왕! 침울한 듯 자리에 앉아 책상에 얼굴을 파묻고 있는 소녀는, 등 뒤로 늘어진 길고 반짝이는 새카만 머리카락으로 보아 그들의 꽃 반여령임이 틀림없었다.

강당에서 그녀의 얼굴을 본 몇몇 남자들은 속으로만 생각했다. 왜 저러고 있담, 얼굴 좀 더 보고 싶은데. 그러나 그렇게 생각하며 반여령을 힐금거리던 이들은 곧 그녀의 바로 뒤에 앉은 소년들의 매서운 눈초리에 고개를 돌렸다.

반여령의 바로 뒤에 앉은 은색 머리카락의 소년의 얼굴은, 한마디로 그냥 저런 얼굴이 이 세상에 존재한다는 것을 믿을 수 없게 만드는 것이었다. 학생들은 잠시 동안, 은발의 소년을 바라보면서 자체 후광이란 저런 것이구나 하는 생각을 했다.

개중에는 콘서트장에서나 심지어는 길거리를 걷다가 우연히 연예인의 얼굴을 본 이들이 몇몇 있었으나, 은지호의 얼굴은 그들로서도 한 번도 보지 못한 충격적인 것이었다. 특히 새카맣고 반질거리는 눈동자 위로 내려앉은, 길게 너울거리는 은색 속눈썹은 그 자체로 매혹적이었다.

학생들은 은지호를 힐금힐금 보다가, 그가 자신을 바라본다 싶으면 황급히 시선을 옮겨 다른 이를 보았다. 눈이 마주쳤다가는 심장이 견디지 못할 것 같기 때문이었다.

그러나 웬걸, 다른 이를 봐도 심장이 위험한 것은 마찬가지였다.

은지호의 옆에 앉은 소년은 약간 곱슬기가 있는 연한 갈색 머리카락의 소유자였는데, 그 머리카락은 빛을 받을 때마다 투명한 황금색으로 물들었다. 그 아래로 자리한 얼굴은 작고 하얬다.

몇몇 이들은 우주인의 얼굴이 죽을상임을 보고는 의아해했다. 아침만 해도 만면에 미소가 가득해서는 폴짝폴짝 뛰던 그였다. 그런 그가 저렇게 침울한 얼굴이 된 것은 정확히 그가 반 배정 표를 보고 나서부터였다.

곧 이들은 지존 중학교에서 올라온 학생 중에 유일하게 이들과 같은 반이 되지 못한 한 소녀를 생각했다.

함단이. 반여령만큼의 임팩트는 없었지만 지존 중학교에서 올라왔다는 것만으로도 제법 시선을 끄는 소녀였다. 우주인은 함단이와 같은 반이 되지 못한 것이 여간 침통한 것이 아닌 모양이었다.

우주인의 바로 뒤에는, 최근에 텔레비전이며 잡지에 자주 얼굴이 보이던 푸르스름한 머리카락의 미소년, 유천영이 냉랭한 얼굴로 앉아 있었다. 손이라도 댔다가는 그대로 손가락이 얼어붙을 것 같았다. 기분도 딱히 좋아 보이지는 않았다.

가만히 있어도 싸늘한 얼굴이라는 평을 듣는 유천영인데, 그가 얼굴을 굳히고 있으니 무서웠다. 학생들은 슬슬 고개를 돌려 마지막으로 유천영의 옆에 앉은 소년을 바라보았다. 그러고는 마음이 조금 가라앉는 것을 느꼈다. 하나같이 냉랭한, 혹은 침울한 분위기를 뿜어내고 있는 사대천왕 중에서 유일하게 부드러워 보이는 인물은 권은형, 그뿐이었다.

와인을 떠올리게 하는 매혹적인 붉은 색감의 머리카락이 이마 위로 내려앉고, 그 아래로 자리한 한 쌍의 눈동자에는 부드러운 녹색 빛이 감돌았다. 그의 눈초리는 약간 부드럽게 아래로 처져 있었는데, 원래 웃는 상인 듯 그것이 보기 좋았다. 그의 입매 역시 호선을 그리듯 부드러워, 보는 사람으로 하여금 절로 호감을 불러일으키는 인상이었다.

권은형을 정신없이 바라보던 한 소녀는, 그가 갑자기 무슨 웃긴 일이라도 떠올린 것인지 혼자 웃음을 터트리는 바람에 화들짝 놀라 얼굴을 붉혔다. 딱히 웃지 않아도 이미 웃는 상이기에 보는 사람을 행복하게 하기에는 충분하건만, 그가 눈초리를 반달 모양으로 접으며 미소를 짓자 그 효과는 가히 충격적이었다.

소녀는 미친 듯이 뛰는 심장을 부여잡으며 다시 그 앞에 앉은, 책상에 엎드리고 누운 소녀를 바라보았다. 아니, 노려보았다.

그동안 지존 중학교의 사대천왕, 사대천왕 하며 떠드는 소리를 들은 것은 한두 번이 아니었지만, 소녀의 중학교는 지존 중학교에서는 상당히 멀리 떨어진 곳이었다.

먼 곳에 사는 남정네들이 아무리 잘생겨 봐야 소용이 없다는 일념하에 소녀는 사대천왕에게 조금도 관심을 두지 않았다. 사대천왕의 사진은 항상 소녀의 주위를 맴돌고 있었으나, 그녀는 그조차도 보지 않았다.

언젠가 텔레비전에서 유천영의 사진을 보기는 했는데, 그 얼굴이 너무 비현실이라 소녀는 '하, 포샵질을 얼마나 한 거야!' 하고 코웃음을 치고는 채널을 돌려 버렸다. 그런데 막상 실제로 보니 그 사진보다도 더한 얼굴이지 않은가?

자연스레 소녀는 사대천왕에게 관심이 가기 시작했다. 그리고 나니, 사대천왕과 중학교 때부터 친하게 지내 왔다는 반여령에게 질투가 치밀어 오르는 것이었다. 반여령은 그 귀한 얼굴을 책상에 파묻은 채 지금까지 한 번도 고개를 들지 않고 있었다.

어디, 그 잘난 얼굴 좀 보자. 소녀는 속으로 중얼거렸다. 얼마나 예쁘기에 사대천왕들이 그토록 애지중지한담?

그때, 소녀의 생각을 읽은 듯 반여령이 마침내 고개를 들었다. 그리고 그것으로 소녀의 생각은 끝나고 말았다.

반여령의 움직임에 따라 새카만 머리카락이 흐느적거리며 햇빛 속에서 반짝였다. 하얀빛 아래로 번진 이마의 둥그런 곡선, 완벽한 모양을 그리는 코, 붉은 입술 아래로 사슴같이 가느다랗고 매끄러운 목덜미가 이어졌다.

새카만 머리카락에 눈이며 뺨이 가려져 얼굴을 잘 볼 수 없었는데도 그 실루엣 하나만으로 반여령은 소녀의 가슴에 어마어마한 타격을 입혔다.

뭐, 뭐야. 한참의 시간이 지나고 나서야 소녀는 중얼거렸다. 저, 저거 뭔데. 대체 뭔데!

이어 반여령은 졸린 듯 풍성한 속눈썹을 두어 번 깜빡이다가, 새하얀 손을 들어 머리카락을 귀 뒤로 넘겼는데 파르스름한 핏줄이 돋은 그 손등마저도 심하게 고왔다. 손끝만으로도 사람을 홀린다는 것이 어떤 말인지 새삼 알 것 같았다. 같은 성별의 소녀도 이러할진대, 소년들은 이미 반여령에게 빨려 들어갈 듯이 바라보고 있었다.

이어 반여령이 손을 내리자 마침내 그녀의 얼굴이 완전히 드러났다.

설탕을 바른 듯 자잘한 빛을 뿌리는 새하얀 뺨이며 눈가, 도톰한 붉은 입술, 초승달처럼 가느다란 눈썹과 약간 불그스름한 눈초리. 책상에 얼굴을 문질러서 그런 듯 약간 붉어진 뺨, 그 모든 것이 충격적일 정도로 사랑스러웠다.

이어 눈가를 소매로 슥슥 문지른 반여령은—미치도록 귀여웠다—물기 어린 눈을 두어 번 깜빡이더니—미치도록 예뻤다—뒤를 돌아보고는 은지호와 우주인을 향해 뭐라 뭐라 말하기 시작했다. 귓가에서 맑은 유리종이 울리는 듯한, 투명하고 청량한 그 목소리를 들은 이들은 모두 정신이 아득해지는 것을 느꼈다.

　새카만 머리카락에 덮인 가느다란 어깨, 두꺼운 재킷 소매 아래로 언뜻언뜻 드러나는 새하얀 손목의 굴곡, 치마 아래로 매끈하게 뻗은 다리.

　결국 그 자리의 모든 학생들은 인정하고 말았다. 사대천왕 곁에 당당하게 설 수 있는 여자가 있다면, 그것은 오직 반여령뿐임을.

＊　＊　＊

　반여령은 우울했다. 우울할 수밖에 없었다. 지금까지 그녀와 함단이가 학교를 다녀온 지가 햇수로 9년이었고, 이제 막 10년째에 접어드는 차였는데 지금까지 반여령과 함단이가 반이 갈려 본 적은 한 번도 없었다.

　기독교는 아니었지만, 반 배정 전날만 되면 함단이와 같은 반이 되게 해 달라고 열렬히 기도했던 반여령은 하느님이 자신을 사랑한다는 생각에 항상 뿌듯해지고는 했다.

　그런데 어제 기도를 잊어버린 것이 문제였다. 어제는, 단이가 그런 충격적인 사실을 지금껏 숨겨 왔다는 생각에 심란해서 도무지 기도를 할 수가 없었던 것이다. 그리고 그 대가는 오늘 돌아왔다.

　아아악! 반여령은 다시 책상 위로 엎어져 다리를 동동 굴렀다. 1반에서 8반까지라니!

지금까지 반여령과 함단이는 내내 같은 반이었고, 교실의 일반적인 면적은 9.0미터 × 7.5미터였다. 그 말은, 반여령과 함단이는 지금까지는 항상 같은 교실에 있었으니 그들이 서로에게서 멀어질 수 있는 거리는 기껏해야 교실의 대각선 정도였다. 그 거리를 피타고라스 정리로 계산해 보면, 교실의 대각선의 길이는 약 11.7153745…….

순식간에 두 개의 숫자를 제곱하고 셈하여 어마어마한 길이의 답을 도출해 낸 반여령은, 그러나 자신의 암산력에 대해서는 조금의 자부심도 느끼지 않고 다만 울음을 터트렸다. 말도 안 돼, 어떻게 이럴 수가 있어.

1반부터 8반까지의 거리는 모든 교실이 복도를 기준으로 가로로 놓여 있다고 가정할 때, 9 × 8을 하여 72미터가 된다. 72미터? 지금까지 우리가 제일 떨어져 있던 거리가 11미터였는데 72미터?

어어엉, 반여령은 정말로 엉엉 소리 내어 울고 싶은 심정이었다. 72미터를 11로 나누면, 무려 6.55나 된단 말이야. 단이와 학교에서 6.55배나 멀어지게 되다니, 이게 무슨 말도 안 되는 일이란 말인가.

다른 이들이 이렇게 바쁘게 굴러가고 있는 반여령의 머릿속을 읽었다면, 그들은 진지하게 정신 나갔냐고, 계산 좀 그만하라고 충고했을 것이나 불행하게도 독심술을 가진

이는 아무도 없었다. 그러므로 반여령의 뒷자리에 앉은 사대천왕은 그냥, 그녀의 엎드린 등을 바라보며 회복되면 알아서 일어나겠지, 하고 생각할 뿐이었다.

함단이와 다른 반이 된 것에 회복할 길이 없는 충격을 받은 사람은 한 사람 더 있었다. 그는 다름 아닌, 반여령의 대각선 자리에 앉아 물기 어린 눈으로 방금 받은 문학 교과서를 바라보며 책장을 한 장 한 장 넘기고 있는 우주인이었다.

반여령처럼 엎드려 울지는 않으니 다행이라고 해야 하나, 은지호는 그렇게 중얼거리며 우주인의 옆얼굴을 바라보았다. 그런데 갑자기 우주인이 침통한 듯 얼굴을 더욱 일그러트리는 것이었다. 그리고 그의 입술 사이로 물기 어린 목소리가 새어 나왔을 때 은지호는 할 말을 잃었다.

우주인이 금방 실연당한 여인처럼 애처롭게 떨리는 목소리로 읊고 있는 시는, 다름 아닌 고려속요였다.

"십일월 봉당 자리예…… 아으 한삼 두퍼 누워 슬할사라 온뎌…… 고우닐 스싀옴 녈셔…… 아으, 동동다리…… 아으, 흐흑."

그리고 시 암송을 마친 우주인은 끝내는 반여령처럼 교과서에 얼굴을 파묻고 어깨를 들썩이는 것이었다.

고전 시가에 대해서라면 일전에 공부한 바가 있어, 그 내용을 모두 알아들은 은지호는 아연실색했다.

우주인이 읊은 부분은 고려속요의 11월령 부분으로 해석하면 이러했다.

십일월 봉당 자리에
아아, 홑적삼을 덮고 누워
너무 슬프도다
사랑하는 임과 제각기 살아가는구나

한마디로 말하자면 사랑하는 임과 따로 살아가는 슬픈 기분을 노래한 부분이었다. 그런데 그런 부분을 또 어떻게 귀신같이 알고 골라서 읊는단 말인가? 놀라는 것도 잠시, 은지호는 어이가 없었다.

아주, 다른 반이 된 것뿐인데 누가 들으면 유학이라도 간 줄 알겠네. 아으 동동다리가 저렇게 슬프게 들릴 수 있다는 것은 또 처음 알았다.

어깨를 들썩이는 우주인과 반여령을 번갈아보다가, 기분이 영 심란해서 뭐 볼 게 없나 하는 심정으로 주위를 살피자니 뒤에서 권은형의 웃는 소리가 들렸다. 은지호는 의아해서 뒤를 돌아보았다.

권은형의 옆에 앉은 유천영도 약간 불편한 듯한, 아니, 정확히 말해서는 혼자가 된 함단이가 걱정된다는 듯한 기색을 숨기지 않는 데 반해 권은형은 연신 웃는 얼굴이었다. 은지호는 의아해졌다.

아니, 함단이를 아끼는 것으로는 둘째가라면 서러운 권은형이 아닌가? 실제로, 함단이가 사대천왕 중에 성을 떼고 부르는 유일한 이가 권은형이었다—우주인은 별로 인간 취급을 하는 것 같지 않았다—.

권은형은 은지호의 의아한 듯한 시선을 금세 알아차린 듯, 웃음을 거두고는 그를 바라보았다. 그러나 눈초리에는 여전히 미미한 웃음기가 서려 있었다. 곧 권은형은 어깨를 으쓱하고는 말했다.

"아니, 저기 에어컨 있잖아."

"엉?"

은지호는 그 말에 고개를 들어 천장에 달린 새하얀 에어컨을 바라보았다. 중학교 때와 조금도 다르지 않은 그 생김새에, 은지호는 어깨를 으쓱하고는 다시 권은형을 바라보았다. 그런데 권은형이 입술을 열다 말고 다시 다물더니 옆에 있는 유천영을 눈짓으로 가리키는 것이었다.

에어컨이 뭐 어떻고, 유천영은 또 왜? 의아해하는 것도 잠시, 곧 은지호는 그가 말하는 바를 깨달았다.

은지호가 풋, 약한 웃음소리를 터트리자 유천영이 눈을 들어 그를 보았다. 약간 찡그린 듯한 그의 얼굴은 이 판국에 뭐가 웃기냐고 추궁하는 것 같기도 했고, 이유를 궁금해하는 것 같기도 했다.

은지호는 말하기 전에 잠시 뒤통수를 긁적였다. 함단이 가 없으니까 이거 말해도 되려나? 권은형을 슬쩍 바라보자 그는 웃는 얼굴로 고개를 끄덕였다. 은지호는 그 웃음에 힘입어 입을 열었다. 그는 유천영에게 대고 말했다.

"야, 너, 작년 여름에 기억나? 그 기말고사 끝나고 방학 얼마 안 남았는데 더워서 우리 반 애들 다 죽어 버리려고 할 때."

유천영은 대답 없이 고개를 끄덕이고는, 곧 인상을 찡그 렸다. 그해 여름에 겪었던 유독 이상했던 일이 떠오른 모 양이었다. 킥킥, 은지호는 속으로만 웃고는 말을 이었다.

"그때, 애들 좀 이상하지 않았냐? 그, 아무 이유도 없이 갑 자기 '아, 덥다! 덥다, 천영아' 하더니 너한테 막 어깨동무를 하고, 네 옆자리에 앉고, 네 어깨를 끌어안으려고 하고 아주 난리도 아니었잖아. 그때 애들 행동 좀 이상하지 않던?"

유천영의 미간이 다시 한 번 미미하게 좁아졌다.

유천영은 생김새와 성격이 완벽하게 일치하는 인물이라 서, 인간이 상당량의 스킨십을 필요로 한다는 말이 무색하 게도 남이 자신에게 손대는 것을 좋아하지 않았다. 싫어하 지는 않았으나, 정말로 좋아하지 않았다.

더군다나 더운 여름날이라면 아무리 스킨십을 좋아하는 사람이라도 사람들이 끌어안는 것이 싫을 것이다. 그런데, 그 여름에 사람들은 유독 유천영에게 덥다고 달려들었던 것이다.

사람이 몸을 맞대고 있으면 체온이 올라가는 것이 당연지사, 그런데 자신을 끌어안기는 왜 끌어안는단 말인가?

은지호는 유천영의 짜증 섞인 얼굴에서 그의 생각을 읽은 듯 킥킥 웃었다. 그리고 말을 이었다.

"야, 그때 그, 함단이 졸리다고 한창 학교에서 엎드려서 잠만 자던 거 기억나? 반여령이랑 우주인이 졸라도 절대 안 일어나고. 진짜 죽은 듯이 엎어져서 잠만 잤잖아. mp3 들으면서."

"기억나."

"그러다가, 언제였더라? 너 원래 자주 그랬잖아. 함단이는 책상에 누운 쪽에 이어폰 끼고 있으면 귀 아프다고, 이어폰 한쪽만 끼고 다른 쪽은 그냥 책상 위에 두니까, 그럼 네가 가끔 가서 함단이 옆자리에 앉아서 그 한쪽 이어폰 끼고 음악 듣고. 그러다가 너도 자거나, 다시 일어나서 어디로 사라지고."

유천영은 무뚝뚝하게 고개를 끄덕일 뿐이었다. 자신이 듣고 있는 음악도 유천영이 한번 들어 줬으면 싶어, 적어도 유천영과 같은 이어폰을 끼고 음악을 들어 봤으면 싶어 단이와 같은 자세로 잠을 자던 여자아이들이 그 당시에 10명이 넘었다는 것은 기억하지 못하는 것 같았다.

은지호가 막 입을 열려는데, 맞은편에서 은형이가 웃음

을 터트렸다. 다시 그때의 일을 떠올린 모양이었다.

이어 입을 연 것은 은형이었다. 그는 유천영을 보고는 물기 어린 눈을 부드럽게 휘며 말했다.

"그때, 언제였던가 네가 또 단이 옆에서 잤단 말이야? 그런데 단이가 원래 한 번 잠들면 진짜 안 깨잖아. 그런데 네가 옆에 누워서 잠들고 한 30분이나 지났을까, 단이가 갑자기 눈을 스르르 뜨는 거야. 그러더니 갑자기 추운 것처럼 팔을 막 문지르더라? 그때 우리는 너네 뒤에 있었는데, 애들이 영화를 보다가 단이가 모처럼 일어나니까 신기해서 많이 쳐다봤어."

"그런데?"

"단이가, 인상을 찡그리고 주위를 휘휘 둘러보는데 눈을 반쯤 떠서…… 아, 꼭 마시마로 같은 얼굴을 하고 있더라. 거의 눈을 감은 상태로 계속 주위를 둘러보는 게, 자기가 왜 일어났는지 이유를 모르겠다는 얼굴이었어. 우리도 잘 몰라서 계속 쳐다봤지. 그런데 단이가 갑자기 자기 옆에 누워 있는 너를 내려다보더라. 그리고 인상을 찡그리는 거야. 단이가 그다음 뭐라고 했는지 알아?"

유천영은 옅푸른 눈을 약간 크게 뜨는가 싶더니 곧 고개를 내저었다. 이어 은지호는, 대답하려다 말고 웃음을 풋 터트렸다. 그는 어깨를 부들부들 떨면서 대답했다.

"널 보고, 인상을 팍 쓰더니…… '아, 왜 이렇게 추운가

했네.' 그러더니 다시 자는 거야."

"……."

"으하, 너가, 솔직히, 흐, 너가 좀 차갑게 생겼냐? 그런
데 함단이가 잠이 덜 깨서 완전 돌직구로 그렇게 말하고
자는데, 존나 웃기다고 애들이 다 빵 터진 거야. 그 이후로
네가 인간 에어컨이라는 소문이 돌아서."

유천영의 얼굴에서 표정이 완전히 사라졌다. 눈을 크게
뜬 것이 약간 충격을 받은 듯도 싶었다. 은지호는 흐흐 웃
고는 말을 이었다. 하나같이 덥다며 유천영에게 달려들던
그 모습은 다시 한 번 생각해도 웃겼다.

권은형 역시 같은 것을 생각한 것인지, 그의 입매는 도무
지 내려올 생각을 하지 않았다. 이어 둘은 마주 보고는 웃
음을 터트렸다.

유천영은 그해 여름 내내, 덥다며 한 번만 안아 보자고
매달리는 남자 녀석들의 손길에 시달리며 괴로운 계절을
보내야만 했다.

평소에 유천영을 약간 어렵게 생각하던 그들이 어떻게
그런 대담한 손길을 뻗는지 의문이기는 했는데 그 이유를
이제야 안 유천영이 기분이 좋을 리 없었다.

그러나 유천영은, 화를 내거나 짜증을 내는 대신 도리어
한숨을 푹 내쉬었다. 그에 의아해진 것은 아까부터 웃고
있던 두 사람이었다.

곧 권은형이 물었다.

"왜 한숨이야? 너답지 않게."

"그 말을 들으니까 더 걱정돼서."

"누구? 함단이?"

옆에서 듣고 있던 은지호가 묻자 유천영은 다시 한 번 거하게 한숨을 내쉴 뿐이었다. 곧 그는 턱을 괴고 있던 오른손을 내리더니 다시 왼손을 책상 위로 올려 턱을 괴었다. 그러고는 다시 한 번 한숨을 내쉬며 눈을 내리깔았다. 그의 입에서 한숨 쉬는 듯한 목소리가 흘러나왔다.

"함단이, 혼자 잘 지낼까."

"걔가 좀 엉뚱하기는 해도, 붙임성이 없는 것도 아닌데 왜 그래? 분명히 점심시간쯤 돼서 가 보면 친구들이랑 우르르 앉아서 얘기하고 있을 거다."

"그래, 유천영. 뭐가 걱정이냐. 지금 우리가 걱정해야 될 건 여기, 이."

은지호는 그렇게 운을 띄우고는 고개를 돌려, 자신의 옆에 앉아 시를 읊는 우주인과 다시금 엎드려서 발만 동동 구르는 반여령을 번갈아 가리켰다. 그러고는 말을 이었다.

"여기 이 정신 나간 두 녀석들인데. 난 얘네가 점심은 먹으러 갈 수 있을까, 그게 걱정이다."

"안 가겠다고 하면 업어서 데려가야지. 뭘 어떡해?"

그렇게 대답하며 권은형은 약간 난처한 듯 웃었다. 반여령과 우주인의 모양새를 보자니, 은지호의 말이 맞는 것도 같아 유천영은 다시금 한숨을 내쉬었다.

그 시각 1학년 8반에서는 유천영이 걱정하는 것과는 사뭇 다른, 아니, 정확히 반대되는 일이 벌어지고 있었다.

* * *

"지…… 지, 지존…… 중학교에서 온 함단이라고 합니다. 잘 부탁드립니다."

이런 젠장! 나는 말을 마치고 결국 두 손을 들어 얼굴을 파묻어 버렸다. 중학교 1학년 때, 내 앞에 어떤 미래가 펼쳐질지 하나도 몰랐을 때 했던 무심한 상상,

"너 어디 중학교 나왔니?"
"지, 지존 중학교 나왔습니다."
'푸, 푸핫! 지, 지, 지…… 존!! 지존 중학교래!'

그 망상이 설마 현실로 이루어질 줄은 상상도 하지 못했다. 자리에 풀썩 앉은 나는 한숨을 푹 내쉬고는 학생들의 반응을 기다렸다.

생각 안 해도 뻔하지, 뭐! 곧 폭발적인 웃음이 터져 나오거나, 동정심 섞인 눈빛이 쏟아진다거나…… 그런데, 나는

눈을 반짝 떴다. 이상하게도 예상한 반응 없이, 그저 침묵만이 이어졌다.

주변을 둘러보니 같은 반 아이들은 하나같이 놀란 얼굴이었다. 그래, 거기까지는 내 상상과 같았다. 그러나 이어지는 말을 듣고 나는 기침을 했다. 왁!

"지존 중학교? 한울 그룹과 발해 그룹 회장 아들들이 동시에 다닌다던, 그……."

"지존 중학교 사대천왕은 또 어떻고! 맙소사, 그 중학교를 나왔다니……."

"진짜 굉장하다."

"부럽다."

나는 옆의 이루다가, 웬만해서는 놀랄 일도 없는 남장 여자가 기겁할 때까지 기침을 하다가, 간신히 진정이 되고 나서는 책상 모서리를 붙든 채 한동안 침묵을 지켰다.

나는 생각했다. 아, 맞다. 이런 세계였지…….

다행이다. 아니, 다행인가? 끄응, 신음을 흘리는데 문득 뒷자리에서 시선이 느껴졌다.

돌아보니 아까의 그, 인상적일 정도로 차분한 인상의 쌍둥이가 나를 향해 측은하다는 듯한 눈빛을 보내고 있었다.

이 수많은 학생들 중에서 내 중학교 이름이 이상하다고 느끼는 이들은 저 둘뿐인 것 같았다. 그나마 정상은 있구나, 나는 속으로 눈물을 흘리며 고개를 돌렸다.

좋아, 그래도 아예 살기 힘들지는 않겠어. 내가 그렇게 생각하기가 무섭게 내 옆의 이루다가 자리에서 벌떡 일어났다. 나는 허무해졌다.

아, 그래, 내가 널 잊고 있었구나. 남장 여자 이루다, 반 여령이 사라진 지금 내 앞에 나타난 또 다른 인터넷 소설 여주인공.

그녀는 그 고운 얼굴 만면에 가득 미소를 띠더니 주변을 둘러보았다. 그러고는 방긋방긋 웃으며 입을 열었다.

"내 이름은 이루다야! 미국에서 왔는데, 아직 한국이 익숙하지가 않아서 좀 걱정이 되네. 다들 잘 부탁해! 친하게 지내 보자!"

그녀의 마지막 목소리는 어찌나 컸던지, 한동안 교실 안에 '지내 보자!'라는 목소리가 메아리치는 바람에 귀가 먹먹해질 정도였다.

내가 멍하니 앉아 그런 그녀를 바라보는데, 자리에 냉큼 앉은 이루다는 나를 보고는 푸른 눈을 슬쩍 감고 윙크를 했다. 그것을 또 누군가 본 모양인지 곳곳에서 탄성이 터져 나왔다. 이어 흘러나오는 감탄사는 하나같이 '너무 귀여워'라거나 '잘생겼어' 같은 것이었다. 나는 그런 것을 듣고는 다시 한 번 인상을 찡그렸다.

잘생겼다는 말은 일반적으로 남자에게 쓰는 말인데, 아무리 이루다가 키가 172는 되어 보인다고 해도 그렇지 아무슨 의심도 없이 남자라고 믿는단 말인가?

내가 그녀의 윙크에 웃음으로 맞받아치는 대신 도리어 얼굴을 찡그리자, 이루다는 영 의아한 얼굴이었다. 그녀는 걱정스러운 얼굴로 나를 보며 물었다.

"괜찮아? 왜 그래, 단아?"

"아, 아니, 괜찮아."

나는 무어라 핑계 댈 거리가 없어 그렇게만 대꾸하고 말았다. 이루다는 내 대답에서 무언가 부자연스러운 기색을 읽은 모양인지, 대답을 듣고도 한참이나 나를 바라보고 있었다.

옆얼굴에 쏟아지는 시선이 따끔따끔하다고 생각할 때 즈음, 인상적인 목소리가 교실 뒤편에서 날아왔다. 나는 나도 모르게 고개를 돌렸다.

쌍둥이 중 여자아이가 자리에서 천천히 일어나고 있었다. 그녀의 검푸른 속눈썹 아래로 푸른 기가 도는 새카만 눈이 교실을 한 번 훑다가 내게 머물렀을 때, 나는 잠시나마 숨을 죽였다.

곧 그녀는 별 감흥 없는 얼굴로 선생님을 바라보더니, 천천히 그 색조 없는 입술을 열었다.

"석봉 중학교에서 온 김혜힐이야. 여기, 옆은 내 쌍둥이 김혜우인데 내가 3분 차이로 동생이야. 잘 부탁해."

나는 그녀가 그렇게 말하고 곧바로 자리에 앉을 줄 알았는데, 그녀는 잠시 망설이는가 싶더니 입꼬리를 올려 옅은 미소를 지어 보였다. 환한 얼굴은 아니었으나 그 미소는 충분히 매력적이었다. 이어 그녀가 자리에 앉자 그녀의 왼편에 앉아 있던 소년이 일어났다.

정말로 김혜힐과 닮아 있는 것이, 키를 제외하고는 다른 데가 없었다. 팔다리는 조금 가느다랗고, 쭉쭉 뻗은 것이 모델을 해도 될 정도로 몸이 보기 좋았다.

그는 담담한 얼굴로 우리를 보다가 어깨를 으쓱했다. 그리고 말했다.

"아까 김혜힐이 내 소개를 대신 해 버려서…… 다시 한 번 말하자면, 석봉 중학교에서 온 김혜우야. 잘 부탁한다."

그리고 그 역시 자리에 앉기 전에 검푸른 눈을 휘며 미소를 지어 보였다. 잘생긴 얼굴 하나만은 저 쌍둥이의 특징이라고 봐도 좋을 것 같았다. 김혜우가 아주 곱상하다기보다는, 김혜힐이 약간 보이시한 미소녀에 가까웠다.

나는 이어 다음으로 자리에서 일어나는, 내 옆줄의 맨 앞자리에 앉은 소년을 보았다.

처음으로 든 생각은 유천영과 비슷한 인상이라는 것이었다. 아주 잘생기지는 않았으나 그의 날카로운 눈초리나, 전체적으로 단정한 생김새는 분명 익숙한 것이었다. 그는 단정하게 빗어 내린 갈색이 도는 머리카락을 하고 있었다.

차분한 얼굴로 서 있던 그는 곧 입을 열었다.

"석봉 중학교에서 온 신서현이라고 한다. 잘 부탁해."

그의 이름을 들은 나는 무심코 눈썹을 찡그렸다. 신서현? 어디선가 많이 들어 본 이름인데.

서현은 어깨가 약간 좁은 대신 체구가 유난히 날렵했다. 탄탄하고 마른 몸이라 보기에 좋았다. 자리에 앉는 자세가 조선시대 선비처럼 유난히 곧고 바랐다.

그를 보는데, 옆에서 수군거리는 소리가 났다.

"쟤가 그, 작년 청소년 국제 양궁대회 1등 아니야?"

"양궁 특기생일걸? 이 학교에도 양궁부 있잖아."

"와, 텔레비전에서 본 게 엊그제 같은데."

아, 참. 나는 그제야 뒤통수를 긁적였다. 그랬지, 신서현. 나도 그가 한창 양궁계의 떠오르는 샛별이라 불릴 때에 텔레비전에서 몇 번 봐서 알고는 있었다. 게다가 번듯한 생김새 역시 그의 인기에 한몫했다고 알고 있었는데, 과연 직접 보니 그러했다.

석봉 중학교에서도 우리 학교처럼 사대천왕 비슷한 애들이 온 건가, 나는 문득 떠오른 생각에 인상을 찡그렸으나 곧 고개를 내저었다. 에이, 설마. 진짜 설마다.

마침내 자기소개가 끝나자, 담임 선생님은 알아서 이야기를 나누라고 하고는 이루다와 내 자리를 향해 문으로 나가자는 듯 턱짓을 해 보였다.

뭐지? 내가 어리둥절해서 바라보자, 이루다가 자리에서

일어나며 나를 툭툭 치더니 함박웃음을 짓고 말했다.

"선생님이 오라셔, 얼른 가자!"

"어, 어?"

"가자! 단아!"

그리고 신 나서는 내 팔을 잡아끄는 이루다의 모습에서, 나는 순간 반여령의 모습을 보았다.

아닌 게 아니라, 이루다는 정말로 대책 없이 밝은 모습에 서부터 내 팔을 능숙하게 끌어당기는 것이 반여령이랑 판박이였다.

아, 이 소설 여주인공들은 왜 다 이런 성격인가, 작가 취향인가? 그런 생각을 하며 이루다와 팔짱을 끼다시피 한 채로 교실 앞을 가로질러 지나가는데, 문득 생각하고 보니 시선이 장난이 아니었다.

옆을 돌아보니 그 시큰둥한 쌍둥이는 물론이고, 세상사에는 별 관심이 없어 보이던 신서현마저 나를 흥미롭다는 눈으로 보고 있는 것이 아닌가? 아니, 정확히는 나를 끌고 가는 이루다의 대책 없이 밝은 모습이 흥미로운 듯했지만, 더욱 어이가 없는 것은 여학우들의 시선이었다. 그들의 눈빛은 시기 어린 눈빛이라기보다는, 차라리 부러워하는 눈빛에 가까웠는데…… 나는 황당해졌다.

얘들아, 이루다가 남자로 보이니? 정말 남자로 보인단 말이니? 이 세계 아이들은 하나같이 성별 인식 장애라도

있단 말인가! 딱 봐도 여자애인데, 어떻게 모르냐고! 목젖
도 없고 얼굴도 아예 예쁘장하잖아!

내가 속으로 발광하는 동안에도 이루다는 연신 조잘거리
며 내게 말을 걸었다. 햇살에 번진 그녀의 옆얼굴에는 과
연, 한 치의 어둠도 없었다. 나는 중얼거렸다.

"그래, 니가 이 세계의 빛이다. 니가 짱이야."

"응?"

이루다가 내 쪽을 돌아보는 바람에, 나는 철렁해서는 고
개를 내저었다.

"아니…… 아무것도 아니야."

그래? 짧게 말한 이루다는 당당하게 교실 앞문을 열어젖
히고는 나를 끌고 복도로 나가더니, 다시 조심스럽게 문을
닫고는 다시 나를 질질 끌었다.

선생님은 우리가 오거나 말거나, 뒤도 돌아보지 않고 교
무실을 향해 어슬렁어슬렁 걸음을 옮기고 계셨다. 아, 나
는 그런 선생님을 바라보다가 문득 눈을 들었다.

임시 반장 중에 불려 가는 것은 우리뿐만이 아닌지, 곳곳
의 교실에서도 학생 두어 명이 복도를 걷고 있는 것이 아
닌가? 그런데 그 와중에, 저 복도 맨 끝으로부터 걸어오는
두 사람이 보였다.

허리께에서 출렁이는 새카만 머리카락은 평소와 달리 약
간 헝클어져 있었지만, 그녀가 누구인지 알아보는 것은 너

무나 쉬웠다.

복도에 난 커다란 유리창을 통해 쏟아지는 햇빛을 받아 자주색으로 일렁이는 머리카락, 그것만 보아도 확실하지 않은가?

반여령은 붉어진 눈가를 연신 문지르며 옆의 은형이에게 뭐라 뭐라 말하고 있었는데, 표정은 금방이라도 울음을 터트릴 것 같았다.

반여령에게 대답하는 은형이는 난처한 얼굴이었다. 여전히 그의 머리카락은 붉디붉어서 다른 학생들 중에서도 유독 눈에 띄었다.

나는 이루다의 팔에 거의 질질 끌려가다시피 하면서 생각했다. 아, 역시. 항상 그랬듯이 이번에도 은형이는 반장에 반여령은 부반장이구나.

그렇게 생각하는데 갑자기 반여령이 나를 감지한 사람처럼 퍼뜩 고개를 들었다. 그러고는 정확히, 그 먼 복도 끝에서 나를 향해 화살 같은 시선을 내쏘는 것이었다.

나는 흠칫 놀라서는 이루다의 뒤에 슬금 숨었다. 내 팔을 붙잡고 질질 끌고 가던 이루다가 나를 돌아보더니 약간 놀라는 얼굴을 했다. 그녀가 경쾌한 목소리로 물었다.

"왜 그래, 단아?"

"아, 아니."

나는 이루다가 눈치가 없어서 다행이라고 생각했다. 만

약에, 이루다가 나를 돌아보는 대신 자신의 앞을 봤다면 그녀는 이쪽을 향해 야차 같은 얼굴을 하고 걸어오는 반여령을 보고는 기겁했을 테니까.

복도의 창문은 전부 닫혀 있어 바람이라고는 전혀 불지 않는데도 불구하고, 반여령의 머리카락은 미친 듯이 휘날리고 있었다. 나는 이루다의 뒤로 고개를 기웃거리며, 은형이가 반여령을 막아 주겠지 싶었는데 그게 아니었다.

은형이는 평소와 같이 부드러운 미소를 짓고는, 반여령을 전혀 막지 않은 채 느리게 걷기만 할 따름이었다.

교무실은 정확히 복도의 중앙, 그러니까 4반과 5반의 사이에 있었는데 이제 우리들 사이의 거리는 불과 5미터도 남지 않았었다.

이루다는 내 팔이 장난감이라도 되는 양, 제 들뜬 기분을 주체하지 못하고 내 팔에 팔짱을 꼈다가, 손을 깍지를 껴서 맞잡았다가 하면서 웃고 있었다. 그리고 마침내, 반여령과 우리는 아주 가까운 거리에서 마주쳤다.

선생님이 문을 밀어젖히자 우리는 자연스레 교무실로 들어갈 수밖에 없었다. 교무실에는 여느 교무실이 모두 그러하듯 넓은 책상이 여러 개 놓여 있었고, 책상 사이로는 칸막이가 놓여 있었으며 각각의 책상 위로 컴퓨터 모니터며, 키보드며 커피 캔과 참고서들이 어지러이 널려 있었다.

그중에 제법 깊숙한 자리로 들어간 담임 선생님이 우리

를 부르셨다.

"야, 임시 반장하고 임시 부반장! 이리 와 봐라."

"네!"

이루다가 밝게 대답하자 자리에 앉아 있던 네다섯 명의 선생님들이 전부 이쪽을 돌아보았다. 나는 뻘쭘해서 그들을 향해 고개를 꾸벅 숙이고는, 여전히 내 팔을 놓지 않은 이루다를 따라 걸어가려다가 뒤를 보고는 흠칫했다.

교무실의 빛이 잘 드는 자리, 문에서 얼마 떨어지지 않은 책장 앞에는 반여령과 권은형이 몇몇의 학생들 사이에 서 있었다. 반여령은 정확히 이쪽을 보고 서 있었는데, 그녀의 눈은 활활 타오르고 있었다.

나는 당황했다. 아, 쟤, 쟤 왜 저러지? 은형이는 알까, 싶어 반여령의 옆에 서 있는 그를 돌아보았는데, 그는 나와 눈이 마주치자 어깨를 으쓱하며 웃었다.

그런데 그 웃음이 평소 같은 산뜻한 것이 아니었다. 그는 한마디로, 그가 기분이 안 좋을 때나 짓는 그런 비릿한 웃음을 짓고 있었다.

이어 반여령이 입모양으로 내게 뭐라 뭐라 말하기 시작했는데 도저히 그 뜻을 알 수 없었다. 오아? 오아라고 했나? 내가 뜻을 알 수 없어서 인상을 찡그리고 있는데 선생님이 우리를 불렀다.

반여령은 울상을 지었고, 나는 그녀를 향해 입모양으로

'이따가 봐'라고 속삭이고는 자리로 향했다.

선생님의 자리는 교무실 입구에서도 제일 떨어진 곳에 있었는데, 선생님은 편안한 컴퓨터 의자에 앉아서는 우리를 향해 앉으라는 듯 턱짓으로 앞에 놓인 의자를 가리켰다. 그런데 의자는 하나뿐이었다.

뭐, 누가 앉으라고? 내가 당황해서 이루다를 돌아보려는데, 그는 장난스럽게 씩 웃고는 내 어깨를 눌렀다. 내가 얼떨결에 의자에 앉자, 선생님은 고개를 끄덕이고는 이루다를 향해 씨익 웃어 보였다.

"야, 진짜 사나이 중에 사나이구만."

"하하, 감사합니다!"

"전에 자기소개 할 때 그 박력도 그렇고, 맘에 들어! 사나이는 박력이지!"

"박력하면 저죠."

웃기네, 넌 일단 사나이가 아니잖아. 나는 그렇게 생각하며 창문 쪽을 슬그머니 내다보았다. 넓은 교무실 창문 너머로는 운동장이 보였는데, 개학 첫날이라 그런가 수업을 하고 있는 학생들은 아무도 없었다. 나는 멀리 창을 향해 시선을 던지다 말고, 선생님과 이루다의 이어지는 대화에 허탈하게 웃었다.

대충 알 것 같다. 열혈 교사와 발랄한 남장 여자다, 이거지. 이런 뻔한 작가를 봤나.

내가 그렇게 생각하는데 마침내 대화를 마친 선생님이 책꽂이에서 서류 뭉텅이를 뽑아 내게 건네셨다.

내가 어리둥절해서 그를 바라보자, 그가 말했다.

"아, 이거 좀 애들한테 돌려라. 하나는 우유 급식 신청서고, 다른 하나는 학급 주소록이다. 주소록에 부모님 핸드폰 번호랑, 특히 부모님 직업은 자세히 쓰라고 해라."

"네."

그럼 왜 앉으라고 한 거지? 내가 약간 당황해서 그를 올려다보는데, 그는 다시 종이 한 장을 뽑아서는 책상 앞에 놓으셨다.

뭐지? 종이를 자세히 보려 고개를 숙이는데, 내 어깨 위로 옅은 노란색 머리카락이 내려앉는다 싶었다.

고개를 슬쩍 돌리자, 부담스럽게 예쁘게 생긴 이루다의 얼굴이 바로 옆에 있었다. 그녀가 종이를 잘 보려고 허리를 구부려 내 왼쪽 어깨 바로 위에 얼굴을 갖다 댄 것이었다.

그녀의 얼굴에 난 금빛 솜털이 햇빛에 반짝이고 있었다. 나는 그녀의 벌꿀처럼 따뜻한 색감의 머리카락을, 그 아래로 숨은 매끄러운 흰 이마를 바라보다가 무심하게 고개를 돌렸다. 물론 그녀가 남자였다면 나는 기겁했을 것이나 그녀는 여자였다.

선생님은 우리의 자세에도 아랑곳하지 않고 다만 비어 있는 종이를 톡톡 가리키며 말을 이었다.

"자, 다음은 우리 반 자리 배치 문제인데 말이다. 너희는 어떻게 하고 싶으냐? 자리를 새로 뽑을까, 아니면 지금 이대로 한 달간 앉아 보라고 할까?"

"……."

선뜻 대답이 나가지 않았다. 이것은 아무래도 아이들에게 의견을 물어보는 것이 더 낫겠다 싶었는데, 그렇게 대답을 하기 전에 나는 힐금 이루다를 돌아보았다.

그런데 공교롭게도, 이루다 역시 내게로 고개를 돌린 것이었다.

나는 지나치게 가까이에 있는 얼굴을 보고는 흠칫 놀랐다. 우리 사이의 거리는 불과 10센티미터도 되지 않았다.

바로 그때, 교무실 한구석에서 날카로운 비명이 터져 나왔다.

"야!"

나는 너무 놀라서 하마터면 그대로 의자에서 엎어질 뻔했다. 의자에서 그대로 엉덩이가 미끄러질 뻔해서, 몸을 가누지 못하고 휘청하는데 옆에서 가느다란 손이 나를 받쳤다. 손가락 자체는 분명히 가늘었지만 힘은 제법 단단했다.

아, 씨, 깜짝이야! 속으로 외치고는 고개를 들자, 환한 빛을 받은 이루다의 푸른 눈이 걱정스러운 듯 나를 내려다보고 있었다. 그녀가 입술을 움직여 물었다.

"괜찮아, 단아?"

"어, 응."

그렇게 대답하고 나는 소리의 진원지를 향해 고개를 돌렸다.

이 교무실의 모두가 그쪽을 향해 고개를 돌리고 있어, 비명을 지른 것이 누구인지 찾는 것은 쉬웠다. 그리고 그 정체를 알았을 때 나는 입을 헤벌렸다. 그럴 수밖에 없었다.

모두의 시선 끝에 걸린 것은, 제자리에 서서 맹렬하게 이쪽을 노려보는 반여령이었다. 은형이는 필시 난감한 얼굴을 하고 있겠다, 생각했으나 전혀 아니었다. 그 또한 내 쪽을 바라보며 진지한 표정을 짓고 있었다.

나는 나도 모르게 손가락을 들어 내 얼굴을 가리켰다.

나? 내가 뭐? 그러나 은형이는 고개를 절레절레 내젓더니, 자기 바로 앞에 앉아 계시던 선생님께 웃는 얼굴로 말했다.

"선생님, 여령이가 발에 가시가 박혔나 봐요."

"그, 그러냐?"

선생님의 대답하는 목소리도 영 떨떠름한 것이, 아무래도 가시 가지고 그 정도의 비명이 나올 리가 없다고 생각하시는 것 같았다. 그리고 그것은 나도 동감이었다.

아니, 대체 왜 갑자기 그렇게 소리를 지른 거야? 내가 눈을 게슴츠레 뜨고 그쪽을 보는데, 루다가 나를 불렀다.

"단아."

"어?"

"너는 자리를 어떻게 했으면 좋겠어?"

그 맑은 목소리에 나는 다시 고개를 돌려 그녀를 보았다. 그녀는 아까의 소란은 전혀 모른다는 듯 말끔하게 갠 얼굴로 나를 보고 있었다.

나는 그녀를 물끄러미 올려다보다가 어깨를 으쓱했다. 그러고는 선생님을 보았다. 내가 말했다.

"선생님, 애들한테 물어보고 자리를 뽑자는 사람이 과반수면 그때 제비뽑기를 하는 건 어떨까요?"

"아, 그럼 교실에 가서 그것부터 좀 조사해라. 그리고 나서 주소록이랑, 그 우유 급식도 종이 다 돌리고."

"네."

그렇게 말하고 루다는 손을 뻗어 책상 위에 어지러이 널려 있던 종이를 챙겼다. 그리고 나를 보고 말했다.

"가자."

"어, 그래."

나는 그렇게 말하고는 의자에서 일어났다. 교무실 문을 향해 걸어가는데, 문득 옆얼굴이 따갑다 싶어 고개를 돌리니 아직도 이쪽을 노려보고 있는 반여령이 보였다. 그녀의 얼굴을 보고 나는, 역시 발에 가시가 박힌 건 아니군, 하는 생각을 했다.

나는 주변을 휘휘 둘러보고는, 이쪽을 보고 있는 사람이 없다는 것을 확인한 후에 주머니에서 핸드폰을 꺼내서 툭툭 쳤다. 할 말이 있으면 문자를 보내.

그러자 반여령은 못마땅한 얼굴로 볼을 통통 부풀리고는 돌아섰다.

그 옆에 선 은형이를 바라보니 그의 시선은 내가 아닌, 내 앞을 나는 듯한 걸음으로 지나가는 이루다의 환한 금발에 머물러 있었다.

와우, 남장 여자는 역시 대단하다. 저 은형이의 시선을 한방에 사로잡다니. 그런 생각을 하면서 이루다를 따라 걸어가는데 그녀가 교무실 문을 열려다 말고 나를 돌아보았다.

나는 그녀를 따라 자리에 멈춰 섰다가 문득 그녀의 눈을 보고는 놀랐다. 이루다가 선 자리는 하얀빛이 정통으로 쏟아지는 곳이었는데, 그에 빛나는 그녀의 눈은 자세히 보니 푸른색이 아니었다.

얼핏 보기에는 선명한 푸른색이었지만, 햇빛을 받아 그 위로 점점이 박힌 에메랄드 색이 보석처럼 빛나고 있었다. 그것은 정말로 아름다운 것이라서 나는 탄성을 흘릴 수밖에 없었다.

"와."

"……?"

이루다는 조금 어리둥절한 듯 나를 보다가, 손을 들어 자신의 얼굴을 찬찬히 쓸어내렸다. 뭐가 묻었나 확인이라도 하려는 듯한 동자라 나는 가만히 고개를 내저었다. 그러자 이루다는 자신의 눈에 생각이 미친 듯싶었다. 그런데 이상한 일이 일어났다.

갑자기 저런 씁쓸한 듯한 미소를 짓다니, 뭐야, 저건? 나는 난데없는 상황에 당황했다.

현실에서 사람이 씁쓸한 미소를 지을 만한 일은 별로 없다. 슬프면 대성통곡을 하거나 하지, 대체 누가 씁쓸한 얼굴을 한단 말인가?

드라마에서, 아픈 과거를 가진 인물이 자신의 사연을 말할 때나 어울리는 얼굴이었다.

나는 불현듯 솟구치는 불안감을 느꼈다. 힐긋 뒤를 돌아보니, 반여령과 은형이는 여전히 이쪽을 바라보고 있었다.

마침내 이루다가 입을 열었다. 그녀의 눈언저리는 애처롭게 파르르 떨리고 있었다.

"내, 눈…… 괴물 같지."

"……?"

나는 이루다의 씁쓸한 미소를 멍하니 올려다보았다. 그녀의 눈언저리는 여전히 애처로이 떨리고 있는 것이 농담을 하는 것 같지는 않았다.

그녀가 농담을 하고 있지 않다는 것을 깨닫자, 내가 다음으로 하고 싶어진 것은 박수를 치는 것이었다. 정말 감탄스러웠다.

아니, 어떻게. 대체 어떻게 자신의 입으로 '나, 괴물 같지' 같은 말을 아무렇지도 않게 한단 말인가?

물론, 자신의 외모나 능력에 콤플렉스가 있는 남자나 여자의 이야기는 제법 매력적인 소재로, 특히 판타지 소설에서 많이 쓰이고 있다. 대표적인 예로는 이런 것을 들 수 있다.

너무나 강한 나머지 자신을 공격하는 일만 명의 군사를 단신으로 모조리 쓸어버린 남자 주인공. 피를 온몸에 묻히고 선 그에게 여자 주인공이 창백하게 질린 얼굴로 다가가자, 남자 주인공의 얼굴에 씁쓸한 미소가 떠오른다. 그는 곧 말한다.

"가까이 오지 마라."

"……."

"이런 괴물과 가까워져서, 좋을 것 하나 없다."

또는 다음과 같은 예도 가능하다. 검은색 머리카락이 악마의 것이라며 지탄받는 세상에서, 검은 머리카락의 남자는 여자에게 말한다.

"내 새카만 머리카락이 보이지 않나? 나는, 나는 악마란 말이다! 나는 괴물이다! 너를 파멸시킬 괴물!"

이때 중요한 것은, 이들은 그렇게 발악하듯 외치고는 하나같이 씁쓸한 미소를 지어야만 한다. 나는 그런 것들을 구구절절 떠올리며 이루다의 씁쓸한 미소를 바라보았다.

환한 금발이며 푸른 눈동자, 흰 피부가 하나같이 밝은 모습을 하고 있는 이루다에게 그런 어두운 표정은 전혀 어울리지 않았다.

그리고 그녀는 그 푸른 눈으로 나를 내려다보며, 대답을 기다리는 듯한 표정을 지었다.

은형이와 반여령은 잔뜩 집중해서 이쪽을 바라보는 것이, 우리 둘의 대화가 그들에게도 들리는 듯싶었다. 나는 잠시 고민했다.

아무래도 이 작가는 내게 이루다의 따까리를 시킬 심산이 틀림없는 듯싶었고, 그것은 지금까지 이어진 이루다의 친근한 행동에서 알 수 있었다. 그리고 마침내 그 순간이 온 것이다. 내가 이루다에게 결정적인 신뢰를 얻어 낼 순간이.

그런 것을 어떻게 알 수 있냐고? 그것은 다음과 같은 사실을 통해서 알 수 있다.

아까 내가 예를 든 것과 같이, 남자 주인공이 여자 주인공을 향해 '나는 괴물이야!' 하며 소리를 지르는 상황이 왔을 때 여자 주인공은 하나같이 어떻게 반응하던가? 간단하지 않은가?

그들은 가슴 깊은 곳으로부터 솟구쳐 오르는 동정심에 눈물을 글썽인다. 그리고는, 다가오지 말라는 남자의 말과는 달리 용기 있게도 한 걸음 한 걸음씩 다가가는 것이다. 그에 따라 남자의 눈동자는 조금씩 떨린다.

그리고 마침내 남자에게서 채 몇 걸음 떨어지지 않은 곳에 멈춰 선 여자의 한마디.

"당신은 괴물이 아니에요."

"……."

"이렇게 아름다운 사람이, 괴물일 리 없잖아요."

그리고 남자가 박해 받던 지난 세월을 떠올리며 뜨거운 눈물을 흘리고, 여자가 조용히 그런 남자의 등을 끌어안는 데서 상황은 종료된다.

하, 나는 이루다의 푸른 눈을 멀거니 올려다보았다. 지금까지의 설명을 지금 나의 상황에 응용해 보자면 이렇다.

이루다 : 내 푸른 눈이 보이지 않나? 나는, 나는 악마란 말이다! 나는 괴물이다! 너를 파멸시킬 괴물!

그럼 내가 취해야 하는 반응은, 이 전형적인 스토리를 봤을 때 너무나 간단하다. 나는 이 대목에서 눈물을 흘리며 너는 괴물이 아니라고 말하기만 하면 이루다의 평생 가는 베스트 프렌드로 남을 수 있다. 그리고 나는 이루다에게 끌려서 학생의 신분으로 나이트도 가고, 술도 마시고, 일진들도 만나고…….

하! 나는 작가를 향해 비웃음을 날렸다. 이루다는 멀거니 서 있던 내가 별안간 웃음을 터트리자 약간 놀란 것 같았다. 그녀가 푸른 눈알을 데굴데굴 굴리는 것을 보면서 나는 속으로 읊조렸다.

미안하다, 이루다. 네 발랄한 뇌에는 조금의 유감도 없다마는 이 소설의 전개에서 벗어나기 위해서는 어쩔 수가 없구나.

잠시 후, 나는 이루다를 향해 환하게 웃어 보였다. 그녀가 움찔 놀랐다. 나는 그녀를 향해 툭 내뱉었다.

"어, 좀."

"……."

"내가 한국인이라서 좀 그래 보이기는 하는데, 아주 괴물 같진 않아. 그냥 보통 괴물 같다."

이루다는 멍청한 얼굴로 나를 보았다. 나는 그녀를 향해 속으로만 사죄의 말을 날렸다. 인종 차별하는 멍청이도 아니고, 나도 이런 말 하고 싶지는 않아. 나는 푸른 눈에 아무런 유감이 없어. 결정적으로 내가 그랬더라면 내가 왜 저기 저 유천영이나 우주인이랑 친구를 하고 있겠니?

그러나 그렇게 말할 수는 없는 노릇이었다. 미안하기는 하지만 나는 이루다에게서 거리를 둘 필요가 있었다. 그리고 방금 이루다의 씁쓸한 얼굴을 봤을 때, 나는 그녀의 상처를 정통으로 푹 찌른 것이리라.

나는 그녀의 굳어진 얼굴을 보고 생각했다. 예스! 만세! 나는 해냈다! 그렇게 발광을 하고 있는데 뒤에서 옅은 웃음소리가 터졌다, 풋 하고.

그 낭랑한 웃음소리는 흔한 것이 아니라서, 고개를 돌리자 역시나 입을 가리고 웃고 있는 반여령이 보였다. 반달처럼 가느스름해진 그녀의 눈은 정확히 이루다를 향하고 있었다.

이루다는, 그러나 자신이 비웃음의 대상이 되었다는 것도 모르는 것 같았다. 너무 충격이 심했나, 싶어 나는 그녀의 팔을 슬쩍 잡고 흔들었다. 그제야 그녀는 나를 보았다.

나는 어깨를 으쓱하고는 태연하게 웃었다. 내가 말했다.

"루다야, 가자."

그리고 교무실 문을 드르륵 열어젖힌 나는, 조금 망설이다가 손을 뻗어 이루다의 팔에 내 팔을 끼웠다. 이루다가 내 팔을 뿌리친다면 내 작전은 백 퍼센트 성공한 것이 아닌가.

나는 교무실을 빠져나오면서도 내내 이루다와 팔짱을 끼고 있는 내 팔을 노려보고 있었다.

자, 너한테 괴물이라고 부른 여자애가 갑자기 친근하게 먼저 팔짱을 끼니까 짜증 나지? 분노가 치밀어 오르지? 다 파괴해 버리고 싶지? 얼른 내 팔을 뿌리쳐! 얼른!

그러나 내가 그렇게 거의 속으로 주문을 걸다시피 하면서 한없이 느린 걸음으로 교무실에서 걸어 나올 때까지도. 그리고 교무실 문을 드르륵 닫을 때까지도 아무런 일도 일어나지 않았다.

나는 내 팔을 멀거니 내려다보다가, 느리게 고개를 들어 이루다의 얼굴을 마주 보았다. 그런데 그녀의 얼굴이 조금 이상했다.

아까까지만 해도 한없이 투명하고 하얗기만 하던 그녀의 뺨에 난데없이 붉은 기가 도는 것이 아닌가?

나는 잠시 그녀의 얼굴을 멍하니 보다가, 생각했다. 감기인가? 감기인가 보다.

그러나 곧 현실 도피는 아무런 도움이 되지 않는다는 것을 깨달은 나는 조용히 팔을 풀었다. 그러고는 멍하니 선 그녀를 내버려 둔 채 성큼성큼 걷기 시작했다.

복도를 가로질러 걸으며 나는 조용히 생각했다. 그래, 화가 나서 얼굴이 붉어졌나 보다. 설마하니 '내게 이런 대답을 한 여자는 네가 처음이야!'라는 둥의 패턴은 아니겠지 싶었다.

그런데 그렇게 생각하기가 무섭게 뒤에서 밝은 목소리가 날아오는 것이었다.

"다, 단이야!"

나는 고개를 돌렸다. 처음에 루다가 내 이름을 부르던 태도가 아무런 생각이 없던 데에 비해, 지금 그녀의 목소리의 끝은 자잘하게 떨리고 있었다. 그녀의 양 뺨에는 여전히 노을처럼 진한 홍조가 타고 있었다.

내가 그녀를 멀거니 바라보는데, 그녀가 입을 열었다.

"그, 가, 같이 가자."

"……."

"소, 소, 손잡아도 돼?"

나는 말없이 서 있다가, 황급히 걸음을 옮기기 시작했다. 그리고 이루다는 그 긴 다리로 성큼성큼 걸음을 옮겨 나를 따라잡아 왔다.

나는 뒤에서 반여령이 그 모습을 지켜보고 있다는 사실은 알지 못하고, 다만 이루다의 손에서 벗어나기에 급급해서는 거의 뛰다시피 걸음을 옮겼다.

봄 햇살을 받은 복도를 걷는 것이 이렇게 무섭게 느껴지기는 처음이었다.

* * *

담임마다 반을 이끌어 가는 스타일은 다르기 마련이라서, 8반은 단숨에 임시 반장과 부반장을 선출한 데 반해 1반은 이미 반장 선거와 부반장 선거가 끝난 참이었다. 이어 반여령과 권은형이 선생님의 부름을 받고 교실에서 사라지자 교실에는 조금 풀어진 분위기가 감돌았다. 그러나 그렇다고 해서 사대천왕을 둘러싼 시선이 사라진 것은 아니었다.

은지호는 그것이 불만이었다. 이 시선이 불편해서 도통 뭘 할 수가 없었다. 앞으로 또 이들이 적응하려면 얼마만큼의 시간이 필요할까.

우주인은 여전히 게임기를 두드리고 있었고, 은지호는 지루하다는 얼굴을 하고 '반여령', '권은형' 그리고 그 아래에 '바를 정' 자가 몇 개 새겨진 칠판을 바라보며 턱을 괴고 앉아 있었다. 그런데 별안간 교실 문이 드르륵 열리는 것이었다. 은지호는 약간 밝은 얼굴이 되었다.

　그는 반여령과 권은형에게 말하려 했다. '빨리 다녀왔네, 선생님이 뭐래'라는 둥의 말을.

　그러나 빠른 걸음으로 이쪽으로 다가오는, 흡사 야차 같은 얼굴의 반여령을 보고는 아무 말도 할 수 없었다. 그녀의 새카만 머리카락 뒤로는 검은 기운이 스멀스멀 피어오르고 있었다.

　보통은 반여령이 그런 상태가 되기 전에 권은형이 말렸을 텐데, 은지호는 의아해서 반여령의 뒤를 보았으나 권은형 역시 상태가 좋아 보이지는 않았다. 마냥 부드럽기만 하던 그의 눈가에는 진한 살기가 고여 있었다. 은지호는 저도 모르게 숨을 들이쉬었다.

　다른 사람이라면 모를까, 권은형이 화를 내는 것은 유천영이 화를 내는 것보다 백배는 더 무서웠다. 권은형이 괜히 사대천왕 중에 제일 싸움을 잘하는 인물로 손꼽히는 것이 아니었다.

　은지호는 유천영에게서 들었던 그 일을 떠올렸다.

권은형의 어머니가 돌아가신 지 몇 달 안 되어, 권은형이 여섯 살이던 해에 그의 유치원에서 일이 터졌었다. 권은형이 어느 남자아이와 피가 터지도록 주먹다짐을 벌인 것이었다.

　어느 여자아이가 권은형을 짝사랑하고 있던 것이 화근이었다. 그 여자아이에게 고백했던 남자아이가, '난 은형이가 좋아'라는 말을 듣고는 다짜고짜 옆 반의 권은형을 찾아가서는 그에게 주먹부터 날리기 시작한 것이었다.

　보통 싸움은 선빵 날리는 사람이 무조건 이기는 것이라고는 하나, 권은형은 어려서도 그 놀라운 몸놀림으로 형세를 뒤집고 끝내는 남자아이를 후려패기 시작했다.

　그렇게 심하게 때린 것은 아니었다. 그냥, 정확히 개수를 세서 자신이 맞은 만큼만 때렸다.

　결과적으로는 원장실로 끌려 왔을 때 권은형과 남자아이는 둘 다 입가가 부어터지고 얼굴에는 피멍이 든 상태였다.

　유치원 아이들의 증언은 제각각이었다. 저들도 하도 당황해서 무슨 장면을 보았는지 제대로 기억을 못하는 것이었다. 일단 원장은 당장에 전화를 걸어 둘의 부모님을 소환했다.

　권은형을 때렸던 남자아이의 부모님은 불과 30분도 안 되어 자가용을 타고 유치원에 모습을 드러내었다. 그들은 권은형을 보자마자 당장에 욕지기부터 내뱉었다.

　"세상에, 우리 아들을 이렇게 때려!? 너 뭐야! 너희 부모님은 왜 아직도 안 오셨어! 어떻게 교육을 시켰기에 남의 귀한 아들을!"

"저, 저기, 상현이 부모님, 진정 좀 하시고. 일단 아직 안 오셨고, 여기 은형이도 맞았잖습니까."

"그러죠, 기다리죠. 그런데 언제쯤 오는 겁니까? 얼른 가 봐야 해서 말입니다."

정장을 입은 중년의 남자는 그렇게 말하며 제 손목의 시계를 보란 듯이 원장에게 내보였는데, 한눈에도 여간 비싼 물건이 아니었다.

원장은 초조한 얼굴이 되어 은형이를 보았다. 그가 입을 열었다.

"그, 아버님이 어디서 일하신다니?"

"예? 아버님이든 어머님이든 한 분이라도 일단 오라고 하십쇼."

"아니, 어머님은……."

원장은 은형의 어머니가 돌아가신 지 몇 달이 안 되었다는 것을 차마 말하지 못하고 버벅거렸다. 그러나 그 모양에서 모든 것을 읽은 모양인지, 어머니 쪽은 당장에 날카롭게 소리를 지르는 것이었다. 그녀가 말했다.

"아니, 애가 이런 이유가 있었네! 얘, 너, 너희 어머니 어디 계시니. 어디 계시냐고!"

"이러시면 안 됩니다!"

"안 되기는 뭐가 안 돼요? 애가 환경이 그러니까 교육이 이따위로 된 거 아니야! 야, 너 당장 사과부터 안 해? 배운 게 없으면 그냥 조용히 있을 것이지 어디서 주먹질이야! 이걸 확!"

앙칼진 여자의 목소리가 쏟아지는 가운데 은형의 얼굴은 점차 창백해지고 있었다. 원장은 안쓰러운 눈으로 은형을 보며 여자를 제지했지만, 여자는 도통 말을 듣지 않았다.

어머니가 안 계시고, 아버지는 아직도 오지 않은 데다가 운전기사라는 말을 들어서인지 남자와 여자의 손속에는 거리낌이 없었다. 그들은 한 덩어리가 되어 은형을 향해 모욕적인 말을 쏟아 내기 시작했다. 바로 그때, 원장실의 문이 드르륵 열렸다.

남자아이의 부모님은 모두 사나운 얼굴을 하고는 그쪽으로 고개를 돌렸다. 이제 곧, 볼품없는 옷의 운전기사가 등장하리라 생각한 것이었다. 그런데 등장한 인물은 전혀 뜻밖의 옷차림을 하고 있었다.

얼어붙을 듯한 싸늘한 푸른 눈이 인상적인, 창백한 낯빛의 여자였다. 독수리처럼 날카로운 눈매와 오똑한 콧날에서 그녀의 소싯적 미모를 찾아볼 수 있었다. 그 뒤로 들어오는 젊어 보이는 남자는 온화한 인상을 하고 있었으나 키가 훤칠하고, 걸음걸이에서 기품이 느껴져서 저도 모르게 위축되는 것 같았다.

둘 다 몸에 걸친 것이 보통 명품이 아니었다. 그들을 번갈아 보던 원장과 아이의 부모는 곧 어떤 깨달음을 얻었다.

낯선 얼굴이 아니다 싶더니, 텔레비전에서 본 적이 있는 얼굴들이었다. 발해 그룹의 후계자, 그 부부들이 아닌가?

유명인사도 보통 유명인사가 아니었다. 그러나 아무리 생각해도 한낱 운전기사의 아들인 권은형과 이들의 관계를 도저히 짐작할 수가 없었다.

남자아이의 부모가 입을 열기 전에, 발해 그룹의 후계자는 자르듯이 입을 열었다.

"제 친아들 같은 아이입니다. 이 아이의 부모는 제 절친한 친구인데, 일이 있어서 못 온다고 하니 저에게 말씀하시지요."

"그, 그……."

"이 아이가 무슨 잘못을 했습니까, 원장님?"

그렇게 말하며 남자는 손을 들어 권은형의 머리카락을 부드럽게 문질렀다.

바로 그 순간, 권은형이 느낀 것은 안도감이 아닌 참을 수 없는 미안함이었다. 한 그룹의 후계자가 얼마나 바쁜지 잘 알고 있었는데, 그런 그가 자신의 아내까지 대동하고 이곳에 찾아온 것이었다.

발해 그룹 후계자 부부의 출현으로 이 사건은 깨끗하게 마무리되었지만 그 일은 은형의 가슴에 잊히지 않는 교훈을 남겼다.

자기의 일은 스스로 하자. 다시 말하자면, 자기의 일은 부모님이 소환되기 전에 혼자 깨끗이 해치워서 후환이 없도록 하자.

그 뒤로 권은형은 스스로 일을 해결하기 위해 힘을 길렀다. 언젠가, 화려한 머리색으로 인해 길을 걷다가 시비가 걸린 적이 있는 은지호는 권은형의 의외의 일면들을 잘 알고 있었다.

권은형의 일 처리는 그냥 패는 데서 끝나지 않았다. 그때 권은형이 널브러진 이들에게 다가가 상냥하게 웃고는 꺼내던 말이 아직도 잊히지가 않았다.

처음에, 그는 전혀 뜬금없는 소리를 했다.

"전라남도에는 신체의 부위를 활용하는 욕이 많다던데, 알고 있어?"

"……?"

권은형은 하하, 웃더니 주머니에 손을 찔러 넣었다. 그러고는 그가 눈을 내리깔자, 순식간에 인상이 서늘한 것으로 바뀌었다. 입가에는 여전히 미소가 머물렀지만 그의 눈이 너무나 스산해서, 마치 금방이라도 무슨 일을 저지를 것만 같았다. 곧 그는 웃는 얼굴로 말했다.

"눈알을 뽑아서 탁구를 친다든가, 들어 봤어?"

"……."

"내장을 뽑아서 줄넘기를 한다는 말은? 어때?"

"……."

"복수라고 덤볐다간 봐. 실제로 가능한지 아닌지 확인하게 해 줄게."

불과 5분 전만 해도 기세등등하게 시비를 걸어 왔던 불량배들은 할 말을 잃고 권은형의 웃는 얼굴을 올려다보고 있었다.

같은 내용의 욕이라도 그것을 말하는 사람에 따라서 우습기도 하고, 정말 미치도록 무섭기도 한데 권은형의 경우에는 후자였다.

그 내용은 과장되어 보통 사람이 했다면 충분히 웃길 법도 한데, 권은형의 스산하게 웃는 눈을 보고 있자니 은지호도 차마 웃을 수가 없었다. 권은형은 금방이라도 그런 것을 실행에 옮길 마음이 있는 것 같았다.

곧 돌아선 권은형은 말끔하게 개인 얼굴을 하고는 은지호의 어깨를 잡아채었다. 그는 산뜻한 목소리로 말했다.

"가자. 왜 그러고 있어?"

"너……."

"응?"

"아니."

그 이후로 은지호의 가슴속에도 새로운 신조가 새겨졌다. 잠자는 사자의 코털을 건드리지 말자. 엿 된다.

그런 기억들을 떠올리던 은지호는 마른침을 삼키고는 천천히 걸어와 자신의 뒷자리에 의자를 끌어다 앉는 권은형을 바라보았다.

지금 그의 눈가에 고인 살기는 틀림없이 누군가 그를 건드렸다고 말하고 있었다. 아니, 잠자는 사자의 코털을 누군가 건드리다 못해 그의 척추 뼈를 밟고 탭댄스라도 춘 것 같았다.

권은형의 저렇게 살벌한 얼굴은 처음이었다. 무슨 일이냐고 묻고 싶었으나, 그의 눈에서 흘러나오는 살기는 아무도 감히 입을 열 수 없게 만들었다.

소꿉친구라는 타이틀은 괜히 달고 있는 것이 아닌지, 다행히도 유천영이 입을 열었다.

"왜 그래?"

"야, 맞아. 왜 그래?"

은지호는 흠칫 놀랐다가 곧 그렇게 물었다. 그런데 대답이 흘러나온 것은 뜻밖에도 그들의 앞자리에서였다.

고개를 돌리니 자신들의 앞에 앉은 반여령이 뭉클뭉클 살기를 피워 올리고 있었다. 그녀의 살기가 얼마나 진했는지 옆에 앉은 여자아이는 어깨를 움츠리고 바들바들 떨 지경이었다. 그녀는 씹어뱉듯 말했다.

"야, 어떤 남자애가, 분명히 처음 보는 사이인 여자애한테 팔짱을 끼지를 않나, 손을 깍지 껴서 잡지를 않나, 심지어는 어깨 위에 턱을 얹었어."

"어, 응."

"어떻게 생각해?"

그렇게 말하고 반여령은 새카만 눈을 들어 은지호를 쏘아보다시피 했다.

대답을 하기 위해 머리를 굴리려다 말고, 은지호는 반여령이 저런 반응을 보일 만한 사람은 한 사람밖에 없다는 사실을 깨닫고는 창백한 얼굴을 했다. 설마. 첫날인데, 설마.

뒤를 돌아본 은지호는 그 사실을 깨달은 사람이 자신뿐이 아니라는 것을 알았다. 방금까지만 해도 마냥 해맑던 우주인의 얼굴은 흡사 석고상처럼 아무런 표정도 없었다. 게임기 속 그의 캐릭터는 죽어서 널브러져 있었으나, 아마도 그것이 이유는 아닐 것이다.

유천영은 싸늘하던 눈을 더욱 굳혔고, 결정적인 것은 은형의 얼굴이었다. 그의 입매는 삐뚜름한 호선을 그리고 있었는데, 눈매는 전혀 웃고 있지 않았다. 곧 은형은 웃으며 반여령의 말에 대답했다.

"관심이 있는 거 아닐까?"

"그렇지?"

"그래 보이던데."

권은형의 대답에 은지호는 흠칫했다. 역시, 권은형은 눈으로 그 모습을 직접 보고 온 것이었다. 이어 반여령은 으르렁거리듯 위협적인 소리를 내었다. 곧 그녀가 내뱉은 말에 은지호는 하마터면 기침을 터트릴 뻔했다.

"없애 버릴 거야."

"……."

드라마 찍냐? 그러나 반여령의 얼굴을 보니 아무래도 진심인 것 같았다.

은지호는 우주인의 얼굴을 보고, 유천영의 얼굴을 봤다가, 다시 권은형의 웃는 얼굴을 보고는 권은형마저도 말릴 생각이 전혀 없다는 것을 깨달았다.

맙소사, 이제 겨우 입학인데. 아니, 은지호는 고개를 들어 벽에 걸린 시계를 보고는 이제 입학한 지 불과 3시간도 지나지 않았다는 사실을 깨달았다. 겨우 3시간이 지났는데, 벌써부터 엄청난 사건이 일어나고 있었다.

이 학교, 괜찮을까. 은지호는 조용히 생각했다.

함단이가 그런 그의 생각을 알았더라면 그녀는 당장 눈물을 흘리며 은지호를 껴안았을 것이나 그녀는 이 자리에 없었다.

그 시각, 함단이는 수줍은 얼굴로 자신의 손을 맞잡는 이루다를 보며 이게 웬 지랄이냐는 생각을 하고 있었다.

〈끝나지 않은 '인소의 법칙'들! 2권에서도 계속됩니다.〉